立松和平の文学

Kazuo Kuroko
黒古一夫

アーツアンドクラフツ

序　書くことは生きること

立松和平は、死に至る病（動脈瘤破裂→多臓器不全）に倒れる三日前の二〇一〇年一月八日、「『立松和平全小説』全三〇巻（勉誠出版）刊行開始を機に」と副題された「書くことは生きることだ」（「週刊読書人」二〇一〇年二月一九日号）と題する私との対談で、次のように語っていた。

立松　小説以外のことで取材することも多いのだけど、気が付いたらそれが小説のものすごくいい素材になっていたりするわけです。いま「百霊峰巡礼」という仕事をしていて、七十三ぐらいまできたのだけど、そうやって山登りをしていることで『日高』『浅間』『日光』といった作品が出来てくるんですね。結局書くことは生きることという感じでしょうか。それ以外のものではない。だから生きることをやめたらば終わる。生きることをやめるというのがどういうことかはよく分からないけれど。（傍点引用者）

出版社との約束では、立松が小説を書き続ける限り『立松和平全小説』は「続刊」を出し続けることになっていたが、残念ながら立松の死（二〇一〇年二月八日）の後に刊行されたのは「別巻」が一冊という結果になった。

しかし、早稲田大学の「文章表現研究会」に所属し『溜息まじりの死者』（一九六八年二月作　未発表）や『暗い森の奥・苦い目覚め』（同年一〇月作　同）などの習作を書き始め、そして『途方にくれて』（原題『とほうにくれて』）が「早稲田文学」七〇年二月号に掲載されて文壇デビューしてから亡くなるまでの四〇年間、立松は死に物狂いでそれこそ「書くことは生きること」とばかりに書き続けてきた。遺筆となった『白い河―風聞・田中正造』（二〇一〇年六月刊）と『良寛』（同）の二冊を含む七六冊の単行本に収められた小説（長編五二編　中短編二一五編）、八冊のノンフィクション・ルポルタージュ、そして没後刊行された『いい人生』（二〇一一年四月刊）などの八二冊に及ぶエッセイ（フォトエッセイを含む）・評論、二〇冊の仏教関連書、三四冊の紀行文集、三三冊の童話・児童読み物、一三冊の対談集、一冊の歌舞伎台本と翻訳書一冊、その数は同世代の中上健次（故人）や三田誠広、津島佑子（故人）らと比べても、圧倒的に多い。

そんな立松の文学への私の関わり方は、最初の立松和平論である『立松和平――疾走する「境界」』（九一年六興出版刊）の増補版（九七年　随想舎刊）を刊行する際に、副題を「疾走する『文学精神』」と換えたところに表われている。立松の「創作」やそれと不可分の関係にある文学活動が、常に「全力疾走」と思えたからの改題であった。立松の全力疾走は、亡くなるまで変わらなかった。その意味で、立松の文学に向き合う姿勢には「鬼気迫るもの」があった、と言っても過言ではない。例えば、作家になるという「夢」を実現するため、生活を立て直すべく就職した宇都宮市役所を辞めて一年半後のエッセイ「労働と旅心」（八一年二月）に、立松は現在の自分がいかに執筆三昧の日々を送っているかを、次のように書いていた。

朝八時にあわてて自転車でとびださなくてもいいようになって、一年半たつ。持っている時間をできるだけ小説のために使う。一日中家にいて机にへばりついている。書きたいものを書きたいように書く。最初の仕事は、五年間かかっても未定形の状態にあった長編を完成させようと思った。原稿用紙五百枚の『光匂い満ちてよ』という作品だった。

以後、長編を『閉じる家』『遠雷』と書き継ぎ、短編は十指にあまる数を仕上げ、現在、一千枚予定の私にしてみれば大長編「歓喜の市」にかかりきっている。他のものは手つかずの状態だ。

一九七八年一二月三一日付で宇都宮市役所を退職した立松の「一年半」の仕事ぶりを「年譜」にしたがって具体的に記すと、以下のようになる。

一九七九年（三二歳）一月、「磁場」冬号に『連隊長屋敷』、「すばる」臨時増刊号に『対岸』。二月、創作集『火の車』を集英社より刊行。同月、「野生時代」に『ドラムカン』。四月より「文体」春季号〜夏季号に『光匂い満ちてよ』を連載。五月、「磁場」春号に『大中寺七不思議』。同月、「文学界」に『閉じる家』、芥川賞候補となる。六月、「すばる」に『火遊び』。八月、『たまには休息も必要だ』を集英社より刊行。九月、「文芸」に『村雨』、芥川賞候補になる。一〇月、長編『光匂い満ちてよ』を新潮社より刊行。同月、前年一二月に発表した『赤く照り輝く山』と『閉じる家』を合体した長編『閉じる家』を文藝春秋より刊行。同月、「すばる」に『勁《つよ》い茎』（『歓喜の市』序章）。十一月、「カイエ」に『遠いブリキ屋』、「新潮」に『産屋』。

一九八〇年（三三歳）一月、「すばる」に『遊山』、「磁場」終刊号に『痩軀』。二月、短編集『火遊び』を集英社より刊行。三月、「文芸」に『遠雷』。四月、「新潮」に『帰郷祭』。五月、「図書新聞」に『夕餉』。同月、前年九月に発表の『村雨』と三月発表の『遠雷』を併せた長編『遠雷』を河出書房新社より刊行。野間文芸新人賞を受賞。六月、「野生時代」に『知らせの雪』。七月、「図書新聞」に『畑泥棒』。八月、「すばる」に『歓喜の市』の連載開始。

必死の思いが発現した結果とは言え、文字通り「一日中家にいて机にへばりついている」生活、その大変さは如何ばかりのものであったかと思う。しかし、「年譜」の「一九八一年二月」の項を見ると、「援農に志願し、二ヵ月間与那国島で砂糖キビ刈りに従事する」とある。立松は、「机にへばりつく」生活とは真逆の「肉体を酷使する」生活も執筆三昧の日々と同時に行っていたのである。早稲田大学在籍中、アルバイトでお金を貯めては国内外を「放浪＝旅」することで内なる鬱屈を鎮めてきた立松にとって、「机にへばりつく」生活と「旅＝異郷を歩く」生活は、自分を保つ上で必要不可欠なことであったのだろう。立松は、身体の欲求にしたがって全く真逆と見えるような「小説の執筆」と「肉体の酷使」という相反する生活を自らに課すことで、「精神の平衡」を保っていたのかも知れない。

このような作家として「自立」するようになってすぐの「創作」と「旅＝放浪」を両立させた生活は、六二歳で亡くなるまで続いたが、では立松和平という作家の文学はどのような特徴を持って時代に屹立していたのか。

まず第一に上げなければならないのは、立松はこの国の近代文学の伝統になっていると言っていい「人間はいかに生きるべきか」という問いを、どのような作品においても通奏低音のように響かせていた、ということである。具体的には、アジア太平洋戦争の敗北を糧に「反戦」と「民主主義の実現」を思想的バックボーンとして出発した野間宏ら戦後作家の系譜に連なる小田実や大江健三郎を「先を行く者」としながら、高度経済成長期に青春時代を送らざるを得なかった「団塊の世代」特有の「社会と個」の在り様を追求するところに、その文学的特徴があったということである。

その厖大な小説群をいくつかの傾向（主題）に別けると、以下のようになる。

（一）「ぼくの精神形成の多くは、七〇年前後の学園闘争におうところが大きい」（「鬱屈と激情」七九年）ということからも分かるように、『今も時だ』（七〇年）や前記した長編の『光匂い満ちてよ』、あるいは『冬の真昼の静か』（七五年）、そして「盗用・盗作」事件を起こした『光の雨』（九三年連載中断・改作九八年）などの学生運動体験を基にした作品群。

（二）文壇的処女作『途方にくれて』をはじめ初期の『ブリキの北回帰線』（七八年）や『タイガー・ヒル』（同）、『太陽の王』（八二年）、『熱帯雨林』（八三年）、『水の流浪』（八四年）などに代表される「放浪＝旅」体験を基にした作品群。

（三）第一回早稲田文学賞を受賞した『自転車』（七〇年）から始まり、『卵洗い』（九二年）、『鳥の道』（九五年）、『母の乳房』（九七年）と続く「自伝」的作品。

（四）そして、立松を一躍現代作家の第一線へと押し上げることになった『遠雷』（八〇年）に始まる一群の「境界」をテーマとした作品群――これは、農・漁・林業から工業・通信産業・サービス（金融）業へという産業構造の転換（＝日本列島改造・田中角栄の掛け声と共に全国の地方都市が「変貌」を遂げることになった）によって、膨張する地方都市の郊外を舞台に、そこで生起する悲喜劇を描いた「雷」シリーズと言うこともできる物語群――。

（五）その「境界」と深い関係にある「自然」と人間との関係を追求した『光線』（八九年）や『海のかなたの永遠』（同）、『月光のさざなみ』（九八年）などの作品。

（六）さらには、母方の曾祖父が生野銀山から足尾銅山へと移ってきた坑夫であり、そこで一家をなした歴史から書き綴ることになった『赤く照り輝く山』（七八年）や『閉じる家』（七九年）から『恩寵の谷』（九七年）といった「足尾の物語」と、そこから派生した足尾鉱毒事件やその理不尽極まりない非人間的出来事と戦った田中正造に材をとった『毒―風聞・田中正造』(同) 及びその続編の『白い河―風聞・田中正造』(遺筆 二〇一〇年) などの作品群。
(七) そして、これは次の「仏教」を素材とする作品群と繋がっている主題だとも思われるが、中年から老年にさしかかった立松自身の「生活」や「心情(信条)」を反映した『猫月夜』(二〇〇二年) や『軍曹かく戦わず』(二〇〇五年)、『晩年』(二〇〇七年)、『寒紅の色』(二〇〇八年)、『人生のいちばん美しい場所で』(二〇〇九年) などの作品群。ここに「生命」三部作と言われる『日高』(二〇〇二年) や『浅間』(二〇〇三年)、『日光』(『二荒』二〇〇七年刊の改作 二〇〇九年) も、加わる。
(八) 立松は、盟友中上健次の死、父親の死、さらには『光の雨』盗作・盗用事件を経験することから一挙に「仏教」への傾斜を強めていくが、その仏教へと傾斜していく精神は『木喰』(二〇〇二年) や『救世 聖徳太子御口伝』(二〇〇七年)、二〇〇〇枚を超える大作『道元禅師』(同)、『良寛』(遺作 二〇一〇年) などによく現れている晩年を飾る「仏教小説」群。

この「主題」による区分けは、立松の文学的特徴を現すと同時に、彼の文学がどのように「変遷」してきたかを明らかにするものである。本論が、「評伝」的なスタイルを持った作家論になっている所以である。立松は、よく「時代の目撃者」と言われてきたが、そのことはこの「主題」の区分けを見れば、歴然とするだろう。
私はこれまで二冊の「立松和平論」を書いてきた。一冊は、立松が道半ばの四四歳の時、同世代作家として伴走してきた立松について一冊の作家論があってもいいのではないか、との思いがあって、立松が「境界」の発見から「雷」シリーズを書き継いでいた時期に書き下ろしの前記した『立松和平――疾走する「境界」』である。もう一冊は、立松の出世作『遠雷』をプロデュースした河出書房新社の編集者に慫慂され、「人間ドキュメント」

シリーズの一冊として書き下ろした『立松和平伝説』（二〇〇二年　河出書房新社刊）である。二冊とも、同じ時代を共に歩んできた作家と批評家という関係があってはじめて成立した作家論と言ってよく、執筆中は充実した時間を過ごすことができた。

そのような前二著に対して、本書は二〇一〇年一月から二〇一五年一月まで五年間かけて刊行された『立松和平全小説』（全三〇巻＋別巻一）の各巻に付した「解説」一二〇〇枚余りを基に、重複する点や認識間違いを正しながら、「立松はもういない」という思いを胸に、一年かけて全面的に書き直し、八二〇枚余りの「評伝的」作家論に仕上げたものである。思えば、私の最初の著書である『北村透谷論――天空への渇望』（七九年　冬樹社刊）の担当編集者が、その一年前に立松の『ブリキの北回帰線』を作っていたという縁で立松と知り合って亡くなるまで、三〇年余り私はずっと「一人の同世代作家と批評家」という関係の下で親しくしてきた。その意味で、本書は私が書く「最後の立松和平論」になるだろう。本書が私にとっての「定本　立松和平論」であるのは、以上のような理由による。

序　書くことは生きること　1

第一章　青春の軌跡――「書くこと」の始まり　12
一　「放浪」から始まる／二　「作家」へ／三　試みの日々――修業時代、そして恋愛・結婚、就職
四　市役所職員（公務員）の日々／五　「非日常＝越境」への渇望
六　「日常」からの脱出――異境・与那国島へ

第二章　「脱出」の試み　48
一　「冒険」へ――「修羅」を内在させつつ／二　何故「ボクシング」なのか
三　再生へ――もう一度「旅・彷徨」へ

第三章　今ある「私」はどこから来たか――「歴史」への眼差し　71
一　「団塊の世代」として／二　「戦後」へ／三　「戊辰戦争」へ――「敗れし者」の鎮魂
四　見果てぬ夢

第四章　「足尾」に至り、「足尾」へ　91
一　「鎮魂」から始まる――「足尾」へ／二　父祖の物語／三　近代曙期における「光」
四　「田中正造」へのこだわり／五　「反権力」という生き方

第五章　「境界」を生きる　114
一　「境界」の発見／二　「共同体」の解体から「家族」の解体へ
三　「家族」の解体から「個」の崩壊へ／四　「救済」は可能か
五　破壊される農——時代の目撃者として㈠
六　「希望」そして「絶望」——時代の目撃者として㈡

第六章　ここより他の場所——「ユートピア」を求めて　153
一　「自然」への憧憬／二　越境者たち㈠——「解体」する日常
三　越境者たち㈡——散在する「境界」／四　越境者たち㈢——「物語」が生まれる場「周縁」へ
五　試みの「ディストピア」小説——『沈黙都市』の異質性

第七章　学生運動体験を問う——「責任」、そして「再生」　193
一　「あの時代」を描く／二　闘いの「総括」——『今も時だ』から始まる
三　『光の雨』事件・その意味とその後

第八章　「母」・「庶民」・「性」へ　225
一　「母」への憧憬——もう一つの「戦後の物語」／二　「タダの人＝庶民」に寄り添う
三　「性＝生」の追求

第九章　「もう一つ」の生き方を求めて　255
一　「老い」の自覚――「晩年」のとば口で「死」を想う／二　「反戦」の旗は降ろさない

第一〇章　「生命」を凝視めて　273
一　「自然」の前で「生命」は……――『日高』・『浅間』の世界
二　「死」と再生――『日光』（『二荒』）論／三　「恋」の行方
四　「人生のいちばん美しい場所」とは？／五　「晩年」を意識して

第一一章　「救世」と「求道」――「聖徳太子」から『道元禅師』へ　304
一　「法隆寺」（金堂修正会）・「知床」から始まる／二　「救世」――何故、聖徳太子なのか
三　聖徳太子へ、法華経へ／四　求道（求法）／五　「救い」／六　道元へ

終　章　遺されたもの　336
一　「書くことは生きること」／二　遺されたもの㈠／三　遺されたもの㈡

あとがき　348

装丁◉坂田政則

立松和平の文学

第一章　青春の軌跡――「書くこと」の始まり

一、「放浪」から始まる

一九六六年四月、早稲田大学政経学部（新聞学科）に入学した立松和平（本名・横松和夫）は、布団袋一つと机を持って故郷の栃木県宇都宮市から上京する。そして、卒業後はマスコミ・ジャーナリズム関係に就職したいとの希望を持っていたからか、入学後直ちに「早稲田キャンパス新聞会」に入会し、新聞発行に携わる。しかし、その年の入学試験が警察機動隊に守られての実施だったことが如実に物語るように、当時の早稲田大学は後に全国の大学に波及した学生運動（全共闘運動・学園闘争）で騒然としており、「授業料値上げ阻止」を掲げて全学ストなどが行われていた。また、そんな盛り上がった学生運動を反映して、どの文系サークルも一九六〇年の「安保闘争」以来四分五裂していた新左翼諸党派や日本共産党の青年組織「民主青年同盟」（民青）との厳しい党派闘争を経験していて、激しい議論や小競り合いが連日行われていた。立松は、そのような学内サークルの激しい流動化現象のあおりをまともに受けて、せっかく入った早稲田キャンパス新聞会を一年にも満たないうちに追われ、その後立松の「書くこと」の原点となる「文章表現研究会」に入会する。「文学」に強い関心を持つようになった立松が、「小説」を書くようになったのも、直接的にはこの「文章表現研究会」に入会したからであった。

では、宇都宮高校時代には写真部（部長を務める）と弓道部に所属していた立松が、大学入学直後に早稲田キャンパス新聞会に入会し、またそこを追われた後すぐに文章表現研究会に入り「文学」に関わるようになった理由は、何であったのか。おそらくその最大の理由は、多くの文学青年と同じように内部に湧出する時代に対する「違和感」や齟齬意識の拠って来たる原因は何かを探ろうとする気持、つまり近代以来の知識人（学＝知識を追求する人）が抱かざるを得なかった「自己とは何か」を問い続けようとする意志が立松の内部に立ち上がり、消えることがなかったからである。もちろん、早稲田キャンパス新聞会を追われる原因になった路線対立（内部抗争・党派闘争）の背景にあった学生運動（全共闘運動）との関わりも、当時の学生運動が政治や思想問題だけでなく文化や文学・芸術と深く関係していたことを考えると、立松の「書くこと」と関係がなかったとは言えない。

そしてもう一つ、当時の学生としては決して珍しいことではなかったが、サークル活動及び学生運動とは別に、リュック一つを背負ってお金のかからないバックパッカーの「旅」を行ったこともまた、立松が「文学＝表現」に関わることになった理由の一つとしてあった。生まれてから一八年間育った栃木県宇都宮市を離れて、早稲田大学（東京）という広い空間に飛び出た立松は、立松と同時代に学生生活を送った者には理屈抜きで理解できることでもあるのだが、見聞するもの全てが自分の血肉となるような感覚を味わったものと思われる。その「解放」された感覚の延長線上で、立松は国内各地及びアジアへと「旅」を繰り返すことになったのである。「豊かさ」（物質的な）を求めて驀進し始めた「高度経済成長」という時代も、立松ら「旅」する若者たちの背中を押していた。時代は一九六〇年代後半、この国の人々は戦後の飢餓と混乱に満ちた時代を克服して「豊かさ」が何であるかを実感するようになっていた。大学進学率が一〇パーセントを超えたのも、この時代になってからであった。決して人並み以上の経済状態ではなかった（と思われる）立松が、アルバイトで稼いだ金を使って全国各地を「旅」することができたのも、社会全体がそのような学生を許容するようになっていたからでもあった。

このような「早稲田大学」での生活が、結果的には後の「作家立松和平」を生み出す原点になったのだが、サークル活動や学生運動への参加、「旅＝彷徨」という「自分探し」の旅、つまり自分の内なる「空洞＝空虚な心」を埋める行為こそ、この時代を生きた人間の「青春」を形容するのに相応しいものだったのである。言い方を換えれば、サークル活動や「旅」という「外部」の疾風怒濤としか言いようのない「青春の経験」を、どのように「内側」で総括＝意味付けるか、そのような強い思いがあって、立松の「文学」は生まれたということである。立松の文壇的な意味での処女作は、『とほうにくれて』（後『途方にくれて』「早稲田文学」七〇年二月号）ということになっているが、『人魚の骨　初期作品集1』（九〇年一月刊）及び『つつしみ深く未来へ　同2』（同年二月刊）によれば、立松は『とほうにくれて』の前にいくつかの「習作」を書いており、その数の多さと出来映えの良さを見ると、立松が早くから「作家になりたい」希望をもち、「内なる空洞」を埋める行為を本気で行っていたことがわかる。

では、その立松の「内なる空洞」を埋める行為とはどのようなものであったのか。まず文壇的処女作の『とほうにくれて（途方にくれて）』であるが、この一七〇枚ほどの中編は、立松がタイ（バンコク）―カンボジア―香港―台湾―（施政権返還前の）沖縄とアジア各地を旅した時の経験を基に書いたものである。沖縄に着いた時、主人公の「旅」の資金が底を尽き、帰国資金稼ぎのためにベトナム戦争の帰休兵であふれかえる沖縄の繁華街（波之上）のバーでアルバイトすることになった、その顛末を描いたのがこの中編である。立松文学の初期において、いかに「旅」が重要な要素になっていたか、「旅」の経験を基にした『とほうにくれて』前後の未発表作品（秀作）を含む作品リストを掲げてみる。

（一）『溜息まじりの死者』（六八年二月二八日脱稿）

（二）『暗い森の奥・苦い目覚め』（六八年一〇月七日脱稿）

（三）『人魚の骨』（「むむむ」創刊号　六九年六月二〇日刊）＊発表誌「むむむ」は文章表現研究会の何人かの仲間と作った同人誌
（四）『「何?」「ジャズよ。ジャズが聞こえるわ」』（同　同）
（五）『カトマンズへの途中』（「むむむ」二号　六九年一一月）
（六）『途方もないあの日』（七〇年一月一五日脱稿）
（七）『紅い海』（七〇年三月二一日脱稿）
（八）『国境越え』（「むむむ」三号　七〇年四月五日刊）
（九）『自転車』（「早稲田文学」七〇年一〇月号）＊第一回早稲田文学新人賞受賞

このうち一等早い時期の『溜息まじりの死者』や『暗い森の奥・苦い目覚め』などには、当時の文学青年の作品と同じように「大江健三郎」の影響が色濃く見られる。

周知のように、大江健三郎は立松より一世代上の作家として「戦後」を生きる青年の苦悩や悲哀、絶望を描き、六〇年代の学生たちに圧倒的な人気を博していた。それ故、意識的であったか無意識的であったかは別にして、文学に関わる青年の多くが大江健三郎の「影響」を受けていた。特に、「作家になりたい」と思っていた青年（学生）たちにとって、大江健三郎は「あこがれ」であると同時に「目標」でもあった。立松も、そのような文学青年の一人だったと言える。この文学青年たちの「大江健三郎の模倣」は、二一世紀を迎えて一五年以上も経つ現在においても、今や毎年のようにノーベル文学賞候補となっている村上春樹と同じように続いている。

例えば、立松の作品の中で記録として残っている最初の作品『溜息まじりの死者』は、当時河出書房新社の「文藝」が募集していた「学生小説コンクール」（立松と同い年の三田誠広は高校生であった一九六六年に『Mの世界』でこの小説コンクールで佳作となり、それがきっかけで作家への道を歩むことになった）に応募し、最終選考に残った一三〇枚余りの作品であるが——不運というか、この年に河出書房新社が倒産したため、最終選考の結果がどうなったかは分からないままになっていた——、次のような文章はいかにも大江健三郎風であった。

僕は弟の眼窩の深刻な闇の深さを今目のあたりにし、僕の汚れた手をその闇に差しのべたいという衝動に、自責に身震いしながら耐えている。僕が弟に背負わせたあの暗がりを知り、なんとか僕自身のものとしようとするあがきが、僕の今までの生活のすべてだった。弟の痛みを共有することなしには僕の生活は少しも前進しないことを、僕は知っている。僕は今、こうして弟の直前に立って生々しい弟の闇を感じ、やり場のない呻きとともに自分の無力感に対する自虐の衝動に、少しの明るさを見出す。僕の罪は加害者として顔中涙でひきつらせながら弟の足元に鳴咽することではなくて、僕の役割をひきうけながら弟の暗闇を少しでも一緒に分け持つことで僕等は兄弟であることができる。僕等は兄弟としてやっていくほかない。

この「観念的・思弁的」な文体もそうだが、「兄と弟」という人物設定もまた、大江の『飼育』や初の長編『芽むしり仔撃ち』を彷彿とさせるし、兄の方が学生運動に挫折した人物というのも、「戦争」にも「戦後」の新しい出発にも「遅れてきた」という意識を持ち、スタティックな社会との違和感から「徒労」と「絶望」をかこつ青年像を描いた初期の大江作品に酷似している、と言っていいだろう。習作時代というのは、立松がお手本にしたと思われる大江健三郎だってサルトルの『出口なし』や『嘔吐』に大きな影響を受けたと告白しているように、往々にして先行する世代の代表的作家から陰に陽に影響を受けるものである。それが「作家修業」というものなのだろう。同人誌(「むむむ」文章表現研究会)に拠ってがむしゃらに作品を書き続けていた立松も、その例に漏れなかったということである。経験的に言うならば、学生時代に大江健三郎を読んでいた文学青年たちは、『パニック』(五七年)や『裸の王様』(同芥川賞受賞）などの開高健、あるいは『太陽の季節』（五五年）や『処刑の部屋』（五六年）などの石原慎太郎、さらには『仮面の告白』（四九年）や『潮騒』（五四年）、『金閣寺』（五六年）などの三島由紀夫の作品もまた本棚に並べていた。外国文学では、ロシア文学のドストエフスキーやトルストイ、フランス文学のサルトルやサガン、アメリ文学のヘミングウェイやフォークナー、スタインベック、ボールドウィンが自分たちの欲求を満たす文学として書棚を飾っていた。

おそらく、早稲田キャンパス新聞会を去って文章表現研究会に入った立松を待っていたのは、列記したような作家たちの作品や思想・方法をめぐって展開されるサークル員同士の「激論」だったはずである。もちろん、先にも記したように、六〇年代後半の大学キャンパスは授業料値上げ問題や学生の自治（学生会館や学生寮の自主運営）をめぐる問題で、大学全体が騒然とした雰囲気にあった。六〇年代後半の大学は、戦後的価値観を象徴する「平和と民主主義」思想の崩壊・再編に関わる学生側からの「異議申し立て」によって揺れ動いていたのである。立松は、そのような歴史的転換点に遭遇した学生の一人として、「政治」を体験し、「文学」を深く考えるようになったのである。

二、「作家」へ

そんな習作時代を卒業して立松が独自の文体と作風を確立するのは、やはり『とほうにくれて』以後であった。そのことについて形式的な面から言えば、同人誌の「むむむ」に掲載されていたものから、伝統ある「早稲田文学」（近代文学の祖の一人である坪内逍遙が初代の編集長）に掲載されるようになったことが大きく作用していたと考えられる。つまり、小さなものとは言え、一応伝統ある商業誌に書くようになって、主題が明確になり、文体や方法も確かなものになったということである。例えば、以下の引用は『とほうにくれて』の一部だが、もう既に初期における「立松調」と言っていい文体を確立させていることが分かる。

「沖縄についたら、ぼくはどうしたらいいんだ。まったく、とほうにくれちまうなあ」（中略）「俺たちは、いつだってとほうにくれながらやってきたんだ。それはもう、いつだってだ」

「最後のたのみの綱は、これっぽっちしか残っちゃいない」ぼくはポケットをまさぐって二十五セント銀貨《クオーター》を取り出すと、空中にほうりあげ、受けとめて掌をひろげた。掌の上の銀貨は、かさかさして白っぽく輝きのないものに見えた。「現金《キャッシュ》はこれっきり」ぼくは二十五セントを指先につまんで、裏と表を返してみた。「これっぽっちの全財産」

「なんとかなるもんさ」ヒゲはぼくの二十五セントを横からとり、指の腹でこすりながら言った。「俺はなんども同じような経験を持っている。でも、いつだってどうにかなってきた。どうにでもなってきたさ」

「ぼくもそう思うよ。自然と、なんとかなるもんさ」ぼくはヒゲの口調を真似て言ってみた。「いつだってとほうにくれているのがぼくらなのさ」

「いつだってとほうにくれているのがぼくらなのさ」、この主人公の言い草にはいかにも青春期特有の「甘さ」を感じるが、この引用部分から分かるのは、先に引用した『溜息まじりの死者』の観念＝言葉だけで構築されているような世界と違い、言葉に肉体（感覚）が伴っているということである。言い方を換えれば、『とほうにくれて』の方には、「借りもの」でない立松和平という作家の「肉声」が随所にほとばしっているということでもある。立松は、『とほうにくれて』を書いたとき、二二歳の大学生であったが、この作品には二二歳の大学生の「等身大」の思想と肉体が詰まっており、そうであったが故に「早稲田文学」（第七次）の編集長を務めていた有馬頼義——有馬は一九五四年に短編集『終身未決囚』により直木賞を受賞した作家で、当時は松本清張と並び称される推理作家の巨匠であった――の目にとまり、同誌へ掲載されることになったものと思われる。

リュックサックを背負い、アルバイトで貯めたなけなしの金を懐に、解消すべくもないこの社会や時代への「違和感」を内部に抱えながら、「旅」に出ざるを得なかった二二歳の立松が、等身大の主人公の口を借りて「途方にくれる」としか言えなかったのは、当たり前のことでもあった。この『とうほうにくれて』の主人公は、立松自身を一〇〇パーセント体現するものであったが、と同時に当時の青年たちの在り様をも映し出すものでもあった。『とほうにくれて』は、まさに時代や社会の在り様と切り結ぶ個人の苦悩や喜び、悲しみを小説という表現形式の中に映し出すことを、生涯の仕事とした立松和平という作家に相応しい処女作（文壇的）であった。

立松は、先にも記したように直木賞作家の有馬頼義によって見出されたと言ってもいいのだが、有馬を生涯にわたって「恩人」として尊敬してきたのも、『とほうにくれて』一編で立松の才能を見抜き、「早稲田文学」の若き書き手として迎え入れてくれたということに加えて、有馬頼義は当時自宅で開いていた文学サロン「石の会」に立松を誘い、一人前の作家として遇し、刺激を与えてくれるということがあったからに他ならない。当時、「石の会」には若き五木寛之、渡辺淳一、三浦哲郎、高井有一、後藤明生、色川武大、高橋昌男、笠原淳ら後に現代文学の中心で活躍する錚々たる人々が集い、文学談義に花を咲かせていたという。全く無名の大学生（立松）が、例えば『さらばモスクワ愚連隊』（六七年）で小説現代新人賞を、『蒼ざめた馬を見よ』（六七年）で直木賞を受賞した五木寛之たちに混じって、サロンの片隅で固唾を呑みながら先輩たちの文学談義に聞き入っている姿を想像してみれば、当時の立松がどのような気持で「作家になる夢」を見ていたかが分かるだろう。立松が「いつか、自分も」、と心秘かに思っていたであろうことは想像に難くない。

等身大の自分を描く、そのことが読者と自分を結ぶ最も重要な事柄であると思ったところから、立松和平文学の世界は花開いていくことになったのだが、「幻の」と言われる第一回早稲田文学新人賞を受賞した『自転車』は、まさにそんな初期の立松和平文学の確立を告げる作品であった。一編は、アルバイトでデパートのお歳暮配達を行いつつ、学生運動にも関わっている主人公の母親が東京の病院に入院するということから物語が始まる。主人公の学生は、母親の入院という事態に対して狼狽《うろた》え「どうすればいいのだ」と煩悶し、無力感に苛まれながらのたうち回る。この作品は、選者（有馬頼義）によって当時の学生たちの行動と「内面」を凝縮したものと評価されたのも、首肯できる。

母は眠っていた。子宮を切り取られたことを知ってか知らずか、母はかるく鼾すらかきたてている。子宮は暗がりに微光をはなち、ホルマリンの底に沈んでいる。すでに父は夜行列車で帰った。夜警か、遠くからカッカッとゆっくり靴音が響いてきた。ぼくは椅子にすわって、母の痩せこけ皺よった横顔に眼をむけていた。今頃、機動隊がはいっているかもしれなかった。武田（主人公の親友―引用者注）は石を投げ、空壜を投げる。だが、ジュラルミンの楯にあっけなくはねとばされてしまい、すぐに投げつきてしまうのだ。バリケードが崩されていく。武田はヘルメットをまぶかにかぶりなおし、きつく角材を握りしめる。恐い。来た。濃紺の乱闘服がやって来た。うちかかる武田。はねとばされ、なぐり蹴られ、髪毛をつかまれてひきずりまわされる武田、武田……

ここからは、子宮切除の手術をした母を看病している主人公と、想像裡にバリケードに立て籠もった学生たちと彼らを排除に来た機動隊との闘いを対比させることで、「日常」と「非日常」に引き裂かれた生を送る青年（学生）の姿を浮き彫りにしようとする作者の意図が透けて見える。このような主人公の形象化は、決して「観念」＝頭の中でこねくり回して作り上げたものではなく、「学生運動」と「旅＝彷徨」に彩られた立松自身の青春＝現実を凝視するところから自然に身に付いたものであった。

生前、『立松和平　日本を歩く』（全七巻　二〇〇六年四月　勉誠出版刊）を編む際に、必要があってコクヨのB六判サイズの小さな立松の「旅日記」なるものを見せてもらったことがある。今までに国内はその隅々まで、外国も数十ヵ国を訪れている立松の「旅日記」は、必ずしもきれいに整理されているものではなかったが、驚かされたのは所々に「まとまった感想」が書かれていて、使おうと思えばいつでもそのままエッセイや小説に使えるようになっていることだった。たぶんホテルの薄暗い灯りの下で、あるいは移動する飛行機や電車の中で書いたものと思われるが、それらの「旅日記」を見ると、立松の「旅」が決して物見遊山といった性質のものではなく、訪れた先の「自然」をはじめとして人々の暮らしの在り方や習俗、伝統、文化に強い関心を示し、それらをいちいち記録し続け、自らの「知」を豊かなものにしようとしていたことが分かる。これは、「旅」という言葉が喚起する一般的な「非日常」とは別次元の、旅によって導き出される「精神性」を立松が大事にしていた証拠でもある。

そして、この立松の「精神性」を要求した「旅」は、社会の仕組みや思想（理論）の枠組みとは何であるのかを問うた学生運動の体験から得たものであったと推測できる。あるいは、いつも心底ではユートピア（理想社会）は存在するのかを考え続けてきたことにも関係していた、とも言える――この立松の姿勢は、「社会主義」の何たるかを知るようになった大正時代の作家たちが「芸術と実生活」の相克という形で苦しんだのと似ている――。

立松の著作の中に『楽しい貧乏』（八八年）とか『貧乏仲間』（九三年）、『貧乏自慢』（九七年）という「貧乏」であった学生時代のエピソードを中心にまとめたものがある。「豊かさ」を謳歌している現代では信じられないような、下宿近くの食堂へ行って一番安い「オニオンスライス」を「タマネギ付きご飯」だと思って注文したところ、「スライス」したタマネギは出てきたが、待てど暮らせど「ライス＝ご飯」が出てこないのを不思議に思ったとか、余りに空腹だったので、同じ植物性繊維でできているのだから食べられるだろうと思って新聞紙を煮て食べたとかの「悲しい」貧乏話が詰まったエッセイ集である。立松は、そんな「貧乏」な学生生活を送りながら、繰り返すが、一方で「旅」

を繰り返し、学生運動にも参加していたのである。そんな青春時代（学生時代）の体験こそが立松の最初期の作品を彩るものだったのである。

三、試みの日々——修業時代、そして恋愛・結婚、就職

「一」で書いたように、一九七〇年二月、『とほうにくれて』が「早稲田文学」に載り、『自転車』（同年一〇月）で第一回早稲田文学新人賞を受賞した立松和平は、一九七一年四月に入社した集英社を一日出社しただけで退職する。「作家」としての自立を目指し、生活費稼ぎのアルバイトと小説の執筆に明け暮れる、今風な言い方をすればフリーターの生活を覚悟しての、「進路変更」と言うには余りにも重い決断であった。もちろん、その当時立松がそのような「不安定」な生活を選んだことについて、「重い決断」と自覚していたかどうかは別である。学生時代も「旅」の資金を得るために、また生活費を得るためにアルバイトをし続けてきた立松にとって、「フリーター生活＝作家修業」の日々は学生時代の延長と思えていたのかもしれない。そんなフリーター生活＝作家修業の日々がどのようなものであったか、その一端を「身体ひとつの闘い」（「青春の道標」『日本経済新聞』九五年一月七日〜三月二五日連載　『貧乏自慢』九七年一月　河出書房新社刊　所収）が伝えている。

早稲田大学政治経済学部経済学科の同級生たちは、少数の例外を除いて、大企業に就職していった。少数の例外とは、学究の道を選んで大学院に進んだものや、意思的に留年をした私などである。まだ学部に席を残してあるのに、私はドロップアウトしたのだと気負ったりしていた。

山谷での肉体労働の仕事が私にはあっていた。身体ひとつで世渡りしているというなによりの自由が、そこには

あった。若くて身体も元気だったから、生きることにおいても攻撃的だったのである。

ドヤと呼ばれる簡易宿泊所が、その街にいけばいくらでもあった。板橋の下宿から通うより、一泊九十円のドヤに泊まったほうが安上がりだった。借りるのは蚕棚のベッドである。一応宿帳は書かされたが、何を書いても別に問い返されることもなかった。

このような生活と並行して立松和平は、少しずつではあるが、「早稲田文学」や「三田文学」、「新潮」などに作品を発表し、後にそれらの作品は『人魚の骨　初期作品集1』や『つつしみ深く未来へ　初期作品集2』、短編集『途方にくれて』（七八年五月　集英社刊）、『今も時だ』（七八年八月　国文社刊）、『たまには休息も必要だ』（七九年八月　集英社刊）などに収録されることになる。なお、これらに収められた作品から伝わってくるのは、「小説を書きたい・小説家になりたい」というアンビシャス（野心）に必死になっている立松の姿であり、その野心（夢）を実現するためには「安定」した生活や「立身出世」、あるいは「社会的地位」などを断念しても構わないという気概である。「肉体労働」で日々の糧を得ながら「文学に殉じ」ようとするその精神の在り様は、食うや食わずの生活に甘んじながら、それでも「文学」にしがみつくことで矜持を保っていた明治以来の文学青年の在り様に近いものであった。

果たして「文学」に殉じようとした立松の選択が「正しかった」か否か。それは、立松和平が『立松和平全小説』（全三〇巻　別巻1）に結実する小説作品と、それを上回る数の紀行文集やエッセイ集、ノンフィクション作品等を残していることを見れば自ずと分かることだが、それとは別に、この時期の立松が「貧乏」という言葉でしか形容できない「青春」の只中にあって、その輝きを増すような体験をしていたことを忘れてはならない。その体験とは、まさに「恋愛」である。立松の「恋愛」は、映画化もされた『蜜月』（原題『路上の愛』八二年一二月　集英社刊）にデフォルメされて書かれているが、立松が山谷や築地で肉体労働して生活費を稼ぎながら必死に小説を書き、「ボツ」になるのを覚悟でその原稿を投稿していた「早稲田文学」の編集室で、編集事務を手伝っていた「彼女」（後の妻）と出会うことから始まる。『蜜月』によれば、きっかけは彼女が自分用に用意してきた昼食の握り飯を、年中腹を空かせていた立松に食べさせたことであった。その後の細かい経緯は別にして、立松の「恋愛」は、一〇〇年以上前に黎明期の明治文学を代表する詩人・評論家の北村透谷が、「厭世詩家と女性」（一八九二・明治二五年）という評論の中で、次のように断言したことと全く同じメンタリティによって支えられたものであった。

此時、想世界の敗将気沮み心疲れて、何物をか得て満足を求めんとす、労力義務等は実世界の遊軍にして常に想世界を覗う者、其他百般の事物彼に迫って劒鎗相接爾《せつじ》す、彼を援くる者、彼を満足せしむる者、果たして何物とかなす、曰く恋愛なり、美人を天の一方に思求し、輾転反側する者、実に此際に起るなり。生理上にて男性なるが故に女性を慕ひ、女性なるが故に男性を慕ふのみとするは、人間の価格を禽獣の位地に遷す者なり。春心の勃発すると同時に恋愛を生じると言ふは、古来、似非小説家の人生を卑しみて己れの卑陋なる理想の中に縮小したる毒弊なり、恋愛豈単純なる思慕ならんや、想世界と実世界との争戦より想世界の敗将をして立籠らしむる牙城となるは、即ち恋愛なり。

立松が彼女と出会った頃、立松は世間的に言えば、北村透谷が言う「想世界の敗将」そのものであった。もちろん、『蜜月』には立松と出会う前に見合い相手と結婚前提の交際を行っていた彼女の姿が描かれていたが、彼女もまた親がお膳立てした結婚に余り積極的でなかったという点で、やはり「想世界の敗将」状態にあったと言えるかもしれない。「厭世詩家と女性」には、次のようなことも書かれている。

恋愛は一たび我を犠牲にすると同時に我れなる「己れ」を写し出す明鏡なり。男女相愛して後始めて社界の真相を知る、細小なる昆虫も全く孤立して己が自由に働かず、人間の相集つて社界を為すや相倚托し、相抱擁するによりて、始めて社界なるものを建成し、維持する事を得るの理も、相愛《そうあい》なる第一階を登つて始めて之を知るを得るなれ。独り棲む中は社界の一分子なる要素全く成立せず、雙個相合して始めて社界の一分子となり、社界に対する己れをば明らかに見る事を得るなり。

年譜によれば、結局立松は家を飛び出した彼女と「駆け落ち」のような形で結婚するのだが、先にも記したように「早稲田文学」や「三田文学」、「新潮」などに作品が載るということはあっても、作家だけでは食っていけないという意味で社会的には相変わらず「想世界の敗将」に他ならなかった。

以上のように、自らの「駆け落ち」から結婚に至る過程、つまり「恋愛」体験は立松の初期において重要なファクターになっていた。就職が決まっていた出版社（集英社）への入社を辞めて、フリーターをしながら作家を目指すことになった立松の生き方の選択と深く関係していたからである。しかし、立松のような生き方は、あの「政治の季節」を経験した者にとって、珍しいものではなかった。経験的に言うのだが、あの「政治の季節」を生きた人間は人生の節目節目で「延命」――この社会に何らかの形で足場を作り、生き続ける――か、「自爆」――自らの命を絶つか、職業革命家になって社会の表層から消える（地下生活者になる）――か、の決断を迫られた経験を持っており、そのことが生きる原点になっている、ということである。

言い方を換えれば、あの時代、少なくない数の学生（若者）が「荒野をめざす」（五木寛之）かのように「自爆」（革命家への道）を選択したが、「作家」を目指して就職を蹴った立松は、職業革命家への道ではなかったが、ほとんどの学生が選択した「延命」とはまた違った道を歩むことになったということである。そして、そのような生き方はこの資本制社会を推進するような立場を拒否し、できれば文化的なことに専念して権力や資本の論理となるべく離れた場所で生きていたいという願望の現れでもあった。当時、アメリカでは泥沼化するベトナム戦争への嫌悪（否定）からエスタブリッシュメント（権力機構）への階梯を拒否して、仲間たちとコンミューンを形成して暮らす「ヒッピー」と呼ばれる一群の若者たちが現れたが、そのような生き方に賛同した日本の若者たちも「和製ヒッピー」と呼ばれ、社会の表層からドロップアウトしていった。就職せず作家修業に専念しようとした立松の生き方も、彼らのそれと似ていたとも言える——ずっと後のことになるが、立松が仏教に深い関心を示すようになってから、「和製ヒッピー」のリーダーの一人と目されていた山尾三省と『瑠璃の森に棲む鳥について—宗教性の恢復』（二〇〇一年一月刊）と『水晶の森に立つ樹について—宗教性の恢復』（同年六月刊）という二冊の本に結実する対談を行っていることを思うと、なにやら因縁めいたものを感じる——。資本制社会の上昇コースには乗らず、しかし「文学」に関わり続けることによって、きちんとこの社会や時代の在り方を批判できるスタンスを保って生き続けていく、立松はそのような決断を早稲田大学卒業時（二三歳）に行ったのである。そのような決断（選択）の先に立松の「恋愛」はあった。

彼女と会ったのはそんな時だった。彼女は早稲田文学編集室で事務をとっていたのである。編集事務ではなく経理事務で、原稿の成否にはかかわらなかったが、何度も編集室に顔を出しては馬鹿な冗談をいい、結局はボツになった原稿を抱えて帰っていく私に同情したのが最初だったかもわからない。

編集室は昼から開いた。徹夜の土木作業の仕事が明けるかして私が編集室にいくと、彼女が一人でいた。同情をひくに足る貧しい私に、彼女は編集室の誰かのためにつくってきた握り飯の弁当を出してくれたのだった。私は必要以上に喜び、うまいうまいと大袈裟なほどにくりかえしたのかもわからない。

そのことをきっかけにして、彼女とはいろんなことを話すようになった。出身地のこと、最近観た映画、読んだ小説、親や兄弟、夢、希望、や不安、そんなことをとりとめもなく話す仲になったのだ。私は文学という放埒に身を預けて就職すらも蹴った人間、彼女は平凡なほどにまともな人間である。私とつきあっていることを知られると困るのは彼女のほうで、私は失うものもないし恐いものもない。私はいたって気楽であった。

（『発端の握り飯』八四年）

この「彼女」こそ後に立松夫人となる女性（小山内美千絵）なのだが、彼女は有馬頼義の紹介で早稲田文学編集室につとめる際に、出版社勤務の父親から「くれぐれも文士などとつきあわないように。それだけは注意しなさい」とクギを差されたという。結果的には親の心配が的中してしまったということになるが、考えてみれば、すでに文学者として名を成した人はもちろん、立松のようなまだ駆け出しの若い「文士」が数多く集まってくる文芸雑誌の編集室に未婚の女性が勤務するということは、不適切な例えかも知らないが、狼の群に羊を投げ入れるようなものだったのではないだろうか。

ただ、これは全くの想像に過ぎないが、「彼女」はこの国の新劇運動を領導してきた劇作家・演出家の小山内薫を祖父に持っていた。「彼女」の内部に流れる「文士の血」が、立松和平という作家修業中の学生の生き方に共鳴してしまった、とも考えられる。つまり、「箱入り娘」のように大切に育てられた「彼女」にしてみれば、「野心」を内に秘めエネルギッシュな青春を過ごしていた立松のような文学青年に、自分が棲む世界とは全く違うものを感じ、それがいつの間にか「憧憬」にも似た感情に移行したということなのだろう。先の『発端の握り飯』に従えば、立松が一個の握り飯をきっかけに「彼女」に恋してしまったように、「彼女」もまた日夜食うや食わずの状態で小説を書いている立松に「精神の輝き」を感受していったものと思われる。早稲田大学政経学部卒の立松が「エスタブリッシュメント」・「エリート」への道を拒絶したように、「彼女」も自分が長い間居心地よく過ごしてきた「小市民」的な安定した生活の壁を越えようとした、と言えばいいかもしれない。そうでなければ「彼女」は、結納を取り交わすまでに進んでいた結婚話を破談にし、その後何度となく勧められた見合いを断り、ついには「駆け落ち」という形で立松の元に走るということはなかっただろう。

立松は、「彼女」とどのような形で「駆け落ち」したのだろうか。『一閃ひらめく華』（七九年）には、次のように書かれている。

（栄養失調で）寝ている間、珍しく彼は自分の行く末のことを考えた。金も仕事もないないづくしだったが、彼女との未来は明るかった。よくなるか悪くなるかは時の運として、ここは精一杯の頑張りどころだぞと思った。

二週間後に彼女は逃げてきた。お見合いの場所にむかう途中で、着のみ着のままハンドバッグひとつだった。この下宿は知られているのでかくまうこともできず、方途もなかったが、彼女の真剣さにあおられるようにして彼もいっしょに逃げだした。洗面道具とタオルと少しの着替えをバッグに詰め、行き先のあてもなく下宿をでたのだった。

彼は三千円ぐらいしか金を持っていなかった。彼女はコツコツためた貯金通帳を持ってきたが、ハンコを忘れてきた。希望に燃えた彼女を連れて山谷にいきドヤ住まいして土方をするわけにもいかない。背に腹はかえられずに彼は、厚かましくも早稲田文学編集長の小説家のA氏に金を借りにいった。A氏はにこにこ笑って十分な金を貸してくれたのだった。助かった。

（『一閃ひらめく華』）

ここで言う「A氏」は、もちろん有馬頼義のことである。この時有馬頼義が貸してくれたお金は，別なエッセイや有馬夫人を主人公とした短編『伯爵夫人』（二〇〇〇年）によれば、五万円だったという。当時の大企業大学卒初任給とほぼ同じ金額である。駆け落ちした立松たちが大助かりであったのは、言うまでもない。作家への道を開いてくれた有馬頼義が、また人生の門出で助けてくれたのである。なお、この時「借りた五万円」は、『伯爵夫人』によれば未だに返していないという。感謝してもしきれない「恩義」の象徴である五万円、簡単に返せる身分になっても、あの楽しくも苦しかった時代のことを忘れないために敢えて返さないでいたのだ、と立松はエッセイなどで書いている。

それはともかく、有馬頼義に貰った五万円でアパートを借りて一緒に暮らすようになった立松と「彼女」であるが、立松をめぐる状況は相変わらずであった。「金はなく、未来への明るさもなく、人に迷惑かけ放題の滅茶苦茶さだった」（『一閃ひらめく華』）が、いつ開花するか分からない「才能と野心」を頼りに必死に生き、後に「あの時期はぼく自身にとって確かに人生の華だった」（同）と言えるようになるアンビバレンツな日々を、立松は送っていたのである。それは、決して常識的な意味では「蜜月」などとは言えないものだったはずだが、しかし立松の恋愛—結婚は精神の気高さとその充実感において「蜜月」と言うのに相応しいものであった。自伝的長編『蜜月』（八一年刊、八四年に立松が脚本を書き橋浦方人監督により映画化される。主演佐藤浩市・中村久美）の雑誌（「すばる」）掲載時のタイトルが『路上の愛』であったことは、何よりも立松の「恋愛」の内実を語っている。

では、その「路上の愛」が意味するものは何であったのか。そこで想い出すのが、唐突に思われるかもしれないが、一九六八年一月に「少年マガジン」誌で連載が開始された高森朝雄（梶原一騎）原作・ちばてつや画の一世を風靡した漫画『あしたのジョー』である。世の中からはみ出し、反抗的な生活を送りながら、それでも「あした（明日）」のチャンピオンを目指して突き進むボクサー「矢吹丈（ジョー）」は、実際的にも心情的にも権力と渡り合う経験を持った当時の若者（学生）に圧倒的な支持を得ていた。同じ原作者（画・川崎のぼる）による『巨人の星』（「少年マガジン」六六年一九号から）が、父親の「特訓」を受けて「読売巨人軍」という常勝プロ野球チームのエースとなる主人公（星飛雄馬）だったのに対して、『あしたのジョー』の主人公は全身をハリネズミのようにして社会と対峙し、それでも「明日」を信じてどん底からはい上がろうとしていたのだが、そのジョーの姿に、学生運動に「敗けた」という意識を持つ若者たちは自分を重ねていた、とも言える。

「明日」を目指して今日の苦境に耐える、あるいは「明日」のために現在を精一杯生きる、それはまさにあの時代を生きる若者自身の姿そのものだったのである。そして、何よりもそのことを強く印象づけたのが、一九七〇年三月三〇日に起こった赤軍派による「よど号ハイジャック事件」であった。今は故人となったリーダーの田宮高麿は、事件の際に残した手記の中で、「われわれは明日、羽田を発たんとしている。われわれは如何なる闘争の前にも、これほどまでに自信と勇気と確信が内から湧き上がってきたことを知らない。(中略)最後に確認しよう。われわれは〝あしたのジョー〟である。」と書いていた。当時、世の識者と称された人々は、漫画の主人公に自分たちの思いを託したハイジャック犯(赤軍派)の真情を理解せず、大それた犯罪を漫画チックに行ったなどと非難したが、田宮の手記は、いつ実現するかわからない「勝利=革命」におのれの全てを賭ける若者の心情を代弁するものであった。

立松の、一九七〇年一〇月二二日に世界フライ級タイトルマッチで大場政夫が新チャンピオンとなった試合に関して書かれたエッセイ『ジョーがいた』(八二年)からは、懐古的な文章とは言え、よど号ハイジャック犯田宮高麿の手記に示されていたメンタリティーと同質のものを感知することができる。

ああここに「あしたのジョー」がいると思ったのだった。私はといえば、筋肉から火を噴くと思われるような激しい労働に明け暮れ、炎を呑み干すようにして焼酎を飲み、風呂上がりの白い身体で、テレビの中にいる現実の「あしたのジョー」に、自分自身を重ねあわせていた。大場政夫も、「あしたのジョー」の矢吹丈も、私は自分の姿が遠くに投影されている幻影のように思っていた。いや、私自身が矢吹丈だったのだ。実在のチャンピオン大場政夫よりも、劇画の中にしかいないはずの虚構の人物矢吹丈のほうが、自分の思いいれを投げかけやすかったのだろう。

矢吹丈が出発したのは、まさしく山谷であり、毎朝仕事をもらうために私が立つ泪橋だったのだ。

そして、何故自分が「矢吹丈＝あしたのジョー」なのか、次のようにも書く。

飢えが力になる。これほど単純かつ強靭な論理はない。飢餓感こそが力の源なのだ。そして、実際に飢えていた。一九七〇年といえばさすがに食料が欠乏したということはないが、精神の渇望は深く、何をやっても何を見ても乾きは癒えなかった。まるで矢吹丈がつぎつぎと敵を見つけては渾身の力でぶつかっていったように、まるで自己処断のように。敵を倒せば、より強敵が現われ、たとえチャンピオンになったとしても、自分が倒れるまで敵は眼の前に立つ。

この時代、何人の「あしたのジョー」がいたのだろうか。言葉を換えれば、漫画の主人公矢吹丈は世界チャンピオンとの壮絶な死闘に敗北した後、静かにリング上で息を引き取るのであるが、世界を相手に果敢な闘いを挑み、そして敗れていく、立松たちはまさに「敗北の美学」を骨の髄まで味わった世代だったのである。そんな「あしたのジョー」のメンタリティーを共有していた立松の恋愛―結婚は、まさに悪戦苦闘の連続であった。土木作業員（山谷での立ちん坊）、築地野菜市場での軽子、倉庫番、病院の看護助手、等々、職を転々としながら、立松は「小説」を書き続けた。七一年一一月「早稲田文学」に『別れつつあるもの』、同年一二月「新潮」に『親子づれ』、七二年二月「早稲田文学」に『ともに帰るもの』、同年四月同誌に『養子わらし』（後に『風光る』と改題）と『久高祝女（くだかぬる）』、同年九月同誌に『ねむれ亀』、計六作、これが結婚してから一年半の間に商業誌に立松が発表した作品の数である。多いか少ないかは別にして、悪戦苦闘の結果であった。

恋愛から結婚に至る立松の「悪戦苦闘」が、作家立松和平にとって重要な意味を持っていたというのは、まさにそこに「青春」の燃焼があったからに他ならない。

しかし、そんな状態の只中にあった立松は、妊娠した妻（彼女）を実家に残し、妻が出産費用にと貯めていたお金を持ってインドへと「期限なしの旅」（いくつかのエッセイを読むと、子供ができたら帰国するつもりだったようだが）に出てしまう。この事実は、自分を「敗将」にさせている「実世界」から逃げたいという思いを当時の立松が持っていたであろうことを示している。一般的には、「家族」ができればまた「青春の彷徨」も収まると言われているが、立松の場合、「結婚→妻の妊娠」によって否応なく「実世界」へ入らなければならなかったのに、最後の「悪足掻《わるあが》き」とばかりに、インドへの旅＝放浪に出てしまった。ここに立松が抱えたストラグル（懊悩）が尋常ではなかったことの証を見ることもできる。その頃の心境について、立松は「インドへ逃げたけれど」（「朝日新聞」八七年一二月二六日号『楽しい貧乏』所収）の中で次のように書いている。

本当に、どうしたらよいかわからなくなった。文学をやりたいという夢を持って定職につかずにきたものの、いつしか妻ができて、その妻が妊娠したという。（中略）

新聞の求人欄を見て就職試験を受けにいくと、当時は社会全体が浮かれた高度成長のまっただ中で、私は簡単に合格してしまう。合格通知を受け取ると、今度は入社するのにしり込みしてしまう。そんなことをくりかえしているうちに、妻の腹はどんどんふくらんでくる。私は茫然として新聞の求人欄を眺めつづけた。

日に日に追い詰められていった私は、とうとう逃げ出したのだった。妻がお産の費用にと蓄えていた金をほとんど持って、タイからビルマを経由し、インドにいった。インドにいけばどうにかなるとも思えなかったが、私の自意識は逃げることでやっと確保できたのである。自己愛の念ばかりが強かったのかもしれない。

そんな立松も、インド放浪の最終地点カルカッタ（現・コルカタ）において、そこの日航支店で妻からの「長男出生」の手紙を受け取り、帰国を決意する。長男の出生という重い事実が、「彷徨＝青春」の終わりを認識させたのかも知れない。作家になるという「夢」のために、あれほど「定職に就く」ことを拒んでいた立松であったが、長男が生まれた翌年の一九七三年の春、三人の家族となった自分の生活全体を根本から立て直すために故郷の宇都宮に帰り、市役所に就職する。

四、市役所職員（公務員）の日々

不安定なフリーター的な生活から公務員生活へ、この劇的な生活転換は立松に何をもたらしたか。結論的に言えば何も変わらず、公務員になっても小説の執筆を止めたわけではない立松の内部は、相変わらず泡立ったままであったと言える。小説を書くということは、内部に抱え込んだ「修羅」との格闘をいかに外化＝表現するかということであり、「安定」とは真逆な精神の在り様を象徴するものだったからである。立松は、公務員生活をしていても（実世界の住人になっても）「荒れ狂う」精神を平定することができなかったのである。帰郷して宇都宮市役所に就職した年の一二月に発表した『ぼくらの未来』（「風景」七三年一二月号）には、市役所勤めをする立松の心境がストレートに表現されている。

水蒸気のためになにもかもがしっとりした。とうにぼくは出勤すべき時刻をやりすごしてしまっていた。勤め先に電話を入れるのも億劫だった。（中略）

こんな田舎まで逃げてきたのは、とぼくは赤ん坊を自由にしてやりながら考える。追いかけてくると思ったからではないのか。両親が、両親につながるものたちが、口ぐちにぼくらを批難してとらえようと、すぐ背後までせまっていた。すくなくともぼくらにははっきりした敵があった。ところが今はどうだ。おおきく息をつき、ぼくは足の爪の先で一方の踵をかいた。望みどおりにほうっておかれるぼくらは、とりとめもない自由の中に、敵ばかりでなく自分も見失い迷いこんでしまった。必死に逃げて逃げて逃げまくり、もしかすると逃げすぎてしまったのではないか。

しかし、妻子を抱えた身であれば、自分だけはもちろん家族諸共「逃げる」ことなど到底できはしない。それは、生活に追われるという身分を脱したのに、未だに「牢獄」に囚われているような気分で毎日を過ごさなければならない自分の現在、それは「解放」からはほど遠いものであった。『酒宴』(「青春と読書」七八年一〇月号)の、職場の配置換えに伴う送別会で泥酔して家に帰ることもできなくなった主人公が、勤め先の机に半睡しながら想い出す「妻」と交わした次のような言葉は、立松自身の「自嘲」でもあり「自己反省」でもあった、と読むことができる。

よりによってどうしてあんたみたいなネジの狂った人と結婚しちゃったのかしらね、と妻の声が耳元に聞こえてきた。悪い籤ひいちゃったのね。一生の損だわ。こんなにいわれたって言い返しもしないのお。出世の望みなんかからきしないんだもの、せめて定年まで勤めあげてよね。年金つくもの。あんた、いまさら雇ってくれるとこなんてありっこないのよ。役所にしがみついてないと駄目よお。

つまり、立松はこの「妻」の言葉に託して市役所勤めの内側で醸成されつつあった「懊悩」について書かざるを得なかったのである。一家の働き手として、妻子を養わなければならないという思いを強く持ちながら、しかし一方で細々ではあったが「作家」である自分を手放さなかった立松を日常的に襲っていたであろうジレンマ（根本的矛盾）、この時期の立松の作品の多くはそのような内部に湧出する「懊悩」や「ジレンマ」をテーマとしており、立松が未だ「青春」の只中にあったことを物語っていた。

ここで言う「青春」は、もちろん単なる生理的な意味での「若さ」のことではない。「夢」や「希望」は溢れかえるほど持ちながら、それを実現する術が見つからないまま「途方にくれる」しかない精神状態にある人間の在り様の謂いである。その意味では、立松のこの時期の作品が「自暴自棄」的な若者を主人公にしているのも、首肯できる。そのことは、この時期の作品に、『蜜月』で明らかにされているような「純愛（恋愛）」とは全く異なる、その場限りの「情欲・獣欲」と言ってもいい男と女の関係が描かれているものが多いことからも証明可能である。例えば、『この陽ざかりに』（「すばる」七七年一二月号）には、市役所勤めの二〇代前半の若者が三連休を利用して温泉宿に遊びに行き、そこで知り合った中年女性の四人組とその場限りの関係を持つという話が、何の衒いもなく描かれている。

戦後二五年、高度経済成長によって「豊か」になったこの国は、同時に「性」に関する儒教的な倫理観——男尊女卑、女性の貞操を重んじる純潔主義、等——によって緊縛されていた意識を解放した。立松のこの時期に描かれた小説における「性＝男女の関係」は、その意味でまさにこの時代に実現した（と言われる）「性の解放」を背景にしたものであった。この国の近代文学は、その初めから例えば森鷗外の『舞姫』（一八九〇年）のような、あるいは時代は少し遅れるが伊藤左千夫の『野菊の墓』（一九〇六年）や谷崎潤一郎の『刺青』（一九一〇年）のような「純愛」を変わらぬテーマとしてきたが、この時期の立松の描く「恋愛＝男女の関係」は「精神」抜きですぐ肉体的な関係になってしまう「欲望」を剝き出しにしたものが多く、「純愛」からほど遠いものであった。そして、そのような立松の「恋愛観」は、当時の青年たちの心底を支配していた「三無主義」（無気力・無感動・無関心）を反映したもの、と言うこともできる。

　またこの時期の立松作品は、『この陽ざかりに』に見られるような同時代の若者たちの姿を描いたものが多いが、これは時代の只中にあって「時代の目撃者」であることを心懸けてきた立松の文学の特徴が、この時期から立松自身によって意識的に追求されるようになったということでもあった。つまり、立松は市役所勤めをしながらも、「時代（風潮）との関わり」においておのれの文学を考えていたということである。また、そうであったが故に、公務員と作家という「二足の草鞋」を履きながら、変わらず世の評価に耐えうる作品を残すことができたのだと思われる。しかし、そのような「公務員」と「作家」という二重生活がいかに苛烈なものであったか、『泥酔』（「磁場」七七年冬号）という短編がその一端を伝えている。


「早くしないと一日休むことになるわよ」

　妻はさとすような声をだした。上からそそがれる視線を彼は鬱陶しく感じた。

「どこか打ったらしいんだ」

「自爆じゃない、こんなに平和なのに、一人で戦争してるのね。行くの。行かないの」

「風邪だとか、適当に電話してくれや」（中略）

「偉そうな顔をして。覚えてないんでしょう」（中略）

「べろんべろんだったじゃない。帰ってきたの午前三時だったわよ。自分で立ってもいられないでさ。重いんだから。あらあら、お蒲団見なさいよ」

　蒲団カバーに赤黒く血が乾いていた。爪先でこそぐとピンクの粉がでた。額にはガーゼがバンソウコウで貼りつけてある。

「お風呂場に裸で立っているんだもの。血まみれでさ。また喧嘩してきたかと思うじゃない。自転車で勝手に川に落ちたっていうから少しは安心したけど。一張羅の背広が破れて使いものにならないわよ。クレジットまだ終ってないんじゃないの」

この短編には、作中に主人公が学生運動の仲間と剣道を始めた話や三島由紀夫の自衛隊乱入と自死に衝撃を受けたことが記されていることなどが書かれていることから、主人公が市役所勤めをしている当時の立松に限りなく近いことがわかる。主人公が泥酔して自転車ごと川に落ちて大けがするというのは、立松自身がエッセイなどに書いていることと同じである。多くの場合、「青春小説」と呼ばれるものは、その出来の良し悪しには関係なく、どうしても作家自身と小説の主人公とが重なる「等身大小説」になりがちである。「青春」と呼ばれる時代は、先にも書いたように剝き出しの精神（心）を寒風に晒し、時代の流れに抗いながらも、おのれとは何かを探す作業を止めないことの謂いでもあるからに他ならない。市役所に勤めながら小説を書いていた日々は、立松にとってまさに疾風怒濤《シュトルムウントドラング》の「青春」そのものだったのである。したがって、その当時の立松の状況を「傷ましい」と見るか、それとも「豊か」と見るか、それは立松作品を読む者の心に委ねられている。

なお、「青春」時代を描く立松にとって、欠かせない体験として「学生運動」体験があるが、そのことを描いた一群の作品については、『光の雨』事件」（盗作・盗用事件）との関連を考え、第七章で詳しく論じる。

五、「非日常＝越境」への渇望

ところで、二〇一一年二月、六二歳で亡くなった立松の一九七〇年から始まった四〇年間にわたる作家生活の全体を振り返ったとき、作家になるという「夢」破れて故郷の宇都宮市役所へ就職したことは、「一時的撤退」でもあった。つまり、一九七三年四月から七八年一二月までの五年八ヵ月に及ぶ公務員生活は、出世作になった野間文芸新人賞受賞作『遠雷』（七九年）を書くきっかけをそこで得たということを含めて、後の立松文学の基底を醸成した時期でもあったということである。具体的には、作家になるという「夢」を放棄せず、その「生活」とそこで得た世界観や人間観を基にした作品群は、「生の現場」を凝視することから成る立松文学の「原点」の一つを形成したということである。例えば、『爆弾三勇士』（七八年『雨月』所収）という短編には、次のような田舎（立松が帰郷した宇都宮と読んでいいだろう）で暮らす「夢」を捨てきれない市役所職員の「切ない」心象風景が描かれており、秀逸な作品になっている。

夏は畦や土手にノビルが生える。根を掘って帰ると、東京育ちの妻はきまっていやな顔をした。他人の土地から盗ってきたと批難するのだ。土手の草はかまわないのだといくら説明しても、わたしは食べないといい張った。彼は外の水道で泥を洗い、味噌をつけて酒の肴にした。辛い根で、食べすぎると腹にガスがたまったようになった。夏は放浪への思いが吹きつのってくるのだ。リュックを背負いゴムゾウリで歩きまわったカンボジアの密林やインドの泥の大河が浮かんできて、彼は一人苦しんだ。眼の前に、真白に輝くヒマラヤの巨大な峰々が屹立し、沖縄の珊瑚礁のとび色の海がひろがった。妻や子を連れ一泊二泊の海水浴ではおさえきれるものではなかった。俺の場所はこんなところではないと思うのだった。（傍点引用者）

この作品の主人公は、必死に「作家」になることを目指していた学生時代＝作家修業時代に、バックパッカーとして国内はもとよりアジア各地を歩き回っていた立松自身と重なる。そのことを考えると、「俺の場所はこんなところではないと思う」というのは、当時の立松自身が日頃思っていた気持の反映と言える。なお、『爆弾三勇士』が収められている短編集『雨月』（八一年一〇月刊　七七年から八一年までに書かれた一四編の作品が収められている）に、「俺の場所はこんなところではないと思う」に似た表現をもった作品がいくつもある。

「帰ってよ。あんたみたいな飲み方する人にきてほしくないんだよ。今日の勘定はいいからさ、二度とこないでよ」
頭蓋骨の中といわず顔の表面といわず熱いあぶくがはじけていた。危いぞと思った。椅子をカウンターの中に投げつけてやろうか。彼は笑いのさざ波を顔中にひろげた。うまく笑えたかどうかわからなかった。女の手の中の皿が小刻みに震えているのが見えた。（中略）
しばらく旅から遠ざかっているなと思う。河も海もずいぶんと見ていない。水を見ると心がなごむ。ガンジス河の日の出を見に行ったことがあった。

（『座る眼』七八年）


「インドはよかったさ。何回も話したけど」

「夢みたいに憧れるところがあるだけでいいじゃない」

「夢さ。ああ夢さ」

「なんだか荒れてるみたいね」

「今晩飲みにいくべ。おでんのうまい店あるんだ」（中略）

「結婚するから忙しいのよ」

「来年だろう。何が忙しいんだ」

「お酒なんて別に飲みたくないもの。彼とならば別だけど」

「あああ、インドへいきてえなあ」彼は伸びをした。

（『連隊長屋敷』同）

終業のチャイムが鳴った。今日も一日何とか乗りきれたなと安堵した。時間潰しのためかたちだけ開いていた書類の綴りを閉じた。弱い風がでて、埃のにおいが鼻腔に籠った。彼は椅子から立って伸びをし、首を回転させた。骨の音がした。階段を下りて自転車置き場にむかう一歩ごとに、家のことが思い出されて暗澹とした。（中略）視線を頭の高さに戻した。心持ち闇が深くなり、ネオンの色が鮮やかだった。彼は人の流れの中に置かれた石ころだ。自転車に乗ったり歩いたりしておびただしい背中が遠ざかっていき、彼が後退っていくような錯覚にふととらわれた。今夜も苦しい酒を飲もうかと思ってみた。

（『火の海』八一年）

埃っぽい往来に出るや、市役所の建物全体に籠った黴臭い藁紙のにおいが鼻腔に残っているのを感じた。春先の街の賑わいにさえ彼は不吉なものを覚えるようになっていた。（中略）先行きのあてもなかったが、彼は市役所を辞めようと思っていた。自分の居る場所はここではないという想いが手におえないほどにふくらみ、身動きとれなくなってしまった。そんな彼の気配を察したのか、同僚たちも用がないかぎり声もかけてこなかった。（『雨月』同）

いくつか列挙したが、これらから伝わってくるのは、市役所職員と作家という二足のわらじを履いていることへの「苛立ち」・「焦燥感」といったようなものである。公務員生活に徹することもできず、かといって家族を抱えているから作家として一本立ちすることに踏み切れない。しかし、故郷宇都宮で「鬱々とした日々」を送っていた立松の内部を襲っていた「苛立ち」や「焦燥感」には、どうやら二種類あったように思われる。一つは、これまでも繰り返し触れてきたように「作家」として自立することへの「夢＝憧れ」がなかなか実現しないことから来るもので、もう一つは七〇年代の後半から次々と自分と同じような青春時代を過ごした同世代が「作家」としてデビューしてきている現実を知ったことから来るものであった。この二つは、もちろんコインの裏表のようなもので、例えばずっと気になる存在であった（後に「ライバル」視するようになる）一歳年上の中上健次が『岬』（七六年）で芥川賞を受賞し、同じ早稲田出身の三田誠広（四八年生まれ）が『僕って何』（七七年）で同賞を、『退屈しのぎ』で群像新人賞を受賞した高橋三千綱（同年生まれ）が『九月の空』（七八年）で同じ賞を、津島祐子（四六年生まれ）が『葎の母』（七六年）で田村俊子賞、『寵児』（七八年）で女流文学賞を受賞するなど、立松が市役所務めをしていたこの時期、「団塊の世代」と呼ばれた同世代の作家が現代文学の最前線に躍り出るという現象があり、立松の内部で彼らに伍して「自分も」という意識が濃厚に存在していた、と思われる。

さらに具体的に言えば、立松が五年九ヵ月在籍した市役所務めを辞める直前に書いた『赤く照り輝く山』（「文学界」七八年一二月号）が芥川賞候補になり、また同じ年に初めての創作集『途方にくれて』に次ぎ、『今も時だ』と『ブリキの北回帰線』が相次いで刊行されたということも、立松の内部で「自分も」という自負が醸成されたと考えられる。

さらに、立松が故郷宇都宮で鬱々としながら感じていた「苛立ち」や「焦燥感」の理由について言えば、他にもそのような「鬱屈」した感情を醸成する要素があったように思われる。立松は、市役所を辞めて二年後、いよいよ作家として波に乗りだした八一年二月、「援農」ということで二ヵ月間、妻子を宇都宮に残し単身で沖縄・与那国島へサトウキビ刈りに出掛けている。つまり、「作家」として自立するようになり、小説を思う存分書ける身になってもなお立松は、心の何処かで「定住＝日常生活」を拒否する気持を持ち続けていたのではないかと思われる。「日常生活」からの脱出（願望）が立松の創作へのモチベーションの一部を支えていた、ということであったかもしれない。

六、「日常」からの脱出――異境・与那国島へ

立松の与那国島での砂糖キビ狩り（援農）体験をめぐるエッセイを集めた『砂糖キビ畑のまれびと』（八四年　晩聲社刊）の中に、なぜ自分がサトウキビ刈りという「過酷」な労働に従事しようとしたのか、その動機を窺わせる文章がある。

私は畑での仕事を希望していた。（中略）私は離島問題などの社会意識から援農を志望したのではなく、まったくの私的な動機に基づいていたのだった。
社会意識も、本や他人からの伝聞で得た知識からはいるのではなく、知識を下敷きとして見えないところに置き、陽を浴び、雨に濡れ、汗や土にまみれる肉体をアンテナとして、感受しようというのである。身長一七二センチ、体重七〇キロの、私の全財産である肉体から、時代や人々の存在を感じようとしたのである。（「砂糖キビ畑へ」）

市役所を辞め「作家」一本の生活に入った立松が、なぜ「本や他人からの伝聞で得た知識」ではなく、「陽を浴び、雨に濡れ、汗や土にまみれる肉体をアンテナとして感受した知識」こそ今の自分に最も必要なことだ、と断言したのか。結論的に言ってしまえば、学生時代のアルバイトに始まり、それに続く作家修業時代における生活費稼ぎのパートタイム・ジョブ（日雇いや臨時仕事、等）、そして市役所の職員として働いた五年九ヵ月の経験から、立松は「働くこと＝肉体労働」の意味について、改めて考えたのだろう。立松は、自らの「肉体労働」体験から、「知識＝観念」だけでは理解できない世界がこの世には多分にあることを知ってしまっていた。宇都宮市役所に辞表を出した直後に

書いた「生のかたちとしての労働」(七九年一月)というエッセイに、次のような言葉がある。

この役所勤めの六年間で、当たり前のことではあるが、労働が人間の生のかたちにいかに大きな影を与えるかを知った。大多数の人間にとって、時代との接点は、自己の労働のかたちの中にあらわれる。いいかえるなら、人間が生のかたちをとってこの世においてもらうためには、労働は最低の営為なのだ。そういいきってしまえるかどうかわからない。ただぼくはそういう場所にいた。最近の文学が、小説だけにかぎってもいいが、生のかたちとしての労働にいかに無頓着であるか、いかに感受性のアンテナが鈍っているか、を切実に感じるのだ。小説の主人公たちは、作家自身、ジャーナリスト、広告屋、主婦、学生、子供などで、しだいに労働の現場から遠ざかってきつつあるのではないか。つまりは、小説家がいかにいい気になっているかではないか。

この「生のかたちとしての労働」における立松の眼目が引用部分の後半にあったことは、そこに続く段落で「同世代の多くの作家たちの作品の特徴もそこにある。生のかたちとしての労働がすっぽりとぬけ落ちたところに、爽やかさやセックスやドラッグや嗜虐や自虐がある。幼児的な自己を中心にすえるあまり、他人がどういうふうに生きているか、また生きざるを得ないかが見えてこない」、と言っていることからも明白である。もちろん、この「生のかたちとしての労働」に示された立松の労働観および現代文学論は、知的労働と肉体労働の違いを考慮しない実感的な論に過ぎない、あるいは戦前のプロレタリア文学論や戦後の労働者文学論を踏襲したものである、といった類の批判が生じる性質《たち》のものかもしれない。しかし、立松は「生の現場」である「労働」が描かれない現代文学は果たして成立するのかという根源的な疑義を提出し、同時に自戒を込めて「労働」を等閑《なおざり》視にしてきた現代文学に対する「警告」を発した、ということである。

立松は、このエッセイを書いてすぐに出世作となったトマトのハウス栽培に従事する農業青年を主人公とする『遠雷』の執筆に取りかかり、この長編は野間文芸新人賞を受賞する（八〇年五月）。その翌年に沖縄・与那国島へ砂糖キビ刈りの「援農」に出かけていったのだが、それはあたかも「生のかたちとしての労働」を確かめるかのように、であった。

机に座って小説を書いてきた人間が、亜熱帯の与那国島で農業労働の中でも過酷さにおいて群を抜いていると言われる砂糖キビ刈りを二ヵ月間やり抜く、それがどのようなものであったかは、その時の「援農」体験を基にして書かれた長編の『太陽の王』（「新潮」八一年十一月号　八二年二月刊）に詳しいが、その過酷さの一端は、次のような表現に露わである。

静夫は四つんばいになって斧を振った。腕だけの力では二度も三度も斧を動かさねば砂糖キビは倒れなかった。きついかと鶴間さんから声をかけられ、いいえと静夫は小声をだした。声さえもが喉を過ぎるまで重ったるい。砂糖キビも丸太ほど重くなり、静夫は四つんばいのまま一本ずつ持上げては後に寝かせていった。ズボンやシャツは汚れ、長靴に泥がはいった。麦藁帽子は脱げてはるか後方に落ちている。キビ倒し替わろうかと鶴間さんがいい、大丈夫ですと静夫は返事をする。砂糖キビの緑色のねっとりとした海を泳いでいる気がした。浮力をなくしてしだいに水底に沈んでいくのだった。

このような畑の中をはいずり回る厳しい「肉体労働」を繰り返すうちに、主人公（＝立松）はどのような心境、あるいは精神状態を得るようになったのか。『太陽の王』は、それを次のように伝えている。

> くる日もくる日も静夫は手斧で砂糖キビの根元を倒しつづけた。斧の一振りごとに息を整えねばならないような状態が何日もつづき、つらくなればなるほど自分の弱さと向きあうことになった。だが、しだいにつらいと感じなくなり、筋肉が機械的に動いて想念が走り、何も考えずに肉体が正確なリズムを刻むようになっていた。筋肉は疲れたが、つらいという感覚はなくなった。強さを確実に身につけたのだ。静夫は自分のためだけに畑仕事をしているのだと今やはっきりと思っていた。そう考えると、やがて島を去っていく自分の中途半端さに対して少しは気が楽になった。砂糖キビ刈りだけを黙々とやってくれるこだわりのない人間が今のこの島には一番必要なのだ。
>
> （傍点引用者）

もはや「援農」という建前も消え、「自分のためだけに」にきついサトウキビ刈りをするようになった主人公、「自分のためだけの畑仕事」とは一体どういうことなのか。先の「生のかたちとしての労働」の考えに基づけば、「鈍った」感受性のアンテナをもう一度「鋭いものにする」ということになるのだが、しかし主人公（＝立松）は砂糖キビ刈りの援農が終わりかけた物語の最後において、「一歩先は闇の中だ。何も変わっていない。何も変わっていない」と思わざるを得ない状態にあることを告白する。

では、二ヵ月にも及ぶ過酷な「肉体労働」は、本当に主人公（＝立松）に何ももたらさなかったのか。この問いは、先の立松の言葉に照らせば、果たして「鈍った」感受性のアンテナは鋭くならなかったのかということになる。また、この問いは同時に二ヵ月間の砂糖キビ刈りを経験した後も「何も変わっていない」と嘆く主人公を設定した立松の意図は何か、ということにもなる。そもそも主人公は飲酒運転による事故でビニールハウスを壊し、莫大な損害賠償を請求され、妻子には逃げられ、その揚げ句に与那国島まで「流れて＝逃げて」きている人間として設定されている。

このことは、困難な状況を前にしてそこに踏みとどまることなく「逃げ出した」人間にも「変わる」可能性はあるのか、という問いをこの物語は内包しているということでもある。『太陽の王』は、実はそのような重い主題を提起する作品なのだが、それはまた立松が次のように言ったことを証明するために書かれた作品でもあった、ということである。

いきたいからいくだけだが、あえて理由をいえば、化粧した顔の表面を撫ぜてみるだけでわかったような気になる旅行には飽きた、とでもいっておこうか。労働の現場からはなれて一年半、私は机にむかうのにも飽きた。私の文学は、書斎から生まれたのではなく、そもそも人間の生きる現場からでてきたはずなのだ。

（「労働と旅心」八一年二月）

確かに、立松の文学はデビューから今日に至るまで「人間の生きる現場」から生み出されてきたものと言うことができる。しかし、こと「労働」に関して言うならば、過酷な現実はそのような立松自身の労働への「思い＝ロマン」を断ち切る方向に進んでいかざるを得なかった。立松は、一九七九年に出世作となる『遠雷』を書くきっかけになった「生きる＝労働の現場」と出会うが、それは宇都宮市郊外の自宅近くに住む農業青年の「苦としての労働」が「歓びとしての労働」へ変化する様を見て取った結果でもあった。しかし、その「歓びとしての労働」も長続きしなかったことを知り、次のように書いた。

豊かな野の風景とは別に、私の頭を占めていたのは、「労働を舞踏へ」という宮沢賢治の詩の一片であった。労働が苦しいのは何故だろうという疑問である。人の平凡な夢や希望を圧殺する労働を何故自分はしているのだろうと疑問を感じていた。（中略）本来労働は舞踏のように楽しく、感性も肉体も解放されるべきであると、鬱々たる日々を過ごしながら夢のように考えた。私は勤めを辞めたがっていた。
そんな時、私は外部からではあったが、新鮮な労働のかたちを見たような気がした。（中略）夜の国道をかっとばしてあるくのが似合いそうな青年が、一人で黙々とつまらなそうに働いていた。ところがある日、青年に彼女ができ、二人でいかにも楽しそうに、たとえば舞踏でもしているように、ビニールハウスの仕事をしているのを見かけた。（中略）
労働は舞踏だったか。私は『遠雷』を書く二年ばかり前に勤めを辞めていた。私がごく親しくなったビニールハウスの青年は、彼女と結婚して子供をもうけ、そして、試行錯誤と悪戦苦闘の末、キュウリ栽培はやめていた。農業を捨てたのである。今ではビニールハウスは跡かたもなく、新地《さらち》になっている。（「労働を舞踏へ」八三年六月）

過酷な砂糖キビ刈りの二ヵ月間を過ごしながら『太陽の王』の主人公が「変わらなかった」のも、砂糖キビに頼る沖縄離島の現実が決して「労働を舞踏へ」とはならないことを立松は直感していたからではなかったか。その意味で、『太陽の王』はその後に続く「生きることの意味」を検証する立松文学の再出発を告げる長編でもあった。

第二章　「脱出」の試み

一、「冒険」へ――「修羅」を内在させつつ

第一章でやや詳しく論じたように、宇都宮市役所を辞め、作家として「自立」するようになった立松は、一九八〇年代に入ると堰を切ったように「作家」の生《なま》の生活とは直接関係ない世界へと飛び出していく。『赤く照り輝く山』（七八年　後『閉じる家』に吸収）や『閉じる家』（七九年）が芥川賞候補となり、立松文学を特徴付ける「境界」に生きる人間の悲喜劇を描いた『遠雷』（八〇年）で、野間文芸新人賞を受賞したことが自信になったとも考えられるが、それ以上に学生時代から続いていた「旅＝非日常」への熱い思いを抑えることができず、書斎から「外」へ飛び出していったと考えられる。しかし、宇都宮市役所を辞めてフリーになって順調に作品を発表し続け、団塊の世代を代表する作家として高い評価を得るようになった立松が、何故書斎の「外」を渇望するようになったのか。別な言い方をすれば、立松はこの時期になって何故自らの身体を駆って「冒険」をしようとしたのか、ということになる。

元々、一箇所に落ち着くことができず、「旅＝放浪」という精神（脳）と身体を同時に動かす行為に慣れ親しんでいた立松である、内から次々と湧いてくる創作への思いにそのまま従うのではなく、一度立ち止まってその創作ネタ

を熟成させるため、あるいはまた湧出し暴れ回る「内なる修羅」をなだめすかすために、立松は「外」へ出ざるを得なかったと言えば、当時の立松の心境を言い当てていると言えるかも知れない。以下、八〇年代における立松の「小説」以外の活動の主なものを列記する（注：ラリーにのめり込んでいた時代の立松をよく知る友人によると、以下列記したラリー以外にも内外のラリーに参加していたという）。


一九八二（昭和五七）年三月　三四歳　サファリラリー（ケニア）を取材。

一九八三（昭和五八）年三月　三五歳　同じくサファリラリーを取材。

一九八四（昭和五九）年三月　三六歳　戦火のレバノン（ベイルート）を取材。

　　　　　　　　　　一二月　同　ボクシングを始める。

一九八五（昭和六〇）年九月　三七歳　第一回香港―北京ラリーにナビゲーターとして参加（グループAクラス優勝、総合七位）。

一九八六（昭和六一）年一月　三八歳　テレビ朝日「ニューステーション　こころと感動の旅」のレポーターとなる。

一九八九（平成一）年一二月　四二歳　パリ―ダカールラリーにナビゲーターとして参加（途中棄権）。

一九九〇（平成二）年一二月　四三歳　パリ―ダカールラリーにナビゲーターとして参加（完走）。


立松が何故サファリラリーを取材し、またナビゲーターとして参加するようになったのか。そのことについては、「魂の走り屋――高岡祥郎」（八三年五月）というエッセイの中で、「雑誌の取材のため」と書いている。しかし、八三年の第三一回サファリラリーを取材した時のドキュメント『魂へのデッドヒート』（八四年　文藝春秋刊）の冒頭部分では、次のように書いていた。

男たちが夢を食べて生きているのと同じように、乾いたサバンナは水を飲みたがっている。赤道直下の太陽に焼かれたパウダー状の土埃に覆われた大地に、恵みの雨が降る。だがひとたびこぼれだした雨は降りつづけてやもうとせず、大地を泥沼と化す。見果てぬ夢に取憑かれて身を滅ぼしていく男たちの死に場所にはふさわしいではないか。

太陽も雨も樹木も土埃も岩も平原も、何もかもが過剰なのである。過剰な情熱と凶暴さを秘めた東アフリカの大地に、磨きぬかれた男たちとマシンとが世界中から集まってくる。高度にチューニングされた魂とエンジンとを備えたものたちだ。サファリラリーとは、夢と野望と栄光と挫折とで織りなされた、見事なイベントである。

美文調の気負った印象を与える文章であるが、立松はサファリラリーを単なるモータースポーツとしてではなく、そこにこそ「男のロマン＝人生」が詰まっていると見ている。その意味では、立松にとってサファリラリーに参加する、あるいは参加者と一体となって取材することと、「ロマンを紡ぐ」小説を書くことは等価であった。言葉を換えれば、「頭＝言葉」を空っぽにするため遠路はるばるアフリカ（ケニア）まで出掛けていったのに、そこで見たもの＝体験したものは、結局「言葉＝小説」と深く関わる「人生」であった、ということになる。立松は、アフリカ（サファリラリー）で「夢と野望と栄光と挫折とで織りなされ」ている人生を再発見した、ということかもしれない。『魂へのデッドヒート』（朝日文庫版　八八年）の「あとがき」は、次のような言葉から始まっている。

私がはじめてラリーというものに触れたのは、一九八三年第三一回（この日付は立松の記憶違い。「一九八二年第三〇回」が正しい――引用者注）サファリラリーであった。ラリーが何かもわからず、いきなり狂噪の中にたたきこまれた。熱気あふれる暗闇を走りまわるような気分でサービスカーに乗り込むや、私は引き込まれてしまった。いき

なりラリーの持つ魔性に触れたようなものであった。（中略）
大自然を舞台とするラリーは、一秒後に何が起こるかまったくわからない。運命を背負った人生のようなものである。翌年も口実をつくってケニヤに飛び、サファリラリーの渦中に跳び込んだ。やがて、吹きこぼれるような気分で書いたのが本書である。私は一人だけの孤独なラリーをするようにして、原稿用紙の上を爆走したのである。

八九年、九〇年と二年にわたって「ドライバー・高岡祥郎　ナビゲーター・立松和平」で参戦したパリ・ダカールラリーの体験を基に書いた『ダカールへ』を上梓したのは、作家・立松和平にとって、まさにラリーが「運命を背負った人生のようなもの」だったからに他ならない。そしてそれは同時に作家・立松和平にとって、最終的にはラリーもまた小説の「素材」の一つであったことを意味していた、ということでもある。『ダカールへ』の表紙カバー裏に記された「作者のことば」に、次のようなものがある。

砂漠は虚空なのだと認識したところから、物語は動きだした。砂漠はこちらの意識によってどうとでも変幻する。砂漠の風景は人の精神の映しである。
色即是空、空即是色――。パリ・ダカールラリーを仏教の空観に基づいて書こうというのが、私の『ダカールへ』の試みである。あらかじめある体験をフィクションに組み換える作業は、実に知的興奮に満ちていた。実際に砂漠を走るよりも刺激的でさえあった。

ここで注記しておきたいのは、『ダカールへ』が刊行された九四年五月と、世界観（人間観）に転機をもたらした「『光の雨』事件」（九三年秋に起こる）とが近接していたということである。また、立松はその「『光の雨』事件」から受けた精神的ショックが癒えないまま、以前からの約束に従ってインドを再訪し、その時、深夜のタクシーでの移動中に「黄金のブッダ」を見るという「幻視」体験をするが（『ブッダその人へ』九四年一月～九五年一二月「佼成」に連載単行本九六年）、この体験もまた同じく『ダカールへ』に近接していた。当時の同世代作家の中で飛び抜けた知名度と人気を誇る作家として順風満帆な生活を送っていた立松が、気の緩みからか、あるいは多忙すぎたためか、「盗用・盗作」の告発を受け、立松自身もそのことを認めた「『光の雨』事件」。この事件については、第七章で詳述するが、この作家生命を脅かした人生最大の危機でもあった「『光の雨』事件」＝「盗用・盗作事件」とほぼ同じ時期に、立松は「色即是空、空即是色」の仏教観に基づいてサファリー・ラリー体験を生かした『ダカールへ』を書くことになったのだが、このことは「行動＝冒険」が立松和平という作家の「救い」になっていたことを物語っている。

なお、立松は「『光の雨』事件」を起こして、逃げるようにしてインドへ旅立ったときの経験を綴った『ブッダその人へ』の中で、しきりに窮地に陥った人を救うために地中から湧いてくる、仏教学者中村元編の『ブッダの言葉』が言うところの「地湧の菩薩」について書いていたが、『光の雨』事件」で窮地に立たされた立松を救ってくれた「地湧の菩薩」は、古くからの友人であり、少数の文学関係者、インドへ同行した『ブッダその人へ』担当の編集者、そして書き下ろしの長編『ダカールへ』を書くことを要請した編集者であった。また、『ブッダその人へ』には、至る所で自分が犯してしまった「盗作・盗用事件」の反省と、そこからいかにして再起・再生の機会を得たかが書かれているが、立松が「仏教（思想）」へ傾斜していくきっかけになったのも、「『光の雨』事件」が引き起こした人間関係及び一連の出来事であったことを考えると、この「『光の雨』事件」は作家立松和平の転機になるものであったと言える。

その意味で、『ダカールへ』の「作者のことば」に使われている「色即是空、空即是色」や「仏教の空観」という言葉は、まさにそのような「転機」を内外に示す言葉だったのである。体験記・見聞記（ルポルタージュ）ではなく、フィクション＝小説として書かれた『ダカールへ』の迫真性は、立松の言う「体験をフィクションに組み換える」「知的興奮」によってもたらされたもの、とも言えるが、それ以上にパリからダカールへ至るコースの大半を占める「砂漠＝砂丘」との戦いから導かれた「仏教の空観」がもたらしたものであったからである。あるいは、この頃の立松は、「盗作・盗用」事件を起こした雑誌連載（後に中断）の『光の雨』によく現れているが、初期の頃から続いてきた「事実」や「体験」を重んじるリアリズムの作風をより徹底するようになり、その結果として『ダカールへ』などの私的体験を虚構化した作品を世に送り出すようになった、と言った方がいいかもしれない。『ダカールへ』には、本来なら何よりも「信頼」によって結ばれていなければならないナビゲーター（「私」）とドライバー（高木）とが、砂漠の中で悪戦苦闘の末にルートを見失うということもあって、感情的・精神的に行き違いを嵩じさせ、次のような会話を交わす場面がある。


「これ以上あんたと走ることができなくなった」

こういったきり高木は口をつぐんでしまった。（中略）

「ちょうどいいよ。俺は砂漠に死ににきたんだからな」

力みのある高木の言葉にさほど私は驚かなかった。顔に笑みを浮かべたほどだった。昨年の悪戦苦闘が思い出されてくる。高木は少し気色ばんでつづけた。

「信じてないいな」

声にはださなかったがまた私は笑ってしまったのだ。上体を心持ち左右に動かして高木はうろたえる。私の心の底にも高木と同じ気持ちがないわけではなかった。去年と同じように私は死と戯れるために砂漠にやってきた。それはつまり普段見えない私自身と向きあい、見えないものを見ようということである。その先に何があってもよいのだ。だがそれを口にするのは恥ずかしいのだった。

「いいよ、付き合うよ。去年もそうしたろう」

言葉にしながら私はもうひとつの世界へのナビゲーションとはどういうものだろうかと思ってみる。意識的にミスコースすればよいのだから、簡単なことだった。同じようにドライブもたやすいことだ。砂漠に私たちが消えてしまっても、この世に対してどれほどの影響もあるはずがなかった。（傍点引用者）

少し長い引用になったが、ここに登場する「私」が立松自身とそのほとんどが重なる人物だとするならば、「『光の雨』事件」を経験し、『ダカールへ』を執筆しようとしていた一九九四年頃、半ば冗談だとしても立松は「死と戯れる」ことを考えていたということになる。このことは、作品に即して言えば、荒野や砂漠を疾走するときの快感や障害を乗り越え、完走したときの喜びに魅せられラリーに参戦する人たちの内部にも、他者には理解できないような「修羅」が棲みついており、またそれが「死と戯れる」といった「ニヒリズム」とも思える精神の荒野を言語化する行為と繋がっていた、ということである。その意味で、『ダカールへ』はラリーに参戦するドライバーやナビゲーターの「生きる」現実に迫っており、そのようなぎりぎりに絞った精神の輝きを描くことの歓びを、立松は『ダカールへ』を書くことで手に入れていたということでもあった。

なお、「死との戯れ」の舞台となった「砂漠」について、『ダカールへ』を書く前、それはまた「『光の雨』事件」を経験する前ということになるが、立松は『悲しみの地平線―ナミビア紀行』（九二年）の中で、次のように書くということがあった。


熱の霧のような空気に包まれて熱帯アジアを旅することの多かった私は、自分がこれほどに砂漠に心魅かれるとは思ってもみなかった。二十歳頃にザックをかついでインドのラジャスターン砂漠にいったことがあるが、確かに驚きはあったにせよ、今ほど感じることはなかった。それはおそらく私の年齢と関係しているのだと思う。

なんにもない砂漠には自分の人生が映るのかもしれない。砂漠は感じようとする人にだけ感じさせてくれる。人生の元手というやつが必要なのである。

砂漠の旅はつらい。自分の力が試される。それは生きる上での具体的な技術であったり、精神力であったりする。砂と空しかない熱のカンバスの上で、お前はこれまでどのように生きてきたのかという問いが、たえず聞こえてくるような気がするのだ。

私が生死の境目にはいるような強烈な砂漠の旅をしたのは、パリ・ダカール・ラリーであった。チームはあるというものの、一人一人が現在自分の持っている以上の力を見いださなければならない。そんな試練の日々が砂漠ではつづいた。

砂漠を走っていると、自分が死の世界にはいってしまったような気がするのだった。熱に灼かれた地上で、生きて動いているものは自分たちだけなのだ。自分を除いて一切の生物が存在しない死の世界を、サハラ砂漠で感じてしまった。

これを読むと、立松が『ダカールへ』以前に「仏教の空観＝色即是空、空即是色の思想」を手に入れていたようにも見えるが、これまで詳述してきたように、より鮮明に具体的な輪郭を持って「仏教の空観」を意識して書いた小説は、やはり『ダカールへ』が初めてと言うべきだろう。立松は、「死の世界」である砂漠を何度か経験し、その経験に日常生活の現実を重ねることによって、「仏教の空観」を獲得していったのである。

二、何故「ボクシング」なのか

旺盛な作家活動とラリーへの参加、この一見すると相反するような行為も、ラリーへの参加が「旅」の変形であると思えば理解できるのと同じように、立松が「ボクシング」に対して異常とも思えるほどの関心を寄せ続けたのも、同じ理由だったように思われる。信じられないほどの「書く仕事」を抱えながら、それでも「言葉＝観念」ではなく「肉体」をとことんいじめ抜くボクシング（の練習）を何年も続けたのは、「肉体と精神」をぎりぎりまで酷使するラリーにのめり込んでいったメンタリティーと同じものがそこに働いていたからに他ならなかった。

立松は、小説家を目指して大学卒業後の東京でアルバイトに精を出す生活を続ける傍ら、学生運動の指導者で尊敬する大学の先輩でもあった彦由常宏らと共に、阿佐ヶ谷の須賀神社で剣道の練習を始め、群馬県前橋市で合宿する、という経験を持っている。その頃やっていた「草剣道」については、「木刀が空気を切る音」（八二年）他いくつかのエッセイに書いているが、例えば「木刀」（八一年）の次のような文章には、立松の「肉体」を酷使することの理由が何であるかを示唆するものである。

木刀を毎晩振っている。夜の十二時頃に振ることもあれば、寝る前の午前三時か四時頃に振ることもある。家の前の道路で振るので、昼間だと近所の主婦に見られ、へんなことをしているみたいで、結局一人になれる深夜にすることになる。

ピュッピュッと夜気を裂く。正面打ちを百回、大きく振りかぶって切っ先が地面に触れる直前で手の内を絞る正面打ちが百回。一振りすると同時に踏込み、もう一度振りながら後退し、一振り一振りおろそかにせず二百回やる。

真冬でもうっすらと汗をかく。時折五百回ぐらい振ることがあるが、毎日やるには二百回がちょうどよい。（中略）あの頃は、街の中の住宅街に家を借りていた。近くに昔の農業用水があり、流れに沿って桜並木が植えてあった。春になれば、桜吹雪の下で素振りをする。警官に職務質問されたり、バッテリーがあがったからと自動車を押すように頼まれたこともあった。夏は汗に濡れるので、素振りは冬のほうが気持がいい。木刀は、私の危うい精神の均衡を、かろうじて保ってくれるのである。（傍点引用者）

立松がボクシングを始めるのは、八四年の一二月、三六歳になってまもなくであった。「ボクシングをはじめてしまった」（八五年）というエッセイには、その間の事情がかなり詳しく書いてある。

私の友人に福島泰樹という歌人がいる。彼はおそらく、ただ今現在、日本一の歌人である。彼とは十年来の親友で、早稲田文学の編集委員もいっしょにやり、しょっちゅう会っている。会えば必ず酒になる。酒になれば、必ず新宿あたりで酒になる。この福島泰樹は、知る人ぞ知るボクサーなのである。（中略）

その福島が日東ジムでトレーニングを授けられていた元日本チャンピオン、バトルホーク風間が、私の家の近くにボクシングジムを開いたのだ。私は風間チャンピオンとも面識があり、何度か飲んだ。いつか渋谷で飲んだ時、私はチャンピオンと意気投合し、弟子になると宣言してしまったのだ。（中略）

現在、私は二年間もかかってひとつの長編小説を書いている。（中略）外部からの圧力と、作品を書きたいという内部からの衝動のために、この身は張り裂けてしまいそうな気分だ。こんな生活が健康によいはずはない。今のところは何ともないのだが、そのうち手ひどいしっぺ返しを受けるだろうということは、見えすぎている。

福島泰樹はボクシングほどいい汗をかけるスポーツはないといい、私を強引にバトルホーク風間ジムに引っぱっていったのである。

以後立松は、週に二、三回、若い練習生に混じって柔軟体操を行い、縄跳びをし、パンチングボールを叩き、サンドバッグに拳をたたき込む時間を過ごすようになる。このような体験があってはじめて、おそらくバトルホーク風間をモデルにしたであろう書き下ろしの『砂の戦記』（八八年）や、前記した漫画の『あしたのジョー』に似た恋愛とボクシングにかける青春を綯い交ぜにした長編『雨の東京に死す』（「週刊明星」九〇年四月一二月号〜九一年三月七日号、全四四回　九二年四月刊）を書くことができたのだろう。なお、この引用に出てくる「二年間もかかっている長編」とは、『「遠雷」四部作』の三作目『性的黙示録』（八五年）のことである。

自分の拳を頼りに対戦相手と「私闘（ケンカ）」を繰り広げるボクシングは、ハングリー・スポーツとかストイックなスポーツと言われているが、立松が書いた『ボクシングは人生の御飯です』（八六年）や、『雨のボクシングジム』（八九年）に収められた「あらたなる伝説のために―帝拳ジムと大場政夫」（八七年）などのボクシングに関する諸エッセイを読むと、もう少し別な意味があるように思われる。一九七〇年一〇月二二日のタイトルマッチで世界フライ級チャンピオンとなった大場政夫について書いた「あらたなる伝説のために」の中で、立松は「私は大場に大きな力をさずかった瞬間がある」と言い、その意味を次のように説明していた。

この日の試合（タイトルマッチ）を、就職もせず大都会東京で寄る辺のない暮らしを送っていた私は、山谷のドヤ（簡易宿泊所）のテレビで観た。一日中身体から火の出るような労働をして、帰路コップ酒を酒屋の店先でひっかける。ドヤに帰って風呂を浴び、さあ飯でも食いにでようとした時、玄関横にあるテレビ室から大声が響いてきた。何気なくのぞいてみると、ブラウン管のなかで同世代の一人の若者が闘っていた。自分のすべてを賭けて何かとてつもなく大きいものにぶつかっていっている様子だった。それが美しいと思い、私は空腹も忘れて日焼けした日雇い労働者たちの後方に座った。（中略）

リング上の大場政夫は、私だった。充たされぬ飢えを抱えたすべての〝私〟だった。俺がこうしてやっているんだからお前もお前のリングで闘えと、大場が全身を使って魂で叫んでいた。その時、堅固な壁に見えていた世界が、ぐらりと傾いた。（傍点引用者）

この時立松は、全身全霊で「敵＝世界」と闘っている大場政夫の姿から、自分の行く手を阻んでいるように見えた「堅固な壁」もいつかは乗り越えることが可能だという確信を得たと思われる。立松は、頼るものは自分の拳しかないボクシングと筆一本で世界と対峙する（作家の）自分の姿をダブらせていたのである。

友人であり、信頼する歌人の福島泰樹に誘われたからだけでなく、三六歳にして本格的にボクシングを始めようとしたのも、この山谷のドヤで観た大場政夫のタイトルマッチを思い出し、もう一度「現在の状況＝堅固な壁」を乗り越えようと思ったからではなかったか。そのような思いが、ラリーにのめり込んでいった時のメンタリティー――つまり、「言葉＝観念」だけの世界に生きるのではなく、身体性においてこの世界と対峙しようとする思い――と重なるものであることは、ラリーとボクシングが同時期に追求されたという時期の問題以上に、この時期の立松が精神と身体の統合を目指していたことの証拠でもあった。立松は、『雨のボクシングジム』所収の「ペンとサンドバッグの日々（2）」（八五年）に次のような文章を書いている。

ジムにいけば強い相手がいくらでもいるということは、自分がいかに弱いかを痛切に認識させられるということなのだ。私はもう小説でも書いて生きるしかないと、自己確認するためジムに通っているといういい方もできる。

強さはあくまで自分自身のためだけのものだ。だから本当は強いか弱いかわからない。しつこいようだが、私は弱い。

強いも弱いも相対的でどうでもよいが、唯一いえるのは、身体ほど自然なものはないということだ。文明とは自然から一歩一歩遠ざかる方法であり、身体を使わずに機械に代替させる技術である。だが、どんな技術を使おうと、身体そのものが持つ自然性を取り除くことはできない。それは身体の死を意味する。当然身体が死ねば人間は死ぬ。

（傍点引用者）

これを読むと、ボクシングが「減量」といういぎりぎりまで身体をいじめる行為を通じて、「身体の自然性」を獲得するスポーツ＝私闘（ケンカ）であることが、よくわかる。それはまた、繰り返すが、「砂漠＝砂丘」や荒野を悪戦苦闘しながら駆け抜けるラリー参加者たちのメンタリティーでもある。

なお最後に、ラリーやボクシングにのめり込み、その体験を基に『砂の戦記』や『雨の東京に死す』のような作品を残したことは、三島由紀夫が空手やボディビルで体を鍛えるという経験が三島文学に微妙な影を落としていたのに似ていた、とも言える。このような「言葉＝文学」と「身体」の融合を意識的に追求するというのは、現代作家として珍しい部類に属し、立松の文学を総体で考えようとする時、決して無視できないことでもある。

三、再生へ――もう一度「旅・彷徨」へ

立松が若いときから「現状」に満足・安住できず、絶えず「ここではない場所」を求めて放浪（彷徨）を続けてきたことは、文壇的な処女作『とうほうにくれて』（後『途方にくれて』七〇年）やその後の『ブリキの北回帰線』（七八年）

などの作品群を見れば歴然とするのだが、そんな「荒野をめざす」旅=彷徨への欲望は、『閉じる家』(「足尾」の発見)や『遠雷』(「境界」の発見)によって小説家として自立するようになってからは、長い間「封印」してきたように見えた。

しかし、学生時代に始まった「旅・彷徨」がもたらす愉悦をもう一度味わいたいという思いは、作家として自立してからも立松の胸内から去ることはなかった。立松は、『遠雷』四部作の二作目『春雷』(八三年)と同じ年にアジア放浪の体験を基にした長編の『熱帯雨林』(八三年)を書き、三作目の書き下ろし長編『性的黙示録』を書いている時に、また「旅・彷徨」をテーマとした連作短編集(結果として長編になった)『水の流浪』(八四年)を刊行する。もちろん、『途方にくれて』以来、「旅」は立松文学のテーマの一つだったのだから、求められれば(編集者との話し合いで)慣れ親しんだテーマで繰り返し作品を書いたということは何ら不自然でない。しかし、この時期、立松は「ニュースステーション　こころと感動の旅」のレポーターにもなっておらず、後に言われるような「行動する(旅する)作家」という愛称もまだ付いていなかったはずで、そのことを考えると、この八〇年代半ばに『熱帯雨林』などの作品を書いたことの意味は別なところにある、と考えないわけにはいかない。

その別な意味とは、「足尾」とか「境界」とか生涯にわたるテーマの発見とは別に、並行して立松の内部で「青春の総括」というか、次のステップを踏み出すために必要な「過ぎ来し方」の確認、とも言うべきテーマが再浮上してきたということである。『水の流浪』所収の一編『千年樹の森』に、次のような主人公(履歴や立松のエッセイを読めば、作者にそっくり重なる)が「青春」の只中で苦しみながら、それでも「作家になりたい」という思いにしがみついている自分を客観的に眺める場面がある。

私は独り身の時から金がなくなれば山谷あたりに土方仕事にでてその日暮らしを送り、ゆず子と暮らすようになっても同じことをつづけていた。小さな社団法人に勤めるゆず子を送りだしてから、もう一度蒲団に潜るようなこともあった。ゆず子を働かせて私一人だけの放埒だった。そんな私を私自身もゆず子も肯定しての共同生活である。二年交代で働き、おたがいにその間好きなことをやろうと暗黙のうちに決めていた。そして、当分はゆず子が働く番だった。この世にこの身を置いておけるだけでいいのである。だが何がやりたいかが問題だ。私はそれを捜しているにすぎなかった。ゆず子は毎朝出勤しては、買い物をして帰り、着替えるのももどかしく夕食の支度にかかった。私は健気ともいえるゆず子を見ているばかりで、女の内懐に抱かれるのを心地よく感じていた。誰がどう見ても私は懈怠に沈んでいたのだ。そんな私とゆず子との間に異物の芽ができた。ゆず子は妊娠したのである。懈怠の沼の底から頭を上げて堕胎しろということは、私にはできなかった。

主人公はこの後、新しく生まれた生命と三人で田舎に帰って今までとは違った生活を送ることを決意するのであるが、立松が文学修行を中心に置いた東京での生活を切り上げて親子三人で故郷の宇都宮に帰り、市役所職員となるのは七三年四月のことである。この『千年樹の森』に描かれている世界は、故に立松がほぼ一〇年前に実際体験したことを下敷きにしたものに他ならない。立松は、実際に体験したことから一〇年経って、この作品で「青春」の総括を行った、と言える。

繰り返すが、立松は七九年五月に芥川賞候補となった『閉じる家』(後に、前年の一二月に発表し芥川賞候補となった『赤く照り輝く山』と合体して長編となる)等によって、発語(表現)の根拠としての「足尾」に辿り着き、また八〇年の『遠雷』によって都市と農村地区における「境界」にこそ現代を生きる作家が書かなければならない文学的テーマが潜んでいることを発見し、以後はその「足尾」と「境界」という大きなテーマを自在に展開するようになる。その「足尾」と「境界」に関する立松の足跡を改めて確認すれば、「足尾」は、その後『毒―風聞・田中正造』(九七年五月)や『恩寵の谷』（同年六月）、あるいは『白い河—風聞・田中正造』（没後の二〇一〇年）となって結実し、一方「境界」の方は、『遠雷』四部作」（『春雷』八三年、『性的黙示録』八五年、『地霊』九九年）の他、「雷シリーズ」と言われる『雷獣』（八八年）などの諸作品を書き、戦後の社会史を映し出すような画期的な作品を生み出すことになる。

そんな華々しい活躍にもかかわらず、もう一度「青春」を彩る「旅・放浪」の何たるかを明らかにするような作品を、立松は八〇年代の半ばに書く。そこには、悪戦苦闘の末に自ら発見したテーマ「足尾」と「境界」に対して、確たる自信が持てなかったということもあったかも知れないが、それ以上に自分にとって「旅・放浪＝青春」とは何であったのかの確認が必要とされていたと、と考える方が自然である。特に、自らの「恋愛」時代と新婚時代（最初の子供が生まれた時代）を素材とした『水の流浪』は、自分が進もうとする道（作家への道）に対して先が見えないが故に迷いに迷った時代を描いている点で、立松もまた多くの作家と同じように「苦しい」、しかし反面「充実」した疾風怒濤とも言うべき青春を持った作家であることを証すものであった。

年譜に即して『水の流浪』の世界を辿れば、この連作集は、七二年前年の三月に一年遅れて早稲田大学を卒業し、土木作業員や築地（野菜市場）の軽子（運搬人）、病院の看護助手、倉庫番などの「日銭」の入るアルバイトを転々としながら、もちろん作家として食べていけるはずもなく、ついに「逃げる」ように妊娠中の妻を実家に預けてインドへと出掛け、長男が誕生（一一月一一日）してから帰国し、翌年の四月に宇都宮市役所に就職して生活を立てなすまでの、約一年半の生活を素材としている。したがって、この短編連作『水の流浪』は、「青春の挽歌」を謳った作品群ということになる。

その意味では、香港、タイ、カンボジア、ミャンマー（ビルマ）といった「アジア」を歩き回った体験を基にした『熱帯雨林』も同じである。違いがあるとすれば、『熱帯雨林』には、戦前を知り戦争体験を持つ戦後文学者たち以外、当時ほとんどの文学者が関心を余り示さなかった「アジア」の風土や人々の暮らしについて、立松は自分の体験に基づいて描き出している点である。もっとも、立松の「アジア」認識には、何故か先のアジア太平戦争における「侵略」地であるという認識が欠如しており、何故そのようになったのか不明なのだが……。『熱帯雨林』の帯裏に、立松は次のように書いていた。

最初に私自身の肉体と感性とがあった。アジアはその後からでてきたのである。自らを慰撫するための旅が、行程を重ねるにつれ、アジアとの出会いになってきた。たとえば沸騰した霧の中にいるような風もない空気が、見えない炎が渦巻いているような空が、腐爛した果実のような夜が、肌と肌とをこすりあわせているような市場《バザール》の雑踏が、私には居心地がいいのだ。乾いた埃っぽい冷たい風が吹きまくる北関東の生まれ故郷に暮らしている私は、湿度の高い熱帯にいると、不思議なことにまるで母の体内にでも帰ったかのように安堵することができた。

すでにこれも指摘してきたことだが、立松は早稲田の学生だった頃から「自らを慰撫するための旅」、言い方を換えれば社会（現実）と折り合うことのできない自分、あるいは内部で荒れ狂う「修羅」を持て余し、それを沈静化させるために国内外を歩き回る（放浪する）ことを繰り返してきた。高度経済成長政策の成功によって、各種団体による国内外のパック旅行の流行が象徴するように、「もはや戦後ではない」と宣言できるほどに「豊か」になった日本において、貧乏学生は貧乏学生なりの形で「旅＝放浪」ができるようになっていたのである。折しも、欧米の若者を中心に「近代文明」への懐疑から、未だ「近代文明」の恩恵を受けていないインドやネパールをはじめとして「アジア」への関心が高まり、彼の地を歩きまわったり、長期滞在したりする者が多く、そのような欧米の若者に影響を受けて、戦後の耐乏生活からおさらばし始めた日本の若者も、国内はもちろん世界各地を旅し始めた（歩き始めた）ということがあった。

言ってみれば、それは「自分探し」の旅でもあったのだが、立松は『熱帯雨林』でそのような「旅」の内実について、次のような言い方で明らかにしている。

峰夫の内部にはさらさらと寂寥の風が吹きつのっていた。それがどういうことなのか、自分にもわかっていなかったのだ。東京の私立大学に籍を置いて三年目の峰夫には、教授の顔が遙か彼方に見える階段教室や、四畳半の下宿は、自分の場所ではなかった。もっと正確にいうなら、峰夫は自分自身をもてあましていた。間歇的に湧上がる日常への破壊衝動をどう抑えてよいかわからず、今ある姿とは別なものになりたいという欲求に苦しめられていた。身のまわりにあるものはすべて取るに足らなく見え、そんなつまらないものが自分をこの場に無理矢理留めておくのだと思うと、たまらなかった。絶対に欲しいものも、こだわらなければならないこともなかった。そんな峰夫の前に現れたのは旅である。目的も方途も確かではなく、所持金も少なく、いけるところまでいこうという、安易といえば安易、苦しいといえば苦しい旅だった。わけのわからない闇雲な衝動を、旅が慰撫してくれるかもしれない。そううまくいかなくても、身体を前へ前へと運んでいく孤独な旅は、峰夫の過剰ともいえる情熱を引き受けてくれるかもわからない。自分自身への破壊衝動かもしれなかった。それでもよかった。峰夫は精魂傾けて何かしないではいられないのだ。

「自分探しの旅」というものが、その甘美な言い方とは裏腹にいかに過酷なものであったか。それは、進むべき方向が無明の闇に閉ざされており、胸内にはその闇に誘われた「自己破壊」の衝動が秘められていたからに他ならなかった。言い方を換えれば、「自分探しの旅」という積極的態度に見えるその裏側に「どうなっても構わない」といったデスペレート（自己破壊的）な感情が張り付いていた、ということである。立松は、この『熱帯雨林』で主人公の心情に託して、「身体を前へ前へ運んでいく旅」という言い方をしているが、別な言い方をすれば、その「旅＝放浪」は自分が今いる場、すなわち立松の場合「早稲田を揺るがした一五〇日」と言われるようなかつてなかったような学生運動＝全共闘運動が異常な高まりを見せていた早稲田大学という場からの「逃亡」をも意味していたのである。繰り返すことになるが、この時期の立松は「青春」のど真ん中にあって、心身共に「途方にくれて」いたのである。

その意味で、繰り返すが、日常的に「旅・放浪」を繰り返していた一〇年前の「青春」をもう一度生き直すような『熱帯雨林』の世界は、文字通り「青春の総括」だったのである。『熱帯雨林』以後、立松はこの長編に描かれたような「旅＝放浪」を主題とする作品を書かなくなったが、その事実にこそ立松の「旅＝放浪」への思いが凝縮していたのである。立松にはもう「自分探しの旅」は必要なくなった、ということだったのかもしれない。もちろん、だからといって、立松の「旅」好き、言葉を換えれば「ここではない何処かへ」出掛けていく衝動を抑えられない性癖が消滅した、ということではない。立松の「旅」好きは、国内外の各地へ講演に呼ばれ、「取材」やテレビのレポーターとして出掛けるという形で、続いていったのである。立松が亡くなるまで「旅」を止めなかった理由の一端は、次のような文章からうかがい知ることができる。

南の島へと私を駆り立てるものは、一体なんだろう。熱の光に抱かれたとたん、限りない安堵を感じ、あまりの懐かしさにとらわれる。そうした心持ちになるのは、何故なのだろうか。（中略）

人はよりよい暮らしを求めて旅にでる。よりよい暮らしとは、物質に恵まれたばかりではなく、精神も充たされなければならない。向こうの島には、きっとよい暮らしがある。ここは違う、素晴らしい土地に思えてくる。旅にでようとする時の原動力だ。

（「魅惑の島」八八年『僕は旅で生まれかわる』「第三章　人はなぜ旅に出るのか」所収）

想像力を駆使して「日常」と「非日常」を行き来する小説家らしい考え方と言わねばならないが、「旅＝非日常」へと誘うものが、「よりよい暮らしとは、物質に恵まれたばかりではなく、精神も充たされなければならない」と書くように、精神的な「飢餓感」であるというのは、いかにも時代や社会の在り方と人間との関係を考え続けてきた作家・立松の正直な思い、と言っていいだろう。「安定」や「満足」を知らない現代作家の真情がここには現れている。

立松が発語（表現）の根拠＝主題として「足尾」と「境界」を発見した後の、八〇年代半ば以降の創作をその内容に即して辿り直してみると、「一」で見てきたような「青春」の総括と思えるような内容と共に、第六章で詳述する『光線』（八九年四月）や『海のかなたの永遠』（八九年六月）、『黄昏にくる人』（九〇年）、『真夜中の虹』（九一年）などに見られるような、「都会」生活の疲れ・倦怠を樹木や離島といった「自然」との出会い・ふれあいによって癒す物語を書き、さらには砂漠化した都会生活の日々とその内に潜む人間のぬくもりをテーマとした『彼岸の駅』（八七年）や『楽土の家』（九〇年）、『瑠璃の波』（九一年）に結実する作品群を書いてきた。そのようなこの時期の立松の作品群にあって、『光線』や『楽土の家』の系統にありながら、ミステリー的な要素を盛り込んだところから「異色」な作品になったのが、立松が初めて新聞連載小説に挑んだ『白い空』（「読売新聞」夕刊　九〇年八月一七日〜九一年五月一五日　単行本九一年一〇月）である。

大手出版社に勤務する中年のカメラマンが、雪の朝、撮影の集合時間に間に合わないと知って、会社で禁止されている自家用車でスタジオまで行ったところからこの物語は始まる。スタジオの警備員に駐車場に駐車しておくように頼んだのだが、撮影が終わって帰宅したところ、警察から電話があり、その車がヤクザの車を当て逃げしたものだと言われ、その賠償金や代車料金を巡ってヤクザとの攻防に夫婦とも心身を疲弊させられるという話である。最後はヤクザが病気で倒れたことから主人公とその妻の生活は元に戻る＝再生するのだが、立松は何故このような日常に潜む「魔」を描いたのか。

わかりやすく解説すれば、この『白い空』は庶民を食い物にするヤクザが跋扈する都会生活の落とし穴を描いた作品と言える。『遠雷』四部作や「雷」シリーズで、都会の周縁地域（田舎）や都市と農山漁村といった地域との「境界」において、現代人はどのように生きるべきか（どのような生き方が可能か）を問うてきた立松が、ここでは「都市生活」における人間らしさを取り戻すためのにはどのような生き方が可能かを問うている、と言うことができる。立松は、この作品の中で繰り返し東京も大昔は「森＝原始のまま」であり、人々はその森の中でいきいきと生きてきたのだ、と主人公が述懐する場面を設定している。『白い空』の主人公が、「森」について以下のように述懐している点、考えさせられる。

この都市はかつては鬱蒼《うっそう》たる大森林だったのである。そこには鳥や獣が空中でも地上でもぶつかるほどに多く住んでいたのだが、今は見えるのは人間ばかりだ。木も草も鳥も獣も、わずかばかり残してことごとく追い出されてしまった。
高山は森の中を歩いているような気分になっていた。そう思って見れば、古い記憶を根底から失っていない証しとして、土地には山の地形を残してゆるやかな起伏がついている。三面をコンクリートで固められているにせよ、川もあるのだ。空に向かって建ち上がったビルは、奇怪な形をした樹木なのかもしれない。
夢がつづいていた。夢を見ているなという自覚が高山にはあった。森を歩く夢の気分は、悪いものではなかった。

主人公の高山は、このような「かつて大昔は大森林」であり、今は「コンクリート・ジャングル」になっている都会の中で、高級外車が傷つけられたと言いがかりを付けられ、ヤクザから恐喝される羽目におちいる。最初は何とかなるだろうとヤクザとの交渉に対して高を括っていた高山であるが、一八年前に三歳の息子を亡くしてから何処かおかしくなってしまったような妻のところにまで脅迫電話が来るようになったことから反撃に転じ、ヤクザとの果敢な闘いの末に勝利を手にする。

この若い女性層をターゲットとしたファッション誌のカメラマンという、いかにも都会人然とした主人公が、何もかも過剰と言っていい都会が生み出す蜜（おこぼれ）を吸って生きているヤクザと必死に闘い、追いつめられながらもついにはその闘いに勝利するというのは、何千万もの人々が現に生きる場である大都会もまた生命を育む場であること、言い換えれば生命の大切さを認識しなければ生きていけない場であることを、立松がこの作品を通して改めて主張しようとしたことの表れであった、と考えることができる。つまり、立松はこの『白い空』によって大都会においても「再生」は可能であることを明らかにしようとしたのである。

ただ、立松は題名の「白い空」について「『白い空』とは、空白のことである」（「連載にあたって」九〇年八月一四日）と言っていて、「白い空」としか現前しない都会について、それは「空白」であり、都会とは「次から次へと不安を呼び寄せ」る場である（同前）、というような言い方もしていた。この立松の言葉に従って『白い空』を読み直せば、それは何のとっかかりもない「空白」としか言いようがない都会において「再生」の可能性を問うた作品、それが『白い空』であったということになる。

このような立松の考えは、先にも少し触れたが「境界」を発見し、『遠雷』四部作や「雷シリーズ」を書き、その延長線上に『光線』や『海のかなたの永遠』などの作品を書いてきたことの必然的な流れに他ならない、とも言える。しかし、もう一つの理由として、一九七九年に「群像」文学新人賞を受賞した『風の歌を聴け』でデビューした立松より一歳年下で早稲田の同窓生である村上春樹が、次々と「都市」を舞台とした小説を発表し人気を博するようになったこととの関係が考えられる。あるいは『白い空』の二年前に『キッチン』でデビューして若い女性から圧倒的な支持を受けた吉本ばなな（現・吉本ばなな）などが書く、「都市小説」としか言いようがない作品がこの時代流行っていた、ということとの関係も考えられる。高度経済成長からバブル経済へと上り詰めていく日本社会（都会中心）は、まさに小説家にとって豊かな素材を提供してくれる場だったのである。

その意味で、立松の初めての新聞連載小説『白い空』は、「再生」の可能性はその気にさえなれば大都会でもどこにでも存在することを主張する長編だったということになる。

第三章　今ある「私」はどこから来たか――「歴史」への眼差し

一、「団塊の世代」として

一九四七（昭和二二）年生まれを中心とする立松和平たち「団塊の世代」（第一次ベビーブーム世代・全共闘世代とも言われている）が、戦後生まれでありながら「戦争」の影を引きずっていたのは、彼らの多くが国内外を問わず戦場や戦地（外地）から、あるいは兵舎（軍隊）から帰還した者の息子・娘に他ならなかったからである。また、親が戦場や軍隊に直接関係していなかったとしても、全国の至る所が被害にあった空襲下の日本を生き抜いた者たちの子供という意味で、「団塊の世代」は戦争の影を色濃く引きずっていた。もちろん、彼らは敗戦によってもたらされた「平和と民主主義」社会に生まれた者たちであったから、「戦争の影」を引きずっていたと言っても、自分たちの存在が「戦争」と深い関係にあると自覚するようになるのは、ずっと後のことになる。体験的にいえば、飢餓と貧困に染め上げられた子供時代に「戦争」を意識したのは、例えばかつて軍需工場であった銅の精錬所に常駐していた進駐軍（占領軍）が、我が物顔でジープを乗り回している場面に遭遇した時とか、彼らに「ギブ・ミー・チョコレート」と叫んだ時であり、他には自分がくるまって寝ていた毛布が「軍隊毛布」というものであると教えられたり、街中で白衣を着た傷痍軍人がアコーディオンを弾きながら施しを求めている姿を見かけたりした時ぐらいで、その「戦争」体験は戦時下のそれとはもちろん異なっていた。

その代わり、一九六〇年後半からその渦中に巻き込まれることになった学生運動＝全共闘運動において、根源的な疑義を提起することになる「戦後民主主義」（戦後民主主義教育）と「戦後平和」だけは多くの人間がたっぷり享受していた。学校では、「民主化」した教師によって今では形骸化したと言われる児童会・生徒会といった議会制民主主義のひな型が、未来の理想社会を形成する礎であると教えられ、農村地区では地主―小作といった封建遺制が占領軍の指令による「農地解放」でなくなり、敗戦国民として苦しい生活を余儀なくされながらも、その生活の全体にわたって「自由＝解放」感が漂っている社会に「団塊の世代」は育った、と言える。これらの世代的体験（生育の過程）をまとめて言えば、「団塊の世代」に属する者は「平和と民主主義」に支えられて誰もが必死に生きていた時代の申し子だったということである。

そんな「戦後民主主義」（戦後民主主義教育）と「平和」の中で育った立松和平が、機動隊に囲まれたキャンパスで入学試験を受け、さらには大学に入って経験した学生運動＝全共闘運動によって改めて認識させられたことは、戦後社会を支配していた「平和と民主主義」が本質的には貧富の格差を当然のこととする「資本主義」社会におけるそれでしかなく、真に「自由・平等」を保障するものではないということであった。つまり、戦後の「平和と民主主義」は仮構的なものでしかなく、戦後も二〇年以上が経ったのに、本当の意味での民主主義社会＝個を最小単位とする「共生・協同」社会は未だ成らず、目標＝希望・夢としてしか存在しない現実を、立松は「七〇年前後の学園闘争」体験の中で学んでいった、ということである。

その意味で、敗戦時に満州（中国東北部）でソ連兵に捕えられ、シベリア送りになるところを戦友とともに脱走し、命からがら故郷の宇都宮に帰還した父とその父を待っていた母の息子である立松が、作家として自分が今存在することの「原点」への遡及しようとする、つまり「戦後」とは何であったのかを問おうとしたのは、ごく自然なことであったと言える。そのことを立松文学の履歴に即して言えば、都市化の波に翻弄される旧農村地区の現実を描いた『遠雷』（八〇年　第六章で詳述する）の成功によって、現代社会の抱える問題の根を掘り当てることに成功した立松が、『遠雷』が体現している「境界」に生起する悲喜劇はどのような「歴史」を経て起こったものなのか、そのことを探ろうとしたことに通底するということである。具体的には『遠雷』の世界が、戦前は小作農であった農民たちが農地解放で手に入れた土地を高度経済成長期における地方中核都市（県庁所在地など）における「都市化」の波に抗しきれず、工業団地や住宅団地の用地として手放さざるを得ない現実を背景としていることに、立松の「歴史」への眼差しがよく現れているということである。

立松が初めて自分の「子供時代・戦後」について書き、現在の自分がどのような「過去」を持つのか訴求しようとした『幼年記』（八〇年）を含む六編の短編を収録した『野のはずれの神様』（八二年）が刊行されたのは、野間文芸新人賞を得た『遠雷』の刊行と同じ年であった。このことをことさら言挙げするのは、立松がこの時代に至って初めて明確な「歴史」への意識を持つようになったと思われるからである。『幼年記』は、次のような書き出しで始まる。

暗い心象風景がある。二歳の私は闇の中で頭を下にして立っているのだ。生温い汚水の中だった。ドブに落ち、したたか汚水を飲んだあげく発熱したと、よく母に聞かされた。もちろん幼年の私が、頭からドブに落ちて助けを待っている自分の姿をもうひとつの眼で見ていたはずもなく、父や母の話によって後年かたちづくられていった心象風景に違いない。

立松は、自分の「心象風景＝記憶」が父母の話によって形成されたのであろうと推測するところから、物語を始める。そして、その後に満州から「逃げ帰ってきた」父親が「軍隊」時代に身に付けた技術を元に「モーターの再生屋」として戦後を生き始めていたことを明らかにする。

父は宇都宮駅の近くに家を借り、モーターの再生屋をやっていた。空襲で工場が燃えたり、加熱して焼き切れたりしたモーターを東京から買ってきて、ステイターやローターのコイルを巻き直し、再生するのだ。（中略）町工場が再開したためや、農家の揚水や脱穀のために、モーターの買い手はいくらでもあった。（中略）

痩せた馬力のない父は、作業場での再生の仕事を専門にやっていた。東京から焼けたモーターを運んでくるのは、闇屋のマッちゃんと呼ばれた、色浅黒くガッチリした体軀の松田という男だった。両切りの煙草を指が焦げそうなまでに吸う時、いかにもうまそうに細めた眼が、印象的だった。買出し列車で気狂いみたいに混雑した東北本線を、屋根に這いあがり窓からぶらさがり、毎日往復するのだ。一台十キロはある焼けたモーターを一度に四台と、他に進駐軍放出の缶詰や衣料を担げるだけ持ってきた。腹にいちもつありそうな松田という男が、私は子供心に嫌いだった。

ここに出てくる「空襲」、「闇屋」、「買出し列車」、「進駐軍」などの戦時や戦後を彩る言葉は、すでに歴史用語ないしは「死語」と化してしまった感があるが、『幼年記』において立松が意図したのは、自分の幼年時代を回想するスタイルを取りつつ、一地方都市を舞台に、自分の父母たち世代が悪戦苦闘しながら生き抜いてきた「戦後」という時代を浮き彫りにすることであった。立松は『幼年記』の中で、戦後社会について「世の中全体が闇の中にあった」と書いているが、この時期立松は『遠雷』のような問題作を書く一方で、父母を含めてその戦後の「闇の中」に蠢く人間群像を描き出すことに、作家として一つの方向を見いだしていたのである。『幼年記』には、父母の他に主な登場人物として「闇屋のマッチャン」、「遊び人の叔父（花崎春樹：元予科練教師、この名前は立松が尊敬し「著作集」が刊行された際に推薦者になっていた戦後派の作家「梅崎春生」を借用したのではないか、と思われる）」、「乞食の顔三郎」が出てくるが、「闇屋」といい、「予科練帰り」、「乞食」といい、先にも触れたように、いずれも戦後を彩る典型的な言葉・風物であり、それだけ戦後という時代を全体で明らかにしようとしている立松の意気込みが伝わってくる。

ところで、この時期になって立松は何故「戦後」という時代に関心を持つようになったのだろうか。このことについて、先の世代論的なアプローチとは異なる視点から考えてみると、ここで想起されるのが、立松たち団塊の世代＝全共闘世代が自分たちの出自である「平和と民主主義」の戦後を否定しながら、では次の時代はどのような思想を拠り所として生きていけばいいのかの指針（ビジョン）が見つからないまま、思想的には「迷子」のような状態にあったことである。つまり、学生運動に敗北した後、運動に参加した者もしなかった者も、「団塊の世代」前後の若者は誰もが生き抜くための拠り所（思想）を求めて苦闘を余儀なくされ、おのれの存在を主張するための根拠を見つけようと悪戦の連続を生きていた、ということである。特に、学生運動の渦中に身を置くことによって「平和と民主主義」の思想を拠り所としてきた前世代の「脆さ」を知った者は、前世代（の思想）を否定したところにおのれの場所を見つけようとする余り、「胸を張って」、あるいは「前向きに」今後を生き抜いていくためにも自前の拠り所（思想）を見つけなければならなかったのである。立松が「戦後」を描こうとしたのも、その現れの一つであったと考えられる。

このような思想のドラマを一般化して言えば、立松が「盟友」と思うと同時にライバル視していた中上健次が、生まれ在所の「紀州（新宮・熊野）」及びそこに存在してきた「路地＝被差別部落」を再発見し、そこから改めて言葉＝表現を発することで現代作家としての地位を盤石なものとしたことは、同世代の文学青年や政治青年に大きな刺激を与えていた、ということがある。例えば、立松であるが、自らの学生運動体験を「総括」する長編『光匂い満ちてよ』（七九年）を発表する前年、学生時代から書き始めた短編を『途方にくれて』と『今も時だ』の二冊にまとめ、併せて同じ年に初の長編『ブリキの北回帰線』を刊行した後に、かつて母方の曾祖父が坑夫（のち坑夫の親方）をしていた関係で親戚がたくさんいた「足尾」を舞台にした作品の執筆を試みる、ということがあった。これも、中上から刺激を受けた結果と考えられ、「戦後」へ向かうことになった姿勢と同じメンタリティに支えられるものであった。足尾銅山（正確には精錬所）の閉山をめぐるドタバタを描いた『赤く照り輝く山』（七八年　芥川賞候補作　後に翌年執筆された『閉じる家』に吸収され一冊の単行本として刊行される）は、立松が中上健次の「紀州」や「路地」に倣って「足尾」を発語（表現）の根拠しようとした結果、と考えられる。

かつてはこの国の近代化を牽引し底支えもしていた足尾銅山が、時代の移り行き故に仕方がないとは言え、ついには「閉山」にまで追い込まれてしまった現実は、学生運動体験の虚構化＝小説化といった実際の作業を経るという経験を通して、結果的に立松をして「歴史」（「戦後」も含む）の酷薄さを実感させることになった。つまり、繰り返すことになるが、このことは自分たちが学生運動＝学園闘争（全共闘運動）を通じて否定した「戦後民主主義」とその「平和」思想が、高度経済成長という美名の下に、例えば足尾銅山を閉山に追い込むというような「影の部分」を持っていたことに気付かせたということだったのである。『閉じる家』（七九年刊）の数年後、立松は「足尾悲歌」（八三年）というエッセイの中で、「歴史」の酷薄さ＝「表側」と「裏側」について次のように書いた。

足尾銅山は昭和四十八年（一九八三年―引用者注）二月二十四日閉山になった。過去百年、銅は輸出の花形商品であり、日露戦争をはじめ幾多の戦争の弾丸の原料になり、国内建設の礎《いしずえ》となって、日本最大の足尾銅山は日本の近代化過程を強力に担ってきた。その間、煙害をだして谷の上の松木村を跡形もなく滅亡させ、鉱毒を流して渡良瀬川一帯の農作物に甚大な被害を与えた。公害第一号といわれる足尾鉱毒事件である。足尾銅山には近代日本の表側と裏側とが隠しようもない規模で存在していたのだった。（ルビ原文　傍点引用者）

　ここに書かれていることは、特に目新しいことではなく、「歴史」の常識と言っていいものである。しかし、大事なのは作家の立松がその「歴史」の常識を意識しつつ、「足尾」に関して自らの発語の根拠を探そうとしていたということである。あるいは「足尾銅山には近代日本の表側と裏側とが隠しようもない規模で存在していた」という言葉に注目するならば、立松は足尾銅山の歴史がまさに「現代」まで繋がっていると認識し、その上で新たな歴史小説を書こうとしたのではないか、と推測できるということである。立松が「近代日本の表側と裏側」を「隠しようもない規模」で露呈してきた足尾銅山の物語を、『毒—風聞・田中正造』（裏側）と『恩寵の谷』（表側）の二つの作品として発表するのは、「足尾悲歌」を書いてから一四年後の一九九七年であった。

二、「戦後」へ

　立松は、自らの幼年時代＝父母の若かりし時代に材を採った『野のはずれの神様』所収の諸短編と並行して、「戦後」世界を舞台とした長編『歓喜の市』（八一年）を書く。しかし、「近代日本の表裏」を描くという「歴史小説」執筆の意欲と、作家生活を続けるうちにより鮮明度を増してきた「自分探し」という創作活動の動機を重ね合わせるならば、想像力によって構築された「もう一つの世界」を実現するという意味で、『歓喜の市』と同じ「戦後」に材を取った『天地の夢』（八七年）こそ、立松の願望を実現した作品と言うことができる。

　物語は、まだ空襲の痕跡である「爆弾穴」が残る地方都市を舞台に、登場人物のそれぞれが「夢」を唯一の心の支えとして、「戦争の傷跡」など物ともせず飢餓と混乱の社会をたくましく生き抜いていく姿を描いたものである。そんな「戦後」について、立松は『天地の夢』に繋がる『歓喜の市』に関わって書いた「アナーキーな歴史を生きる」（八一年）の中で、次のように書いていた。

父は復員すると宇都宮駅の近くに家を借り、軍隊時代に習い覚えた技術をもとに、モーターの再生屋をはじめた。

（中略）

私は当時の父の年齢を過ぎた。今になってあの時代のことを、フィルムや写真で見、書物で読み、伝聞として耳に触れるにつれ、無限の可能性に満ちた時代だったなあと、半ばうらやましく思う。当然、貧困、飢え、社会不安など、幼い私にはうかがい知れないことも多いにせよ、全体的には、アナーキーな精気に満ちていたのだと察することができる。軍国主義国家の管理から放たれた人々が、善や悪など儒教道徳からもある程度は切り離され、跋扈《ばっこ》していたのである。今の私には、まるで夢のように生き生きした時代に見える。作家としての想像力も刺激される。

（ルビ原文　傍点引用者）

ここに記された戦後＝「無限の可能性に満ちた時代」について、立松は「フィルムや写真、書物、伝聞」によって想像したものだと言っているが、果たしてそれだけで『歓喜の市』や『天地の夢』を書くことができたか。立松が「アナーキーな精気に満ちた」時代＝戦後を実感的に書くことができたのは、またしても学生運動との関連になってしまうが、作家が早稲田大学に入学してすぐに経験することになる「早稲田を揺るがした一五〇日」のバリケードで封鎖された早稲田大学キャンパスが醸し出していた「アナーキー」な雰囲気を重ねたからではなかったか。学園の支配者であった教員や管理者（事務員）をキャンパスから放逐し（逃亡させ）、党派闘争（闘争の主導権争い）など厳しい面もあったが、一時的であれ学園がコンミューン的空間に化したことを目撃（実感）したことがあったからこそ、立松は『歓喜の市』や『天地の夢』において「アナーキーな精気に満ちた」戦後をイメージすることができたのではないだろうか。特に、戦前の山林地主であり農本主義者でもあった人物の義弟（主要な登場人物）が、戦後義兄から預かった山林（山林地主は、戦後の民主革命を象徴する「農地解放」の対象外であった）から巨木を切り出し、焼け跡の一角に疲弊した人々に「夢」を与える「パラダイス・タワー」＝歓楽地を建設しようとして失敗する話を中心とした『天地の夢』は、「戦後民主主義」を象徴する「大学の自治」が虚構であったことを暴き出し、否定することには成功したが、次代へ手渡すビジョンを構築＝建設することができずに苦悩し続けてきた全共闘運動世代の経験をオーバーラップさせた物語、と読むこともできる。

「義兄《にい》さん、とうとうやりましたよ。私の勝ちですよ。どうせ滅びる運命から逃れられないこの世の中、私の手で幕を引いてやります。愉快ですよ。こんなに心から愉快なことは生まれてはじめてだなあ。世の中がこんなに楽しいとは、今さら皮肉じゃありませんか」
「お前はただ狂っているだけだよ」
　天上から声が降ってきたのだ。（中略）
「一人の夢に数えきれないほどの人間が従って、そのすべての人間が夢を見るんですよ。夢の中では何でもが可能だ。だからですね、夢の中から運んでくれれば、この世にどんなことでも実現するはずだ。そう思いませんか。夢なら取り留めもなくていいじゃありませんか。私はやりたいことを全部やってきた。夢の中にあることが即ち現実だ。取り留めもないことが現実なんですよ。それでも、私のやってることは全部が全部手で触ろうと思えば触れることです。そこが義兄さんと違う。私の夢は地上に結晶してますよ。だが私が死んだら崩れるでしょう。それは私だけの夢だからです。夢もだんだん終りに近づいてきたのが、私にもわかりますよ。夢と現実の境界がなくなった境地がやっと私にも理解できるようになったんですがねえ。そうしたらもう終りです。」

これは、主人公の一人「雨森福徳」が嵐模様の空に向かってしゃべっている場面である。ここに出てくる「義兄《にい》さん」は、戦前に「国策」に沿って民間レベルで積極的に戦争協力した満蒙武装開拓団などを組織した「私塾開魂社塾長　雨森伊平」のことである。物語では、その子供たちが重要な役割を担っているのだが、そのこととこの物語のテーマとの関連を考えると、立松はこの長編で「破壊＝戦争から創造＝民主国家へ」という戦後の「夢」は果たして可能だったのか、と問うているように思われる。別な言い方をすれば、戦時中に「侵略（占領）」した満州＝中国東北部において「王道楽土」の建設を夢見た満蒙武装開拓団などの「夢」が、実は儚いものでしかなく、それはまた雨森福徳が戦後の焼け跡に建設を試みた「パラダイス・タワー」も旧約聖書に出てくる「バベルの塔」と同じように、現実的に建設不可能な代物であり、無意味なものであった、と立松はこの物語で主張しようとしたのかもしれない。

そして、このような『天地の夢』が明示する物語の展開が意味することは、当時の立松が『遠雷』の成功が象徴する「境界」の発見によって新たな物語を次々と生み出す一方で、他方では父親の在り方を中心に「歴史＝戦後史」への遡行を試み、「戦後」の現実を知れば知るほど、「戦後」が見果てぬ夢の堆積であったことを認識させられた、ということだったと思われる。つまり、立松はこの時期『遠雷』などにおいて、「境界」に生じる悲喜劇を物語として紡ぎだすことに作家としての方向性を見出していたが、もう一方で「歴史」への関心を高めつつ「夢」を紡ぐことさえ不可能なこの現実を改めて知るようになり、「絶望」の度をさらに強めていったということである。総体的にいえば、八〇年代の立松は旺盛な創作活動を繰り広げながら、作家としては充分に方向性が定まらない不安定な状態にあった、ということかも知れない。

その意味で、『天地の夢』の最後がバラックの立ち並ぶ焼け跡にサーカス団のパレードが進む場面で終わっているのは、実に示唆的である。このことを立松が意識していたかどうかは別にして、昔は「サーカス」のことを「曲馬団」とか「曲技団」とか言って、「まれびと」と同じように遠方から共同体を訪れ、人々に「歓び」「楽しさ」を与えてくれる集団であるということを前提とするならば、「夢」は「夢」であるからこそ意味があるのであって、雨森福徳のように現実の世の中において「夢」を形にしようとするのは、神への冒瀆に他ならない、と立松が思っていたのではないかということでもある。立松は、作家として一本立ちしながら、日常的に内心では先の引用に象徴されるような「絶望」を胸に抱きながら、日々を生きていたと推測できる。「絶望」の淵を覗きながら、今ここに生きていることの意味を日々確かめるような生活をしていた、と言ったら大袈裟か。

なお、立松が、「絶望」にも意味があると言い出す（悟る）のは、ずっと後になってからである。

絶望こそが、希望のはじまりなのである。絶望をおそれることはない。絶望とは思想の発展過程による第一歩で、ものごとはそこからしかはじまらない。

私はブッダの教えを身をもって知るのである。絶望は素晴らしい。絶望こそが人生の母なのだ。生きるとは、日常生活の中で苦行をつづけているようなものである。人は誰でも人生の巡礼者なのだ。（『ブッダその人へ』九六年）

三、「戊辰戦争」へ——「敗れし者」の鎮魂

立松和平は、『遠雷』（八〇年）とその続編の『春雷』（八三年）を刊行した後に書き始めた、「歴史＝戊辰戦争」を素材とした短編を集めた『ふたつの太陽』（八六年）の「あとがき」において、自分が書く「歴史小説」がどのようなものであるか、次のように書いていた。

十九世紀後半の日本を野火のように走った戊辰戦争の断片を、私は子供の頃より辻や神社等の遊び場の中に意識

> もせずに見てきた。路傍に放置してある文字も表情も消えかけた石碑や野仏が、戦死者の墓だったり顕彰碑だったり、歴史の闇に沈んで名も忘れられた敗者へのせめてもの鎮魂のしるしだったりした。（中略）
>
> 出てくる地名はすべて実在だが、登場人物は想像の産物だ。本書の主人公である深々とした闇は、あれから百数十年たった現在でも、私の故郷、いや日本のあらゆるところに息づいている。文学とは、黙契によって闇から力をたくされた者の技《わざ》であると、私は思っている。
>
> 想像力はどのようにでも展開していくのであるが、本書の舞台は私の故郷の野州だけにとどめてある。私の故郷から北の人は、新政府軍といわず、西軍と呼んでいる。だがそれは後年明らかになってからの立場なのだ。闇の中で営々として生活の糸を紡いできた人々には、当時、太陽はふたつあった。時々刻々入れ替わるふたつの太陽のもとで、武士であれ百姓であれ猟師であれ、もうどうしてよいかわからなかったに違いない。それが本書の基本的なモチーフだ。（ルビ原文　傍点引用者）

ここで言わずもがなのことを記しておけば、立松はこの『ふたつの太陽』において幕末から明治初めにかけて明治新政府軍とそれに抵抗する東北雄藩との戦い（内乱）であった戊辰戦争の、野州（栃木県）における戦いの具体を描こうとしたのではない、ということである。つまり、「維新」であったか「革命」であったかは別にして、立松が描こうとしたのは、時代の流れが創り出した形としては明らかに支配階級の「権力争い」であった戊辰戦争における栃木県におけるその具体的展開を、フィクショナルな方法（小説的な方法）として取り上げようとしたのではない、ということである。引用に即して言い方を換えれば、現代文学の作家である立松は、「子供の頃より辻や神社等の遊び場の中に意識せずに見てきた」「戊辰戦争の断片を」小説の中で再構築しようとしたのではなく、「歴史の闇に沈んで名も忘れられた敗者へのせめてもの鎮魂」を小説において行おうとしたということである。このことは、立松の「歴史小説」を解釈する際に重要なポイントとなる。

さて、その「敗者への鎮魂」であるが、「あとがき」を読むと、あたかもここで言う「敗者」はいかにも戊辰戦争のそれであるかのように思えるが、『ふたつの太陽』の冒頭に収められた『筵旗』を読むと、「敗者」の中に明治維新の直前に起こった「野州世直し騒動」のそれも混じっていることが分かり、立松が「敗れし者」の在り様を描くことを主眼にしていたことが分かる。「野州世直し騒動」は、幕末から明治の初めに全国的な規模で起こった「ええじゃないか」運動――幕末期の一八六七（慶応三）年七月ごろから翌年四月にかけて、江戸（関東周辺）から四国にまで広がった社会現象で、天から御札（神符）が降ってきたのは慶事だと民衆が「ええじゃないか」を連呼して踊りまくった、民衆の自然発生的な「反体制」行動――や「世直し＝百姓一揆」に連動したものであった。下野（栃木県）南部から始まり、農民たちは庄屋や本陣宿などを襲いながら宇都宮城下まで迫り、宇都宮城内への突入こそなかったものの鹿沼や今市方面での打ち壊しを続け、幕末期の地方権力（宇都宮藩）の力がいかに衰えていたかを白日の下に引きずり出した。そんな「野州世直し騒動」の死者を鎮魂するために、『筵旗』は書かれている。ここに、立松の『ふたつの太陽』に収められた諸短編における真のモチーフが隠されている、と言っても過言ではない。

それは、先の引用に見られる立松の「歴史の闇に沈んで名も忘れられた敗者へのせめても鎮魂」が、まさに『筵旗』に出てくる水呑み百姓道六などの「下層民」に対してのものだったからに他ならない。水呑み百姓道六は、気が進まないまま「世直し一揆」に参加し、分限者（酒屋や庄屋、本陣宿など）の家を襲い、普段はほとんど口にすることのない酒を浴びるほど飲み、白米をたらふく食べることを続けているうちに、「打ち壊し」に喜びを感じるようになる。しかし、最後は一揆を鎮圧するために派遣された宇都宮藩の軍隊が放った大砲の弾の犠牲となって、生涯を閉じる。

この短編『筵旗』の小説世界、何度読んでも既視感に襲われる。理由ははっきりしている。一九七〇年前後の「政治の季節」において、キャンパスや街頭で何度も繰り広げられた光景だからである。学内問題（学費値上げ反対、学生会館の自主運営権獲得、処分撤回、等々）や政治・経済問題（ベトナム反戦、原子力潜水艦・空母寄港反対、産学共同路線反対、三里塚空港＝成田空港建設反対、日米安保条約反対、等々）で決起した何千人、何万人の学生や青年が、ヘルメットを被り手に手に角材や鉄パイプを持ってキャンパスや街頭で機動隊と対峙し、最終的には機動隊に蹴散らされ「敗北」していく姿に、『筵旗』の道六たちが重なるのである。「蟷螂《とうろう》の斧」かも知れないが、追い詰められた末に身近な「武器」を手にして「権力」に歯向かっていった「野州世直し騒動」の百姓たちに、立松は七〇年前後の「政治の季節」に生きた自分たちの世代を重ねようとしたのではないか。七〇年前後の「政治の季節」は、多くの死者を含む「名も忘れられた敗者」を生み出したが、立松は自分もそのような「敗者」の一人であるとの思いを持って、『筵旗』を含む『ふたつの太陽』に収められた諸短編を書いたのだろう。

　とは言え、立松は自らの学生運動体験＝全共闘運動体験を基にした『光匂い満ちてよ』（七九年）を刊行した直後のエッセイ「鬱屈と激情」（同）の中で、「あの頃のことはつべこべいうまいと決めたはずだ。いまや十年以上も昔のことではないか。つべこべいわないためにも、小説を一本書くのだと決めた。それを書いてから、田舎で生きよう、と。実際身のまわりでなまなまと生きている人間たちが眼にはいりはじめていた。彼らは今を生きているぼくと同じように、泣き、笑い、闘っているのだ」と書いており、作家はどう生きるべきかという文学の王道を手放さない限り、人々の織りなす「物語」は無限に存在することに、この時改めて立松は気付かされたとも考えられる。

　しかし、それ以前（七六年ごろ）の立松は、以上のような境地＝視点を獲得していなかった。例えば、七〇年前後の「政治の季節」を撮ったドキュメンタリー映画『怒りをうたえ―70年安保・沖縄闘争記録映画』（三部作　六八年一〇月二一日～七〇年六月二三日までの記録　宮崎義勇監督）を見た時の感想（「怒りをうたえ」）で、立松は「ぼくは現在二十七歳、間もなく二十八歳になるが、二十歳頃を振り返ってみると、立っている場所のあまりの違いに驚く。横ぶれしまったようなのだ。一日一日横に歩いてきた自分に、怒りのような感情を抱いている。しかも、この歩みはまだ止まりそうにない。一九七六年の二十八歳と、一九六八年の二十歳との振幅が、僕の主題だと思っている」と書き、一九七〇年前後の「政治の季節」体験を歴史小説の中に生かす方法を未だ手にしていないことを告白していた。

また、立松は宇都宮市役所に勤めていた時代に書いた「祝祭の果て」（七八年）というエッセイの中で、先の「鬱屈と激情」と同じようなことを書き、『ふたつの太陽』のモチーフに限りなく近づいていたことを明らかにしていた。

当然すぎて馬鹿馬鹿しいくらいなのだが、足元を書くしかないのだ。そう思いはじめると、いいたいことが、言葉がそのへんにうごめいていることに気づいた。（中略）

ぼくの住んでいる栃木の宇都宮は文学の言葉に書かれたことがない。何もないからだという人がいるが、人間が生きているかぎりそんなことはありえない。

生身の人間たちが毎日毎日泣き笑い闘っているのだ。

神話もなく歴史の影もうすい。風は冷たく乾き、土地は痩せている。掘れば砂や石ころがでてくるだけだ。夏は炎暑で、冬は貧寒とする。関東平野の北端にあり、適当に貧しく適当に豊かだ。（中略）

宇都宮は人口三十六万人のちょっとした街だが、余分なものの生きる場所がそうあるわけではなく、都市といえなければ田舎ともいえない。すべてが中途半端なのだ。いい方をかえれば、いろんなものがあれこれと詰まっているのかもわからない。何でもあるといえばある。

しかし繰り返すが、まだこの時点では「歴史」への明確な志向性を見ることができない。それは、この引用に見られるように、『遠雷』（八〇年）で野間文芸新人賞を受け、親の世代がどのように「戦後」を生きたのかを描いた『歓喜の市』（八一年）が刊行される以前の発言であり、また『遠雷』とは別に「発語の根拠」としての「足尾」を発見した『閉じる家』(七九年)以前の発言であったが、「足元を書くしかない」とか「いいたいことが、言葉がそのへんにうごめいていることに気づいた」と言いながら、栃木(宇都宮)には「神話もなく歴史の影もうすい」と言い切ってしまったところに、よく現れていた。

ところが、「足元」に小説の素材はいくらでも転がっていたのである。市役所勤めの行き帰りに目撃したビニールハウスでキュウリを作る青年(『遠雷』)も、また母方の祖父が親方をしていた閉山間近な足尾銅山(『閉じる家』)も、強力な文学の素材でありテーマとなる存在(出来事・現象)であったことに気付いた時、おそらく「あとがき」(『ふたつの太陽』)に記された田辺昇吉著『戊辰秘話日光山麓の戦』(七七年刊)と同『北関東戊辰戦争』(八三年刊)に象徴されるような、栃木県の「歴史(郷土史)」が目に飛び込んできたのだろう。そして、栃木(宇都宮)が決して「神話もなく歴史の影もうすい」土地ではなく、戊辰戦争時における「宇都宮城の戦い」や「野州世直し騒動」が如実に語るように、実は豊かな「神話」と「歴史」を内在させる場=生活空間だったことに気づいたのである。

『ふたつの太陽』と同時期に書かれた短編を集めた『天狗が来る』(八四年)に、『筵旗』と同じようなモチーフで書かれた『お蚕さま』、『天狗が来る』、『首』、『雨』(この短編は、『ふたつの太陽』にも再収録されている)の四編が収録されているのは、この時期において立松がいかに栃木(宇都宮)の「神話と歴史」に関心を寄せていたかを如実に物語っていた。立松は、急速に「歴史=近代の黎明期」が小説の素材として「豊かさ」に満ちているかを悟ったのである。しかも、その「歴史」は紛れもなく「動乱・激動」のそれであった。

四、見果てぬ夢

立松が坂東三津五郎演じるところの『道元の月』(二〇〇二年)という歌舞伎の台本を書いたことは、よく知られている。しかし、それ以前にも立松が自作の『蜜月』（八二年）が映画化される際にシナリオを執筆したこと——橋浦方人監督によるATG映画『蜜月』は、八四年二月に公開された——や、外波山文明率いるアンダーグランド劇団「椿組・はみだし劇場」に依頼され、戯曲『南部義民伝—またきた万吉の反乱』（八五年『改訂版南部不義民伝—まためきたぞ万吉が』八六年）や『鬼の黄金伝説—幕末日光神領猟師外伝』（八七年）を書き、NHKFMシアターで戯曲『与《ゆ》那国《なぐに》ぬ情《なさぎ》』（八六年）が放送されたこと、さらにはNHK大阪で九〇年一一月に放映されたテレビドラマ『ドラムカン』のシナリオが、放映された直後に『聖豚公伝』と改題され、小説として刊行されるなどしたことは、あまり知られていない。つまり、立松は小説やエッセイの執筆だけでなく、「ニュースステーション」（テレビ朝日）の「こころと感動の旅」のレポーターを務めたり（八六年一月〜九三年九月）、外国取材や国際会議への出席など八面六臂の活躍をするようになったその一環として、シナリオや戯曲の執筆も行っていたということである。自伝小説の映画化である『蜜月』や現代劇の『ドラムカン』は別として、戯曲『南部義民伝』や同『鬼の黄金伝説』は、先にも記したような幕末・維新期（戊辰戦争）に関わる「歴史の闇に沈んで名も忘れられた敗者」を主人公としたものであった。

その意味では、戯曲『南部義民伝』も同『鬼の黄金伝説』もその概説を聞いただけでは『ふたつの太陽』と変わらないように思える。しかし、戯曲『南部義民伝』が栃木（宇都宮）の戊辰戦争や「野州世直し騒動」を扱った作品と一つだけ違うのは、そこに立松の「見果てぬ夢」が濃厚に潜められているのではないか、と思われる点である。「叛」の可能性、「革命」幻想、と言ったら言い過ぎかもしれないが、立松は戯曲『南部義民伝』などで「反権力」の戦いに散った者への「鎮魂」と共に、その「革命幻想」をそれと分かる形で書き込んでいた。

戯曲『南部義民伝—まためきた万吉の反乱』（『改訂版南部不義民伝—またまたきたぞ万吉が』）は、九二年七月、「反権力一揆」というに基本線は変えることなく『贋　南部義民伝』と改題され、岩波書店の「シリーズ　物語の誕生」の一冊として刊行される。『贋　南部義民伝』の帯に、次のような言葉が記されている。

森と大地の千年の夢が生んだ革命譚
幕末の革命児、三浦命助異聞　民話の宝庫、東北の山野に取材した書下し　立松和平サーガの世界
活劇版・新遠野物語

周知のように、三浦命助は幕末期の一八五三（嘉永六）年六月に起こった「南部三閉伊《さんへい》一揆」の指導者で、一万二〇〇〇人余り（一説には一万六〇〇〇人）を率いて「税の軽減」及び「藩政への不信」を訴え、南部藩に要求をのませた人物である。三浦命助は、三陸沿岸では誰一人知らぬ者のいない「世直しの指導者」＝革命家と言ってもいいが、立松がそのような人物に関する「情報・資料」をいつどこで知り集めたのか、その具体的なことは不明として、「衆民の為死ぬ事は元より覚悟の事なれば、今更命惜しみ申すべき哉」と言って処断されることを恐れなかった三浦命助の生き様は、全てを立松の学生運動体験から読み取ることができるのかという批判を甘んじて受けるとして、立松が早稲田大学や他の大学のキャンパス、あるいは街頭で目撃した「活動家＝革命家」の姿と重なる、と言っていいのではないかと思われる。さらに言えば、たぶん編集者が考えたのだろう、「森と大地の千年の夢が生んだ革命譚」、あるいは「活劇版・新遠野物語」のキャッチコピーは、最期まで「叛」（反権力）の意識を持ち続けた立松の心を揺さぶるに十分な言葉だったのではないか。

なお、大佛次郎はその史伝『天皇の世紀』（全一〇巻　七四年）の第一巻『黒船』の中で、黒船来航と全く同じ時期（一八五三年六月）に起こった「南部三閉伊一揆」について、「ペリー提督の黒船に人の注意が奪われている時期に、東北の一隅で、もしかすると黒船以上の事件が起こっていた」と書いていたが、「南部三閉伊一揆」はまさに激動・変革の時代を象徴する出来事だったのである。そのような素材に、立松の触手が届かないわけはない。『贋　南部義民伝』

の主人公「またきた万吉」が、生き生きと三陸海岸沿いの山野を駆け巡り、一揆を組織していくのも、立松が体験として「権力」に叛いた多くの「名も忘れられた敗者」を知っていたからであったろう。

とは言え、この『贋　南部義民伝』を書いたころの立松は、二〇歳前後の学生ではなく、すでに旺盛な創作力を発揮しつつあった現代作家であった。無条件＝無批判で自らの学生運動体験を幕末期の百姓一揆＝世直し一揆に重ねるような愚は犯さなかった。そのような作家の在り方について、日和見主義とみるか成長した「大人の対応」とみるかは別にして、立松はこの書き下ろし長編に登場する重要人物の一人である「山姥」の口を借りて、次のようなことを言っている。

くっくっくっくっ。そのとおりだよ。暴れている時は楽しいよなあ。おらも一揆といえばじっとしていられなくなって、見物には必ずいくし、気がむけば一揆衆の中にもはいるよ。あんなに楽しいことを見逃す手はないじゃないかよ。そうやって五年に一度、十年に一度一揆をやれば、百姓の中に蓄えられた力が発散される。そして、また気持ちよく働ける。結局は何も変わらない。お前のやっていることはつまりそういうことじゃあないのかねぇ。

直截的な言い方をすれば、ここで立松は要するに一揆や世直しといった「反権力」闘争が必然的に内在させている、いわゆる「ガス抜き」的側面について周到なまでに言及していたのである。さらに、この『贋　南部義民伝』には一揆の「責任」を指導者の一人「またきた万吉」に背負わせて、そのような状況を招いた治者や一揆に参加することで「ガス抜き」させられてしまう農民（庶民）のしたたかと言うか、「ずるい」と言うか、結局は現状を肯定することでしか生きていけない「あきらめ」を内に孕んだ在り方を暗に批判する言葉が、物語の最後に置かれている。「政治」にまつわる諸々の酷薄さを、立松がここで撃っていると言い換えてもいい。そのことは、権力の大幅譲歩で（守られなかったが）一揆が終わった後姿をくらませた万吉が、一揆から二年後村に帰って来たときの言葉によく現れている。元気な母と女房の姿を認め、取り囲む村人を見回しつつ発した次のような言葉に、自分が生きるこの社会の現実政治に対する立松の考えがよく現れていたのではないか。

この二年間、どうやって村に帰ろうかと、その方策ばかり考えておったよ。風が吹けば村を思い出し、月を見れば涙した年月であったよ。京の都に骨を埋めてもいい。いや、どうしても帰りたい。お上の探索が厳しくて生きているうちに帰れないのならば、死ねば帰れるってわけだ。おらはあの時に死んだよ。葬式をやってから一揆にきた村の衆だっていいるんだ。おらもあの時いっしょに葬式をやったはずじゃないか。こんな朝露の命など、とうの昔に棄てたはずだよ。そう考えたら、この世でおらが未練を残すのはこの村だけだ。覚悟を決めてやっと帰り着いた村だが、何も変わっちゃいない。いやむしろ一揆の前よりみんなの顔は暗くなったなあ。悲しいなあ。やっぱりおらが村にいてやらなくちゃあならねえんだよ。生身の身体でこの世におることができねえのなら、死ぬしかねえな。簡単なことじゃあねえか。みなの衆に最後の頼みがあるんだ。このまたきた万吉のために、草の社のひとつも建ててやっちゃあくれねえかい。

この後万吉は割腹して果てるのであるが、引用のような言葉に接すると、この言葉にはあの七〇年前後の「政治の季節」＝全共闘運動に、あふれるばかりの「変革」の可能性を夢見ながら、「祭り」が終わってみたら何も変わっていない現実に直面させられたときの「絶望」や「悲しみ」が重ねられている、と読むのは同世代（団塊の世代前後の人々）だけだろうか。立松の「見果てぬ夢」は、最期まで消えることはなかったと言っていい。

第四章　「足尾」に至り、「足尾」へ

一、「鎮魂」から始まる――「足尾」へ

第一章や第三章ですでに指摘してきたことだが、『途方にくれて』（一九七〇年）で出発した作家立松和平の『遠雷』（八〇年）で野間文芸新人賞を受賞するまでの一〇年間は、立松にとってまさに「悪戦苦闘」の連続で「疾風怒濤」と呼ぶのに相応しい苛烈な時代であった。様々に試行錯誤を重ねながら、何故自分は「文学＝表現」にこだわり続けるのか、自分の内に「表現＝発語の根拠」が本当に存在するのか、『遠雷』までの一〇年間はまさにそれを求めるための時間でもあった、と考えられる。しかし、その一〇年間も、立松の創作歴を詳細に見ていくと、特に『遠雷』に至る二、三年は、課題（テーマ）として母方の曾祖父が坑夫の親方として暮らしていた「足尾銅山」が浮上してきた時でもあった、と見ることができる。

一九七八年一〇月　『火の車』（「すばる」）

同年一二月　『赤く照り輝く山』（「文学界」芥川賞候補。のち『閉じる家』七九年一〇月刊に統合）

＊この年、初の単行本『途方にくれて』五月刊の他、『今も時だ』八月刊、『ブリキの北回帰線』同、を

刊行する。

一九七九年五月　『閉じる家』（「文学界」芥川賞候補）

同年九月　『村雨』（芥川賞候補。のち『遠雷』八〇年五月に統合）

もちろんこの間に書かれた作品は、ここに挙げたものだけではない。『座る眼』（七八年）や『対岸』（七九年）、『火遊び』（同）など、立松はこの間に少なくない数の短編を書いている。このことも含めて右記の一覧が教えてくれるのは、七八年に短編集『途方にくれて』、同『今も時だ』、長編『ブリキの北回帰線』の三冊を一挙に刊行し、作家として勢いに乗ると同時に、関心が「足尾」へと収斂していっていることである。

まず、立松にとって「足尾」は、何百年かの歴史を持つ足尾銅山が閉山するという事実が物語る「近代の終焉」を象徴する場として登場する。具体的には、『火の車』に集約されているのだが、立松は東京で一旗揚げようとしながら「失敗」を重ね、ついには妻子もろともに故郷の寂《さび》れるばかりの「足尾」の町へ「都落ち」することになった主人公を設定し、現在の「足尾」がどのような状態になっているかを明らかにする。つまり、立松は『火の車』で、足尾銅山の閉山＝近代の終焉と作家たらんとして苦闘した末に故郷宇都宮に帰ってきた自分自身を重ね、そこから「敗者」の悲しみや辛さを浮き彫りにする物語を考えたということである。さらに言えば、『火の車』は社会（現実）や歴史に翻弄される人間（個人）の悲しさを描いた短編だったということである。その意味で、「足尾」は立松にとって「社会」や「歴史」に弄ばれる人間の悲喜劇を描くのに相応しい舞台（背景）だったということでもある。

また、別な言い方をすれば、銅山の閉山によって寂れるばかりの状態にあった「足尾」は、一人前の小説家になろうとして悪戦苦闘しながら、ついにその「夢」を実現することなく「都落ち」せざるを得なかった立松にとって、格好の素材だったということでもある。江戸時代から続く足尾銅山が明治になって古河市兵衛によって再開発され、日本有数の銅山となり、この国の近代化を推進する原動力となりながら、しかし戦後の高度経済成長期の一九七三年ついに閉山に追い込まれていった状況は、七〇年前後の「政治の季節」を経験し敗北感を内に抱えながら作家を目指した立松の心象風景にぴたり重なるものだった、ということである。立松は、「わが『百年の孤独』」（八三年）というエッセイの中で「足尾」と自分との関係について、次のように書いている。

渡良瀬川の源流足尾は、細長い谷の街である。閉山以来街もさびれて久しく、現在の街並みを見る限り、かつて栃木県では宇都宮につぐ二番目の人口を擁していたと想像するのは難しい。坑夫は三万人いた。雨も風もない穴にもぐれば日銭はいくらでも稼げたため、宵越しの銭は持たないというその日暮らしの華やかさがあった。渡良瀬川の岸辺には料亭や遊郭が軒をならべていた。

狭い谷でも人の流入は自由だった。鉱山には地域にとらわれない、風が吹きぬけるような自在さがある。同じ栃木県でも農村都市宇都宮の土着性とはまるで異質だ。堪え性のない熱情のように、栄えた時には底抜けの蕩尽をし、銅が枯渇すれば滅びる。風が吹き過ぎるように無限と消えるのだ。（中略）

流れ者の曾祖父は父になり、家というものができる。女子供ができ、一族が形成され、生野銀山にいた親類縁者も羽振りのよさを伝え聞いて足尾にやってくるのだ。一族が強固になったところで、時代というものに出会ってくる。鉱毒事件があり暴動があった。

アメリカ移民となり、満州を流浪し、広島に住みついて被爆者となり、船乗りとなって世界中を経めぐり、日本各地に出没し、そんな一族の一人一人の消長が複雑に絡まりあう。時間は着実に流れていき、とうとう足尾銅山消滅という事態にたちいたるのだ。

ここで注記しておきたいのは、この引用に出てくる「曾祖父」や親類縁者が「母方」のそれであるということである。先にも記したように、立松の作品で最初に「足尾」が登場するのは『火の車』である。牽強付会を承知で想像力をたくましくすれば、この短編で放埒な都会生活に疲れた主人公が「逃げ帰る場」として設定されている「足尾」は、「母方の父祖の地」という点を考慮して、「敗者」を暖かく迎え入れてくれる「母」のようなものとして登場してきたのではないか、とも考えられる。というのも、作家立松和平にとってこの「母なるもの＝足尾」の発見が、父親が生まれ育った宇都宮市郊外の旧農村地区に出現した「境界」の発見とほぼ同時期である、ということに偶然を超えた立松の深い省察があると思われるからである。以上の事実は、立松が七〇年代の終わり頃に「母」と「父」の存在やそのルーツを創作＝発語の根拠との関係で意識するようになり、その結果「足尾」と「境界」を発見することになった、ということである。

そのようなことを前提にすることで、立松が『火の車』から『閉じる家』を書き継ぐことで「足尾」の物語に創作の可能性をみつけ、結果的に「足尾の物語」をガルシア＝マルケスの『百年の孤独』に擬《なぞら》えることが可能になったのではないか、と考えられる。ガルシア＝マルケスの『百年の孤独』が、衰亡へと至るブエンディア一族の歴史を描いたものであることを思い起こすとき、「足尾」の物語が、古河市兵衛が明治政府から買い取った足尾銅山の「再開発」に動員された母方の曾祖父をモデルにした『恩寵の谷』（九七年）から始まるのではなく、閉山騒ぎで揺れる足尾の町を描いた『赤く照り輝く山』（『閉じる家』の前半）から始まっていることの意味は、決して軽くない。何故なら、先にも書いたように、足尾銅山が「閉山」（七三年）の時を迎えた時代を背景とした『赤く照り輝く山』は、学生時代に胸に抱いた「革命の夢」も、また作家として自立する「夢」も破れて故郷に戻ってきた立松の心境を反映するものに他ならなかったからである。『赤く照り輝く山』を前編とする単行本『閉じる家』の「後記」に次のような言葉が記されている。

部屋の窓から日光山系の山々が澄んだ空気の彼方にくっきり見える。山にいつも見られて育ってきた。故郷の地宇都宮に腰を据えてはや七年目の夏だが、今もまた山とむきあっている。陽を受けて光る連山のぐんぐん深まりゆく谷が、足尾銅山だ。足尾は父祖の地なのだ。兵庫の生野銀山から曾祖父が渡坑夫として流れ流れてたどり着いて以来、煙毒で草木一本生えなくなった赤い岩肌に、どれほどの血が染みこんだことだろう。その血が澱《おり》のようにぼくの内にたまっている。関東のはずれの荒れさびた銅山の景色が、心象風景となってふっと甦る。

今現在あるぼく自身として、一度あの銅山の光景の中で生きてみたかった。閉山され廃屋となった坑夫長屋が夏草に埋もれている今では、胸躍る心楽しい物語を編むすべはないが、それでも父祖の地をこちらに側に取り返したかったのだ。書き上げてみると、ぼくが造形したにすぎない登場人物たちが、ぼくが生きていくかぎり脇に寄りそうようにして生きてくるだろうという予感にとらわれている。主人公の姿は、渡り歩いて足尾の山にはじめて立った若き曾祖父と、屈折してつながる。（ルビ原文　傍点引用者）

自分の側に「取り返した」父祖の地とそこに生きてきた人々は、果たしてどのようなものであったか。銅山が「閉山」し、銅山町が朽ち荒れ果てていくのは、時代の趨勢として仕方がないとしても、閉山した鉱山町（足尾）に生きる人々の心もまた「荒れる」のはどうしてなのか。この『閉じる家』を書いた時、立松は安定した市役所職員という職業を辞して「作家」として生きる決意をしたばかりであった。おそらく、立松は未だ内に荒れ狂う「本当にこれでいいのか」という修羅の心を抱えた自分を意識せざるを得なかったはずである。そうであったが故に、『閉じる家』の物語世界に宇都宮市役所を退職して作家として自分の足で歩き出さざるを得なかった自分自身の心象を重ねたのではないだろうか。

金なんかいらない、親も女房子供も友達もいらない、余計なものは何もいらないと思った。この身ひとつでたくさんだ。俺は一人でいいんだよ。口を押さえたまま顔を揺すぶってやった。手かげんしたつもりだったが、母は膝からへたりこんだ。入歯が口からこぼれてコンクリートを噛んだ。なまなまとした肉色だった。母はヒィーッと笛のような音で息をつき、人殺しい、と腹の底からあらんかぎりの声をだした。咄嗟に昭一はコンクリート床を蹴り身体を跳ねあげていた。戸を開けようとして拳でガラスを割った。その音も聞こえたかどうかわからなかった。

（『閉じる家』最終場面）

このあと主人公の昭一は「何もいらない、何もいらない」と呟きながら雨の中を去っていくのだが、この「何もいらない」という主人公の呟きは、小説を書くことより他に大事なものはないとする当時の立松の「本音」を表白したものであると同時に、ここには閉山した父祖の地である「足尾」が「閉じられたまま」人が住まなくなった家と同じように、今後どのような展望も持てないまま朽ちていくのではないか、とする立松の「足尾」に対する悲哀に満ちた思いが現れている。それはまた、作家として自立したとは言え、後戻りのできない道を選んでしまった自分の在り方と相似形でもあった。

立松が『閉じる家』を書いた時代、それは閉山したばかり銅山（精錬所）を抱えた「足尾町」が、今は大半が空き家になった鉱山住宅（坑夫長屋）を街のあちこちに残していた時代ということになるが、精錬所の排出ガスによって赤肌を剥き出しになった足尾の山々が象徴するように、「足尾町」はもう朽ちていくしかなく、繰り返すが、その「荒れた光景」はまさに立松の当時の心象そのものだったのである。

二、父祖の物語

「一」で詳述したように、作家立松和平にとって「足尾」という地は、父祖の地（母方の曾祖父が明治の初め兵庫県の生野銀山から、銅山主古河市兵衛の「坑夫募集」に応じて遠路はるばる足尾にやってきた）であると同時に、立松が表現＝創作へ向かう「原点＝発語の根拠」の一つとした場・歴史でもあった。「渡良瀬川の源流足尾は、細長い谷の街である」で始まる前記した「わが『百年の孤独』」（八三年）に、次のような言葉がある。

ひとつひとつを解きほぐすのは今からでは不可能だが、結果だけは明白すぎるほどにわかっている。つまり、宇都宮近郊の田んぼの中に、一族の末裔たる私が存在しているのだ。すべてはそこから発生し、遡行する。

かつての街並山並を、私は幼児体験の鮮明な心象風景としてしまってある。歳月をへてますます鮮やかになってきた心象風景は、私にとって大切なものである。

この大切なものをいつか小説にしたいと考え、私は足尾の山や、渡良瀬川の川原や、鉱毒にひたされた旧谷中村跡の遊水池を数えきれないほど歩きまわり、人を訪ねて話を聞いた。文献もあさった。足尾銅山とほとんど同時に閉山になった生野銀山を訪ね、菩提寺の一族の墓を一度とならずおまいりした。

意識的にそんなことをはじめてから十五年もたってしまっている。私が思い描いている小説は、まだまだ朦朧としているのだが、どんな方法でそれは実現が可能なのか。現実をなぞる気はすでになく、想像力の領域がしだいにふくらんできている。妄想が混沌たる様相を見せてくるのを、今は待っていればよいのだと思っている。

このエッセイが書かれたのとほぼ同時期に、私は「仕事場拝見」というインタビュー記事を書くために宇都宮の立松宅を訪れたことがある。その時、私は立松から書斎の押し入れから段ボール箱に詰められた膨大な足尾関係の「資料」を見せられたのを記憶している。立松は、「十五年」くらい前からそのような「足尾」に関する資料を蒐集していたと言っていたが、そのことは早稲田の学生であった立松が文章表現研究会に入って「習作」――その一部は、『人魚の骨　初期作品集1』（九〇年一月刊）と『つつしみ深く未来へ　初期作品集2』（同年二月刊）に収録されている――を書き始めた頃からということになる。このことは、作家として自立できるかどうか分からない学生時代から、立松は自分のルーツ（「発語の根拠」と言い換えてもよい）に関心を持ち、「父祖の地・足尾」に関する資料を集めていたということである。そのような蓄積もあって、「足尾」は作家になってのち小説の素材・テーマとして具体的なイメージとして浮上してきたのだろう。それほどに「足尾」は、立松の内部で一貫して消えることのない主題として存在し続けていたということである。

なお、先のエッセイで立松が「かつての街並山並を、私は幼児体験の鮮明な心象風景としてしまってある」と書いている点に関して、これはアジア太平洋戦争が敗戦で終わった後も、足尾町は一九六一年の「銅・鉛・亜鉛」の貿易自由化まで戦前を思わせるような活況を呈しており、そのことを母方の実家（曾祖父の家）に遊びに行ったに一九四七年生まれの立松は、よく覚えていたということでもある。別な言い方をすれば、その後の「閉山」に至る過程、および閉山後の「足尾」についても、足尾の地に親戚がいたということもあって、立松はよく知っていたということである。このことに関してまとめてみれば、立松は「近代」と共に始まり、その後も順調にこの国の「近代化」に貢献してきた「足尾」が、「近代」の行き詰まりを象徴するように衰退していくその総過程を、「父祖の地」であったことから身を以て知ることとなり、そこに「近代」の限界をも見ていたということである。立松の文学を「ポスト・モダンの文学」などと言うつもりはさらさら無いが、立松の文学が主題の一つにしてきた「足尾」の物語は、内容的には立松が「ポスト・モダン」の何たるかを十分に知った上で書かれた作品だったのではないか、とも考えられるということである。

これは、本格的な「足尾」の物語である『赤く照り輝く山』（先にも触れたように、この中編は後に『閉じる家』七九年と合体して『閉じる家』の「前編」部となる）の発表と、立松の画期的な「境界の物語」である『遠雷』（八〇年）の発表がほぼ重なっていることからも言えることである。立松の「境界の物語」は、「開発」を「善」とする思想によって生じた都市と近郊農村との境界における様々な人間の悲喜劇（ドラマ）を描いた作品である。なお、『遠雷』から始まる「境界の物語」は次章で詳細に論じるとして――「『遠雷』四部作」のうち特に最後の「新興宗教」の発生と没落を描いた『地霊』（九五年から季刊文芸誌「文藝」に連載、九九年刊）が明らかにしていることを簡単に言えば、「境界」こそ「近代」のいやはてが現出する場であることである――、「境界の物語」が期せずして「足尾の物語」と同じように、「ポスト・モダン」的な側面を多分に見せているのも、それが「近代」が行き着いた先に見せてくれた光景だからに他ならない。立松は、「足尾＝近代」の終わり（いやはて）に向かう風景について、次のように書いた。

国鉄は昭和五十九年二月に足尾線（群馬県の桐生駅から渡良瀬渓谷沿いに足尾町間藤駅まで走っていたローカル線。現在は第三セクターによる渡良瀬渓谷鉄道として存続―引用者注）の貨物扱いをやめ、六十年には足尾線を廃止すると発表している。足尾線の収入の八割は銅鉱石と精錬の過程で生成される濃硫酸である。貨物取り扱いがなくなれば、精錬所も閉ざされると、町の人たちは衝撃を受けている。盛時には三万余人あった人口も、閉山時には一万二千人になり、現在は五千八百人、精錬所がなくなれば半分になるだろうといわれている。日本の近代化を支えてきた町が、山深い一寒村に戻っていく。達観すればそれが歴史というものだろうが、膨大な赤字に悩みながら新幹線を建設している不可解な怪物国鉄の経営合理化の引き起こす渦に巻き込まれ、別な行き方を無理矢理暗中模索しなければばならない人はたまったものではない。閉山以来町が押し進めてきた温泉探索や坑内観光は、ここにきてむなしい。それが足尾の悲しい現実である。
（「足尾悲歌」八三年）

立松が高度経済成長期の真っ只中であった七〇年代末に発見した「足尾」と「境界」は、まさに「近代」の黄昏を告げるものであり、「足尾」を描いた最初の『赤く照り輝く山』及び『遠雷』の前半分となった『村雨』が、共に芥川賞候補になったのも、時代が「近代」の不備（欠陥）を明らかにしつつあったということとも関係していたからであり、その意味で両作品はそのような時代の核心を衝くものだったのである。このことを立松の作家としての歩みに照らし合わせると、自らの体験を基にした「青春」の諸相を描くことをもっぱらにしていた時代から、時代（状況）や社会との関係で人間を捉える方法（作品）に移行し始めたことを、『赤く照り輝く山』と『遠雷』（『村雨』）は告知する作品だったということである。

つまり、立松は『赤く照り輝く山』（足尾）と『遠雷』（境界）に行き着くことで、「近代」の「影＝闇」とそれを作り出す「光」の物語を書くようになったということである。

三、近代曙期における「光」

立松は、足尾銅山の再開発期に「坑夫」として活躍した曾祖父をモデルとした長編『恩寵の谷』を一九九五年九月一日から九六年十二月二十八日まで、北海道新聞、東京新聞（中日新聞）、西日本新聞、河北新報、神戸新聞、などの夕刊に連載し始める。この『恩寵の谷』の新聞連載と『遠雷』シリーズの最終作『地霊』（九九年刊）の雑誌連載が同じ年のことであったことの意味については、先に触れた。立松は、二〇世紀末の只中にあって、「近代」のいやはて（終焉）を象徴する「足尾」（の没落）と各地の地方都市周辺に出現する「境界」の存在を凝視・実感していたが、小説家としてそれらが実際どのようなものであったのか、その具体を『地霊』と『恩寵の谷』を書くことで明らかにしようとしたと思われる。ただ、『地霊』と『恩寵の谷』とでは、同じ「近代」を問題にした作品であっても、その時代（舞台）は違っていた。『地霊』が二〇世紀末の現代社会を対象としているのに対して、『恩寵の谷』は近代の黎明期＝曙期を対象としていた、という違いである。

このことは、「足尾」と「境界」を発見することで「近代」の終焉現象を目撃してきた立松が、特にその「始まり」と「終わり」という両極に興味を持ち、一気呵成にその「始まり」の物語『恩寵の谷』と「終わり」の物語『地霊』とを同時期に書き続けたということを意味していた――なお、ここで注記しておかなければならないのは、後に触れる『毒―風聞・田中正造』（九七年刊）も、『恩寵の谷』と同じ時期に「日本農業新聞」に連載されていたことであり、ここでも立松は日本で最初の公害事件と言われる「足尾鉱毒事件」という近代の「陰・負」の部分についても目配りをしていた――。

つまり、二〇世紀末をそのど真ん中で生きていた立松は、この国の「近代」がまさに自分の曾祖父が生野銀山から古河市兵衛に誘われて足尾銅山の再開発に参加した時代（明治初期）に始まり、そして現在それが「黄昏＝いやはて」の時代を迎えているという時間感覚を持っていたということである。若い坑夫たちを主人公とした『恩寵の谷』が、「近代国家」として発展していく時代の「光」の部分であることに、立松は十分自覚的であったということである。立松は、夏目漱石の『坑夫』（一九〇八・明治四一年）を論じた「足尾から『坑夫』を幻視する」（文春文庫『坑夫』「解説」九四年八月）の中で、漱石が「（銅山には）新しい銀行があったり、新しい郵便局があったり、新しい料理屋があったり、凡《すべ》てが苔の生えない、新しづくめの上に、白粉《おしろい》をつけた新しい女迄《まで》ゐるのだから」と書いていたことに賛意を示した後、次のようなことを書いていた。

こんな描写に私はリアリティを感じる。明治になってから古河市兵衛によって再開発された足尾銅山は、富国強兵の最先端を走っていた。ようやく勃興しはじめた資本主義の牽引車《けんいんしゃ》である。当時の日本の輸出品目は銅と生糸《きいと》であった。日露戦争に勝利したのは生産力が高まったからであり、足尾銅山と八幡製鉄所と富岡製糸工場の力に負うところが大きい。日露戦争で使われた鉄砲の玉は、ほとんどが足尾で産出された銅を原料としているといわれている。

日本で最初期の鉄橋が渡良瀬川に架けられ、古河鉱業所の豪華な迎賓館がつくられ、外国人技師によって世界最先端の製錬技術がもたらされた。今でいうハイテクの町だったのである。（ルビ原文）

いかに日本が「近代化」した社会になっているかを証明するために、外交官や外国人商社員との交流を目的に「鹿鳴館」（舞踏場）が造られたのは、一八八三年（明治一六年）であった。足尾銅山史によれば、明治新政府から古河市兵衛に払い下げられた足尾銅山に有望鉱脈が見つかり、活況を呈する銅山になったのが一八八一年（明治一四年）である。そして、日露戦争（一九〇四〜〇五年・明治三七〜明治三八年）が始まる少し前の二〇世紀初頭において、足尾銅山は全国の銅産出量の四分の一を占める大銅山に発展していた。その意味で、立松が言うように、足尾銅山はまさに「資本主義（近代化）の牽引車」であり、「光」輝く未来を保障する鉱山であった。立松が、ことある毎に半ば誇らしげな面持ちで「足尾は祖父の地であった」と言うのも、立松の曾祖父が生野銀山から足尾銅山に来て、坑夫仲間と「直利《なおり》」と呼ばれる有望鉱脈を発見し、何もかもが「豊か」になっていった（光に満ちあふれていた）生活の一端を、体験的にも文献からも知っていたからに他ならなかった。先の「足尾から『坑夫』を幻視する」に、立松は自分が記憶している次のような曾祖父や祖父の姿を書いていた。立松は、曾祖父から祖父、そして母へ、「足尾」が「光」を失っていく様を冷静に見ていたのである。

「坑夫」に描かれた飯場のことをよく知っていると私はいいたいところなのだが、時代が違いすぎる。前近代的な飯場制度は、しだいに銅山の会社制度にとってかわられ、労働組合ができた。曾祖父は若い頃から坑内労働をしたので、鉱山特有の珪肺（編註・珪酸塩を含む岩石の細粉を吸い込むことによって起こる職業病。足尾ではヨロケと呼ばれた）におかされ、身体の力が弱まった晩年には労働は無理であった。

熊の皮の敷物の上に置いた火鉢に一日中あたり、飯場の経営だけにあたっていたと、祖母から私はよく話を聞いたものである。坑夫には坑夫のしきたりがあり、坑夫に取立てられた時の親分とは、親兄弟よりも血の濃い付き合い方をしたという。

体力の弱くなった曾祖父は、丹前を帯を留めずざんばらに着て、その中の帯に六連発の拳銃をさしていたという。特有の仁義はあっても荒くれの坑夫の世界で、ふとした局面で暴力沙汰になることもあったのだろう。

飯場制度が解体したのは、祖父の代になってからである。祖父は片目がなく、身体の力が弱かったから、坑夫たちを束ねることができなかった。それで宇都宮にさがり、足尾銅山相手の茶と海苔の商売をはじめた。その人の長女が私の母である。

『恩寵の谷』は生野銀山からはるばる足尾銅山にやってきた若い坑夫の活動を生き生きと描いたものであった。著者の立松が「足尾」が「光」あふれる「近代」を背負っていることを、自分の曾祖父を主人公のモデルにしていたということもあって、十二分に理解していたからであった。もっとも、『途方にくれて』（七〇年）以来の初期作品に如実に表れていたが、立松は前を向き何かを求めて必死にその時その時を生きる若者の姿を描くことから出発した作家である。立松の曾祖父をモデルにした『恩寵の谷』の主人公宋十、及び彼と同道した若き坑夫たちの姿に、立松が「夢」の実現を求めて悪戦苦闘していた自分の「青春」時代を重ねたとしても不思議ではない。『恩寵の谷』に漲《みなぎ》っている躍動感は、まさに立松自身の何ものかを求めて（作家になることを夢見て）悪戦苦闘していた「青春」が、そこに重ねられていたから実現したものだったのである。

『恩寵の谷』が「近代」の「光」を体現するものとして書かれているのは、物語が主人公の次のような「死」を巡る思いの吐露で終わっていることからもわかる。

「虎一はん、笑っているような死顔やった。朝起きて見たら、笑ったまま死んではったんやて」

こういったのは母だった。母は見るからに老いていた。それなのに自分のほうが先に死ぬと、宋十は思う。虎一はこんな笑顔やったんやないかと、実際に口にはださなかったのだが、宋十も母に向かって笑いかけた。死顔の練習をしているような気がした。

「坑夫としてやることはやったんやから、もういいんや。生野をでる時に抱いた夢もかなえたんやからな」

できるだけ穏やかな口調で宋十がいうと、声にはださずに何度も母が頷く。

「但馬組の佐藤光太郎はんも、よろけが進んで動けないんやて。こんな時に真太郎がいてくれたらいいんやが」（中略）

こういいながらも、宋十は光太郎が離れていながら自分と同じことを考えていると実感でき、同じ場にいなくても朋輩として死ねると嬉しかった。光太郎と宋十とどちらがさきになるかわからなかったが、お互い遠い先のことではない。宋十は嬉しさのあまり自然に笑い、知らず識らずのうち死顔をつくっていたのだった。

物語の最後が、坑夫仲間であった虎一の「死顔」が「笑顔」になっていることについての報告であり、また間際に迫った主人公宋十や坑夫仲間の光太郎の死顔も「笑顔」になるだろうと推測する場面になっているのも、彼ら坑夫の存在こそがこの国の「近代」を支えてきたのだという、作者立松の確固たる思いがそこに反映されていたからと思われる。立松は、自分の「青春」もそうであったが、彼ら坑夫もまた「近代」の「光」の中に存在していたのだ、と言いたかったのではないか。『恩寵の谷』の世界が、艱難な生活を強いられた坑夫の生活を描きながら、と同時に「夢」に向かって光り輝く人間の生を描いているのも、作者の立松の根源的なところで人間の可能性を信じ「光＝夢」に向かって一途に進んで行こうとする姿勢が、そこに色濃く反映されていたからであったろう。

四、「田中正造」へのこだわり

先に強調したことだが、『恩寵の谷』が「近代」の「光」を描いた長編であるとするならば、全く同じ時期に足尾鉱毒事件で活躍した田中正造を主人公にした『毒—風聞・田中正造』（「日本農業新聞」一九九六年四月一日～九七年一月三一日まで連載、以下『毒』と略記する）は、その「影＝闇」を描いた作品だったと言える。

立松がいかに「足尾」にこだわり続けていたか、それは「近代」の「光」を象徴する足尾銅山の輝かしき歴史の中にあって、あたかも一点の「翳り」のように存在した「足尾暴動」（一九〇七・明治四〇年）について、亡くなる直前まで『恩寵の谷』の続編として書きたいと周辺に洩らしていたことからもわかる。「近代」の「影＝闇」を象徴する足尾鉱毒事件（谷中村事件）の中心人物であった「田中正造」に深い関心を寄せ続け、六二歳で亡くなる直前まで『毒』の続編である『白い河—風聞・田中正造』（遺作　二〇一〇年刊　以後『白い河』と略記する）を書き続けたのも、この社会・歴史には「光」の側面と同時に「影＝闇」の部分もある、と確信していたからに他ならなかった。

それは、次章で詳しく論じるが、立松文学の基底を「足尾」と共に支えてきた「境界」が、『遠雷』の時代は単なる「都市と近郊（農村）」「近代と前近代」などといった二項対立の、文字通り「狭間（はざま）」といった意味を強く持っていたのに比して、『遠雷』から一五年以上がたったバブル経済崩壊後の『地霊』では、「近代」の終焉（いやはて）において「境界」から派生した世界がどのように変貌したか、を問う物語になっていたことと深く関係している、と言っていいだろう。つまり、『地霊』の時代になって、日本の社会構造が『遠雷』の時代とは本質的に異なっていたということである。例えば、『地霊』と同時期に刊行された吉本隆明の『超資本主義』（九五年）は、資本主義が「無限」に発展し続け、労働者はそれまでの時代とは違った「豊かさ＝富と余暇」を享受すると託宣していたが、現実はバブル経済崩壊後における「格差社会」の進行、「非正規雇用」の増大など、社会全体が停滞ないしは後退局面にあることを明らかにする事態が生起し、それらの現象は「未来」が決して明るくないことを証立てるものになっていた。

さて、立松が「近代」の「影＝闇」を代表するものとして捉えてきた「足尾鉱毒事件」であるが、これは銅の精錬によって排出された亜硫酸ガスなどが付近の山や村の木々を枯らし、例えば上流にあった「松木村」を廃村にするなどの「煙害」と、堆積した精錬滓中に含まれていた銅の化合物や亜流化鉄などの有害物質が渡良瀬川に流出したことにより、渡良瀬川下流の全域で魚やそこに寄生する生き物を殺し、下流の栃木県や群馬県の田畑に流れ込んで農作物を汚染するという「公害」を引き起こした事件のことである。渡良瀬川の源流地区にあった足尾銅山は、確かにこの国の「近代化＝豊かさ」を底支えする銅を産出することで活況を呈し、「光」に満ちあふれていたが、足尾から数十キロ下流では流れてきた「鉱毒」で、農民や漁民（渡良瀬川流域には、鉱毒事件が起こるまでたくさんの川魚漁師がいて、川魚を捕りそれを売ることで生計を立てていた）の多くが多大な「被害」を受けることになったのである。

そんな「足尾」がもたらした「鉱毒＝公害」も、近代化を急ぐ明治政府にとっては蚊に喰われたほどのことでもなく、前時代（江戸時代）と同じように、近代化にとって多少の「犠牲」はやむを得ないという態度で乗り切ろうとした。

渡良瀬川下流域に死んだ魚が流れ始めるのは、一八八五（明治一八）年という早い時期であったが、足尾銅山側（古河市兵衛鉱山主）も、また足尾銅山の再開発を後押し・利用していた明治新政府も、そのような足尾銅山がもたらした「影＝被害」については一顧だにせず、「光」だけを求めてひたすら前進するという状態であった。足尾（古河市兵衛）も明治新政府も、ひたすら「光＝善きもの」しか求めなかったことの一つの証として、一九〇七（明治四〇）年に起こった「足尾暴動事件」への対処がある。劣悪な労働現場や封建的な労働環境に対して、「待遇改善」を求めて立ち上がった（事務所襲撃やストライキで抵抗した）坑夫たちに対して、古河市兵衛も明治政府も軍隊（高崎連隊の三個中隊）を出動させて鎮圧するという、「強権」でもって対処したのである。

余談になるが、『恩寵の谷』と『毒』が単行本になってしばらくして、大学を卒業したあと足尾の近くで小学校の教員をしていたことのある私は、立松と「足尾」のことについていろいろ話をしたことがある。その時、筆者が「足尾暴動事件について書かないと、『足尾』の物語は完結しないのではないか」と問うと、すかさず立松が「おれもそう思う、いつか書かなければならないと思っている」と答えてくれたことを、今でも鮮やかに思い出す。その後も会えば必ず何回かに一回は「足尾」（足尾暴動事件）のことが話題になり、立松はいつでも「今準備しているんだけど、なかなか切り口が見つからなくて……」と答えていたが、そのことも思い出す。これは推測になるが、立松が「足尾暴動事件」について書きたいと思ったのは、たぶん「加害」の側からも、また「被害」の側からも、どちらかを一方から書くのではなく、「加害」も「被害」も合わせて「全体」を描くのに足尾暴動事件は相応しい、と思っていたからではなかったかと思われる。しかし、立松の「足尾暴動事件」を主題にした作品は、ついに書かれなかった。立松の関心が、「被害」の方、言葉を換えれば「田中正造」に傾き続けていたからであった。

おそらく、立松は「足尾」からの鉱毒によって「被害民」となった栃木・群馬の農民・漁民たちの田中正造を中心に据えた「闘い＝異議申し立て」の方にこそ、今書くべき理由がある、と思ったのだろう。深読みすれば、栃木県佐野市・足利市、群馬県太田市の農民・漁民の闘いに、立松は自分の方向性を決定づけた学生時代の学園闘争＝全共闘運動の体験を重ねることで、自らの学生運動体験を「総括」しようとしていたとも考えられる。立松は、「谷中村遺跡」（九七年）というエッセイの中で、足尾鉱毒事件について次のように書いていた。

渡良瀬川の源流は足尾である。明治時代になって足尾で銅山の大開発がおこなわれ、坑道の材料や、精錬の燃料の薪炭のため、また煙害や山火事のため、山林は荒れた。保水力がなくなって洪水はいよいよ頻発し、しかも銅山によって周辺には精錬のかすなどが野積みされていたため、下流域一帯に流れていくのは毒水だった。作物は枯れ、魚は姿を消し、病気と貧困とが人々を襲った。これが世にいう足尾鉱毒事件である。

明治政府の対策は、洪水を一帯に起こさせないために、渡良瀬川が利根川と合流するあたりに遊水池をつくるというものだった。利根川のほうが大きく強いので、水流が壁のようになって渡良瀬川の水を吸い込まないばかりか、跳ね返す。跳ね返された水を溜める遊水池をつくれば、洪水はひろがらないという発想である。これに反対したのが、田中正造だった。遊水池をつくろうとすれば、四百年の自治の歴史を持つ谷中村を潰さなければならない。鉱毒事件の解決策としては、本末転倒である。治山治水といって、山をつくってこそ、水を治めることができる。山を荒廃させ、八幡製鉄所とならんで日本の殖産興業の柱である足尾銅山を操業させたまま、一農村でしかない谷中村一村を歴史の闇に閉じこめようとした。

このような足尾銅山＝明治政府の「蛮行」を押し進めた人たちの中に、そんなことは意識していなかっただろうが、自分の曾祖父やその家族がいた、という「自責の念」、それに加えて「近代」のいやはて（終焉）に立ち会っているという意識、そのようなものがあって立松は足尾鉱毒事件への関心を加速させ、そして『毒』や『白い河』を書いたのだろう。しかし、「足尾」という場・事柄の「光」と「闇」を相対的に捉えようとした立松の歴史意識、あるいはバランス感覚は、いかにも貴重なものであった。繰り返すことになるが、そのようにして立松は、日本の「近代」とは何であったのか根源的に問おうとしたのであり、このような立松の姿勢の根柢には「近代・戦後」への懐疑を底意に持っていた七〇年前後の「政治の季節」(全共闘運動)体験によって育まれた歴史観があった、と考えることもできる。

立松が足尾鉱毒事件に際して次のような天皇への「直訴状」を書いた田中正造に強く惹かれたのも、その意味で必然でもあった。田中正造があくまでも鉱毒(公害)の被害民に寄り添い、反明治政府・反古河市兵衛(古河鉱業)の運動に生命を賭して闘ったその姿に、立松は自分たち世代を初めとする反権力闘争の歴史を重ねたのである。『毒』と『白い河』は、まさにその結果であった。

(「草莽ノ微臣 田中正造 誠恐誠惶頓首頓首 謹テ奏ス 伏テ惟ルニ臣田間ノ匹夫敢テ規ヲ踰エ法ヲ犯シテ鳳駕ニ近前スル」から始まる「前文」略)

伏テ惟ルニ、東京ノ北四十里ニシテ足尾銅山アリ。近年鉱業上ノ器械洋式ノ発達スルニ従ヒテ其流毒益々多ク其採鉱製銅ノ際ニ生ズル所ノ毒水ト毒屑ト之レヲ澗谷ヲ埋メ渓流ニ注ギ、渡良瀬河ニ奔下シテ沿岸其害ヲ被ラザルナシ。加フルニ比年山林ヲ濫伐シ煙毒水源ヲ赤土ト為セルガ故ニ、河身激変シテ洪水又水量ノ高マルコト数尺、毒流四方ニ氾濫シ、毒渣ノ浸潤スルノ処茨城・栃木・群馬・埼玉四県及其下流ノ地数万町歩ニ達シ、魚族処斃死シ、田園荒廃シ、数十万ノ人民ノ中チ産ヲ失ヒルアリ、営養ヲ失ヒルアリ、或ハ業ニ離レ飢テ食ナク病テ薬ナキアリ。老幼ハ溝壑ニ転ジ、壮者ハ去テ他国ニ流離セリ。如此ニシテ二十年前ノ肥田沃土ハ今ヤ化シテ黄茅白葦満目惨憺ノ荒野ト為レルアリ。

臣夙ニ鉱毒ノ禍害ノ滔滔底止スル所ナキト民人ノ痛苦其極ニ達セルトヲ見テ、憂悶手足ヲ措クニ処ナシ。嚮ニ選レテ衆議院議員ト為ルヤ、第二期議会ノ時初メテ状ヲ具シテ政府ニ質ス所アリ。爾後議会ニ於テ大声疾呼其拯救ノ策ヲ求ムル茲ニ十年、而モ政府ノ当局ハ常ニ言ヲ左右ニ托シテ之ガ適当ノ措置ヲ施スコトナシ。而シテ地方牧民ノ職ニ在ルモノ亦恬トシテ省ミルナシ。甚シキハ即チ人民ノ窮苦ニ堪ヘズシテ群起シテ其保護ヲ請願スルヤ、有司ハ警吏ヲ派シテ之ヲ圧抑シ誣テ兇徒ト称シテ獄ニ投ズルニ至ル。（以下略）

この「直訴状」からも分かるように、「国益」を優先させる明治政府（強権）にとって、「四百年の自治の歴史を持つ谷中村を潰」すことなど、赤子の手をひねるようなものであった。田中正造は、そのような強権の在り方に憤り、「正義」を貫こうとしたのである。立松の筆は、そんな田中正造の「反権力」の姿勢を徹頭徹尾田中正造の側に立って描こうとした。立松は、『毒』では田中正造に、『白い河』では田中正造を尊敬する農民植木義十・大六の親子に同化し、そこから足尾鉱毒事件がもたらした様々な問題について考えようとした。立松のこの「足尾」を描く際の距離の取り方、つまり主人公への「同化」の方法にこそ、立松の「足尾鉱毒事件」（反公害運動）と正対する独自な姿勢が反映していたのである。

周知のことだが、この国の「公害」第一号と言われてきた足尾鉱毒事件及びそれに関連する谷中村事件、田中正造については、これまでにも荒畑寒村の『谷中村滅亡史』（一九〇七・明治四〇年）をはじめ、大鹿卓『谷中村事件』（五七年）、城山三郎『辛酸―田中正造と足尾鉱毒事件』（六二年）、林竹二『田中正造の生涯』（七六年）、布川了『田中正造と足尾鉱毒事件を歩く』（九四年）、等々、小説、ドキュメンタリー、エッセイ（評論）、歴史研究、などといった様々な方法で書かれてきた。『毒』及び『白い河』の巻末に記載されている立松が使用した参考文献の数だけを見ても、いかに足尾鉱毒事件が「近代」の「影＝闇」を代表するものであったかが分かる。しかし、立松は『毒』においては、川の魚や蛙、あるいは田中正造の髪の毛や身体に付いたノミやシラミを「語り手」にすることで、また『白い河』では田中正造ではなく農民植木義十・大六親子の視点から鉱毒事件を描くことで、その作品世界を豊穣なものにした。『毒』が毎日出版文化賞を受賞するなど高く評価されたのも、この作品がこれまでになく方法的に書かれたからでもあった、と思われる。もちろん、立松が「擬人法」を使うことで小説世界をより豊かなものにしたというのは、『毒』が最初ではない。「近代」を迎える直前の沖縄を舞台にした長編『うんたまぎるー』（八九年刊）で、「きじむなー」という伝説的な妖怪を語り手として登場させることで、立松は現在もなお残る沖縄の「古層文化（生活の様態）」がいかに沖縄人と深く繋がっているかを明らかにしようとしたということがある。

なお、『毒』が魚や鳥、あるいはノミやシラミの「語り」で進行していくことは、紛れもなく立松和平という作家が「方法的」な作家であることの証であること、これは私たちが忘れてはならないことの一つである。

五、「反権力」という生き方

先に、立松和平という作家は、決して「権力（強権）」の側に立たず、「タダの人＝庶民・民衆」（小田実）の視点から時代や社会（「近代の影＝闇」）を見ることを心懸けてきた作家だと書いたが、田中正造を主人公にした『毒』及びその続編でもある『白い河』は、そのような民衆の「反権力」という生き方がどのようなものであったのか、その在り方を追求した作品と言うこともできる。

立松が逝って遺された小説の一つである『白い河―風聞・田中正造』は、まさにそのような作品の典型であった。立松の生涯にわたるテーマのひとつが「足尾」であることは、これまでにも何度も書いてきたが、『白い河』が鉱毒事件を起こした足尾銅山（古河市兵衛）を後押ししていた明治政府に、「大押出し」（抗議デモ）という形で敢然と立ち向かった「谷中村事件」主眼にしている点に、この作品に向かう立松の姿勢が現れていた。そして、物語が「大押出し」で活躍した村民の一人が「日露戦争」に動員される次のような場面で終わりになっている点に、立松の「反権力」への思いがよく現れていると言える。

満州方面の戦報は連隊にしきりに伝えられてきたので、大六たち兵卒もよく知るところであった。（中略）

そしてついに動員下命があった。

連隊は練兵場に整列し、大元帥閣下万歳を三唱して進軍を開始した。予備隊の大六も野戦隊に従って出発したのである。連勝といっていたはずなのに戦地では激戦が伝えられ、兵力の消耗が激しく、予備隊といっても何時最前線に投入されるかわからなかった。連隊から高崎駅まで日の丸の小旗を打ち振る人の列が幾列にもなって跡切れなくつづき、幼稚園児や小学校児童が軍歌を合唱していた。

「兵隊さん、頼むぞーっ」

「手柄を立てて帰ってこいーっ」

歓呼の声の中にひときわの大声が響き渡った。高崎駅のまわりは大群衆が取り囲み、軍歌を声を合わせて歌っていた。歌いながら泣いている人もたくさん目についた。まわりの兵と手足の動きも表情もあわせながら、大六は鉱毒反対運動ではこれらの人と戦っていたのだと気づいた。これは恐ろしいことである。まわりの熱気とは裏腹に、大六の血は凍りついていくように感じられた。戦争に狂奔する大衆の耳には、田中先生や自分たちが鉱毒被害をいくら訴えたところで、その声は届きそうもない。それどころか逆に自分たちに襲いかかってきそうである。

六〇歳を超えた立松が、一方で『寒紅の色』（二〇〇八年）や『人生のいちばん美しい場所で』（二〇〇九年）のような「老い」や「死」を意識した作品を書きながら、他方でこの『白い河—風聞・田中正造』のラストの引用からも分かるような、団塊の世代の作家としてあくまでも「反権力・反戦」を底意に潜めた作品を書き続けていたことは、特筆に価するのではないだろうか。これは、もし立松が生き続けていたとしたら、必ずや「反戦」「反体制（反権力）」の旗を降ろすことはなかったであろう、ということの意味でもあった。つまり、かつて立松も参加していた六〇年代末から七〇年代初めの「政治の季節＝全共闘運動」における敗北体験が、この『白い河』の終わりには反映していた、ということである。

第五章　「境界」を生きる

一、「境界」の発見

すでに繰り返し述べてきたように、立松は早稲田大学在学中から小説家を志しながら、思い半ばで「都落ち」するような形で故郷宇都宮に帰り、生活を立て直すため一九七二年四月から宇都宮市役所に勤めるようになる。先にも書いたが、そこでの五年九ヵ月に及ぶ小説家と公務員という「二足のわらじ」を履いた生活を送るうちに、生涯にわたって取り組むことになる二つの「主題」を見つける。その一つは、前章で詳述したように、「足尾」である。そして、社会＝時代と人間（個）の生との関係を描くという戦後文学の伝統を引き継ぐ意思を明らかにしていた立松が、地方の中心都市宇都宮で生活するようになって見つけたもう一つの大きなテーマ、それが「境界」であった。

一般的に、「境界」とは日常と非日常、都市と農村、日本と世界、過去と現在、男と女、労働と創作、等々といった対《つい》関係の間に存在するものであるが、立松が自作のテーマとした「境界」は、高度経済成長の煽りを受けて膨張する地方都市と、押し寄せる都市化の波によって「崩壊」していく都市に隣接する農村の間に存在する「境界」であった。宇都宮市役所に勤める立松自身が、都市化の流れの中で造られた小さな分譲住宅団地に住んでいたということもあってか、その都市と旧農村との間に歴然と存在した「境界」に現代社会における様々な問題、例えば第一次産業から第二次・第三次産業への転換とか家族構成とかの問題が凝縮して現出している、と覚知することになったということである。立松がこの「境界」に生きる人びと（農民・旧農民）の生態に現在を生きる人間の悲喜劇が集約されているとの思いから『遠雷』を書いたのは、ちょうど高度経済成長の爛熟期に当たる一九八〇年であった。

では、この立松和平という作家を一躍現代文学の最前線に踊り出させた野間文芸新人賞受賞作品『遠雷』という小説は、一体どんな作品であったのか。その作品に見られる「境界」意識については後に詳しく見るとして、その前に当時の立松が地方（田舎）で暮らすことや「働く」ということに対してどのような思想（考え方）を持っていたかを確認しておく必要がある。なかでも「労働」に関する考え方については、『遠雷』理解のため特に重要であるばかりではなく、立松が戦後文学の衣鉢を継ぐ作家であることの証にもなっており、立松文学を理解する上でも重要な鍵になっているものである。立松は、この「労働」ということについて宇都宮市役所を退職してすぐ後の、「第一章　青春の軌跡――「書くこと」の始まり」の「六、「日常」からの脱出――異境・与那国島へ」でも引用した「生のかたちとしての労働」（七九年一月）の中で次のように書いていた。

この役所勤めの六年間で、当たり前のことではあるが、労働が人間の生のかたちにいかに大きな影を与えるかを知った。大多数の人間にとって、時代との接点は、自己の労働のかたちの中にあらわれる。いいかえるなら、人間が生のかたちをとってこの世においてもらうためには、労働は最低の営為なのだ。そういいきってしまえるかどうかわからない。ただぼくはそういう場所にいた。最近の文学が、小説だけにかぎってもいいが、生のかたちとしての労働にいかに無頓着であるか、いかに感受性のアンテナが鈍っているか、を切実に感じるのだ。小説の主人公たちは、作家自身、ジャーナリスト、広告屋、主婦、学生、子供などで、しだいに労働の現場から遠ざかってきつつあるのではないか。つまりは、小説家がいかにいい気になっているかではないか。

いささか気負った感じの文章であるが、もちろん、ジャーナリストや主婦の仕事が「労働」ではない、と立松は言っているわけではない。「作家」のような知的な活動ではなく、ルーティンワークのような強いられた肉体を使う、例えばサラリーマンのデスクワークも含めて、おのれの肉体をおのれの意思と関係なく一定時間「(労働)現場」に拘束される仕事の総称を「労働」と呼んでいるのである。このことは、立松が「労働」の対極に「作家」「ジャーナリスト」「学生」などを置いていることを考えれば、よく分かるだろう。つまり、立松の言う「労働」は、「組織=企業や役所など」の制約を受ける割合の大きい職業や「肉体労働」を意味するものだったのである。文学(小説)は、本来そんな「労働」と人間の「生」との関係を基底にして考えられるべきなのに、文学の現状はそれとはちがった方向に進んでいる。立松は、毎日朝から夕方まで机にしがみつくような市役所勤めの日々を「五年半」体験したからこそ、そのように「労働」観を持つようになったのだろう。

日頃そんな不満を感じていた立松が、市役所勤め傍らで目撃したのが次のような光景であった。

本来労働は舞踏のように楽しく、感性も肉体も解放されるべきであると、鬱々たる日々を過ごしながら夢のように考えた。私は勤めを辞めたがっていた。

そんな時、私は外部からであったが、新鮮な労働のかたちを見たような気がした。私の暮らす団地の隣にビニールハウスがあり、キュウリを栽培していた。世間に対し突っ張っているような、腹に一物ありそうな、たとえば車に太いラジアルタイヤをはかせてマフラーをとり、夜の国道をかっとばしてあるくのが似合いそうな青年が、一人で黙々とつまらなそうに働いていた。ところがある日、青年に彼女ができ、二人でいかにも楽しそうに、たとえば舞踏でもしているように、ビニールハウスの仕事をしているのを見かけた。私が朝出勤する際に見かけた二人は、私が一日の労働で消耗して帰宅する時にも、嬉々として働いているのだった。私までが楽しくなるほどの明るさであった。

（『労働を舞踏へ』八三年）

「その時の二人の様子は、まさに『労働を舞踏へ』であった。（中略）一瞬にしろ私の心は弾み、それから何年も後に『遠雷』となる構想の芽を得たのだった」（同）は、立松の正直な述懐である。宮澤賢治の詩「労働から舞踏へ」――正式には「生徒諸君に寄せる」という長詩の「断章六」の詩句「衝動のやうにさへ行はれる／すべての農業労働を／冷く透明な解析によつて／その藍いろの影といつしよに／舞踊の範囲にまで高めよ」を指す――を念頭に置いて、働くことが喜びとなる瞬間を目撃したことから『遠雷』を構想する、ここには何気ない光景からも時代の核心を衝く問題を読み取る立松の確かな目が存在する。鋭い皮膚感覚と本質を見抜く思想が、敏感に「境界」で生じている問題の本質を感受した、と言い換えればいいだろうか。

膨張し続ける地方都市（栃木県宇都宮市）の郊外に住んでいた立松が、「嬉々として働いている」若者を目撃したのは、まさに都市化の波に洗われる旧農村地区であり、そのような都市と農村（旧農村）の狭間（境界線上）を舞台に、旧農村地区で働く若者がどのような生きる環境にあったのか、まさに『遠雷』はその「実体」を描こうとした作品であった。『遠雷』が高く評価されたのも、まさにその「境界」こそが一九七〇年代から八〇年代にかけての「時代＝歴史」の核心を映し出すものと受け取られたからに他ならなかった。時は、高度経済成長時代のど真ん中、当時の首相田中角栄が提唱した『日本列島改造論』（七二年）に象徴される日本の産業構造を大転換させる政治が着々と進行しつつある時であった。農林業や水産業などの第一次産業から工業・商業などの第二次産業、あるいは情報・サービス産業などの第三次産業へとこの国の産業構造を根本から転換させる政策が実施に移されつつあったのである。つまり、農林水産業などの第一次産業を切り捨てて、そこから生じた余剰労働力を第二次・第三次産業が吸収する、という近代一〇〇年の歴史をひっくり返すような政策が推し進められ、そこから生じた「ひずみ」が農山村や漁村を疲弊させ破壊しつつあった時代、と言えば分かりやすいか。そのような産業構造の「大転換時代」がいかにそこに生きる人間とその生活をスポイルさせたか、『遠雷』はそのような転換期における時代の本質を暴き出す作品だったのである。

この『遠雷』の持つ社会的意味（と同時に文学史的意味でもある）については、その主人公像の特異性——先のエッセイ「生のかたちとしての労働」に従えば、まさに現在では本当に珍しくなった「労働」らしい「労働」をしている若者——を考えれば、すぐに了解できるだろう。地方都市の郊外、「村落共同体」的生活が長く続いたかつての農村地区も、今や時代が後押しする都市化の波に抗することができず、農民たちは次々と先祖伝来の田畑を手放し、そこは住宅団地や工業団地に変貌していった。このような旧農村地区が都市化の波に飲み込まれていく光景は、栃木県の宇都宮市だけでなく、どこの地方都市近郊でも見られたものであるが、そのような時代の強いた「変化」をまともに受け止めざるを得なかったのが、『遠雷』の主人公・和田満夫であった。彼は、田畑を処分した見返りに保証された菓子工場の工員として母と共に一度は働くが、今はそれを辞めて売れ残った四五〇坪ほどの土地でトマトのビニールハウス栽培を行っている。子どもの頃から馴染んだ「土＝農業」を離れることの痛苦を菓子工場の工員時代に嫌と言うほど味わった末に、満夫は「農」労働へ回帰したのである。そんな満夫は、同じように女工員になることになじめず今は土木作業員をしている母と、日がな一日テレビの前に座っている祖母の三人で、先祖伝来の田畑を売った金で新築した豪邸で暮らしている。父は、土地を売って生まれて初めて手にした大金を握って家を出て、市中で水商売の女と「我が世の春」を味わっている。

そんな七〇年代半ば以降の日本のどこでも見られるようになった地方都市近郊（旧農村地区）の「変化」を背景に、『遠雷』はその転換に抗う青年、別な言い方をすれば時流に乗れなかった若者の物語として展開する。先祖伝来の田畑を売って残った土地にビニールハウスを建て、トマトの栽培によって「農」の生活を取り戻そうと悪戦苦闘している満夫は、自分たちと同じ元農民で田畑を売ったお金を資金に小企業家として成功している男の娘・あや子と結婚する。そのおめでたい妊娠五ヵ月の綾子と満夫の結婚式当日、何かの予兆にように祖母が亡くなり、遠くで雷が鳴る。

広次（満夫の幼馴染み——引用者注）が舞っていると見えたのだった。洗ったばかりのスポーツシャツを着た広次は、稲穂の間を自在に走りまわり、しきりに両腕を振って何かを呼び寄せていた。広次よおと満夫は叫んだ。出所した十年後の広次の眼にこの大地はどう映るのだろうか。風に揉まれる稲穂の上で、祖父母や父や母や広次や村の衆が輪になって踊っている気がした。よく見れば、あや子も満夫自身も、手を打ち足を踏み鳴らして楽しそうに踊っていた。そう見えたのも束の間、何もかも突風にさらわれ跡形もなくなってしまった。上空で風がねじれこすれあう音がしていた。心持ち台地になっている野菜畑や、散在している家や雑木林に、雲の切れ目から淡い粉のような陽がかかっていた。雲の動きにしたがって陽は交叉した。誰かが上空で探しものでもしているふうだった。空に大河があるように大地の彼方に急速に流されていく雲が瞬間仄明るくなり、間をおいて雷鳴が聞こえた。まだ遠かったが、雷は確実に近づいてきた。

遠い空で鳴っている雷（遠雷）は、果たして「吉」を意味するものなのか、それとも「凶」を意味するものなのか、あるいは「古い」時代が終わり、「新しい」時代が始まったことを告げる音と光なのか。この引用の最初に出てくる満夫の親友広治は、満夫の作ったトマトを買いに来た近くの団地の主婦と駆け落ちし、挙げ句の果てに彼女を殺害し、今は刑務所に入っている。満夫は、もしかしたら自分が広次であったかもしれない、と事件が発覚して以来ずっと思い続けている。この殺人事件を起こした幼馴染みの広次がもしかしたら自分であったかも知れないという満夫の思いは、『遠雷』という立松文学の歴史において画期をなす作品が一作で終わらず、たぶん「予感」的であったとは思うが、「広大」な構想の下で繰り広げられる大河小説の最初の部分に過ぎないのではないかということを示唆していた、とも思われる。もちろん、広治が犯した殺人事件は、解体した「共同体＝旧農村」内部には殺人事件などという凶悪犯罪を押しとどめるような力（内部規制）が働くことが今や、無くなっていたということも暗に示唆していた。都市化の波を受けて解体した共同体（旧農村）には、もはや「犯罪」を防ぐような相互規制の力（共同体のしばり）は働かなくなっていた、ということである。

二、「共同体」の解体から「家族」の解体へ

立松が、『遠雷』を書き終わった途端、「続き」を書かなければならないとの思いに駆られたのは、つまり『遠雷』を広大な物語へと発展させていこうと思ったのも、『遠雷』の主人公満夫やその幼馴染みの広次の在り様と、日々立松が目撃してきた「境界」に生きる農業青年たちの実際とに、ズレがあると感じたからではなかったか。言葉を換えれば、実際に「境界」に生きる若者たちの生活は、自分の描いた『遠雷』の登場人物たちのそれよりは、更に複雑で時代の動向にインスパイヤーされたものだ、と『境界』に生きる人を日々目撃してきた者として、立松は実感していたのではないかということである。『遠雷』の続編『春雷』（家の光協会発行の「地上」八二年一月号〜八三年八月号に連載、八三年九月刊）が書かれなければならなかった事情は、まさにそこにあった。

ところで、立松に四部作となる長大な大河小説を構想させるきっかけになった「境界」とは、そもそもどのようなものであったのか、またそこでは何が起こっていたのか。先に立松の「境界」の発見は、文学史的にも社会学的にも大きな意味を持つものであると書いたが、その「境界」について立松自身は岩波講座での講義をまとめた『境界の誘

惑―小説と民俗の想像力』（八七年）の中で、『遠雷』の作品内容と「境界」との関係について次のように述べていた。

デキモノがあって、まんなかは死滅してそれなりに安定しますが、健康な皮膚と悪いオデキとのあいだにちょうど境界線ができて、そこには活性化した闘いがあります。そういう波打際にはからずも行ってしまって、ぼくはそのことをモチーフに『遠雷』を書きました。そこで重要なモチーフになっているのはトマトです。トマトは果物のような野菜のような、変なものですね。あれは果物に見えるのですが、ナス科の植物で、しかも赤くて、野菜だか果物だかわからない両義的な中間の存在です。しかもビニールハウスを使う、これも農業なのですが、なんとなく工業に近い。石油を焚いてトマトの季節感を狂わせて実らせていく。季節を無視した工業に近い農業、つまり両義的な農業です。どっちともいえる境界線上にあるものだったのです。すべて両義的な、都市のような農村のような、外側から見ればほんとうに純農村ですが、そこで動いている価値基準は都市的な感じになってくる。

ここには山口昌男流の文化人類学的考え（「中心」と「周縁」論）が見え隠れしているが、要するに「境界」に存在する者は、「境界」の内と外を行ったり来たりして共同体を活性化させるという、山口昌男の言う「道化」に象徴される「両義的」な存在であり、「両義的」であるが故にそこでは状況や物事の本質がよく見える、と立松は言っているのである。また立松は、同じ本の中でこの国の戦後史を視野に入れた次のような考えも明らかにしていた。

現代人に、かつての民俗社会に生きていた人々が抱いていたような観念がそっくりそのまま残っていたとしたら、これは恐ろしいことになるのではないでしょうか。何でもかんでも滅茶苦茶に壊して、それを開発だと叫んでいる現代の姿がありますが、もし現代の日本人に自然に対する畏怖の観念がきちんと残っていれば、状況はずいぶん変わったはずだとぼくは思います。戦後の高度経済成長はなかったかもしれません。古い細やかな自然観を振り捨てることによって、今日の日本の立っている光景が実現されたのです。

ここで立松が言う「民俗社会」を長い間この国の在り方を規定し、封建制度を支えていた「共同体」と読み換えれば、立松が言いたいことは高度経済成長によってその「共同体」が解体させられたということである。その意味で、『遠雷』は「境界線上」に見やすい形で現出した「共同体」の解体を背景とした作品であった。

農業を中核産業とすることで成り立っていた「共同体」の解体は、当然の如く「農」の必然的衰退を意味したが、そのことはまたそれまで「農」に従事していた労働力が「共同体」にとっては「余剰」となり、その不必要になった労働力は「共同体」の外へと流れ出し、第二次産業・第三次産業の安価な労働力となって資本主義社会を底支えするようになった、ということでもあった。つまり、家族労働によって支えられていた日本の農業が衰退することによって、家族内の「余剰労働力＝二男、三男や娘たち」は必然的に「共同体」の外に出ていき、他産業の担い手になっていったということである。

戦後社会の変化を象徴する「大家族から核家族へ」は、まさに「農村＝共同体」の衰退・解体によって実現したものであり、それはさらに「家族の」解体へと連動することを暗示するものであった。高度経済成長期からバブル経済期を経て、低成長時代を迎えた今日における「核家族」が抱えた離婚率の増加、少子化問題、あるいは老人問題、等々の現象は、例えば厚労省が家族モデルとして提出する「夫婦と子供二人」という「理想」的な家族像とはほど遠いもので、現在の家族は従来のような家族観では到底捉え切れない状況にあるということである。そのような「家族」の戦後における流れを考えるならば、立松はまさにそのような高度経済成長期からバブル経済期にかけて現れた、「農村共同体」の解体から「家族」の解体という現象を人間の問題として問おうとし、『春雷』を書いた、と言うことができる。

具体的には、すでに『遠雷』では満夫の兄が農業を嫌って都会に出、また父が母と自分たち子供を捨て水商売の女と都市で同棲生活を行い、祖母が終日テレビの前に座っているという設定になっているが、これは明らかに「共同体」の解体が「家族」の解体を伴って進行していた、と立松が認識していたことを意味する。そして、『遠雷』四部作の二作目『春雷』は、その「家族」の解体がどのようなものであったのか、物語として明らかにするものであった。『遠雷』の最後で新生活をスタートさせ、「幸せ」の絶頂にあった満夫を襲ったのは、「幸せ」とは真逆な、あや子の流産であり、父松造のハウスでの農薬自殺である。さらには、満夫が最後の頼みとしていたトマトのハウス栽培もトマトに病気が入って収穫ゼロの絶望的状況に追い込まれる。農業青年満夫は、「希望」をもって再出発したにもかかわらず、船出した途端に次々と「悲劇」に見舞われてしまったのである。実際「境界線上」の農業に関しては、『春雷』に描かれたような「悲劇」はあちこちで現実に起こっており、立松はそのような「境界線上」の様々な現実を拾い集め、『春雷』の中に集約させ、物語として完結させた。「借金苦にハウスで青年が農薬自殺」、「キュウリのハウス栽培に失敗して夜逃げ」、「農業では食えない、集団離農」などといった見出しの新聞記事は、地方紙や中央紙の県版ページの日常を飾るもので、宇都宮市に住み、また地方へ出掛けることの多かった立松は、「時代の目撃者」として良く現実を見ていた、と言える。

和尚は祭壇の前の座布団に正座すると、鞄から小さな木魚と鉦とをだした。満夫や母や兄はそろそろと和尚の背後にならんだ。和尚が木の枝の枹《ばち》を木魚にたたきつけようとして息を吸込んだ一瞬、風の音が聞こえた。生まれなかった赤ん坊の声だと満夫は思った。遠い山から吹かれてきた少量の雪は赤ん坊の悲しみなのかもわからない。和尚が木魚と鉦でリズムをとりながら読経をはじめていた。眼をつぶり膝に掌を当てて読経を聞きながら、満夫は去りゆくものを見送って一人穴ぼこの底に屈んでいるような気持になっていた。自分もここをでていくしかないだろうと思い、満夫は声にはださずに啜り泣いた。闇雲にトマトにしがみついてきたこの二年間が夢か現《うつつ》かわからなくなりそうだった。赤い電球のように輝く艶やかなトマトが眼に浮かんでは消えた。父がいたから遮二無二頑張ってこられたのだった。父との距離を計りながら、ビニールハウス栽培に打込んできたのだった。半世紀近くも黙々と土を耕してきた父がいたからこそ、二反歩ばかりの吹けば飛ぶようなビニールハウスにしがみついてこられた。父がいなくなったいま、満夫がこの土地に立って父になっていかねばならないのだが、土地はすでになく、あるのはこの身ひとつだけだった。（ルビ原文　傍点引用者）

ここで明らかなのは、和田家にとって不在であっても父松造が実は家族の中心に存在しているということであって、それは松造が一家の担い手として「半世紀近くも黙々と土を耕してきた」からであり、そのようにして一家の体裁が保たれていたからであった。言い方を換えれば、この国の「村＝共同体」が農業主体に形成されていたのと同じように、「家族」もまたそのような「農」を中核とした社会の基盤として形成されてきたということである。もちろん、そこには「個」の存在を認めない因習（悪弊）も存在しており、それらは必然的に近代・現代＝資本主義社会の論理や論理と衝突するようなものとして存在したが、果たして「土＝農」から離れて人間の生は本然なものとして存在し続けることができるのか、立松が『春雷』において追求したテーマは、まさにそのようなものであった。

そしてそれはまた、「農＝土」に生きる人たちの基盤を根こそぎ破壊し尽くすようにも見えた高度経済成長政策（及び、その後のバブル経済や現在に至る状況）に対する根源的な疑念、あるいは否定の意思表示でもあった。立松は、『春雷』において人間の営みの根幹でもある「農」を否定するような昨今の社会に対して、「否」を突きつけたのである。小説書きに専念しているように見えた立松が、「環境」問題や「自然」への関心を強めていくのは、『遠雷』で野間文芸新人賞を受賞し、『春雷』を書き継いでいた時期以降であった。『アジア混沌紀行』（八七年）や『旅に棲んで―ヤポネシア純情紀行』（同）に収められた諸エッセイ、特に「自然」に関する数多くの文章は、立松が『遠雷』や『春雷』を書くことによっていかに世界を広げていったかの証でもあった。

三、「家族」の解体から「個」の崩壊へ

立松は、一九八四年一二月に刊行されたロング・インタビュー『デジャ・ヴュ』（『週刊本14』）の中で、『遠雷』から『性的黙示録』（八五年一〇月）に至る過程について、次のように語っていた。

『遠雷』のあと、さっきいったように、村が崩壊したら家族が残ってきたと。その残った家族が生活基盤がなくなる。いままでは土地を持っていて、その生産諸関係とか、富を目指していく過程があったわけですよ。それがなくなっていくわけです。すると家族もいろんな齟齬を起こして、崩壊していく。そういう物語を書きたくなってね、『春雷』を書いたんです。家の光協会の雑誌「地上」に連載しました。

そしてそのあとに何が残るかというと、結局、個の崩壊なんですね。個の崩壊まで、ぼくは書かなくちゃいけないんじゃないかというふうに思えてみたんです。それは、『春雷』を書いている途中から思ってきたんですけれども、書き終わってからあと、もっと痛烈に思ったんですよ。（中略）

ぼくはその十年かかって崩壊する人間を、きちんと追いつめていこうと思って、書きはじめたんです。いま夜となく昼となく描きつづけて、暗澹たる日を送っていまして、主人公より先に自分が崩壊するかもしれないという恐怖におびえています。それがいま書いている『性的黙示録』という作品です。これは『遠雷』の八年後の姿なんで

す。

同じインタビューの中で、『遠雷』や『春雷』を書くことによって「農業の現状」がわかってきた、とも立松は言っている。そんな「農」への理解の深まりとは別に、引用で明らかなのは、立松の視線が共同体（村）の解体→家族の解体→個の崩壊へと、「境界」で起こっている一連の出来事を的確に捉えていることである。

ところで、『遠雷』の八年後」を描いたとする『性的黙示録』の世界であるが、物語は『春雷』の最後でトマト栽培用のビニールハウスが建つ土地をはじめ何もかも失った主人公（和田満夫）が、市内にアパートを借りて家族と共に移り住み、親戚が経営する貸蒲団屋の営業係となり、細々とした生活を送っている、といった設定の下に物語が動き出すという設定になっている。最初の子供を流産した満夫の妻あや子も、今では小学校に通う長男と幼稚園児の長女の母になっており、土方から足を洗った義母に家事を任せ、近くのスーパーでパートとして働いている。このような『遠雷』から続く登場人物の現在における設定だけを書けば、和田家は「トマトのビニールハウス栽培」を行っていないだけで、一見どこにでも存在する平均的な家族のように見える。しかし、実は物語が動き出すに従って、満夫は集金した会社の金を横領して、その金で夜な夜な盛り場で豪遊し、時には女遊びを行う自堕落な「日常」を送っていることが分かってくる。また、あや子は勤め先のスーパーに買い物に来た年下の自動車修理工と週一回ラブホテルでデートを重ねるという状態で、満夫の家族は家族という名ばかりで全く家族の体をなしていないことも、明らかにされる。『春雷』のテーマであった「家族の解体」が、さらに進展したということである。そして、会社の社長に横領がばれてしまった満夫は、警察に訴えるという社長を長男が大切していた金属バットで撲殺するという状況にまで追いつめられる。

共同体が消滅し、また家族が解体した末に待っていたのが「殺人」とは、まさに「悲劇」としか言えないが、そもそも「殺人」という行為は、近代社会が最も重要な価値としてきた「個＝生命」の存在を否定することであった。立松が「境界」を発見した七〇年代末から八〇年代にかけて「近代の終焉」が語られ、「ポスト・モダン」論議が盛んになったのも、まさに「個＝人間」の尊厳が軽んじられる（否定される）ような現象が目につくようになったからであった、とも言える。言葉を換えれば、立松の「境界」の発見は、時代の転換点を見据えてきた作家としては当然なことでもあったが、このことを立松の個人史に照らして言えば、立松は基本的人権の尊重や平和主義（戦争への反省から生まれたもので、立松が学生時代に経験したベトナム反戦運動のスローガン「殺すな！」に象徴される考え方）をその中心に置いた戦後民主主義の思想＝ヒューマニズムが、根源から否定されるような事態に立松は遭遇したということでもあった。「ポスト・モダン」現象を象徴するものとして「理由無き殺人」が存在するが、戦後民主主義教育をその真ん中で享受し、七〇年前後の「政治の季節」においてベトナム反戦＝「殺すな！」を実践した経験を持つ立松が、『性的黙示録』において満夫の社長殺しを「個の崩壊」として位置づけたのは、その意味で必然な結果でもあった。

それでは、何故立松はそのような「境界＝都市と旧農村地帯の狭間」で起こっている悲喜劇を正しく捉えることができたのだろうか。言い方を変えれば、それまでどちらかといえば等身大の小説を書いていた立松が、どうしてこの国（社会）の在り方と深く関係する地殻変動＝産業構造の転換がもたらした社会の変質を捉えることができたのか、ということになる。結論的には、七〇年前後の「政治の季節」を経験してきた者として、「社会・時代」の情況から決して目を離さない生活を続けてきた故に、「ポスト・モダン」を象徴する「境界」の発見という収穫を得た、ということになるのだろう。

このように立松の『遠雷』四部作が明らかにした世界は、戦後文学史に照らせば、文学上の恩人である有馬頼義が主催する「石の会」で一緒だった「内向の世代」とは一線を画した世界を構築したことを意味し、戦後文学を批評の面でリードした「近代文学」派が高らかに掲げた「歴史展望主義」（簡単に言えば、資本主義社会の変革＝「革命」を志向するということ）や「人間尊重主義」（人間を社会的存在として捉える考え方）に象徴される戦後文学派に連なる作家であることを証すものだった、ということである。言うならば、立松は野間宏や武田泰淳、梅崎春生、椎名麟三、中村真一郎、などに始まって大岡昇平、堀田善衞、井上光晴を経て小田実、開高健、大江健三郎、等々の人たちに連なる文学思想と方法を持った作家として七〇年代以降の文学シーンを担ってきた、ということである。「未知への読書」（八三年）というエッセイに、次のような立松自身の読書歴が記されている。

読書量の根本的な不足を痛切に感じたのは、大学にはいった頃だった。（中略）根本的な読書量不足だった私は、手当たりしだいの乱読をしてもよかったのだが、今から考えるとそれなりの系統立った読書をしていた。たとえば大江健三郎を読みはじめると、とにかく彼の全作品を読み、彼が意識している同時代の作家、安部公房、三島由紀夫、石原慎太郎を読む。それから、彼が影響を受けたらしい、エッセイに度々でてくるアメリカ文学の作家、ノーマン・メイラー、ジェームズ・ボールドウィンを読み、その周辺の作家、アップダイク、サリンジャー、それから時代を少しさかのぼって、ヘミングウェイ、フォークナー、そしてその作家たちが大きな影響を受けたらしい、ロシア文学の作家、ドストエフスキー、ゴーゴリにたどり着く。もちろん周辺の作家はまだいる。そして私は読書の範囲をひろげていった。文学に関するかぎり、いつの間にか読書傾向ができ、自分も影響されることになったのである。

このような読書歴――それは、日本の近代文学の伝統と化していた自然主義文学―私小説とは、真逆な文学思想と方法を持った作家たちへの作品を読み漁るものであった――を背景にしていたからこそ、『遠雷』から『春雷』へ、そして『性的黙示録』へという展開が可能だったと言ったら、言い過ぎだろうか。このことを作品系列に即して言えば、すでに前節でも書いたことだが、『遠雷』四部作」の主人公和田満夫が、先祖伝来の田畑を住宅団地や工業団地に売り払った残りの土地におけるトマトのハウス栽培によって、何とか「農」を中心とした生活を立て直そうと思った時、すでに「悲劇」は準備されていたということになる。もちろん、都市近郊の旧農村地区の全てでこのような「悲劇」が生じているわけではないが、農民が「土＝農」から離れると、いつどこでどんな「悲劇」に遭うかわからない、そのぐらい現代の「農」をめぐる状況は厳しく、農民の精神を荒廃させていたということを『遠雷』から『性的黙示録』に至る世界は白日の下に引っ張り出したということである。

結局『性的黙示録』は、「土＝農」から離れることでアイデンティティを喪失してしまった男（和田満夫）の物語に終始することになった。しかし、物語はそれで終わらなかった。『性的黙示録』は、満夫の物語であると同時に、脇筋として満夫の親友で一〇年ほど前に近くの団地に住む主婦カエデと駆け落ちし、挙げ句の果てに彼女を殺害してしまった中森広次の物語でもあったからである。一〇年の服役を終えて出所した広次は、服役中に学んだ「霊」の世界を利用して、故郷に帰る列車の中で隣り合わせた中年女性に「水子が憑いている」と言って納得されたことから自信を得、満夫の母が一人住む市内の近くに帰り、今はある種の宗教者（霊媒師）として振る舞うようになっていた。

四、「救済」は可能か

書き下ろしだった『性的黙示録』から一〇年、『遠雷』の物語は、四部作の第四部『地霊』（季刊『文藝』九五年春号～九八年冬号・九九年秋号）と題し、満夫と広次の物語として再び動き出し、完結へと向かう。『地霊』は、一〇年という時間を「模範囚」として刑務所で過ごした満夫が「仮釈放」で出所し、故郷に住む母親の元へ身を寄せようとするところから始まる。満夫の母トミ子は、『性的黙示録』の時と変わらず、満夫が刑務所に行くのと入れ替わるようにして刑務所から出てきた広次と暮らしている。広次は、前記したように人々が日常的に抱いている「不安」の解消（救済）を謳い文句とする「新興宗教」の教祖となっており、満夫の母は「教母」として「悩める信者」に説教し、「救い」を授ける日々を送っている。そんな「金の玉をのせた家＝御聖堂」に暮らすトミ子と広次の元へ、刑務所を仮出所した満夫が帰って行ったのである。

広次とトミ子が暮らす満夫の故郷は、一〇年経って、次のように「変貌」していた。

冬枯れの田んぼの向こう側に、灰色の団地の建物が現れた。建物は汚れていて、墓石のようにも見えるのだった。暮れてきた空が建物を濃い灰色に染める。こんな風景もいつか見たはずであったが、記憶にあるものよりくすんでいた。枯れた草原がつづいていた。背丈よりも高い枯れ草を見ているうち、この大地は遠い昔に帰りたがっているのかもしれないと満夫は思った。（中略）

古タイヤが山と積まれ、荒涼とした感じは強くなった。地形はそのまま残っているから、かつてこのあたりはどうだったのか満夫はあまりにもよく覚えていた。ここは満夫と父松造と母トミ子と耕した田んぼで、もう少しいくと家があり、その家と隣接してトマトを栽培していたビニールハウスがあった。だがすべてを売り払ってしまった。住宅団地ができるというのでほとんどの田んぼを売った。空き地が残っているからには、団地は計画どおりには建設されなかったのである。

そんな荒れた土地の一角に建つ「金の玉をのせた家＝御聖堂」に広次と母トミ子は住み、人びとを「救済」する活動、つまり宗教活動を行っていた。ここで考えなければならないのは、「境界」を生きた人間の悲喜劇を描いた『遠雷』の物語が、なぜ「宗教＝救い」の可能性を問うような形で終わらなければならなかったのかということである。理由はいくつか考えられるが、最も妥当なのは、『地霊』における立松が『性的黙示録』から一〇年、後に第七章で詳述する「盗用・盗作」事件として騒がれた『光の雨』事件を経験し（九三年）、その直後に訪れたインドにおいて「黄金のブッダ」を見るという「神秘体験＝宗教体験」を経験したこと（『ブッダその人へ』九六年に詳しい）が影響していたのではないか、ということである。立松は、この「インドへの旅＝宗教的体験」によって『光の雨』事件からの再起・再生のきっかけを得たが、『遠雷』の物語、つまり「境界」に生起する悲喜劇は物質的なものに踊らされる精神の弱さにその原因があり、そのような精神の弱さを克服する道の一つとして「宗教」が存在するのではないか、と考えるようになったということである。言い方を換えれば、「宗教」は本当に悩み苦しむ人間を救うことができるのか、と立松は問い続けた結果、『遠雷』の主要登場人物である満夫と広治と母親を「新興宗教」の場に立たせたのではないか、ということである。『光の雨』事件からの再起・再生を期したインド行での経験と『ブッダのことば―スッタニパータ』（中村元訳）などの仏典から学んだことをまとめた『ブッダその人へ』の中に、次のような言葉がある。

なんと愚かな人間たちであろうか。殺したり殺されたり、同じことを何度くり返せばいいのだろうか。一切皆苦、諸行無常はブッダの説く法《ダルマ》である。事象は移ろいながらもまた同じところに戻っていく。人はくり返しくり返し永劫に苦しまなければならない。苦役に満ちた輪廻の輪から道筋はないものであろうか。涅槃寂静という法《ダルマ》を説いてきたブッダは、暗闇の底に沈んでいる衆生にもわかるように、涅槃へと至る道を指し示さなければならない。誰にもよくわかるためには、自分で歩いてみせればいいのである。（ルビ原文）

もちろん、立松は『地霊』を書くことでブッダのように「涅槃へと至る道」を指し示そうとしている、と言うのではない。それよりは、いつまでも「暗闇の底に沈んでいる」ばかりの衆生の在り様を、仮釈放で娑婆に出てきても生き方が定まらず、迷い続けている満夫の姿を通して描き出そうとしたのではないか、と考える方が自然である。また、光明が見いだせないまま迷える衆生の在り方は、全てを悟りきったように見えるニセ宗教者＝広次（トミ子）の振る舞いを通して増幅されている。

一般的に、「悩み」多き現代は宗派を問わず「新興宗教」が成立しやすい環境にある、と言われている。大阪出身で西宮在住であった小田実がどこかに書いていたが、大阪と奈良の県境にある生駒山には大小約五〇〇の宗教団体が施設（教団）を構えており、生駒山はそれらの新興宗教に「救い」を求める衆生（庶民）によって賑わっているということである。それほどにこの国の人びとは、何らかの形で「救い」を求めざる状態にあるということなのだろう。それは、日本人の大半がそこに形式的ではあるが属していることになっているお寺（仏教）が、おしなべて「葬式仏教」と揶揄されるような状況にあり、神社も大半が「縁結び」やら「合格祈願」といった現世利益を売り物にしている状態の下では、今もなお新興宗教は陸続として「信者」を集め続けているということを意味している。例えば、創価学会や立正佼成会といった古株の宗派はもちろん、何かと問題を起こしている統一教会や幸福の科学、あるいは地下鉄サリン事件を起こしたオウム真理教といった宗派さえ、現在もなお相変わらず多くの信者を獲得し続けている。それだけこの現実（社会）に対する「不安」や「不満」が深刻だということなのだろうが、『地霊』の立松は、もはや頼るべきものがなくなって「空虚」な心を満たすものを失ってしまった満夫の在り方と、「ニセ宗教者」広次（トミ子）の宗教行為（実践）を対比させることで、安易に新興宗教に頼る現代の風潮を批判しているように見える。

なお、ついでに言っておけば、この『地霊』の主題の一部をなす「新興宗教批判」は、一九九五年三月二〇日に起こったオウム真理教による「地下鉄サリン事件」やそれ以前の「松本サリン事件」、「弁護士一家殺人事件」が如実に語る新興宗教の行き過ぎや錯誤を批判する明確な意図があってのもの、と考えられる。『地霊』の中で繰り広げられる広次やトミ子の「宗教活動」に対比して、一〇年ぶりに社会復帰した満夫が漏らす宗教的な感覚や言辞を丁寧に綴っているのも、『ブッダその人に』に示されているような宗教（仏教・日本神道）の原理を明らかにしようとする立松の意思があったから、に他ならない。『地霊』の中頃に、自分の未熟さや能力の無さを自覚している広次を戒める意味で、広次の想像（妄想）の中に「如来の言葉」として次のような言葉が現れる。

修行中の若者よ、世間を浄化するということについて、質問したことは、大いによろしい。よいかな、耳をそばだててよく聞きなさい。お前たち衆生こそが、世間そのものなのだ。衆生がどのように鍛錬されていくか、それに応じて世間の浄化が決定される。菩薩の国というものは、世間の利益と無関係には成り立たない。空中に何かをつくろうとしても、実際には形あるものをつくることはできない。あらゆる存在は虚空のようなものであるから、菩薩は衆生を感性へと一歩でも導くために、こうありたいと願うとおりに浄化された世間をつくる。だが実際には空中には何もつくることができず、飾ることもできないのだ。よき修行をしている若者よ。まっすぐな意欲こそが、菩薩の世間である。底には人を偽ったり、たぶらかしたりしない、心のまっすぐな衆生が生まれるだろう。深い決意が、菩薩の世間なのだ。修行と、偉大な発心と、精進努力とが、菩薩の世間なのである。そこにはあらゆる知と徳とを集め、あらゆる善を行おうと努力する衆生が生まれる。世間の清浄と、自己の心の清浄とは、同じことなのである。それゆえに、世間の清浄を欲するものは、自分の心を鎮め浄めることが大切なのだ。どのように菩薩の心が清らかであるかにしたがって、世間は清浄となるのである。

ここに示された「如来の言葉」とされるものが、『ブッダその人へ』以降、単なる仏教への関心からその「本質」を理解しようとし、観音経や法華経を読み込み、立松なりに「菩薩行」とは何かを考えてきた結果明らかになったことの表明であることは、すぐに知れる。しかし、「如来の言葉」の続きとして「君、すべての衆生に対して心が浄らかで、平等な心をもってすべての衆生に向かいあうものには、この世間が清浄なものとして映る」が書かれているのから察すると、現象の全ての「因」は自分自身の心の在り方にある、とする立松の『光の雨』事件以降の生き方・考え方がここには反映されている、と言っていいかも知れない。

立松は、『地霊』が刊行された際の「後記」に次のような言葉を書き付けている。

この二十年ほど、私自身も二人の人物に寄り添って生きてきた。「遠雷」の登場人物、和田満夫と中森広治である。

（中略）村の解体、家の解体、個の解体へと至るのだ。

それからまた十年がたち、消えてしまった村に、放浪していた人たちが戻ってくる。村人を追いやるほど力に満ち、時代の波にのってやってきた団地は、ついに悪鬼の棲むスラムになっている。経済万能の時代が通り過ぎていったあとには、何が残っているか。広次や満夫はこの時代の中でどんな観念を紡ごうというのか。わかりきったものを構成して書くのではなく、書きながら私は登場人物とともに無明の闇を歩いていく。これが「遠雷」以来私がとってきた方法だ。

こうして長い歳月をかけて「地霊」を書き上げ、さて私たちは何処に向かおうとしているのかと考えると、暗澹たる思いにとらわれてくる。

ここには『地霊』執筆のモチーフが明らかにされている。同じ「後記」の中に「（『地霊』は）新興宗教の発生をテーマにした作品であるが、「文藝」に連載を開始したのはかのオウム真理教事件が発覚する以前のことである」、と立松は書いている。このことに関して、時系列的に少し詳しく記しておくと、『地霊』の第一回が掲載された「文藝」九五年春号の発行日は「九五年二月一日」で、オウム真理教の一連の犯罪が明らかになるきっかけとなった「地下鉄サリン事件」は、九五年三月二〇日に起きている。衆議院選挙に教主の麻原彰晃が出馬したり、テレビで「(ニセの)解脱」を大々的に宣伝する奇妙な新興宗教(オウム真理教)が世間で話題になっていることは知っていても、この新興宗教が何人もの人間を「ポアする」と称して殺害するカルト教団であることは、「地下鉄サリン事件」がこの新興宗教団体の仕業であることが発覚するまで、「麻原彰晃は最高の宗教者だ」と評価した吉本隆明や中沢新一さえも知らなかったように、『地霊』を書き始めた立松は知りもしなかった。『地霊』の「後記」は、まさにそのことを伝えるために書かれたと言っていい。本来なら、苦悩する人間の魂(精神)を「救う」はずの宗教団体が「無差別殺人」を行う、こんなことを誰が想像しただろうか。立松が「新興宗教の発生をテーマにした作品である」『地霊』を書き始めるに際して、「かのオウム真理教事件が発覚する以前のことである」と言わなければならなかったのも、以上のような理由があったからである。

なお、立松は同じく「後記」の最後に、「長い歳月をかけて『地霊』を書き上げ、さて私たちは何処に向かおうとしているのかと考えると、暗澹たる思いにとらわれてくる」と書いているが、『地霊』完成から一五年以上が経ったが、立松の「暗澹たる思い」を解消するような時代には未だなっていない。

五、破壊される農——時代の目撃者として(一)

立松和平が「境界」を発見し、『遠雷』四部作に結実する思想と創作方法を獲得することによって、現代文学の第一人者としての地位を確立してきたことは、すでに繰り返し触れてきた。だが、そのような作家立松和平の個人史とは別に、『遠雷』四部作の意味するところを再度確認しておくならば、それは都市と農村の「境界」、つまり都市近郊の農村地区に造成された工場団地や住宅団地が散在する「郊外＝旧農村」に出現した近代と前近代とがせめぎ合う場を発見し、そこで日々悲喜劇が起こっていることを明らかにしたということになる。立松は、その「境界」の存在とそこに生起する悲喜劇こそ「現代」を象徴するものだとの確信を持って、そこから「物語＝言葉」を紡ぎ出したということである。そして、立松が凡百の作家と違うのは、そのような都市近郊の旧農村部で起こっている「悲喜劇」は、この国が根底において危機的な状況にあることの証でもあると、繰り返し声高に言い募ったことである。立松の小説がいつも「危機感」をその背後に潜めているように見えるのも、立松が「時代・情況」の在り方及びその行く末に対して過剰なほどに敏感だったからである。

もっとも、知る限りでは現代作家の中にもう一人、現在の「農」や「農民」が危機的な状況にあることについて警告を鳴らし続けてきた作家がいる。北海道における「農」の現実をふまえて『光る女』（八三年）や『スコール』（九九年）、『漂着』（二〇一〇年）などを書いてきた小檜山博である。小檜山の場合、立松のように「境界」にこその日本の「農」の問題が集約されているという立場ではなく、「農」や「農民」がこの社会の中で貶められていることに対する不満・怒りが創作意欲の源泉になっている。最も新しい『漂着』の中に、次のような言葉がある。根っからの百姓である主人公が、衰退していく農業に対して「日本の農業は東南アジアに委託して作らせ、それを輸入した方が国内で作るよりずっと安く入る」と主張する評論家に対する反論、である。

さっき、あんたは日本の農業は過保護だと言ってたけど、たとえばオオ《ママ》ストラリアの農家一軒が持ってる農地の広さは、日本の農家が持ってる農地の百七十倍だよ。自由化して食料品の値段で戦えるわけがないんだ。たしかに俺たちは過保護の面もあるかもしれないけど、それなのに機械化で一戸が数千万円の借金をかかえて経営不振で離農していくのはどうしてか、わかってるかね。畑が狭いとか農業を継ぐ子がいないとか、農民が歳をとったこと、次々と機械を売りつけられて借金まみれになり、農産品の値段が低いことのほかに、口では米を作る自由、売る自由と言っていながら、減反を勧め、国内で自給できるのに米の輸入を決めたのは誰なんだ。

小檜山博が怒りを込めて弾劾する食糧自給率四〇パーセントや耕作放棄地の増加などという「農」の現実、これはまさに『遠雷』四部作を書いた立松がすでに手に入れていた認識でもあった。小檜山も立松も、現代の「農」がいかに危機的な状況にあるか、を共有していたのである。立松は「長い長い歳月の遺産」（『劇的なる農』九九年刊「1章　たえず移ろいゆく美しい舞台」所収）の中で、次のように言っていた。

農業が崩壊していけば、地方が解体する。近代の日本を支えていたのは、農村である。農村の余剰人口が、兵士になり、労働者になり、国家や都市を支えてきたのだ。近代国家としての日本は、富国強兵の政策を強力に推し進め、あちこちで戦争をしてきた。戦争に必要なのは、まず兵士だ。戦争とは物資の蕩尽であるから、次に必要なのは工業力で、それには大量の労働力がいる。高度成長期には出稼ぎがあり、都市を建設する大きな力になっていた。日本には背景に元気な農村があったのだ。これからの日本は、以前のように力強く成長することはもうないだろうというのは、地方の現状を見ただけでわかる。

それればかりではない。日本はこれから食べるものをどうするのだという、素朴な、しかし本質的な疑問が生じてしまう。かつて国際分業論という、雑駁な議論があった。日本は高度な工業製品を作り、別な農業国から食料を買えばよいというのだ。農業国から農産物を買うことにより、国際協力ということにもなる。（中略）すべての国が工業製品の輸出国になろうとし、その製品を買ってきたのがアメリカだが、それにも限界がある。アジアの経済成長は、危機となって表面化した。そうして現象として現れたのが、農業生産の落ち込みであり、近未来に予測される食糧危機なのだ。二一世紀は人口問題、食糧問題、環境問題で不安の時代になるだろうというのが、大方の一致するところだ。

この「長い長い歳月の遺産」は現在の「農」が瀕死＝異常な状態にあること、そして何らかの手立てを施さない限り、このままでは日本の「農」を待っているのは「破滅」でしかない、といった絶望にも似た状況認識の下で書かれている。立松の「農」に対する絶望的な思いは、引用した文章の冷厳な認識が物語るように、高度経済成長期からバブル経済期を間に挟んで半世紀以上にわたって続いた「農政」の混迷によって、それは単なる表層の変化ではなく根源的な意味における人間破壊に繋がるものであった、という認識から導かれたものと言っていいだろう。『劇的なる農』には、自分で「米作り」に挑戦したときの経験や「旅する作家」として全国各地で出逢った美しい田んぼや畑、あるいは農業にいそしむ人々の姿が「共感」と共に書かれているが、そのような「農」に関する「良きこと」が書かれれば書かれるほど、現実の「農」が悲惨な状況になっていることの証のように思われる。言葉を換えれば、ここからは「農」に関して「良きこと」を記憶にとどめている人、あるいは部分的であっても現在そのような「良きこと」を垣間見ている人たちに対して、本当に「農」の現実を見ているのか、といった立松の疑念と絶望が透けて見えてくるということである。

立松が現在の「農」の在り様に関して、『遠雷』四部作の他に『遠雷』と同じように「地方都市近郊＝境界」で起こる悲喜劇を見つめて描いた作品を、八〇年代末から九〇年代半ばにかけていくつか書いているのも、それだけ現代の「農」が危機的・絶望的な情況にあったからであった。おそらく立松の遊び心からそのようなタイトルが付けられたのだろうが、タイトルに「雷」の文字が入った一連の『雷獣』（八八年）、『百雷』（九一年）、『雷神鳥（サンダーバード）』（九三年）の三作と『黙示の華』（原題『寒雷』　九五年）――これらの作品について私は「雷」シリーズと呼んでいる――は、まさに立松の「境界」に生起するドラマへの強い関心と、日本の在り方の根幹に関わる危機的な「農」への思いから生まれたものであった。

先祖伝来の田畑を「開発」という美名の下で売ったあと、理髪店を経営しながら農業への未練からトマトのバイオ・テクノロジー栽培を行っている青年を主人公にした『雷獣』は、まさに「未来の農業」として期待されているバイオ農業さえ、真に未来の日本を支える農業たり得るのかという疑念、及び高度の科学技術も社会の在り方を変えない限り人間の精神を蝕むのではないか、という思いから書かれた作品である。バイオ栽培で最初に実ったトマトを食べたという些細な理由で隣家の子どもを殺害してしまう『雷獣』の主人公は、現代がいかに人間の生命を軽視しているかを象徴する人物である。

また、父母と共に農業をしながら市役所に勤めている青年がテレクラ（テレフォンクラブ）にはまり、若い女に騙されて東京中を引き回される『百雷』の主人公も、「欲望」を制御することができない時代の在り方を象徴している人物、と言える。嫁取りに焦る畜産農家の跡取りが結婚ブローカーの口車に乗って中国人女性と結婚するが、一週間後には新規購入した家具・電気製品と共に「花嫁」に去られるという『雷神鳥（サンダーバード）』は、全国規模で起こっている「農家の後継者」不足を問題にした長編と言ってよく、ここからは「農」を棄ててこの国が成り立つのか、という立松の根源的な疑念と怒りが伝わってくる。そして、カトレアのバイオ栽培に未来を託した青年を襲った突然の不幸を推理小説的手法で描いた『黙示の華』、いずれも「豊かな」現代日本を裏面から象徴する「地方都市近郊」に生きる青年の悲喜劇を描きながら、この国の「農政」に対して異議を投げかけるものであった。

特に、隣家から借りたビニールハウスでトマトのバイオ栽培をしている離農者の若き理髪店の経営者の「理由無き殺人」（『雷獣』）と、兼業農家の跡取りがテレクラにはまって友人や市役所の同僚たちから物笑いの種にされる『百雷』は、『遠雷』四部作とは違った角度から現在の「農」がどのような状況にあるかを踏まえて書かれた作品と言ってよく、先にも書いたように戦前から続く「農民文学」などとは全く異なる角度から社会批評を行った問題作である。つまり、戦前の系譜に連なる現代の「農民文学」の大方は、知る限りではあるが、農家（農業）がいかに虐げられた環境にあるか、あるいは農業労働がどんなに過酷であるかとか、家族のことや近隣の人間関係がいかに希薄になっているかといったテーマで描かれるものが多く、「猫の目」と言われてきた農政や食糧自給率四〇パーセントを放置してきた政治に対して、根本から「批判」を行わないという特徴を持っていたということである。月々に発行される文芸誌に「農業」をテーマとした作品がほとんど載らないのも、「農民文学」の現状を見ると、宜《むべ》なるかな、と思わざるを得ない。

そのような「農民文学」の現況に反して、立松の『雷獣』や『百雷』が「農」の置かれた現状を踏まえて描かれながら、現代文学の中で屹立しているのは、そこにこの国の戦後史や人間存在の全体が描き込まれ、それがこの国の在り方や「農政」に対する根源的な批判・批評になっているからに他ならなかった。例えば、『雷獣』には、住宅団地や工場団地のために先祖伝来の田畑を売って寿司屋やケーキ屋、床屋、ステーキ屋、モーテル経営などに「転身」した若き離農者たちが登場するが、「農」から離れてにわか仕込みの仕事ではこの過酷な社会を生きていくことがいかに困難であるかという現実を、主人公の口を借りて次のように語っている。以下の引用は、客が来ないために「腐った」マグロを食べさせられた後の主人公の言葉である。

何だかこの頃おもしろくなくてなあ。商売だって、はじまる前にあれこれ考えてた時のほうが百倍も楽しかったぜや。麦の会とか気取って研究会なんかやってな。結局はその後の飲み会のドンチャン騒ぎが楽しかったんだけどな。畜生、どうしてこんなになっちゃったんだんべなあ。俺たち、百姓でもなけりゃ、商売人でもねえんだよ。間に落っこちてもがいてんだ。たまには仲間で飲みてえなあ。昔みてえに、飲んで騒いで田んぼに寝ることぐらいやりてえや。ケーキ屋を呼ぶべ。どうせ暇なんだから。

ここには、この日本において長年「農」に従事してきた者がそう簡単に転職できないことの現実が描かれている。本当は、立松も先の『劇的なる農』の中の「2章 自分で米をつくってみよう」で書いているのだが、狭い耕地を相手に集約的な農業をしてきた日本では、「農」は相当高い知見と技術を伴わない限り十分な対価（収穫）を得られない職業の一つである、外側から簡単そうに見えるのは、その「農」に関する知見と技術が親から子へ日々の農作業を通じた相伝となっているからに他ならない、というような意味のことを書いていた。先の小檜山博の新作『漂着』に、農作業をしている主人公夫婦の前に立った、都会から車で来た親子が「勉強しないと、こういう仕事しかできなくなるわよ」と言って去っていったという場面があるが、そのような「農」を馬鹿にした言葉は、農業の奥深さを知らない都会人の世迷い言であることを小檜山は（立松も）批判していたのである。

立松が『雷獣』で、「農」から他の本来なら職人技が必要な専門職（ケーキ屋や焼き肉屋、寿司屋、等）に転業した者が、理髪店主になった主人公以外、誰も成功しなかったという書き方をしているのは、都市近郊の「境界」においてそのような失敗＝悲喜劇が日常的に起こっているということを、改めて強調したかったからだと思っていいだろう。もちろん、世間には「失敗」した人だけではなく、『遠雷』に登場するあや子の父親のように、百姓から勤め人へ、あるいは小規模経営者へ、「華麗なる転身」を遂げた者もいないわけではない。しかし、勤め人――鎌田慧のトヨタの自動車工場での季節工体験を基にした『自動車絶望工場』（七三年）を持ち出すまでもなく、そのほとんどが「非正規労働者」となって大都市や地方都市で働くというのが一般的である――になった者はともかく、その多くが小規模な自営業商工業者になり、その後「自滅」していった。もっとも、『遠雷』の和田満夫は母親と共に田畑を売ることの条件でもあった菓子製造会社へ一度は勤務したが、勤め人は自分に向かないとしてすぐに辞めている。『雷獣』のように「にわか修行」で寿司店やケーキ屋などを開業した者の多くが、「武士の商法」よろしく、最終的には「農」からの転身に失敗して「敗残者」となっていった。「境界」を凝視し続けてきた立松は、この現実を十分に承知していたということである。

そのように考えると、立松が発語の根拠として発見した「境界」を生きるということは、同時に「時代」の問題点をその深部で捉えることができなければ不可能であることを意味し、それは翻って「境界」こそこの社会を映す鏡であることの証になっていた、ということに他ならなかった。その意味で、結婚詐欺にあった農村青年を主人公にした『雷神鳥』は、マスコミで興味本位に取り上げられる農村の「嫁不足」と「外国人花嫁」という問題を背景にしており、まさに時代の核心を衝く問題作であった。『雷神鳥』は、外国人（中国人や韓国人、フィリピン人、タイ人などのアジア系）を対象とした結婚斡旋ブローカーの暗躍を許すほどに追いつめられた農村の現実を鋭くえぐり出し、併せてそのことに象徴される「農業切り捨て」政策を是認しているこの国に対する根源的な批判になっている、ということである。言葉を換えれば、政府・権力は相も変わらず「アジア外交重視」とか「重要なアジア関係」、あるいは「（アジア各国と）友好的な国際関係を築く」とか声高に空疎としか思えないスローガンを叫んでいるが、立松は『雷神鳥』によってそのような掛け声の裏側あるいは隣で、必要に迫られて静かにかつ確実に進行している農村地区の「国際化＝外国人花嫁の問題」を描き出すことで、理想と現実がパラドキシカルな関係にある現代社会（農村の実態）を読者の前に突きつけたのである。

先に取り上げた札幌在住の小檜山博は、『雷神鳥』とほぼ同じ時期に、外国人花嫁に逃げられた（結婚詐欺にあった）百姓が髪を金色に染め外国人になりすまし、自分も結婚詐欺師となって日本の女性を騙すという『パラオ・レノン』（九四年）や、自分の元から去ったフィリピン人妻を追ってフィリピンまで渡りひどい目に遭うが、最後は妻が帰ってきて幸せな日々を送る『スコール』（九九年　映画化に際して『恋するトマト』と改題）を書いている。先にも書いたように、社会の基盤となるべき「農」が現代においてあまりに酷い扱いを受けていることへの「怒り」が、それらの作品には漲っていた。『パラオ・レノン』にしろ、『スコール』にしろ、そして『雷神鳥』も、疲弊する「農」社会の実態を照

アーツアンドクラフツ
――図書目録――

〒101-0051 東京都千代田区神田神保町 2-2-12
TEL.03-6272-5207　FAX.03-6272-5208
http://www.webarts.co.jp　edit@webarts.co.jp

彼方への忘れもの
小嵐九八郎

一九六四年、乳児期に被爆体験を持つ大瀬良駅一は故郷の新潟から〈憧れ〉の青木芙美子が近くに住む早稲田大学に入学、ノンポリとして学園闘争、10・21新宿を体験しつつ、恋愛が進展する。

四六判上製　2200円

くちづける
窪島誠一郎詩集

自身の生死を見つめる詩のほか、絵画・画家に感応した詩、「戦争」や「平和憲法」をテーマにした詩などを収録。「言葉のすべて、ただ黙って抱きしめたい」（加藤登紀子氏）

A5判並製　2200円

山水の飄客　前田普羅
正津勉

青壮年時、渓谷を彷徨し、山岳俳句を読む。戦中には「翼賛句」を発表、戦後は落魄の俳人として彷徨。虚子門下の四天王の一人、山岳俳句の第一人者・前田普羅の俳業と生涯を活写する。

四六判並製　1800円

三島由紀夫　悪の華へ
鈴木ふさ子

初期から晩年まで、O・ワイルドを下敷きに、作品と生涯を重ねてたどる、新たな世代による三島像の展開。「男のロマン（笑）から三島を解放する母性的贈与」（島田雅彦氏推薦）

A5判並製　2200円

らし出すと共に、「農」を蔑ろにするこの社会への根源的な反意を表明するものであった。なお、ついでに言っておけば、二一世紀の到来を目前に控えたこの時期に、井上ひさしの「米」問題への発言（『コメの話』九二年、『どうしてもコメの話』九三年）も含めて、立松の『遠雷』四部作や「雷」シリーズ、あるいは小檜山博の荒廃する「農」に関わって書かれた作品などは、この社会の「歪み」を映し出しているという意味で、文学史的にも社会思想史的にも再検討されてしかるべきなのではないか、と思われる。

ところで、『遠雷』四部作も含めて「境界」を舞台にした「雷」シリーズを成り立たせている状況に対して、ではそれらの情況について立松の立ち位置はいかなるものであったのか、についても触れておく必要があるだろう。というのも、その「境界」のど真ん中で生活したことのある人間でありながら、その在り方は住宅団地に引っ越してきた「余所者＝作家」でしかないとの自覚の下で、そこで起こる出来事に対してはあくまでも「目撃者」でしかないという立場を守り、できるだけ客観的に時代との関わりを重視して物語を紡ぎ出そうしていた、と思われるからである。

これまで見てきたように、立松の心底には時代に翻弄される人間に対する哀切を伴った熱い共感と、そのような人間を生み出し続ける時代への激しい憤りが秘められていた。時代（歴史）の現実に押しつぶされる人間の悲しみを我が事として、「境界」に関わる作品を書き続けたと言えばいいだろうか。その態度は、作品（芸術）の内部に閉じこもるのではなく、常に時代（状況）の只中に立ち自分を時代に向けて開いていくことで創作を続けてきた立松に相応しいものであった。

また、立松和平には『雷獣』などのように、直接「境界」に関わる作品でなく、間接的に『遠雷』四部作や「雷」シリーズの主題と方法から派生してきたと思われる一群の作品があるが、そのことにも触れておく必要があるだろう。具体的には、『光線』（八九年）、『海のかなたの永遠』（同）、『黄昏にくる人』（九〇年）、『真夜中の虹』（九一年）の四作品である。これらの作品については、次の第六章で詳述するが、『遠雷』などとは力点の置き方が正反対の「都会」

になっているだけで、基本的には「都市」と「農村＝自然」の対立というか、「境界」を見失ったとき人間はどのような状況に陥るか、を描いた作品と言うことができる。それぞれの作品は、例えば『海のかなたの永遠』が如実に示しているが、「都会」生活を代表するようなテレビ業界で仕事している人間が、ある日突然自分を見失ったとの思いに囚われ、愛する人と離別した揚げ句に南の島まで「逃げて」行き、そこで「自然」と出会うことによって救われるといった物語は、いささか図式的だが「都会」と「自然」の対立という明確な構図を持つ点で共通していた。

言い換えれば、立松は「自然」との共存を基本としてきた人々の生活が、加速する「近代化＝現代化」によってその意味を希薄化している現状をいち早く察知し、そのような「近代＝都市生活」がいかに脆弱でかつ人間の本然的生き方に反するものであるかを、「境界」の物語から派生した『光線』以下の作品で明らかにしようとした、ということである。あるいは、『遠雷』四部作や「雷」シリーズなどとの関連で考えると、「農村＝自然との共生を習慣的に行ってきた地域」を荒廃させてきた「都会」が、実はその内部で人間をスポイルする、つまり人間の本性に基づく「共生」が不可能なほどに精神を荒廃させてきたことを、立松はこれらの作品でえぐり出したということになる。もし「ポスト・モダン小説」というものが、「玩物喪志」に象徴されるような人間存在をスポイルする現実を描いたものであるとするならば、立松のここで取り上げた『光線』以下三つの長編は、明らかに作家がポスト・モダン的状況を深く感知していたが故に生まれた小説と言うことができるだろう。

なお、「境界」を舞台にしながら、『遠雷』四部作や「雷シリーズ」と全く趣が全く異なる作品が一つある。『聖豚公伝』（九〇年）である。元々はテレビドラマ『ドラムカン』（九〇年二月一一日放映、NHK大阪放送局）の脚本として書かれたものの小説化であるが、作品の舞台が「住宅地の中」になっている点でも、この作品が他の「境界」を舞台にしたものとは異なっていた。もっとも、その「住宅地の中」も、かつては「田園」だったところということを考えれば、『遠雷』などと変わらぬ認識の基に書かれたとも言えるのだが……。その「住宅地の中」は、今や次のような「問題」を抱える場になってしまっていた。

家を出るとすぐ、住宅地がひろがった。五年前、田んぼだったところが分譲住宅地として売り出された。風景が急に変わってしまったのである。色とりどりの屋根が鋭く光を跳ね返し、ガラス窓が空の色を映していた。くっつきあった家々が軒を連ね、窒息している様子である。豚舎が悪臭を放つと、時折人が怒鳴り込んでくるところだった。彼らは豚舎を移動するようにと祖父に迫るのだ。先に住みついたのは祖父のほうだった。誰もいないところに祖父が道をつくり電気を引いて豚舎を建てたのである。その道を通って後からやってきた連中が、出ていくようにと祖父に要求する。いったいどこにいけばいいというのだろうか。まわりに人がいない場所など日本にはない。分譲住宅の横を通る時、六平は胸を衝き上げられるような怒りを感じるのだった。

このような場所に、この小説のヒロイン「うさぎ」はやってくるのだが、六平と祖父の哲次が生活する豚舎の入り口に時々張られる「空気を汚すな！　公害豚舎はこの街から出て行け！　住民有志」の張り紙やビラが象徴するように、今やこの社会は「境界」を排除し、農民（養豚農民）と共に生活することを拒絶するものになってしまっていた。確かに、異臭を放つ豚舎が自家の近所にあったら、誰もが拒絶の意思表示をするだろう。しかし、この社会が「共生（共存）」を拒絶する自己中心的な思想が蔓延る社会へと「純化」してしまったとしたら、それはまた人間の本義的な生き方に反することものになってしまうはずである。立松の『聖豚公伝』を支えている思想は、まさに現代社会が抱える以上のような「排除の論理＝共生の拒否」に基づく社会への疑義に他ならない。また、言い方を換えるならば、『遠雷』をはじめとする都市と農村（旧農村）との「境界」は、その都市化の膨張に従って絶えず「移動」するのを特徴としていたが、「境界」は必ずしも移動しない場合もあり、『聖豚公伝』はその移動しない「境界」＝消滅してしまった境界では何が起こるのか、その移動しない「境界」が孕む問題は何なのか、を問うた作品でもあったということである。

しかも、『聖豚公伝』はこの社会が抱えている本質的な問題と取り組んだ作品として、優れて批評的な作品になっていたのである。『聖豚公伝』には、随所に六平が哲次に頼まれて豚の餌を集める場面が登場する。六平は毎日、スーパーマーケットで賞味期限が切れた菓子パン類や、ホテルではランチタイムを過ぎて棄てられる米飯などの残飯を、年代物のトラックを使って集めている。食糧自給率が四〇パーセントでありながら、「飽食日本」の都会では惜しげもなく、消費者の俗情（わがまま）としか言いようがない欲求＝おいしいものが食べたい、「新鮮」なものが食べたいなどといった類の欲求を満たすべく、食料が大量に放棄される（農水省の発表によれば、日本全体では約三〇パーセントの食料が毎日「ゴミ」として廃棄されているという）。この「事実」はどう考えても、おかしい。そのようなこの国の食糧事情に対して根源的な批判がこの『聖豚公伝』では行われている、と言っても過言ではないだろう。

物語は、「公害豚舎はこの街から出て行け」と要求し続けてきた地域住民とその要求を正当なものとしてきた市役所との交渉に疲れた哲次が、養豚を止めることで終わるのであるが、最後に六平と「うさぎ」が「何をしたらよいのかわからなかった」と言うのは、「雷」シリーズに出てくる離農した若者たちが、転職もままならず、途方に暮れてしまう、というシチュエーションに酷似していて、そこからは何とも言えない悲哀が漂ってくる。「境界」においてよりよく生きようとする者は、自分一人の「努力」だけではままならず、ことごとく「悲喜劇」を演じてしまう、『聖豚公伝』が私たちに示唆しているのは、まさにそのような「生」の在り様に他ならなかった。

六、「希望」そして「絶望」――時代の目撃者として(二)

第一次産業から第二次・第三次産業への転換を決意したこの国の産業界の進展にともなって、農山漁村の「過疎化」

は進み、その結果として東京をはじめとする大都市はもちろん地方の中核都市も膨張し続け、都市と周辺（農村・旧農村）の「境界」は拡大の一途を辿ることになった。当然、その「境界」で様々な悲喜劇が生まれたことは、これまでこの「境界を生きる」の章で取り上げてきた『遠雷』四部作や「雷」シリーズの『雷獣』や『百雷』、あるいは『聖豚公伝』が明らかにしている通りである。これらの作品に共通しているのは、社会の流れに異議申し立てをすることなく、流れのままに「農・土」から離れてしまった者が必然のごとく「悲劇」を招来するという物語構造をしていることであった。『遠雷』四部作の広次と満夫が殺人を余儀なくされ、『雷獣』の春男が初めて実ったトマトを食べたと言うだけの理由で近所の小学生を殺し、『百雷』では兼業農家の一人息子である耕一がどんな生きる目標もなく、「しらじらした自由」の中で勤務している市役所の上司の奥さんと不倫し、テレクラにはまった毎日を過ごすというように、「境界」は絶望的な状況しかもたらさないようなものとして、その存在を主張していた。

ここには、為す術もなく「境界」の拡大、つまり激しさを増す都市化の波への、別言すれば、農山漁村の「過疎化」を放置し続けてきたこの国の「農業政策」「林業政策」「水産政策」の失敗＝根源的な欠陥への立松の鋭い批判がある。何百年も続いた農業や林業、水産業の現実を無視して、強引に都市化＝近代化を推し進めてきた「経済原理（利益）」優先の諸政策が、農村や漁村の「悲劇」を生み出す源だったのである。「自然」の流れを断ち切った無理な近代化がどのようなことをもたらしたか、立松が書いた文章で忘れられないものがある。石垣島の白保のサンゴが直面した問題について書いた「それでも白保のサンゴは滅びる」（九一年）というエッセイの中に、次のような文章がある。

豊かな海を持つ、人口約千八百人の白保地区だが、実は石垣市で最も広い耕地面積を持つ農村地帯である。専業の漁民は約三十人で、後から白保に移り住んだ人が多い。白保の人たちは何かというと海にでたのであるが、本来の生活は土に負うていたのである。

宮良川土地改良事業は、水を生み、土地を養う自然の摂理の破壊である。表土は剝《は》がれ、雨が降るたびに川から海に流れだす。国頭《くにがみ》マージと呼ばれる赤土は、粘土と砂の中間のシルト土壌で分散性が強い。つまり、水に流れやすい。これまでは、小さい谷が多い地形によって、浸食の受けやすい条件の中で自然のバランスを保ってきたが、機械力によって地形を変える土木工事が島に破壊的に襲いかかったのだ。

サンゴ礁石灰岩でできた島は、たびたびかんばつに襲いかかられもしたが、本来は水の豊かなところである。水田もよくひらけている。湧き水がいたるところにあり、小さな谷の底に湿地を形成していた。雨が降ればスポンジのように水を吸い、日照りがつづけば、ためた水を少しずつ流す。湿地は小さなダムなのである。水牛を放しておくこの湿地は、土地改良事業では生産性のないものとされて埋められる。

このような「効率化」を目指して全国で行われた「土地改良事業」が、実は田畑や自然を破壊するだけのものであったことは、今では誰も認めることであるが、それとは別に「お役所仕事＝現実に合わない近代化」が、いかに長い時間をかけて築いてきた人間の「環境（自然）」を破壊してきたか。都市近郊の農村地区を襲った急激な都市化＝近代化が、かつて存在した互助性・共生意識を濃厚に持っていた村落共同体を跡形もなく解体し、さらには家族をも解体してしまったその様については、立松の『遠雷』四部作が詳しく伝えていることである。全国津々浦々まで「工業地帯」にする、という明確な意図（願望）が如実に伝わってくる田中角栄の『日本列島改造論』（七二年刊）の思想が、現在もなお脈々と流れている状況こそ、「境界」を発見した立松が問題視し続けたことであった。

なお、この『日本列島改造論』の思想が如実に表れているのが、先に『雷神鳥』に触れた際に問題にした「農村花嫁」の問題である。最近の統計（二〇一〇年）によると、「夫が日本人・妻が外国人」というケースの結婚は約三万組あり、その妻の国籍は、中国人が四四・五パーセント、フィリピン人二一・八パーセント、韓国・朝鮮人（在日を含む）

一六・〇パーセント、タイ人四・八パーセント、その他約一二・〇パーセント（約二七〇〇人）となっており、圧倒的に「アジア人」が多い。もちろん、この統計に表れた人たちが全て「農村花嫁」であるというわけではない。しかし、ネットで「外国人花嫁」を検索すると、中国や韓国、フィリピン、台湾などに「（日本の農家向けの）花嫁仲介所」があって今も盛んに活動していることや、またその結果として「結婚詐欺」を含めた様々なトラブルが今もなお生じている事が分かる。最近では余りに「当たり前のこと」になって話題にもならないのかも知れないが、日本の農村では相変わらず「嫁不足＝後継者問題」が続いており、深刻な状況にあることに変わりないのである。

立松に「息の根を止められる農業」（二〇〇二年）という短文がある。その中の一節に次のような現在の農政批判、農業に携わる人たち（農民）への批判がある。

ひと昔前のことだが、国際分業論とかいう考え方が、まことしやかにまかり通っていた。高度な技術を持った日本はエレクトロニクス製品や自動車を生産し、たとえば発展途上の某国では、農業をやればいいというのである。しかし、生産性の悪い農業でどれくらいコメをつくれば、一台の自動車と釣り合うのであろうか。

国際分業論は、もう一方では、国内の農業を破壊する力として働いた。田んぼをつくるよりは、土建屋になったり、工場に勤めたりしたほうが、現金収入がある。かくして農業はどんどん片手間になり、先祖伝来の土地があるから手放すことはできないという消極的な考えにより、兼業農家がいつしか日本の農業の主流となっていった。

日本の農業を支えているのは、体験的に私が感じるところによれば、一方で兼業農家をしている土建屋と役場職員と学校の先生ということになる。別な言い方をするなら、ゼネコンと自治労と教職員組合ということになるのだ。

（中略）

高度成長やバブル経済で農業は踏みにじられ、体力がなくなったところで、不況により息の根を止められる。私にはそんなふうに思えてしょうがない。故郷の土さえしっかりしていたら、不況など生き方の上においてなんでもないことなのだが。

これは、一見すると立松の相変わらずと言っていい農政批判のように見えるが、その批判の陰に隠れているのは、農業に携わる人たちの「精神＝心構え」が衰えていることへの批判・苦言でもある。言葉を換えれば、ここにあるのは「国際分業論」などという美名を振りまき、結果として食糧自給率が四〇パーセントになるまで農業（農家）を放置し続けてきた戦後農政への批判であると同時に、そのような「猫の目農政」に長い間黙して唯々諾々と従ってきた農民の在り方（精神）に対する根源的批判でもあった、ということである。ともかく、立松には「瀕死」状態にある日本の農業をどうにかしなければ、この国の根幹が損なわれるのではないか、という強い思いがあったのである。

五棟（五〇〇坪）のガラスハウスでカトレアの栽培を行っている厚志と友美の若夫婦を襲った「悲劇」を描いた『黙示の華』（原題『寒雷』九五年）もまた、先にも少し触れたように、追いつめられた「農」の現在を何とか打開しようとして花卉《かき》栽培に取り組みながら、孤軍奮闘の末に敗れてしまう若い夫婦の様を描いた物語である。「農業は手伝わなくてもいい」と言って結婚した手前、厚志は「手伝って欲しい」と言えないまま、五年間育ててようやく出荷できるようになったカトレアを前に、殺到する花屋からの注文を捌ききれずてんてこ舞いしてしまうが、新婚六ヵ月のクリスマス・イブの日、約束だからといって友美は一泊二日のスキー旅行に友だちと出掛けていってしまう。そして、予定の日を過ぎても友美は帰らず、厚志は「妻殺し」の嫌疑をかけられ刑事や新聞記者から「犯人」扱いされる日々を送ることになる。物語の結末としては、スキー旅行からの帰り、雪のため渋滞した本道を避けて山道に入った友美たちは、ガードレールのない崖に転落してしまい、そのまま死んでしまったということなのだが、旧態依然たる米作りを中心に農業を続けてきた両親と袂を分かってまで熱心に取り組んだ厚志のカトレア栽培も、思わぬアクシデントで敗退を余儀なくされる。

「境界」において生じるこのような何とも言えない「悲劇」を、立松はここでも描いており、その意味では『遠雷』以来の方法と思想を踏襲しているように思える。しかし、この『黙示の華』の場合、その大本は農業を嫌った新婚妻の「わがまま」であったとしても、雪道で友人が運転していた車が崖から転落するという事故は、文字通りアクシデント（偶発事故）であって、カトレアの栽培で自立しようと思っていた主人公厚志が引き起こしたものではない。そのことを考えれば、「境界」で生じた「悲劇」と言っても、『遠雷』四部作や他の「雷」シリーズ作品のそれとは、趣が異なっていたと言うことができる。少なくとも、『黙示の華』の主人公厚志は、ガラスハウスにおけるカトレアの栽培に「絶望」はしておらず、「希望＝未来」を託している。『黙示の華』の原題が『寒雷』で、たとえ「寒雷」の別名が雪の降る前触れを意味する「雪起こし」であったとしても、カトレアの販売まで五年間も耐えてきた主人公という設定から、当然「農」に関わる「厳しさ・困難」の代名詞といってもいい雪＝冬を乗り越えるだけの意思は持った人物として造形されている、と考えるべきである。物語の最後に置かれた厚志の次のような内なる思いを、亡くなった新婚妻の友美を恋う夫の嘆き（狂気）と取るか、それとも明日の向かう「希望」を裡に孕んだものとして取るか……。その判断は、読者に任される。

「奥さんに間違いありませんか」

横から男が静かな声を掛けてくる。友美を厚志は美しいと思う。こんなに穏やかな顔を見るのははじめてだったかもしれない。

「はい、そのとおりです」

厚志はその場に立ち、誰ともなく頭を下げたのだった。事態をまだよく把握していないせいなのかどうか、どんな感情も湧いてこない。顔形は確かに友美のものなのだが、命が脱けているので、なんとなくつくりもののようである。まだ生きている細胞はないだろうかと、厚志は蠟細工のような友美の顔を見て思う。死後二十日以上たったのだから、生きているとしたら髪の毛ぐらいである。この髪の毛を培地で培養してみようかと、厚志はふと思ってみた。フラスコの中で友美を増殖させることを、厚志は一瞬夢見たのである。人間の苗の形をした裸の小さな友美が、無数に増殖している。数えきれないほどいる友美は、どれも同じ形をしているのだった。そのはじまりの出来事が、今起こったのかもしれない。友美は眠るように死の世界に引き込まれていったはずだった。気持ちがよかったから、顔に笑みが残っているのだ。悲しいとも、恐ろしいとも、厚志は思わなかった。友美がここにいる。友美の顔に向かって伸ばしていった指先は、凍った冷たい感触に跳ね返された。

第六章　ここより他の場所――「ユートピア」を求めて

一、「自然」への憧憬

『遠雷』四部作や『雷獣』などの「雷」シリーズを書く過程で、立松は「境界」がどのような世界（時空間）においても存在することに気付く。「境界」を舞台に生起する悲喜劇が、実は都市と農村の境界（旧農村地区）だけに起こるものではなく、他の「境界」においても当然にも起こることを知ることになったということである。具体的には、立松が閉山し寂れていく父祖の地・足尾の物語を書く過程で、「歴史＝時間」にも過去と現在（未来）の「間＝境界」があることを知り、と同時にその「境界」は一つの町（足尾）が消滅するかも知れない「危機」的情況の只中に現出している、と実感したということである。また、現代社会における「この世」と「あの世」との関係に関して、どうやらその「境界」意識が希薄になっているのではないか、つまり「現世＝この世」（の利益追求）ばかりに目が奪われ、「他界＝あの世」の存在がいつの間に忘れ去られているのではないか、と気づいたということである。

立松が柳田國男の『遠野物語』や、若いときの放浪生活で経験した沖縄・与那国島での「他界」概念（ニライカナイ思想）を基に、「境界」について自分の考えを述べた講義録『境界の誘惑』（一九八七年）の終わり近くに、次のような言葉がある。

人間はどんどん自然を消費していって、いままだその過程にありますが、やがては消費し尽くしてしまうという恐怖感がぼくにはあります。東京ディズニーランドには何度も行きました。ディズニーランドのひとつの構想は自然の模倣です。ジャングル・クルーズというアトラクションでは、プラスチックのカバやサイを見学します。電気仕掛けのロボットの動物たちを船で見て、アフリカに行ったような気分にさせる。（中略）うそが繰り返されていくにもかかわらず、もう一方では自然がどんどん消費されて、満たされない心の欲求がディズニーランドのなかに流れ込んでいく。そしてできあがったディズニーランドは自然を模倣しているといいながら、実際は完璧な人工空間です。

もし外側の他界としての自然が消えてしまって――他界が消滅することは恐ろしいことなのですが――こちら側の現世しかなくなったとします。人間の文明しかなくなったと仮定します。そうすると、ディズニーランドは光り輝き、あれが自然そのものになってくるのです。ディズニーランドの疑似自然がやがて自然になってくる。そしてあれを自然と思わない感受性、あれを楽しく思わない感受性はこの世で生きられなくなってくるというような、それはひとつの実験である気さえします。（中略）

他界としての自然があるからこそ、人間の文明があるのだということ。図式でいえばそういうことです。

柳田民俗学の思想を借りたとは言え、この立松の考え方の中で特に重要なのは、「他界としての自然」である。何故なら、近代＝明治以来この国で培われてきた「自然」観は、次に見る北村透谷の文章が象徴しているように、「自然」は征服すべき対象＝人間存在を抑圧するものであっても、決して「この世＝現世」と隣接するものとして捉えられていなかったからである。つまり、柳田民俗学が強調するように、「自然（nature）」ではなく「自然（じねん）」であった近代以前の社会にあって、「自然」はこの世に隣接している「他界」でもあったということである。そんな「他界」意識が希薄になった現代にあっては、立松が言うように、人は「人工空間」を「自然」と思わされるような危うい状態にある、と言っていいのかも知れない。

「力《フオース》」としての自然は、眼に見えざる、他の言葉にて言へば空の空なる銃槍を以て、時々刻々「肉」としての人間に迫り来るなり。草薙の剣は能く見ゆる野火を薙ぎ盡したりと雖、見えざる銃槍は、よもや薙ぎ盡せまじ。英雄をして剣を揮はしむるは、見る可き敵に当ればなり、（中略）

自然は吾人に服従を命ずるものなり、「力」としての自然は、吾人を暴圧することを憚らざるものなり、「誘惑」を向け、「空想」を向け、吾人をして殆ど孤城落日の地位に立たしむるを好むものなり、而して吾人は或る度までは必らず服従せざるべからざる「運命」、然り、悲しき「運命」に包まれてあるなり。項羽は能く虞美人に別るゝことを得たれども、吾人は此の悲しき「運命」と一刻も相別るゝを得ざるものなり。

（北村透谷「人生に相渉るとは何の謂いぞ」一八九三（明治二六）年二月）

立松が連作の『満月の力』（八八年七月）と『視線』（同年十一月）と表題作を併せた長編『光線』（八九年）を刊行したのは、講義録『境界の誘惑―小説と民俗の想像力』が一冊の本としてまとめられた翌年であり、またテレビ朝日の「ニュースステーション　こころと感動の旅」のレポーターとして日本各地に取材で出掛けるようになってから二年目であった。連作長編『光線』は、休暇を利用してバス停から二時間も歩いてようやく到着するような山奥の秘湯に遊びに行った妻子持ちの男が、そこで出会った自殺願望の若い女性と性的関係を持ったことから、山を下り日常に戻ってからもその若い女からストーカーまがいの嫌がらせを受け、ついに妻子からも若い女からも逃げ出さざるを得ない情況に陥るという話である。このような物語展開から、『光線』は「日常」と「非日常」が錯綜する不条理な関係に翻弄される男の物語とも読めるが、連作の最後に位置する『視線』の主舞台が妻との関係を修復しようとして遊びに行ったディズニーランドであることの含意――先に引用した『境界の誘惑』の中で立松はディズニーランドを「人工の自然」と言っていた――を考えるならば、秘湯で出会った生命を弄ぶ若い女を野生＝自然と見なし、男が勤務する広告会社を都会生活の象徴であると見なすことも可能で、そのような読み替えが可能であるならば、『光線』は自然（野生）と都市文明が対立する物語として読むのが正しい、ということになる。

しかも、この『光線』が、主人公＝語り手である妻子持ちの勤め先では責任ある仕事を任せられている若い男が、コンクリート・ジャングルとも言うべき都会、つまり「人工の自然」に囲まれた世界の生活に疲弊しきり、束の間の癒し＝救いを求めて分け入った山（秘湯）で、「都市文明」がいかに非人間的で脆弱なものであるかを認識させられる、という構図になっていることは、いかにも示唆的である。つまり、立松は対立する「自然（野生）」と「都市文明」との関係では、明らかに自然（野生）の方が優位に立っている、との立場をとっているということである。その意味で、『光線』の最後を飾る『視線』のラストシーンは象徴的である。主人公の男は、妻と山（秘湯）で関係を持った自殺願望の若い女とも別れて、初雪がちらつき始めた秘湯を再び訪れるが、そこで目にしたのは解体された温泉宿の柱などが積み重ねられた、温泉以外「何もない」場所であった。

湯に寝そべって上空をあおいだ。黒い雲を背景に、人量の雪が落ちてくるのが見えた。何時の間にか霧は晴れていたのだ。初雪のはずだった。雪はみるみる密度を増し、土やコンクリートの上を転がった。私は空に向かって口を開け、雪がはいってくるままにした。目に触れて溶ける雪もあった。

湯から肩を出すと、鞭でも打たれでもしたかのように寒かった。まだ当分は湯につかっていなければならない。四角形の湯船の隅々にまで私の白い身体はひろがり揺れていた。大きな山の中で小さな湯船に裸ではいっている自分のことを考えると、私は急に心細くなってきた。私はまったくの無防備だった。だが、雪が全山を真白に染めたとしても、ここにいるかぎり安全だと思えないこともなかった。私は鼻のすぐ下まで湯に沈んでいた。死んでこうして山に帰ってきたのかもしれないと、何気なく私は思ってみた。山は静かだった。一切の物音がなかった。

死んで山に帰ってくるとは、四国の「谷間の村」の死者は山の木の根元に帰るという言い伝えをモチーフにした大江健三郎の『憂い顔の童子』（二〇〇二年）ではないが、民俗学的には日本各地に伝えられている話と言ってよく、『光線』はまさにそのような民俗学的伝承と高度に発達した都市文明によって生きる力が弱くなった現代を重ねた（対比した）小説ということになる。その意味で、自然（野生）に帰るより他に術《すべ》がなくなった人間を待っていたのは、「死」を意味する「何もない」場だったというのは、納得できる結末でもあった。

『光線』と同じように、自然（野生）と都市文明との衝突・対決において、最後にはその闘いに疲弊して都市文明から逃げ出す人間を描いた作品に、『海のかなたの永遠』（八九年）、『黄昏にくる人』（九〇年）、『真夜中の虹』（九一年）がある。いずれも物語の中心は「恋愛・性愛」仕立てになっており、登場人物や舞台背景などは全く別々ではあるが、自然と近代文明の只中に生きる人間の関係を描いているという意味で、内容的には「連作」と言っていいのではないかと思われる。なお、『光線』から『真夜中の虹』に至る四作は、いずれも登場する女性が自然（野生）の側に立っていることを考えると、これらの四作を書くとき、立松は柳田國男の「妹の力」――古来より女性は「呪術的」な存在として男性をその霊力によって加護してきた――を暗黙の裡に意識していたのではないか、という推測も成り立つ。あるいは、私小説的な読みになってしまうが、子供の時は働き者の母親に、青年になってからは幾度となく窮地を助けてくれた妻の「力の大きさ」を意識していたが故に、立松は『光線』以下の四作において主人公を女性にした、とも考えられる。

さて、『光線』を引き継ぐ作品の最初に位置する『海のかなたの永遠』であるが、舞台は立松が昔からよく知る地域の一つである沖縄の離島で、物語は一本の欅の樹を撮り続けるフリーのカメラマンと結婚したテレビのディレクターが、仕事に熱中する余りいつの間にか家庭崩壊の危機に遭遇し、追いつめられた状況を打開するために「夢を買う」つもりで手に入れていた一〇〇坪ばかりの離島の土地を幼児の息子を連れて訪れるところから始まる。彼女らは、そこで島に伝わる様々な「伝説」を語る一人暮らしのオバーと出会い、少しずつ少しずつ生きる力を取り戻していく。この物語を解読するキーワードの一つは、高齢出産で長男を授かった主人公夫婦がその記念に購入しようとした離島の土地である。


「そんなにたくさんはいらないよ。その気になればどうにか家を建てられる程度だ。百坪でいい。五十万円だもの」

「いいわよ。買いましょう」

「二人の共有名義にしよう」

「あなたの好きにしたらいいわ」

（中略）まだ見たことはないのだが、南の海の彼方に確かな空間があるのだ。あまりにも遠い島の片隅のことに思いをめぐらせているうち、永遠という言葉が浮かんできた。たとえ興一や真喜子がこの世からいなくなっても、これから生まれようとする子供が生きながらえた果てに死んでも、その土地は永遠にそこにある。気も遠くなるほど何度も波が寄せ、人の名前など痕跡もとどめなくなるほどの時間太陽が照りつけ、厖大な雨が記憶を洗い流しても、厳然としてそこに存在するはずの永遠を、真喜子と興一はこれから五十万円で買うつもりであった。

たかだか八〇年前後に過ぎない人間の生命に比べて、自然そのものである「土地」は文字通り「永遠」に存在し続ける。東京から故郷の宇都宮に移り住んだことから「境界」の存在に気付くようになり、そこにこそ作家として発語（表現）の根拠が存在すると確信した立松であったが、「境界」が実はこの世界の至る所に存在することを発見する過程で、現代人が都会生活と自然（野生）との間にある「境界」に存在することによって、必然的に様々な「苦」を背負ってしまうことに思い至り、そこから作品を紡ぎ出すことになった。『海のかなたの永遠』他のこの時期に書かれた一連の作品で主題となっているのは、まさにその都会生活と自然（野生）との間に横たわる「境界」がもたらす「苦」に対して、現代人はどう向き合えばいいのかということであった。つまり、「境界」のこちら側である都会生活の現在がいかに儚いものであり、向こう側の自然（野生）が変わることのない「永遠」を代弁しているものであるか、そしてその「永遠」の存在を知ることによって人は「救い」を手に入れることができる、ということであった。郊外にそびえ立つ一本の欅を撮り続ける『海のかなたの永遠』のフリーカメラマン興一が、絶えずこの世＝都会は「滅亡」に向かっていると思い続け、妻の真喜子にくり返しそのように言い続けるのも、そこにこの都市文明＝都会生活がいかに脆くて危うい状況にあるか、との作者の「思い＝メッセージ」が込められていたからに他ならなかった。

先にも書いたことだが、『海のかなたの永遠』では、都会生活の煩わしさを避けて一〇〇坪の土地がある南の離島に逃げていった真喜子と息子の英太が出会った「アマガクばあさん」が重要な役割を担って登場している。「があくがあくって、うるさいから」雨蛙ばあさんと呼ばれるようになったアマガクばあさんであるが、一人暮らしの彼女は真喜子たちに「昔の大事な話」を聞かせる。アマガクばあさんの「大事な話」は、彼女が暮らす島の成り立ちに関するいくつかの伝承であり、難破した朝鮮済州島の船のことであり、略奪に来た唐の海賊をやっつけた乳が四つある女の大武士サンアイ・イソバの話であり、首里の王様の軍勢にだまされて殺された豪傑ウニトラの話であった。これらアマガクばあさんの話が何故「大事な話」であるかと言えば、「平和」で「のんびり」しているように見える南の島の生活も、何の出来事＝歴史もなくてそうなったのではなく、都会生活と同じように幾多の激しい試練や戦いの末に成立したものであったことを証すものだったからである。言葉を換えれば、アナガクばあさんが「大事な話」を真喜子たちにしたのは、「境界」においてその内と外とが激しい戦いを繰り広げ、その結果として現在の「平和」が存在するということを理解して欲しかったからということである。

このような『海のかなたの永遠』の内容を、この作品に引き続く『黄昏にくる人』と『真夜中の虹』と併せて考えると、この時期の立松が都会と自然（野生）との「境界」を舞台とした物語の可能性を追求すると同時に、「ここより他の場所」、つまり「ユートピア」の存在について真剣に考えていたのではないか、と推測させる。南の島に購入したたった一〇〇坪の土地に「永遠」を見ようとした『海のかなたの永遠』の真喜子と興一の心性には、明らかにそこに「癒し＝救い」を実現してくれる場所、つまりある種の「ユートピア」への願望がある。ただ、そうは言っても、当時の立松は擬似的にも「南の島」がある種の「ユートピア」であると明確に思っていなかったのではないか、とも考えられる。それというのも、立松は真喜子たちが島にやってきた季節をサトウキビ刈りの真最中に設定することで、アマガクばあさん以外の島民の誰もが「よそ者＝外部の人間」の母子に冷淡であるかのように描き、いかにもその南の島が外部（他者）に開かれていない「閉鎖社会」であるかのように描いていたからである。

この「境界」や「ユートピア」の可能性について描きながら、思想的にも感性的にも揺れ動いていた立松を明確に示していたのが、『黄昏にくる人』と『真夜中の虹』である。『黄昏にくる人』は、自分と別れて三年もメキシコに行っていた女が成田空港から突然「助けてくれ」とSOSを発してきたことから、彼女がメキシコで描き続けてきた絵の展覧会を台風がやってきた一日だけ開く、という話であり、表層的には単なる「恋愛小説」である。しかし、文芸雑誌の編集者といえども平凡な生活をしていた若い男と自分の欲求（欲望）のままに生きる「自然児」の女、という構図からこの作品のテーマを考えると、そこからは「制度」＝都会生活と無縁な男と女の「自然」（野生）な関係は果たして可能かという問題が浮かび上がってくる。メキシコでひたすら絵を描き続けてきた女（比呂美）もそうであるが、男（洋太）もまた自分が生きている場＝「大都会」を次のように思うような人間であった。

森の樹木や草が育っている。遠くのせせらぎや、時折梢をこすって過ぎる風の音が聞こえるほかには、物音もない。それでも植物たちが育ちゆく恐ろしいほどの気配が感じられるのだ。まわりのものを押しのけては自分のための空間を確保し、植物たちは生きるための殺戮をくりかえしているのである。樹々が芽ふいては葉をひろげ、枝を太らせ、値を地中深くにのばすひそやかな気配は、実際は闘いの声なのである。山にいるのではないことは、眠る洋太にもわかっていた。この大都会からは、かつて山だった頃の記憶は消えないのである。山も都市も眠らない。眠るのは人間ばかりだ。

「山」などという自然とは全く縁がなく、ひたすら「人工」空間＝大都会を作り続けてきた人間に属する主人公（語り手）の洋太は、雑誌編集が最終段階の追い込みに入って帰宅できずに徹夜して会社のソファで仮眠していた時、引用のようなことを感知（妄想）する。立松が言いたかったのは、大都会にも感知しようとすれば「野生」＝自然は存在する、あるいは大都会は都市文明と自然（野生）が奇妙に共存している場である、というようなことだったのだろう。作品中にも指摘されているが、「黄昏（たそがれ）」とは、「夕方になると人の姿が見分けにくくなるから〈誰（た）そ彼（がれ）＝あの人は誰ですか〉と問い質す」ところからできた言葉である。その意味において、夕方突然成田空港から洋太にお金がなくなってSOSを発信した比呂美は、文字通り「野生」の香りを存分に漂わせた何者であるか不明な「誰《た》そ彼《がれ》」そのものであった。

ここで注意したいのは、立松がこの『黄昏にくる人』はもちろん、『光線』、『海のかなたの永遠』、『真夜中の虹』を書いた時期についてである。この時期、立松は宇都宮市から東京・恵比寿にあった妻の実家の庭に建てた新居に移り、学生時代（習作時代）とは違った「作家」としての都会生活を始めて五、六年が経ち、一九八六年一月からテレビ朝日の「ニュースステーション・こころと感動の旅」のレポーターを務めるようになったことが象徴するように、八面六臂の活躍をするようになっていた時期でもあった。しかし、それはまた『光の雨』事件が起こる（九三年秋）直前でもあった、ということである。

つまり、傍目には発語＝表現の根拠（原点）としての「足尾」を発見し、また同じく「境界」を発見し、現代文学の最前線で大活躍するようになり、一見「順風満帆」に進んでいたかのように見えた立松であったが、この一九九〇年前後という時期は、現代における「境界」の意味を深化（進化）させるべく、内部では悪戦苦闘を繰り返していたのである。具体的には、「サンデー毎日」に「世紀末通りの人びと」のタイトルでルポルタージュを連載し、またブルガリアで開かれた国際作家会議に出席、そして『鬼の黄金伝説—幕末日光神領猟師隊外伝』などの戯曲を執筆、さらには『日溜まりの水——ポルノグラフィア』（九二年）などポルノ小説の可能性を試み、更には新聞小説を連載する（『白い空』読売新聞九〇年七月一七日～、『悪の華』〈後『沈黙都市』と改題〉を学芸通信社の配信で「高知新聞」、「秋田魁新聞」などに九一年一二月二〇日から連載を開始）など、立松は様々にその表現領域を広げていっていた。このような活躍は、実は立松が内部で言い表すことのできない作家としての「試行錯誤」を繰り返していたこと、言い換えれば裡に「修羅」を抱えての日常を送っていたことの証であるのだが、その結果がどうなったか。第七章で詳述するが、『光の雨』事件は起こるべくして起こったのである。

なお、先の『黄昏にくる人』の引用で、社内のソファで仮眠する主人公（語り手）を襲った、大都会もまた「野生」＝自然なのではないかといった感覚（妄想）は、立松が都市生活と自然（野生）との「境界」を単なる敵対する関係ではなく、共存する関係場として考えていたということの証であった。そして、ヴォランティアとして野生動物の保護に参加している若い男女の生々しい「恋愛・性愛」を描いた『真夜中の虹』は、そのような立松のこの時期における苦悩（修羅の実相）が奈辺にあったか、を如実に物語る作品であった。物語は、日頃「死に場所を探している」と公言し、また真夜中の雪山で虹を見たという女（静香）の誘いに乗って、虹を見ようと雪の積もる山奥の温泉（山間の沢に温泉がわき出ている場所）に出掛けていった男（樹一）が、寒さと闘いながら掘り広げた温泉に静香と二人で入り、ついにそこで虹を見るという形で展開する。


「山としているみたい。大きな山と」

乳房を包んだ掌の中に静香の声が響いてきた。樹一も同じことを感じていたのだった。静香は山の精であった。山から都市に降りて樹一をさらいにきたのだ。もう帰れないかもしれないと樹一は思う。身体だけは都会に帰ったとしても、前と同じ暮らしには戻れないかもしれない。樹一は山の精と交わっているのである。高揚してくる気分があり、樹一は腰を上げようとした。

「お願いよお。このままじっとしていて。感じているのよ。すごく感じている」

胸に大きく空気を出し入れし、樹一は静香の凍った髪に顔を埋める。夢といえば夢のようであり、現《うつつ》といえば現のようでもあった。ここまでくればどちらでもよい。帰るところをなくしてしまったのかもしれないが、それでもよいではないか。

「あっ、虹。嘘じゃないでしょう。虹がでたわ」（中略）

「虹だ」

思わず樹一は静香の肩越しに叫んでいた。ふくらんだ湯気が闇に吸われて溶けるあたりに、見えるか見えないかの五色の帯があわあわと輝いていた。

本当に雪山の温泉がわき出ている場所で虹を見ることができるか、というようなことを問うのは、意味がない。立松は、主人公の二人に「雪山の虹」を見せることによって、現代人は「自然」（野生）と共生できなければ、真の喜び（この作品の場合「性愛」による喜びが中心になっている）を享受することができない、と言おうとしていたのだと思われる。あるいは、雪の降り積もる冬山（＝自然）に出掛けていくという「命がけ」の行為の果てでなければ「喜び」（充足感）を得ることができない、つまり本物の「自然との共生」は不可能だ、と言いたかったのかも知れない。そして、そのように「命がけ」で出掛けていった雪山の中の温泉場は、樹一と静香にとって「ここより他の場所＝別天地」、つまり「ユートピア」と呼んでいいような場所だったということでもある。

二、越境者たち㈠――「解体」する日常

短編集『楽土の家』（九〇年　筑摩書房刊）の表題作『楽土の家』（八九年作）は、次のような文章から始まっている。

帰還してきた。
急いだために火照った顔を風にあてた彼は、内部から迫ってくる激しいものを感じて、我が家の正面に立ち止まった。ローンもあと三年を残すばかりになったマイホームは、夕日の残光を赤く微かに映して黄昏の中に建っていた。彼は足の裏にしっかりとした地面が甦って来るのを感じることができた。アルミの門扉を押して入れば、そこはもう誰に遠慮もいらない彼名義の土地なのだ。

指先に必要以上の力がはいっていることを自覚しながら、彼はチャイムのボタンを押した。聞き覚えのある籠った音が遙か彼方でした。帰ってきたなあと、本社営業部販売促進課長の彼は安堵感とともに思った。もう旅の暮らしをしなくてもよいのだ。ボタンを押すや、すかさずチャイムが鳴る。だが、それだけのことだった。家の中には誰もいない様子だった。

この短編の主人公は、かつて部下の女性と関係を持ったことから札幌支社に左遷させられ、また部下との不倫が家族（妻子）にも知られた結果、「家」から弾き出されたという過去を持つ男である。引用部分は、その主人公が「島流し＝左遷」にされていた札幌から本社勤務に戻り、久しぶりに自宅に「帰還」してきたと思ったら、家には誰もおらず、会社は「過去」を精算してくれたというのに、「家＝家族」は未だ彼（主人公）を許していなかった事実を思い知らされた場面である。

このあと主人公はずっと「針のむしろ」に座らされたような居心地の悪さを味わい、久し振りにアルコール依存症になっていた妻と関係を持とうとして拒絶され、最後には次のような「覚悟」を強いられる。

独り言をいおうとして、彼はこの静寂を破らないほうがいいことに気づいた。それからもしばらく居間の縁先にあぐらをかき、空から降ってくる透明な光を全身に浴びつづけた。

まだ早かったのだが、彼はスーツに着換えた。時間が乾いた見えない粉になってさらさらとこぼれていた。粉の降る量は日一日と多くなってくるようだ。

玄関には散乱した靴の間に泥だらけのスニーカーが脱ぎ捨ててあった。かれは昨日脱いだままの靴に足を入れた。旅の途中で一夜の宿を借りたような気がしないでもなかったが、会社が終ればまた再び彼はここに戻ってくるだろう。この家が彼のひっそりとした楽土なのだ。家族とはできるだけ触れあわないようにして暮らしていけばいい。

三界に家なし、というのは儒教道徳に縛られていた時代の女性に対して言われた言葉であるが、驕りに起因する軽はずみな行為が招いた行為（不倫）だったとは言え、ここには「居場所」がなくなってしまった男の何ともやり場のない嘆きと哀しみがある。この『楽土の家』の主人公は、「不倫」という言葉が如実に語るように、この社会を支えている倫理（道徳・規制）を冒してしまったが故に「居場所」をなくしてしまった人物である。この「不倫」という行為は、立松が『遠雷』で発見した「境界」という概念（観点）を使った場合、この社会に生きる人々が暗黙の裡に承認してきた秩序（道徳・倫理）を否定し、秩序と無秩序の「境界」を超えた現世の外側で、社会通念や倫理などというものと無関係な世界に生きるということを意味していたと考えていいだろう。しかし、そのような「境界」を超えた行為がいかに哀しく虚しいものであるかということは、この『楽土の家』の主人公が妻や子（家庭）から拒絶されるところによく現れている。

この『楽土の家』一編が意味するものは、繰り返すが、立松が一九八〇年の『遠雷』から『春雷』（八三年）、そして『性的黙示録』（八五年）へと書き進み、そこで見つけた「境界」が実は単に農村と都市の間に存在するものだけでなく、人間社会の全ての「関係」において成立すると認識するようになったことの一つの証でもあった。それ故に、立松は『楽土の家』のように「境界」を超えて生きることも、また「境界」の内側で生きることも、共に「経済」（金儲け）が最優先されるようなこの時代にあっては「辛苦」を強いられるものであることを、改めて認識し直したということだろう。つまり、短編集『楽土の家』所収の諸短編は、いずれも表題作と変わらず、「境界」を超えることの大変さを巡って書かれている、ということである。例えば、『億万の竹の葉そよぐ』（八五年）、この作品は立松が六年近く務めた市役所を辞めるという経験を下敷きにして書かれた短編であるが、全く不分明な「私」という内部に閉じこもってしまった男の話である。

私は迷っていた。他人にも私自身にも納得がつかないまま勤め先の市役所を辞め、先の方途もなくて三ヵ月が過ぎた。その間してきたことといえば、木刀を振っていただけだ。くる日もくる日も、雨の中でさえ、木刀を振っていた。辞職した理由は簡単だ。嫌になったのである。実際に私はそれ以上の説明をしてこなかった。妻も説明を求めず、一週間後に建売り団地と隣接して建てられた工業団地にあるハム工場にパートタイマーにでた。私の退職金は月収に勤続年数を掛けた金額が支払われたが、市役所には失業保険はなかった。僅かな預金と妻の働きのおかげで表面上は生活の破綻はない。しかし、これから私はどうしたらよいかわからないのだ。（傍点引用者）

この短編が書かれた時代を考えると、バブル経済に突入する直前ということもあり、引用にあるように「先の方途もなく」、仕事が「嫌になった」という簡単な理由で「硬い仕事」である市役所を辞めたという設定に、立松自身の「苦悩」が反映されているとも思うが、それよりは「境界」を超えることができず、つまり次のステップに進めず、「僅かな預金と妻の働き」だけを頼りに三ヵ月も生活を続けざるを得ない男の「辛さ」を描いた作品、と解釈できる。「境界」を超えるか超えられないか、立松の当時の関心はまさにそこにあったのである。因みに、実際の立松の場合はこれまでにも書いてきたように、退職した年（一九七八年）に短編集『途方にくれて』をはじめ同『今も時だ』、長編『ブリキの北回帰線』と三冊も自著が刊行され、また『赤く照り輝く山』（後『閉じる家』に吸収される）が芥川賞の候補作となり、市役所勤めと作家の二足の草鞋を履けなくなるほど「作家」としての仕事があった。その意味では、「僅かな預金と妻の働き」に頼って、三ヵ月もただ木刀を振り続けるような『億万の竹の葉そよぐ』の主人公は、宇都宮市役所を辞めた立松の「もう一つのあったかも知れない姿」だったとも考えられる。また、それはまだ幼い二人の子供を持った立松の「不安」の表れであったかも知れない。

三、越境者たち(二)――散在する「境界」

立松が『性的黙示録』以後、八〇年代の後半に集中して「境界」を越えてしまった男や「境界」の前で佇む人間の「悲喜劇」を書くようになったのも、人間はもう「境界」を意識すること無しに「生きることの意味」や「自由」を獲得できないかも知れない、と思ったからではなかったか。その意味で、『彼岸の駅』（八七年）所収の短編は、まさに「境界」を越えてしまった男たちの物語である。収録されている短編は、表題作を含め『シミュレーション』、『ゾンビの涙』、『月光クラブ』、『淋しいシンデレラ』、『手もとの虹』、『テーブルの地平線』の七編であるが、このうち『シミュレーション』、『ゾンビの涙』、『月光クラブ』の三編は、立松が「サンデー毎日」に連載した「世紀末通りの人々」（八五年六月二三日号～八六年六月八日号）で取材した「人は朝に死ぬ――病み疲れた産業戦士」、「夢は夜ひらく――女装クラブで遊ぶ」「殺人シミュレーション――ホラービデオの現場」の記事を基に書いたもの、と推測できる。立松は、単行本『世紀末通りの人々』（八六年九月）の「後記」に次のように書いている。

> 現代は表面上はきわめて明るい表情をしている。東京という街はいよいよ明るく、闇がどんどん放逐されているようにさえ見える。街には物があふれ、飢えの気配からはほど遠いようにも感じられる。そんなあっけらかんとした印象の裏側で、決して充たされぬ飢餓状態が深く進行しているようだ。根元的な飢餓である。それが一年間の旅をしてきての印象だ。

世界中でも最もエキサイティングな超近代都市東京ではあるが、アジア的な混沌たる側面も色濃く漂わせている。

それ故にこそ刺激都市ともいえるのである。方向感覚だけでその時々の旅をつづけた私は、アジア的混沌に好んで身をひたしていった。連載を改めて通読して、今にしてわかる。それが私の皮膚感覚であり、内臓感覚なのだなと、思い至るのだ。(中略)

東京に引き戻された私は、東京の中の辺境ばかりを巡っていたようだ。東京にも周縁は無数にある。(傍点引用者)

これを読むと、立松は『世紀末通りの人々』では「アジア的混沌」――これこそ『遠雷』の世界と同じ「都市」と「農村」(近代以前の共同体社会)が混在する場所、すなわち両方の価値観が入り交じっている「境界」を内に含んだ、まさに「混沌」としか呼べない場である――、あるいは「辺境」という別な言い方もしているが、そこに身を浸していたということになる。しかし、立松が「アジア的混沌」と言い、「辺境」と言う場は、例えそれが「超近代都市東京」であっても、共同体の常識(枠内・内側)から見れば、異端であり超絶した「場」ということになるのではないだろうか。例えば、女装趣味の男たちを主人公とした『月光クラブ』(八六年)に描かれている世界は、単なる「性癖」の領域を越えた、この高度に発達した資本主義社会が企業戦士に強いた「非日常」世界へのささやかな(否、いじましい)脱出劇なのではないか、と思われる。つまり、『月光クラブ』は都市の中にもまた「境界」があり、ある人々はその「境界」を越えることによって、かろうじて自分をこの社会につなぎ止めている、といった現実があることを私たちに知らせる小説になっていた、ということである。

「髭なんて剃ればいいんだわ」

笑顔をつくって伊藤は電気カミソリのスイッチを切り、眼をつぶった。乳液をつけるナツミさんの指が顔を走る。思わず伊藤は顎を引いて口をすぼめる。ファウンデーションが塗られていることが皮膚の感触でわかる。こうやって何度でも生まれ変わるのだ。自分でやらず人にメイクをしてもらっている間は、伊藤はたいてい柔らかく目蓋を重ねていた。眠って夢の中に遊んでいるような気になれた。外部の世界とつながっていないゆるゆるとしたまどろみだった。中には二度と見たくない悪い夢もある。二年前、生まれ変わったと錯覚して有頂天になっていた頃だ。あちら側とこちら側の世界と自由自在に行き来できる今と違い、あの時は意識も外見も境界を越えてはいなかったのだ。

二年前に伊藤は、自分では「境界」を越えて女性になりすまし「自由」になったとの思いから、女装のまま街を歩いたのだが、ゲームセンターにたむろする少年たちに女装を見破られ、鬘を奪われるという「事件」を経験していた。この『月光クラブ』が明らかにしているのは、「境界」を越えることの難しさや悲哀を越境者たち（ここでは女装趣味の男たち）は知っていたということであり、そのことの意味することは「境界」を越えることによって得られる「自由」も、また自らの裡側に悲しさを宿すものであった、ということでもあった。

ホラー映画の撮影現場を描いた『シミュレーション』（八六年）とその続編に当たる『ゾンビの涙』（八七年）になると、さらに「境界」を越えた者たちの深い悲しみ、というか絶望＝虚無の深さが伝わってくる。立松は、ホラー映画のヒロイン麻美の言葉を通して、ホラー映画を作っている人間、つまり「境界」を越えた人間の絶望＝存在の無意味さについて「廃墟」という言葉で語らせている。

説得されたなあ。自分が切り刻まれているんだから、余計なんでしょうね。考えたり愛したり憎んだりする人間はさ、他の動物と違って特別なんだって何処かで思っているでしょう。やっぱりそれは傲慢なのよ。だってさ、人間なんて、切り刻んでしまえば、ただの廃墟なんだもの。気持も身体からくるんでしょう。考える脳にしたって、結局は肉にすぎないんだもの。廃墟なのよ。全部が全部廃墟からでてくるってわけ。命なんてね、廃墟の隙間に吹いている風みたいなものなのよ。風は何時止まるかわからないの。人間が人間以外のものになりたがっても、結局は無理よね。人間は自分の身体に似せて街をつくっているのよ。街は廃墟でしょう。命の風が人間なのよ。人間がいなくなったら、街は廃墟になるでしょう。

人間の身体を切り刻む場面が連続するホラー映画を撮っている人間も、またそんなホラー映画を観る人間も、共に「命（いのち）」ある人間が「モノ」となってしまうことに対して、何の感興も抱かないという点において、高度経済成長を成功させたことで有頂天になり、揚げ句の果てにバブル経済に浮き立とうとしていたこの時代における「玩物喪志」（カネ・モノ本位で心の在り方を問題にしない傾向）の風潮がよく現われている、と言えるだろう。本来「境界」は、この世＝現実世界（中心）と他界（もう一つの世界・周縁・辺境）との間に存在するものであり、そうであるが故に「道化《ストレンジャー》」と言われる特別な能力を持った人間だけが「境界」を自在に出入りすることができたのである。ところが、近代文明が極度に発達した現代では、かつてのように道化が自在に出入りする歴然としたマージナルな場（周縁）は消滅し、したがって「境界」もまた不分明なものとして、この社会のどこにでも存在するものになった。その代わりに、大都会の真ん中であろうが片田舎であろうがどこにでも「周縁」が生まれ、「周縁」が存在するところには必ず「中心」があり、そこに「境界」が発生するという状況こそが現代（社会）である、ということになった。『シミュレーション』や『ゾンビの涙』といった短編は、まさにそのような現代社会の在り様を見事に映し出す作品であった。

そのような散在する「境界」のことを考えると、ますますその進展の度を速めている現代文明とは無縁な場所で生きることの「原点」、つまり黙々と先祖から受け継いだ「農」や「漁」といった「労働」に生きる人々を描いた短編集『瑠璃の波』（九一年）は、「周縁」に残された人々の生を照らし出している点で、特別な意味を持っている作品集と言っていいように思われる。つまり、『瑠璃の波』は、「周縁」をキーワードに「時代」の在り様と人間との関係を考える格好の作品集になっている、ということである。『瑠璃の波』の冒頭に置かれている『山に帰る』(八九年)は、次のような小学校三年生の男の子が祖父の元で暮らすようになる経緯を書いたものである。

新幹線に一時間乗り、在来線に乗り換えてまた一時間車内で辛抱し、着いた駅でレンタカーを借りた。静一は自分が捨てられるのではないかとさえ感じた。それでも別にかまわないのだった。父とも母とももう一ヵ月は言葉を交わしていなかったのだ。静一は小学校三年生だが、学校にはいっていなかった。この自分さえあれば何処にいても同じなのである。たとえはじめて顔をあわせる祖父のもとに預けられるにしても……。

父のニューヨーク赴任に伴って祖父の元に預けられることになった静一であるが、祖父に連れられていった谷川でのイタチ漁(竹竿の先にイタチの皮を括り付け、それを川の中で泳がせることによって魚を追い出し、捕獲する漁法)を経験することで、近代文明の恩恵にどっぷりつかった生活とは別な原理で生きている人間を知り、生きる勇気を得る。これまでにも何度か触れたことがあるが、まさに立松はここでも「生のかたちとしての労働」が存在することの意味を問うていたのである。『瑠璃の波』に収録されている短編群は、まさに「生のかたちとしての労働」が原初の形で残っている場と、そこで働く(生きる)人間のさまざまな在り様を描いたものだったのである。有島武郎の『カインの末裔』を思わせる極貧の農民夫婦の生活を描いた『天上の鳥』、ひたすら先祖伝来の漁法を守り続けている老漁民の姿を、仕事を辞めて帰郷した息子の目から見た『金色の日の魚』、束の間の休暇も楽しめない若い警察官の家族を描いた『子供の森』、亡くなった夫から教えてもらったキノコのシロ(毎年決まってキノコがたくさん生えてくる場所)を守る老婆の姿を追った『入眠』、肩を寄せ合って生きる老漁師と友人の妻の何ともほほえましい生活の一端を描いた『岸辺の海』、いずれも生きることの「原点」が描かれている。

また、表題作の『瑠璃の波』は、大谷石の産地（宇都宮）でひたすら丸い木のボールを彫り続ける若い彫刻家が、自分が彫った木のボールを太平洋の黒潮に乗せるという話であるが、ここでは「芸術」（小説を書くこと、つまりこの時代の立松にとっての「労働」）の意味を探ろうとしている立松の姿が浮き彫りにされている。

鑿の刃先から跳んだ木屑が目に入り、ちりっと痛みが走った。隆太は鑿と木槌を持ったまま動かず、涙が木屑を流し出すのを待った。熱い涙が目の奥の方から湧いてくる。木屑がはがれる瞬間はわかった。隆太はそのまま立ちつづけていた。プレハブのアトリエのいたるところに、チーク・オイルで仕上げてある欅のボールが置いてあった。どれもが黴がはえたように灰色の埃にまみれていたが、指をこすらせると内側から光がでてくるのだ。床の新聞紙の上や棚に無造作に転がっているボールは、いつでも旅立とうとして待機している。やがてこのうちの百八個が黒潮に乗っていくだろう。選ばれた百八個だ。

束の間、隆太は夢を見ていた。隆太は群青の波の上にいる。まわりは欅のボールが同じ方向に向かって漂っていた。（中略）

気がつくと、隆太の手はひとりでに動いていた。鑿が走った後には、緻密な木目がならんだ。その木目も次の鑿の動きで壊していくのだ。百八個のボールを海に置いてきた後のことを考えないわけではなかった。何をどうやったらよいのかわからなくなってしまうかもしれない。それでもよい。この穴（大谷石を切り出した後の穴―引用者注）の呪縛から逃れることができさえすれば……。

『遠雷』で野間文芸新人賞を受賞してから、順風満帆な仕事ぶりを見せてきた立松であったが、人間の煩悩を意味する「一〇八個」の欅のボールを海に流すという行為が象徴するように、発語＝表現の根拠となる「境界」に対して、一九九〇年頃には「迷い」が生じていたのかも知れない。その意味では、書くことの原点をもう一度確認するということで『瑠璃の波』は書かれた、と推測できる。言葉を換えれば、「境界」を発見する前の自分はどのような小説世界を構築しようとしていたのか、それは「名もない庶民」が真摯に生きる姿を小説世界の中に描き出すことではなかったのか、『玻璃の波』はまさにそのような揺れ動く小説家・立松和平の心境の一端を垣間見せてくれる作品でもあったのである。

四、越境者たち(三)――「物語」が生まれる場「周縁」へ

知床

立松が「知床」に惚れ込んで、知床半島の付け根の斜里町に中古のログハウスを購入して北海道における活動や休息の「拠点」とし、更にはその地に地元の人たちと計らって毘沙門堂を建て、次いで太子堂、観音堂を建てるまでになったことは、夙に知られていることである。立松は、何故それほどまでに「知床」に強い関心を持つようになったのか。立松の「知床」への思いは、「旅の作家・立松和平」と言われるまでになった立松の紀行文を網羅した『立松和平　日本を歩く』（全七巻　黒古編）の第五巻『知床を歩く』を読めば、一目瞭然である。例えば、「知床は私の最も好きな土地である。日本中はいうにおよばず、世界でも一番好きだといってよい」という言葉で始まる「無垢な知床」（九〇年五月）の、次のような締めくくりの言葉に、立松が何故「知床」に惹かれるのか、その理由の一端は示されている。

風景は人の心を映している。そして、人の心は風景を映す。都会の塵の中に暮らしている身には、知床にくるたび心の底が澄んでくるような気分になれるのである。それは知床が無垢なので、鏡のようにどんなものでも映すことができるからである。

日本にワイルドネス（野生―引用者注）の知床があってよかったと、私は思う。知床には人を浄化させ回復させる装置がある。だからこそ、多くの人がこんなにも知床に心を寄せてくるのだろう。

学生時代からリュックを背負って国内外を歩き回り、今まで見たことのない風景に接し、また自分が知っている世界とは全く異なる生活をしている人たちに出会い交わることに「歓び」を見いだしてきた立松である。そんな立松にとって、「知床」という場は、引用文にあるように、特別な人（例えば、半島に「番屋」〈漁の拠点〉を持っている漁師たちや学術調査隊など）の他は足を踏み入れることのできない、「ワイルドネス」が残り、「人を浄化させ回復させる装置がある」、聖地とも言うべき場であった。魂が「癒される」場所であった、と言っていいかもしれない。立松が「知床」に関するおびただしい文章やそれらを収録した著書の他に、高校時代写真部の部長であった腕前を生かして何千枚にも及ぶ写真を撮っていたこと、この事実は先に記した半島の付け根に毘沙門堂や聖徳太子堂、観音堂などを建立したことと併せて、立松が「知床」に関して生半可な気持で接していたのではないことの一つの証になるだろう。

そんな「知床」への熱い思いが重なって、立松は知床を「第二の故郷」と呼ぶまでになったと思われるが、立松のそのような思いとは別に、大学一年の時に初めて知床を訪れ、その後繰り返して訪れることになった「知床」と立松との関係を、その根源のところに降りたって忖度すれば、民俗学で言うところの「まろうど（客人）」としての自分を心地よく迎え入れてくれた土地＝場が「知床」だったということになるだろう。ただ一方で、二〇〇五年に「知床」が世界自然遺産に登録された時、立松が「知床」の自然が世界的に認められたことを喜びながら、反面で世界遺産に登録されたことで観光客が押し寄せ、自然が蕩尽され尽くされるのではないか、と懸念していたことは夙に知られている。ただ、先にも記した知床半島の付け根に毘沙門堂、太子堂、観音堂の三堂を建立し、知床を「聖地＝祀り・祭りの場」として蘇らせたことは、立松が知床を単なる「自然」の豊かな場所として捉えていただけではなかったことを意味していた。あるがままの自然が残り、かつ「聖地」であることによって、俗世間で生きる人々の生活と精神を活性化させる場、立松にとっての「知床」はまさにそのような場所としてあらねばならなかったのである。

それはまた、ある時期（七〇年代半ば〜八〇年代）の大江健三郎に大きな影響を与えたと言われる文化人類学者山口昌男の、『文化と両義性』所収「第6章　象徴的宇宙と周縁的現実」の言葉を借りれば、「『周縁性』の立ち現れる場」ということになる。「『周縁性』の立ち現れる場」とは、山口昌男によれば次のようなものである。

ターナーのコミュニタス（「コミュニティ」よりも広義の「感性の共同体」を意味する——引用者注）に対する関心は、それが一つの文化の中で、意識的に理解されている規範的「構造」に対する反措定であることにはじまるといってよい。彼は、文化の中で、この「反社会・構造」的な型に属する儀礼象徴と信仰がとくに強く彫刻される三つの局面があるとする。それは、過渡性、他所者（アウトサイダー）性、それに構造的劣勢である。我々の言い方では、この三つの境域は、そこに「周縁性」が立ち現れる場である。（傍点原文）

「知床」にこの定義を当てはめれば、「過渡性」は最果ての「野生」が残っている自然から世界自然遺産に登録され、「観光地」へと形態が変ったことによって実証されると考えられるし、「他所者（アウトサイダー）性」ということであれば、「知床」は元々少数のアイヌやイヌイット（先住少数民族）たちが生活していた場所に「他所者」である「和人＝日本人」が移り住んだ場ということである。そのような場に毘沙門堂などの「宗教」的な建物を造った立松もまた、典型的な

「他所者」ということになる。先に、立松は「知床」にとって「まろうど（客人）」にすぎない言った所以である。「構造的劣性」については、最近でこそ鮭などの養殖が盛んになって漁業なども注目されるようになり、また観光地としても脚光を浴びるようになって多くの人々が訪れるようになったが、少し知床半島の内陸部（陸地側）に入れば、開拓農家が次々と離村した「荒れた光景」が広がっていることが物語るように、典型的な「過疎地」である。だからこそ手付かずの「自然」が残ったとも考えられるが、「知床」が「構造的劣性」を持った場であることに間違いはない。

そんな「周縁性」を持つ知床であるが、立松和平という作家が特別なのは、そのような「知床＝周縁」にも「生活」があることを知って、その知床を舞台にした一編の長編『月光のさざ波』（九八年）を書き上げてしまったことである。荒波が押し寄せる漁場でサケ・マス漁など漁業に従事する若者とその若者を慕う娘との恋愛を軸に、「生死」を賭けた仕事に関わる人々の生活を描いたこの長編は、山口昌男の言う「周縁性」が文学（小説）を活性化し豊穣なものにすること、及び「周縁」にも確かな生活があり、「中心＝都会」はそのような「周縁」があって初めてその存在を主張できる、とする立松の思想が盛り込まれている佳品である。また別な角度から『月光のさざ波』を位置付ければ、何度も何度もくり返し知床を訪れることで、「周縁＝知床」が他界に通じる場であり、それは同時に知床で生きる人たちが常に「死」と隣り合わせの生活を引き受けている現実を描くことで、知床という場が「死」に取り囲まれている場であるということを明らかにしようとした小説であった、ということができる。立松は、知床が「冬」「秋」「夏」「春」を通じて、「死」の場でもあることを描こうとしたのである。

作品の中で、知床の若い漁師である主人公の友介が、漁が休みになる冬場には、他の若い漁師仲間と一緒に警察に協力する民間遭難者救助員として活動している。友介は、ある時流氷の下を潜った医師を捜索し救助するが、その時友介は次のような思いを抱く。

部屋に戻ると、まずストーブの上にヤカンを置いた。窓辺に椅子を出してかけ、河口を眺める。冬でも夏でも、水と砂ばかりの単調な景色だ。氷がやってきたり、緑の草が生えたり、多少の変化はあるものの、全体の構図はほとんど変わらない。窓からこの風景を眺めると、ああ帰ったなと友介は思うのである。水は満ちて引いていく。気の遠くなるような悠長さで同じことをくり返している。

湯が沸いた。インスタントコーヒーの粉をスプーンでカップにとり、湯を注ぐ。一瞬浮んだ泡が、揺れて崩れていく。昨夕、史男と流氷の下に潜った時のことを、どうしても友介は思い出してしまう。あの穴を見つけるのが一分間遅れたとしたら、たぶん助からなかった。海を見くびらなかったとはいえないのである。だから恐ろしい。死ぬとは石につまずいて転ぶようなことなのだ。漁の最中に死ぬのは平気だが、見ず知らずの人の死体を探しにいって死ぬのは気遅れがあった。だが二つの死は何処がどう違うというのだ。（傍点引用者）

友介の「死ぬとは石につまずいて転ぶようなことなのだ」という言葉に込められた立松の死生観、立松が故郷の宇都宮で生活を始めて発見した「境界」は、表層的には「都市と農村」「過去（近代以前）と現在」「西洋とアジア」「男と女」「中心と周縁」というように、分かりやすい二項の「狭間」に存在するものであったが、そのような見易い構造とは別に、その「境界＝狭間」内では「生と死」がせめぎ合い同在することも、この知床を舞台にした長編はまた伝えるものでもあった。なお、この「生と死」がせめぎ合う場ということでは、それはまた古事記・日本書紀の時代から今日に至るまで「物語」が生まれる場であり、その意味で『月光のさざ波』は、「知床」から実に多くのものを得た立松が、その収穫を基に一挙に書き上げた物語であった。

何故、「中心」に対する「周縁」があの世とこの世の「境界」であり、その「境界＝周縁」こそが「物語」を生み出す場所であると言えるのか。立松は、この「物語」を生み出す場について、「知床」を舞台にした『月光のさざ波』（九八年）を書くことで実証したが、実はそれよりも一〇年ほど前に幕末の「沖縄（琉球）」を舞台に沖縄の伝説（神話）を基にして、長編『うんたまぎるー』（八九年）という長編を、実験的な手法を駆使して書いていた。

周知のように、立松と「沖縄」との関係は「知床」より古く、文壇的な処女作と言われる『途方にくれて』（七〇年）に始まって、宇都宮市役所を辞めた後にサトウキビ狩りの援農に出掛けていった与那国島を舞台にした『太陽の王』（八二年）など、少なくない数の長短編作品を「沖縄」を舞台に書いてきた。北関東の海無し県栃木県宇都宮市に生まれた立松は、「海」への憧れ、それも「南の海」への憧憬が強く、それが沖縄を舞台にした作品を書く理由の一つと考えられてきた。しかし、『途方にくれて』にしても『太陽の王』にしても、あるいは古い短編の『部屋の中の部屋』（七〇年）にしても、その時代と舞台はあくまでも「現在（戦後）の沖縄」であって、「日本＝ヤマト」とは違った歴史や文化、宗教、習俗を持つ沖縄を視野に入れたものではなかった。

そんな「現在の沖縄」から、後に「琉球処分」と呼ばれる「沖縄差別」を象徴する出来事が起こる直前の「琉球」時代の沖縄に舞台を移し、沖縄人の内部に現在まで脈々と受け継がれている「魂・文化の古層」の在り様を描こうとしたのが、『うんたまぎるー』である――「うんたまぎるー」とは、沖縄タイムス社発行の「沖縄小辞典」などによると、沖縄県西原町に伝わる民話『運玉義留』の主人公で、運玉森（うんたまむい）に住み、権力者・富裕層から金品を盗み、虐げられてきた貧民に施しを行ったとされる、言ってみれば江戸時代の「鼠小僧」のような「義賊」のことである――。

さて、この『うんたまぎるー』という立松の作品系列では特異な位置を占めている長編であるが、この作品で重要な役割を果たしているのは、主人公の運玉義留はもちろんであるが、「琉球」と呼ばれた「近代」以前の沖縄を訪れた二人の人物である。一人はイギリス人宣教師のベッテルハイムであり、もう一人はアメリカ東インド艦隊の司令長官マシュウ・カルブレイス・ペリー提督である。共に二〇〇年ほど前に「近代」社会を成立させた欧米から「遅れた＝未開の」アジアへと送られた人物として知られている。立松は、この「近代」以前の沖縄を訪れた二人を「文化・魂の古層」が色濃く残る「琉球」にやってきた「異人《ストレンジャー》」として扱うことで、「琉球処分＝ヤマト・日本の近代化」以前の沖縄がいかに精神的（文化的・宗教的・習俗的）に「豊か」な社会であったか、を浮き彫りにしようとしたと言うことができる。つまり、立松はこの長編を書くことで「琉球処分」によってヤマト＝日本の近代化に組み込まれることになった沖縄が、それ以後今日までいかに理不尽な「差別」的状況を強いられるようになったか、を描き出そうとしたということである。

文化人類学、あるいは民俗学が教える「異人＝ストレンジャー・客人（まろうど）」が共同体を活性化させるというのは、すでに多くの学者たちが伝えることだが、立松はそのような文化人類学、民俗学の成果を踏まえて、「琉球」時代の沖縄に想像力を馳せ物語を紡ぐことで、実は日本各地にも少し前まで（高度経済成長時代を迎える以前）そのような「文化・魂の古層」が残っていたのではないか、そしてそれはもしかしたら高度経済成長期以後（「ポスト・モダン」と言われる時代以後）ますます混沌の度合いを深めるようになった現代よりも、社会的・人間的に「豊穣さ」を感じさせるような世界だったのではないか、と主張したかったものと思われる。

もちろん、『うんたまぎるー』の中にも繰り返し出てくるが、「近代＝琉球処分」以前の沖縄は、琉球王朝が存在しながら薩摩藩の支配下に置かれた（植民地的扱いを受けてきた）「身分社会」であり、近代が求めた「市民社会＝個人の対等・平等を原理とする」とはほど遠いものであった。その意味では、『うんたまぎるー』が描き出した世界は、単純に「豊穣」と言ってはいけないのかも知れない。しかし、史実に基づき、幕末とはいえキリシタン禁令下の江戸時代にあって（薩摩藩治世下にあって）、イギリス人宣教師を登場させたり、鎖国令下の日本に「開国」を迫る、つまり日本をアジア侵略の橋頭堡にしようと目論むペリー提督を登場させることによって、疾風怒濤の様相を呈しながらも「豊穣」でもあった幕末の「琉球」を、立松は小説世界に蘇らせたのである。「制度・規則（規範）」に違反すること、あるいはそのような人間の「自由」を妨げるものとの緊張関係が生じるところ、そこに「物語」は生まれるのだが、『うんたまぎるー』の世界はまさにそのような制度、規則（規範）とせめぎ合う精神が浮かび上がってくる小説であった。

しかも立松は、権力者や富裕な人から金品を盗み、それを貧しい人々に配る「うんたまぎるー（運玉義留）」という「義賊」が、沖縄特有の妖怪（ガジュマルの精霊）「キジムナー」や豚、牛などの動物と話ができる人物とすることで、さらに物語を「豊穣」なものにした。例えば、次のような場面は、二一世紀の現在でもユタ（巫女）やノロ（神女）が沖縄人の精神生活を支えている現実とどこかで通底していると言ってよいだろう。

次良（後の運玉義留―引用者注）は油喰小僧のほうを一瞥したが、すぐ別のほうに気を取られた。キジムナーが魚を摑んで池の水面から空中に浮かんだからだ。何が起こったのかわからずに魚は暴れていた。魚の左目はない。これでは魚は池に帰ったところで片側しか見えないのだ。キジムナーは腕枕して横になる形で池の上をふわふわ漂った。

「おい次良、いい気になって身体浮かしの術をやっているが、人間《すじゃ》のお前がこの術を使えるのは、病気になったからだぞ」

キジムナーは舌打ちして声を投げた。

「病気でもよい。これは気持ちのよい術だよ」

いいながら次良は、樹と樹の間の狭い隙間を身体を薄く変形させてくぐり抜けてみせた。まるで水中を泳いでいる魚のようだ。次良はこんな体術をも会得してしまったのである。正直のところキジムナーはおもしろくなかったのだ。

「人間以外のものから移されたんだな。真可戸《まかと》からだよ。この病気にかかったのなら、もう長くは生きられないぞ」

「かまわんさあ。こんなひどい世の中には未練もないさ。最後なら、命が残っているうちに暴れてやるかなあ」


人間が動物や植物と自由に話せる世界を構築することが、いかに小説（人間の精神）を「豊か」なものにするか、立松が毎日出版文化賞を受賞した『毒―風聞・田中正造』（九七年）で田中正造の身体にたかったノミやシラミの会話で物語を展開していったのは、この『うんたまぎるー』からおよそ一〇年近く後のことになる。なお、立松が『うんたまぎるー』でそのような擬人法を駆使する手法を手に入れたことは、立松の小説作法を考える際には記憶されるべきことである。

五、試みの「ディストピア」小説――『沈黙都市』の異質性

第三章で論じてきたように、立松の作品群の中には、生まれ故郷の宇都宮や「日光」を抱えた栃木県の「近代」の擡頭期、具体的には「戊辰戦争」に象徴される幕末から明治維新期にわたる激動の時代に材を取った『天狗が来る』（八四年　短編集）や、『ふたつの太陽』（八六年　同）、『贋　南部義民伝』（九二年）などの「歴史小説」はあるものの、立松和平の文学世界はそのほとんどが自身の体験や私たちの「現実＝日常・生活」を虚構化したものであった。そんな特徴を持つ立松の文学世界にあって、「異質」とも思える作品が学芸通信社の配信で高知新聞、秋田魁新聞、信濃毎日新聞、中国新聞、熊本日々新聞、北国新聞、神戸新聞の七紙に九一年十二月二〇日から『悪の華』（単行本化に当たり『沈黙都市』と改題される）と題して順次二五六回連載され、九三年一〇月に集英社より単行本として刊行される。

この長編は、立松が実は実験的な小説家であったことを証す作品の一つでもあるのだが、この『悪の華』というタイトルを改題した『沈黙都市』が、何故従来の立松文学と較べて「異質」と言えるのか。理由は、四つ考えられる。まず一つ目であるが、立松文学の中で唯一のSF（サイエンス・フィクション、サイエンス・ファンタジー）であるということ。帯文には「200X年、環境破壊のより進んだ近未来を舞台に悪のダイナミズムに迫る、初のSF小説」とあるが、二〇一〇年代半ばを過ぎた現在においてこの作品を読めば、『沈黙都市』に描かれているテクノロジーやコンピュータ技術、あるいは環境破壊の進み具合は相当先のことのように思われ、この長編に相応しい年代は「200X年」ではなく、少なくとも二一世紀の半ば、あるいはもっと先の時代と考えた方がいいかもしれない。

とは言え、『沈黙都市』の世界がいつの時代であるかは、そんなに大きな問題ではない。問題は、現在より環境破壊がより進むであろう「近未来」に対して立松が深甚な危機感を抱いており、それを『沈黙都市』という長編に仕立て上げたということにある。にもかかわらず、私の知る限りということだが、私も含めて多くの人たち（批評家や読者）がそのことに気付かず、俗な言い方をすればこの作品についての論評を「スルー」してしまった。九〇年代の初めと言えば、二〇世紀も余すところ一〇年足らずとなり、前世紀末と同じように様々な場や分野で「世紀末論」「終末論」が語られ（書かれ）、立松自身も単行本の帯裏に次のように書くというような状況にあった。

……何よりも終末的な風景、もしくは彼岸の風景だと感じさせるのは、現在私が住んでいる東京である。東京は実に機能的な都市だが、その機能が時に私たちを支配してくる。高度な情報社会は、情報を操作するところに権力を生みだす。その権力が極まっていくところには、人間ではなく、システムが存在するのだ。

ビルが過密な森林のように身を寄せ合っている東京の風景は、機能的ではあっても、人を解放させるものではない。都市文明の過剰な発達が今日の地球環境悪化の原因であるとするならば、東京のような大都市は、地球にできた癌細胞なのかもしれない。

『沈黙都市』は、東京の近未来の風景である。機能的なシステムはしっかりと存在するのだが、人間は生存が許されない。もっと悲劇的なのは、その人間もシステムがなければまったく生存することが不可能になってしまっていることだ。そうなってしまったら、人間も都市も滅亡してしまうより道はないのだ。


もっとも、九〇年代の初めと言えば、あの札束が宙を舞うような「バブル経済」の余韻がまだ色濃く残っていた時代であり、私たちの「未来」はどう考えても立松が『沈黙都市』で描いたような「暗い」ものではなく、あの吉本隆明さえ埴谷雄高との論争の過程で「日本の先進資本主義が賃労働の週休二日制の完全実施を容認する傾向にあることは、百年まえのマルクスが見聞したら、驚喜して祝福したにちがいないほどの賃労働者の解放にほかならないのです。そして日本の賃労働者が週休三日制の獲得にむかうことは時間の問題であると考えます」(「政治なんてものはない──埴谷雄高への返信」『重層的な非決定へ』八五年所収)と言い、それから一〇年も経たない九〇年代前半の日本社会に対して「高度消費社会＝超資本主義社会」(『超資本主義』九五年刊)と言ってその進展を賛美するほどに「明るい」思想状況もまた一方で存在していた。もっとも、このような吉本隆明の言説に象徴されるような「バブル」状況こそ、『沈黙都市』に表れた立松の「絶望の深さ」と「先見性」を導いたものとも言えるのだが──吉本が「賃労働者は解放され」、「週休三日制」を獲得すると予測した三〇年後の現在、賃労働者全体の四〇パーセントが非正規労働者として呻吟している現実が存在し、残業代や休日出勤手当を払わない「ブラック企業」と呼ばれる労働者を苦しめる企業が跋《ばっ》扈《こ》していることについて、吉本及びそれに同調した人々はどのように思っているのだろうか──。

つまり、人間が死に絶える結末を持つ『沈黙都市』を、立松は何故九〇年代初めという時期に書いたのか、ということである。このことは二つめの理由でもあるのだが、『沈黙都市』の時代が「200X年」になっているのは、立松が八〇年に上梓した『遠雷』によってその存在を確信した「境界」の内部で何が起こっていたのかということと深く関係している、と考えられる。周知のように、立松は『遠雷』四部作を書き上げ、その間に『雷獣』（八八年）や『百雷』（九一年）などの「雷シリーズ」も書いてきたが、その内容は「境界」内やその周辺——ということは、日本だけでなく「先進国」と称する地域の至る所で、ということになるが——の地域社会が「荒廃」していただけでなく、人心の「頽廃」も進んでいたという実感と認識に基づいて構想されたものであった。特に象徴的なのは、あの世間を震撼させたオウム真理教による無差別殺人事件が起こるよりも数ヵ月前に連載が始まった（「文藝」九五年春号〜）『地霊』に集約されている廃墟然とした住宅団地を背景に怪しげな新興宗教が跋扈する世界である。この風景の中に終に溶けこむことができなかった刑務所帰りの和田満夫（『遠雷』四部作の主人公）の姿は、まさに「境界」の内外で進行していた「荒廃」に戸惑い、傍観するしかない立松の当時の在り様だったと言っても過言ではない。

この「境界」内外で起こっていること（物心両面の「荒廃」）への確信＝認識と立松の「自然（環境）」への思いを重ねると、『沈黙都市』が書かれなければならなかった理由の一つが明らかになる。立松がテレビ朝日の「ニュースステーション　こころと感動の旅」に出演するようになったのは、書き下ろしの『性的黙示録』を上梓した直後の八六年一月からである。立松は、この年以降『ヤポネシアの旅』（八六年）や『アジア混沌紀行』（八七年）、『雲を友として』（同）、『旅に棲んで』（同）、『砂糖キビ畑のまれびと』（八八年）、『釧路湿原』（八九年）、『太平洋巡礼』（九〇年）、『象に乗って』（同）、『ヤポネシア賛歌』（同）、『砂の地平線』（同）、『浦島太郎の馬鹿』（同）等々の旅＝放浪・取材の記録である「紀行文集」を次々と刊行した。このことは、立松の内部で「自然」や「環境」への関心が深まってきたということを意味していたが、全体的に見れば先の『遠雷』四部作に象徴される「境界」内外の風景・出来事が象徴する人心の「荒廃」や社会の硬直化に、立松が「苛立ち」「絶望」し始めたことを意味していた。

このことはまた、「一」「二」で指摘してきたことだが、『沈黙都市』が刊行される前後に都市生活に疲れた現代人が「癒し」を求めて沖縄の離島や山奥の秘湯に「逃避」する物語や、「辺境＝周縁」の物語をしきりに書き継いでいたこととも関係していた。『光線』（八九年）や『海のかなたの永遠』（同）などの作品は、すでに書いてきたことだが、立松が現代文明の集積地「都会」は本当のところ人間が生活する場・生きる場ではないと思っていたことの証でもあった。なお、これらの作品を書く一方で、立松が「都市文明」を象徴したような東京ディズニーランドについて、「まがい物の集積」と言っていることである。

どんなに精巧に作られていようが、東京ディズニーランドがよくその実態を示しているように、模倣は模倣であって「自然」そのものではない。新聞や雑誌の編集者、あるいはテレビのディレクターから要求されたからということもあっただろうが、創作の合間を縫って国内外の「周辺＝周縁」を歩きまわり、そこに生きる人々の暮らしを見てきた立松にしてみれば、現代文明が「まがい物」によって彩られていることに相当な危機感を抱いていたのではないか、と思われる。そのことを考えると、『沈黙都市』の舞台「トーキョー」が「完璧な人工空間」である東京ディズニーランドを拡大したような、すべてが人工物＝まがい物とコンピュータによる「バーチャル」世界で成り立っているのも、納得できる。立松は、東京ディズニーランドからヒントを得て『沈黙都市』の世界を構想したのかもしれない。

つまり、このことは立松が九〇年代の初めに今自分が生きるこの時代に対して痛いほどの「絶望」を感じ、「未来」が決して明るいものではないという確信を持ってしまった、ということを意味していた。言葉を換えれば、立松は『沈黙都市』を書くことで、近現代文明のなれの果てが東京ディズニーランドに象徴される「人工空間＝まがい物に満ちた空間」になるのではないかということに深く「絶望」していたということである。このことは第七章で詳述するが、身体がそのリアル感を持っていたあの「政治の季節」とは何であったのかを、よりリアルに描こうとして坂口弘たち連合赤軍事件関係者の「手記」や「記録」に頼って『光の雨』を書き始めることになったことと、深く関係していたということでもある。つまり、「近代への懐疑＝戦後民主主義の否定」を運動の中心的思想のひとつにしていた全共闘運動（「政治の季節」）は、戦後復興から高度経済成長期を経てバブル経済に至る全ての過程において「反・叛」を対置することで自らの存在を主張するものであったが、そのような「反・叛」が実は資本制社会の頂点を目指すこの国の在り方を結果的に「補完・補強」するものでしかなかったのではないかという懐疑から、立松は仲間と共に全力を注いだ「政治の季節」＝全共闘運動を捉え直すという意思を持って『光の雨』に取り組んだ、ということだったのである。この「事実」を重んじて「盗作・盗用」事件を起こした『光の雨』と、立松唯一のSF作品である『沈黙都市』とが「裏表」の関係にあるのではないかと思ったのも、近代文明のなれの果ては「廃墟」でしかないという立松からのメッセージをそこから受け取れるからに他ならない。

さて、『沈黙都市』が「異質」な印象を与える最後の理由であるが、それはこの近未来小説が「システム」と「人間」の争闘という形で進行する点にある。特に「システム」という言葉は、私見の範囲でいえばそれまでの立松の作品において、『沈黙都市』のように重要な意味で使われたことはない。もちろん、コンピュータ社会を象徴する「システム」という言葉は、この時代一般的な用語として使われてはいた。しかし、そのような「システム」が人類の未来にとって桎梏・障害となり、人類滅亡の主因になるという発想は、ほとんど考えられなかった、と言っていいだろう。そうであるが故に、「システム」対「人間」という構図ですぐに思い出す村上龍の『希望の国のエクソダス』（二〇〇〇年）とそれ以前の『愛と幻想のファシズム』（上下　八七年）、あるいは村上春樹の『1Q84』（BOOK1・2・3　二〇〇九年〜一〇年）であるが、これらの作品では精緻化の極致に至り、暴走し始めた「システム」社会には新しい「システム」が対置されるという構造になっており、その意味では両村上の作品と「システム」の存在に未来を見ることを拒否している立松の『沈黙都市』では、決定的に「システム」に対する考え方が違っていた。これは、どちらが正しいとか間違っているという問題ではなく、コンピュータを基軸とした社会に未来を託せるか否か、という思想性の問題に他ならない。

いずれにしろ『沈黙都市』は、おびただしい数になる立松の小説群の中にあって異彩を放っていた。しかし、その異彩ぶりについてこれまでほとんど論じられてこなかったことは、偏にこの『沈黙都市』が刊行された時を同じくして『『光の雨』盗作事件」が起こり、その喧噪の中で立松が「沈黙」（小説やエッセイの執筆を自粛するようになった）を強いられる状況にあり、現代文学の世界も立松に触れることを避ける結果になったからだろうと推測される。そのことは、現代文学が『沈黙都市』に内包されていた、立松文学にとっても、また戦後文学史にとっても重要な「ディストピア」世界の提示、という問題を等閑視してしまったことを意味していた。

つまり、「ディストピア」という言葉は、「ユートピア」の可能性を追及してきた井上ひさし（二〇一〇年四月死去）や大江健三郎などの現代作家が提起した思想に連なるものであったのに、現代文学の世界は『『光の雨』事件」が起こったことによってそれを見逃してしまったということである。例えば、井上ひさしは東北の寒村が日本に愛想を尽かして日本から「独立」し、「東北弁」を国語として住民たちがそれぞれの特技を生かし「対等・平等」を基本とする「自治政府」を樹立する『吉里吉里人』（八一年）で「ユートピア」への可能性を追求したが、それは現状のままに資本制社会が進展していけば、必ずや立松の『沈黙都市』が描いた「廃墟」しか実現しないと確信していたからであった、と思われる。また、大江健三郎が『万延元年のフットボール』（六七年）から始まる四国の「谷間の村」を舞台とした「根拠地」建設の可能性を追求した一連の作品、つまり『同時代ゲーム』（七九年）、『MTと森のフシギの物語』（八六年）、『懐かしい年への手紙』（八七年）、『燃えあがる緑の木』（第一部『「救い主」が殴られるまで』九三年、第二部『揺れ動く〈ヴァシレーション〉』九四年、第三部『大いなる日に』九五年）を経て『宙返り』（九九年）、等で追求してきたことは、文学の本質は「ユートピア」を希求することであるということであり、立松の『沈黙都市』もそれら大江の作品群に連なるものであった、と言える。

もちろん、「ユートピア」が「utopia（どこにもない場所）」を意味する言葉であり、中国思想における「桃源郷」やギリシャ神話における「アルカディア」と同じように、この世に存在せず「願望」「憧れ」としてしか現前しない世界を指す言葉であることは重々承知している。しかし、それでもトーマス・モアの時代（一六世紀）から「ユートピア」が過酷な現実とは対極に存在する「理想郷」であり、そのような理想郷を求める心性は「近代」を生きる人間の性《さが》とも言うべきものであったことを忘れるわけにはいかない。井上ひさし、あるいは大江健三郎が「物語＝文学世界」においてて「ユートピア」を求めたのは、現代という時代の中で窮境を強いられている人間を凝視してきた現代作家として、当然のことだったのである。井上ひさしと大江健三郎は、筒井康隆を交えた鼎談『ユートピア探し　物語探し』（八八年　岩波書店刊）の中で現代における「ユートピア」の可能性について様々に語っていたが、例えば井上ひさしの次の言葉は現代においていかに「ユートピア」を語ることが困難であるかを、如実に物語っていた。

五十年近く生きてきて——近くというのはちょっとごまかしで、今年の秋五十になるんですが（笑）——ユートピアはそれこそ夢物語で、もう場所としてのそれはあり得ない。時間的には辛うじて成立するかもしれないと悟ったわけですが、いまは逆ユートピアが非常に優勢で、ユートピアのことをいっていると、時代遅れとか、お人好しとか、馬鹿という批判をうけますね。でも、それでもユートピアを探し続けたいという気持があります。それから、このユートピア探しとない混ぜになりながら物語探しといいますか、ワクワクする話を探し回ってきたということがあります。

この発言の後、大江健三郎が井上ひさしの『吉里吉里人』はまさにその探し続けてきた「ユートピア」を物語の中で実現した作品なのではないかと言うのだが、『吉里吉里人』はまさに「現実＝生活」とは異なる「物語」という場においてしか「ユートピア」が存在しないことを実証した小説だった。

なお、この『ユートピア探し　物語探し』が刊行された時代から一〇年以上が経って、文学者（詩人・小説家）と経済人（西武〈セゾン〉グループの総帥）という二足の草鞋を履いてきた辻井喬は、その著『ユートピアの消滅』（二〇〇〇年　集英社新書）の中で、経済人としての経験を踏まえて現代がいかに「ユートピア」から遠い世界にあるかを、「おわりに」の中で次のように書いていた。

> しかし、現代ではどうなのだろう。不平等、貧富の差を残しながらも、物質的欲望はユートピアを構成する力を失ったのではないだろうか。清貧という思想が、あらためて説得力を持つようになったのは、きっかけはバブルの崩壊だったとしても、物欲を追う姿勢に人々が興醒めたからだと思われる。そして、取り残された「有名になりたい」「地位を得たい」という欲望だけが、醜い自己増殖の姿をテレビなどに曝しているように思われる。（中略）
> ユートピア思想にはいろいろな審級があり、その時代、その環境によってホロコーストに塗《まみ》れたり、狂気をもたらしたりもする。ファシズムもスターリニズムも大東亜共栄圏もユートピアニズムの亜種なのであった。そうした苦い経験から理想など持たない方がいいのだ、という思想も生まれたのであったが。
> 消費社会が世界単一市場を覆うようになり、それが事実を正しく反映しているかどうかには関係なく、情報が寡占化されたネットワークに乗って瞬時に地の果てまで届いてしまうような時代に、私たちにはどんなユートピアを描くことが可能なのだろう。（ルビ、傍点原文）

この辻井喬の現代社会の捉え方にはほとんど同意せざるを得ないが、そうであるが故にまた「ディストピア（逆ユートピア）」をテーマとした作品も書かれなければならなかった、と言っていいだろう。「逆ユートピア」の小説として世界的に有名なのは、オルダス・ハックスレーの『すばらしい新世界』（一九三二年）や二〇〇九年に村上春樹が発表した『1Q84』がヒントを得たジョージ・オーウェルの『一九八四年』（四九年）などであるが、先にも触れた「根拠地」建設の可能性ということで現代における「ユートピア」の在り様を追求してきた大江健三郎の『治療塔』（九〇年）とその続編の『治療塔惑星』（九一年）は、まさに現代小説の中に屹立する「逆ユートピア」小説と言うことができる。この大江の「近未来小説」は、地球が次のような状態になっている時代に設定されている。

> 大出発後の混乱期に根ざした社会総体の貧困化は充分に恢復する様子もなく、私は直接には知らず、祖母の記憶にたよって再現している一九六〇年代の日本人の暮しということに実質的にはとても及ばぬはずだ。食糧事情ひとつとってみても、いまは自然の恵みの青物、天然の魚というようなものは手に入り難いのだから。さらに眼に見えないところでいうなら、核戦争のもたらしたものはいうにおよばず、世紀末に続発した原発事故の影響や、大出発とその後の混乱期に加速度的に悪くなった環境破壊の結果が大気をみたしているはずだ。（傍点原文『治療塔』）

この大江の『治療塔』に描かれている地球は、環境破壊が進み「トーキョー」及び周辺地域が「砂漠化」して全ての生物が死滅しつつある状態を作品のバックグランドにしている立松の『沈黙都市』と全く同じである。辻井喬の言う「バブル崩壊」が「ユートピアの消滅」を現実化する出来事であったとするならば、先鋭な時代認識によって現代文学の先端を担ってきた大江健三郎と立松和平が、同時期にこの地球（日本）の行く末に対して同じようなイメージを喚起されたとしても、それは決して偶然なことではなかった。『沈黙都市』の最後で、砂漠となった故郷近くの風景を目の前にしてコンピュータで合成された「父親の声」と会話する主人公の心境こそ、この頃の立松が至っていた思想の内実を代弁するものであった。

「それならどうしてぼくを呼び寄せたのですか。どうせジャングルも滅びるからですか」

聖一は悲痛な声をだしてしまう。何も知らず、一瞬のうちに爆破されてしまったほうが幸福だったかもしれない。抑揚の少ない父の声が返ってくる。

「気まぐれな賭《か》けだったのかもしれない。しかし、もしかしてお前だったら誰も考えつかなかった道を見つけることができるかもしれないと期待したんだ。コンピューターでも予測できない道があるかもしれないと、ある種の人間が希望を持った。なぜなら、お前はわしの息子だからだ」

「根拠のない希望が、あぶくのように消え去ったのですね」

聖一は悲しみと絶望とを同時に感じていう。とうとう救世主は出現しなかったのである。一人の人間で世界が救える時代は、もう何千年も前に過ぎてしまったのだ。

この後、主人公聖一は、「カプセル食」で生き延びてきたミキコと二人で、「聖一とミキコははじまりの二人なのか、最後の二人なのか。天地は終わったのか、はじまったのか、判然としかねた」という気持を抱きつつ、「灼熱《しやくねつ》の海になった」大地に向かって歩き出す。しかし、食べるものも水もない砂漠に歩き出した二人を待っているのは「死」でしかないのではないか。とするならば、この『沈黙都市』を書いていた時代の立松がいかに深い「絶望」を抱いていたか、ということになる。そして、この時期の深い「絶望」は『光の雨』事件」や公私にわたって盟友であった中上健次の死（一九九二年八月一二日）及び父親の死（同年一二月）を経験することによって、立松をして「宗教＝仏教」へ近づけるきっかけになったものでもあった。その立松のこの頃の心境を考えると、「逆ユートピア」を描いた『沈黙都市』は立松の個人史（文学の歩み）においてのみならず、戦後の文学史においても非常に重要な位置を占める作品、ということになるだろう。

第七章　学生運動体験を問う――「責任」、そして「再生」

一、「あの時代」を描く

立松和平の「書くこと=表現すること」の原点は何かを考える時、欠かすことのできない重要な文章（証言）がある。長編『光匂い満ちてよ』（一九七九年一〇月　新潮社刊）の刊行にともなって書かれた「鬱屈と激情」（「波」七九年一一月号）というエッセイである。因みに、長編『光匂い満ちてよ』は、『とほうにくれて』が「早稲田文学」に掲載されたことを機に参加することになった、有馬頼義主宰の文学サロン「石の会」のメンバーであった高井有一や後藤明生など「内向の世代」を中心に刊行された季刊文芸誌「文体」（平凡社刊）の七九年春季号・夏季号に掲載されたものである。

ぼくの精神形成の多くは、七〇年前後の学園闘争におうところが大きい。詰襟を着て田舎の高校からでてきた柔らかい頭の十八歳には刺激が強すぎたが、物の見方考え方の端々に、どうしてもその時代の影響がでてしまう。正義感だけは人一倍あったから、渡されるままヘルメットをかぶってデモの後をうろうろついてまわった。単純な正義感だけだといってもいい。それがいかにもろいものか後になっていやというほど思い知らされるが、マルクスもレーニンも世界史の教科書でしか知らない田舎の高校出たてに、ほかにどんなかかわり方があったろうか。(傍点引用者)

また、「鬱屈と激情」に先立って書かれた、七〇年前後の「政治の季節＝学園闘争」における東大闘争を中心に撮ったドキュメンタリー映画『怒りをうたえ』を観た後の感想「怒りをうたえ」(「新潮」七六年二月号)も、立松の文学的原点を探る際に多くの示唆を与えてくれる。

ぼくは現在二十七歳、間もなく二十八歳になるが、二十歳頃を振り返ってみると、立っている場所のあまりの違いに驚く。横ぶれしてしまったようなのだ。一日一日横に歩いてきた自分に、怒りのような感情を抱いている。しかも、この歩みは止まりそうにない。一九七六年の二十八歳と、一九六八年の二十歳との振幅が、僕の主題だと思っている。一九六八年の二十歳の地点から、今立っているこの場所を見ようとする。

怒りが悲しみなどにならねばいいと思う。どうにか毎日をやりすごしてきたが、個別的な闘いの地平は、個人の生活との闘いにすりかわっていった。日常の中で数限りない崩壊をとげ、友人達の崩壊も目撃してきた。不幸の予感は皮膚感覚になった。前も後ろも崩れていた。(傍点同)

ここには、世に言う七〇年前後の「政治の季節」を体験した者の、現在《いま》を生きることへの真摯な自己省察がある。全国の大学を中心に社会の各層・各場において「団塊の世代」及びその前後の世代に属する青年たちが、この社会や政治の在り様に対して「異議申し立て」を行った「政治の季節」と、そこから生き残ってしまったおのれと仲間たちへの現在における在り様への凝視、あるいは「現在《いま》」を生きることの意味を問う立松の言葉が、この引用から窺うことができる。その意味において、ここで言う「横ぶれ」とか「一日一日横に歩いてきた」というのは、少々分かりづらい表現であるが、「二十歳の時の経験＝学生運動体験」を正視し、そのことを基点に前に進んできたのではなく、確かにあの体験を忘れたかのような現在の自分に「怒り」は覚えるが、どうもそれだけでしかない自分に対して苛立ちを隠すことができない、そんな複雑な感情がこの「怒りをうたえ」からは伝わってくる。

立松が「鬱屈と激情」の中で、先の引用に続けて次のように言っていることも、作家を志した時からの思いであったことを想像すると、その「傷ましい精神」の在り方こそ現在の作家・立松和平を支えているものだ、と言うことができるだろう。

試行錯誤はあったにせよ、絶望的な運動の退潮とともに、末端にいたぼくも引退がっていった。あとはごたぶんにもれず、個人的な生活との闘いだった。いやあの頃のことはつべこべいうまいと決めたはずだ。今や十年も昔のことではないか。つべこべいわないためにも、小説を一本書くのだと決めた。（中略）さて、一篇書かなければならない小説のことだ。ぼくのささいな時代体験を越えて、否応なく時代の結論をひきうけなければならなかった人間。彼の体験が時代の普遍的な体験につながり、しかもヒーローではなくてやさしく平凡な人間。それだけを思ってぼくは鉛筆をとった。昼間は市役所でソロバンなどをはじきながら、そして夜は内ゲバで殺人を犯す若者の姿を刻んでいったのだ。

その結果が『光匂い満ちてよ』ということになるのだが、この長編の検討に入る前に、立松が体験したとされる「政治の季節」＝学生運動（全共闘運動）とは実際いかなるものだったのか、それが立松の文学的原点の一つになっていると考えられる以上、そのことをここでもう一度おさらいしておく必要がある。

立松は、一九六六年四月に早稲田大学に入学するが、彼の早大受験は「当時、大学は機動隊によって封鎖されており、受験票を見せなければキャンパスにはいれなかった。濃紺の戦闘服にヘルメットを着け、ジュラルミンの楯と警棒で武装した機動隊が人のバリケードをつくっていて、係の大学職員におずおずと受験票を見せる」（「路上にすてがあった」八五年）という状況下で行われたものであった。当時の多くの学生がそうであったが、立松は学生運動史上「早稲田を揺るがした一五〇日」と言われる学生運動に否応なく向き合わされたのである。

では、立松が深く関わるようになった「早稲田大学闘争」とはどのようなものであったのだろうか。『新左翼二十年史—叛乱の軌跡』（高沢皓司・高木正幸・蔵田計成　八一年八月　新泉社刊）の「学園闘争」の項は、早大闘争について次のように伝えている。

（六〇年代の後半から次々と起こった学園紛争を列記した後）これらは、単に一つ一つの問題にたいする学生の不満の爆発といったものでなく、マスプロ化した大学の学生収奪に対する本質的な抗議闘争の性格をもつものであった。その中で、とくに注目されるものに、横浜国大紛争と相前後して学費値上げ反対、学館管理運営反対の早大紛争であった。六五年一二月からはじまったこの闘争は、約五ヵ月間にわたって展開され、六六年一月下旬には全学ストライキに突入、連日約五〇〇〇人の学生が抗議集会を開いた。その際の本部占拠闘争に対して機動隊が導入され、二〇三人もの大量逮捕者が出た。さらに大学側は、四十数人の大量処分を強行、学生側の運動は長期化の中でついに敗北するが、大浜総長を退陣に追い込んだ大規模のものであった。この長期の闘争は、反日共系各派が共闘会議を結成して貫徹したものだが、一五〇日間もの闘争は、大学紛争に対する社会的関心を高めた。

だが、立松の「学園闘争」体験は、もちろんこれだけではなかった。「早大闘争」は、七二年の「あさま山荘事件＝連合赤軍事件」まで続く六〇年代後半に始まった学園闘争＝学生運動（全共闘運動）の最初の一つに過ぎず、その後も一貫して早稲田大学は学生運動の拠点校の一つになっていた。その意味で、立松は早稲田に在籍していた六六年から七一年（一年留年）まで、まさに「政治の季節」のど真ん中で学生時代を過ごしたということになる。立松が「ぼくの精神形成の多くは、七〇年前後の学園闘争におうところが大きい」と言う所以である。

立松の学生時代に書いた習作や単行本未収録作品を収録した『立松和平初期作品集1・2』の中にある、一番古い『溜息まじりの死者』（六八年二月作）、あるいは『人魚の骨』（六九年六月発表）や『闘いの周辺』（脱稿年月日不詳、ただし入社試験が描かれているので六九年か七〇年の作と思われる）が学生運動を背景にし、またその実際を描いているのも、学園闘争＝学生運動が作家立松和平にとっていかに大きな体験（経験）であったかを如実に物語ることであった。

じっと声をひそめていると汗ばんでくる掌を握りしめ、ぼくらは完全に包囲されている。一階のホールの学生活動家達の小刻みに震える顎と肩は怒りにこりかたまってがくがく鳴り、四階のぼくらはふかぶかと溜息をつく。我々を閉塞し徹底的に疎外させようとする国家権力の赤裸々な弾圧は……ハンドスピーカーを通ってひび割れた高い叫び声は、弱まってぼくらの眠りがちな鼓膜を震わせ、やがて疲れた苛立ちの中に沈んでいく。我々は沖縄デーの今日にあたり……凶暴な弾圧をくつがえしつつ、進まねばならない。進むのだ。進め、進め。高まった声はいちだんとひび割れ、ねずみ色の外からの大型スピーカーの大音量の声と溶け合って流れ、ぼくらはぼんやりと窓下を見る。整列した機動隊の脇で、週刊誌をまるめ持った私服刑事が退屈しきって欠伸を堂々としている。（中略）ただちに解散しなさい……ただちに……解散せよ……さもなくば……全員逮捕　逮捕……。

（『闘いの周辺』）

この『闘いの周辺』では、学生会館に立て籠もる主人公は、「現代文学者集団」（立松が早大に入学してすぐに所属した「早稲田キャンパス新聞」を党派闘争の末に追われ、その後「文章表現研究会」に参加したことを想起する必要がある）というサークルに所属し、そのサークルの中でも「ブランキスト」（武装した少数精鋭の秘密結社による権力奪取を目論む活動家たち。暴力革命論者、武装蜂起論者）と呼ばれる活動家グループのメンバーとして設定されている。この主人公が立松自身であったか否かは、もちろん関係ない。重要なのは、この時期（早稲田の学生だった時代）の立松にとって「学園闘争＝学生運動」の在り様やそこで蠢いていた学生たちの生の在り方こそ、取り上げるべき小説の切実なテーマだった、ということである。つまり、「等身大」の若者を自作の主人公に仕立てることでしか「創作」に向かえなかった当時の立松にしてみれば、学生会館にヘルメット姿で立て籠もる学生も、当時は珍しくなかった詰め襟の学生服を着て面接を受ける学生も、みな自分の「分身」に他ならなかった、ということである。

ところで、繰り返すことになるが、一九四七年生まれの立松は「第一次ベビーブーム世代」とか「団塊の世代」、あるいは七〇年前後の「政治の季節」をど真ん中で経験したことから「全共闘世代」に属する作家と言われてきた。それは間違っていない。しかし、全共闘運動が全国の大学に吹き荒れた時代を、慶応大学や早稲田大学の「授業料値上げ反対運動」が盛り上がりを見せた六五年から、結果的にその終焉を告知した七二年の「あさま山荘・連合赤軍事件」までとするならば、何らかの形でその運動に関わった学生の数は、数百万人に上る。そのことを前提に、現在も活躍している（あるいはかつて活躍していた）立松と同世代の作家たちの仕事を見廻したとき、彼らの多くが何らかの形で全共闘運動体験を自らの作品の「原点」にしてきた、と言っても過言ではない。例えば、早稲田大学でほぼ同じ時期を過ごした『僕って何』（七七年）や『漂流記１９７２』（八四年）の三田誠広、及び天皇暗殺を企てた過激派集団を描いたことで右翼から出版妨害された処女作『パルチザン伝説』（八三年）から四三歳で亡くなるまで一貫して「全共闘小説」を書き続けた桐山襲、そして『全共闘記（その一〜八）』（七七〜八六年）を書いた立命館大学出身の兵頭正俊、更には『闇を抱いて戦士たちよ』（七九年）の高城《たき》修三（七七年『榧の木祭り』で芥川賞を受賞）、あるいは一九七九年に『風の歌を聴け』でデビューした村上春樹の『羊をめぐる冒険』（八二年）や『ノルウェイの森』（八七年）には当時の学生運動が背景になっているし、高校生の時に佐世保で自分が通う高校をバリケード封鎖した経験を描いた『69（シックスティナイン）』（八七年）の村上龍も、「全共闘運動」を創作の原点とする作家の仲間に数えることができるだろう。一番新しいところでは、早大での自分の学生運動経験を下敷きにした小嵐九八郎の『彼方への忘れもの』（二〇一六年）がある。

そのような七〇年前後の「政治の季節」を素材ないしは背景とした彼らの作品は、後にまとめて「全共闘小説」と呼ばれるようになるが、立松はその中でも一番早い時期に自らの全共闘体験を小説化した作家であった。先に挙げた「習作」の他に、立松自身も「たぶん全共闘運動を最も早いうちに描いた小説である」（「幻の新人賞」「日本経済新聞」九五年三月一一日号）と言っている『今も時だ』（『新潮』七一年三月号）の他、『冬の真昼の静か』（七六年四月「すばる」二二号）、『光匂い満ちてよ』、さらには「盗作事件」を引き起こした『光の雨』（九八年）を加えれば、全共闘運動＝学生運動体験が立松文学の原点の一つになっていることがよくわかる。

そのような作家における全共闘運動＝学生運動体験について、先の高城修三は「全共闘世代と呼ばれる私たちの世代は、どうやら、大人になりきれない『永遠の若者』世代であるのかも知れない」と言い、「全共闘運動は、六〇年代末の欧米先進国の学生叛乱、中国の文化大革命やベトナム解放戦争と連動していた」と、その世界同時性を指摘した後に、全共闘運動体験の意味を「同時代の若者たち」（「Voice」八〇年一月号　『叛乱する風景』所収）という文章の中で次のように総括している。

全共闘運動の有名なスローガンに、自己否定、帝大解体、造反有理というのがあった。当時、これら漢字四文字の硬いスローガンが至る所に見られた。これらは、既成社会の中で生の手ごたえを失ったままモラトリアム状態におかれている自己を否定する、そのモラトリアムを保障する大学を解体する、そのための叛乱には理がある、ということではなかっただろうか。若者たちはその叛乱の中で、自分たちが失いつつある手ごたえや社会への参加意識を取り戻そうとしていた。彼らは少年時代の石合戦でも再現しているように、石や角材といった素朴な武器をとって、その手ごたえを楽しんでいた。民主主義的な手続きより直接行動を重んじ、自分たちがそれに責任を持った当事者であることに、誰もがいきいきとしていた。

要するに、ここで高城が言いたかったのは、全共闘運動が単なる「政治」や「思想」の問題ではなく、「生の手ごたえ」という言葉が象徴するように「文化（哲学）」的な問題をも内包していた学生運動であった、ということである。当時も現在も、全共闘運動に関して「知の叛乱であった」と言う人もいるが、この「知の叛乱」は、単に「学生＝学問に携わる者」たちの反体制運動だったから、という意味だけではなく、そのレベルは幼い水準のものもあったが、明治以来の近代社会が営々と築き上げてきた「知の体系＝象牙の塔（大学）」に対する根源的な疑義を提出したという意味で、文字通り「知の叛乱」だったのである。大袈裟に思われるかも知れないが、一九七〇年前後の全共闘運動が提起した「知の叛乱」は、後の「ポスト・モダン」思想に結びつく「近代への疑義」を胚胎する根源的な思想行為だったのである。

また、射程を「戦後史」に限れば、全共闘運動は「戦後」のあらゆる局面を領導してきた『日本国憲法』に代表される「平和と民主主義」思想に対して、その思想が「危うくなっている」ということから性急に「否」を突き付けた反体制運動だった、と言うこともできる。このことは、戦後の「民主主義教育」をその最も輝かしき時代に受けた団塊の世代がこの運動の中核を担っていたことからも理解できるのではないだろうか。言葉を換えれば、高度経済成長の成功によって帝国主義化していく日本社会の在り方に対して、そのような国の在り方は「民主主義」社会の建設と近隣諸国との友好を国是としてきた日本の理念（日本国憲法）に反することになるのではないか、と根源から疑義を提出したということである。

また、「知の叛乱」に関しては、全国至る所の大学に連鎖していった全共闘運動が、まさに立松の入学した早稲田大学がそうであったように、象徴的な意味で大学をバリケード封鎖し、大学教師はもちろん職員さえ介入できないようにしたことが物語るように、近代社会が営々と築き上げてきた「伝統的な知＝象牙の塔における学問」の拠点＝大学を機能不全にしたことに、それはよく現れていた。今なら「ポスト・モダン」主義の暴走などと言うのだろうが、全共闘運動が「文化革命」的な側面＝「知の叛乱」を多分に持っていたというのは、まさにそのようなこの国の「近代」をリードしてきた「知＝学問・思想」の在り方に対して、「否」という意思表示をしたからに他ならない。一九四七年生まれを中心とする団塊の世代の作家たちによって書かれた「全共闘小説」が、結果として「知の叛乱」体験を刻印しているのも理由のあることだったのである。

その意味で、立松の『冬の真昼の静か』が、ほぼ全編にわたって機動隊と学生の衝突を描いているのは、当時の全共闘運動＝学生運動に関わった学生たちがいかに高城修三が言う「生の手ごたえ」を求めていたか、を明らかにしたい欲求を作家が持っていたことの証である。

いれちがいに地鳴りのような足音がした。階段の口から影がふくらみだして直線がぼくらを結んだ。催涙ガス弾だった。壁や床にくだけた白い粉を散らしている筒を投げ返し、ぼくは、ゆらめきだした前方に火焔瓶をたたきつけた。不発だった。最後の一本を持って腰をひくめ、視界に割ってはいろうとする黒い影に思いきり腕を振った。無防備で向きあっていた。憎悪が渦巻いた。やつらが憎かった。自分らの弱さが憎かった。警棒の下で骨の鈍い音がした。殴られても手錠をかけられてもかまわないが、その前に、やつらの先にあるものと、せめて渡りあいたかった。頭に飛んできた警棒を腕でよけた。同じ警棒が千昭の額にとんでいくのが見えた。眼と鼻を焼く濃い霧の中で顔をおおっている香世を横抱きにして、ぼくは、身体を浮きあげた。出口にいくまでに二度転倒した。

言わずもがなのこと言っておくが、この『冬の真昼の静か』の主人公が立松自身である、と私小説的な読み方をする必要は全くない。当時、「生の手ごたえ」を求めて機動隊と渡り合い、傷付き、藻掻き苦しんでいた学生（若者）は数え切れないほどおり、立松はそのような学生の集合体として『冬の真昼の静か』の主人公を設定したと考える方が、分かりやすい。なお、この『冬の真昼の静か』に関して強く言っておきたいのは、この作品が芥川賞を受賞した三田誠広の全共闘運動を戯画化してベストセラーになった『僕って何』（初出「文藝」七七年五月号）よりも一年も前に発表されているということである。つまり、「ここにいる僕とは何だろう」という、いかにも「甘い」フレーズが頻出する『僕って何』は、確かに全共闘体験とは何であったかを問う意思を持って書かれた作品ではあったが、立松の『冬の真昼の静か』は全共闘運動とは何であったかを問うことが「流行」する以前に、運動の只中で生きる若者の在り様を問う作品を書いていたということである。

そのような立松の全共闘運動への真摯な態度は、『冬の真昼の静か』と同じように「体験」を重視し、運動末期に起こった「内ゲバ殺人」事件に巻き込まれ「悲惨」な結末を迎えざるをえなかった人間の劇を描いた『光匂い満ちてよ』（七九年）によって、さらに明らかになっている。立松は、「鬱屈と激情」の中で「絶望的な運動の退潮とともに、末端にいたぼくも引退がっていった。（中略）つべこべいわないためにも、小説を一本書くのだと決めた。」と決意し、その結果が『光匂い満ちてよ』であったのだが、その中身はと言えば、「ぼくのささいな時代体験を越えて、否応なく時代の結論をひきうけなければならなかった人間。彼の体験が時代の普遍的体験につながり、しかも、ヒーローではなくてやさしい平凡な人間。（中略）内ゲバで殺人を犯す若者の姿を刻（んだもの）」であった。

具体的には、「反権力」という大義を見失い、泥沼化した「党派闘争＝内ゲバ」の果てに「殺人」を犯すことになってしまった主人公とその運動仲間との関係、家族との関係、自堕落としか言いようのない絶望的な生活がここには描かれている。「殺人」まで犯したかどうかは別にして、この作品の主人公が体現しているような学生運動体験者のデスペレートな生活は、運動末期には全国各地の大学周辺で散見された。「むき出しの生」があちこちで悲劇を生み出していたのである。そこに関わった人々に、「光」は決して「匂い満ち」ていなかったと思うが、「光匂い満ちてよ」という言葉には立松の願望が込められていたと考えていいかも知れない。

ところで、なぜ立松は『光匂い満ちてよ』において「内ゲバ（殺人）」に象徴される学生運動＝革命運動の「退潮期」に作品の時間を設定したのだろうか。まさに、そこにこそ三田誠広の『僕って何』と異なる立松独自の学生運動＝革命運動のとらえ方があると言っていいだろう。つまり、立松はおのれのあの時代から現在に至る過ぎ来し方を鑑みて、「退潮期」＝敗北にこそ最もそこに関わった人間及び運動の本質が現れると思っていたのではないか、ということである。よく言われることだが、先にも書いたように、全共闘運動を一九六五年の慶応・早稲田闘争から一九七二年の「あさま山荘・連合赤軍事件」までの幅で考えた場合、そのどの時点で運動に関わったか、あるいはどの時点で反体制・反権威（反権力）の思想を身に付けたかによって、運動への見方や体験の様相が変わるものである。確かに、あの時代を共に過ごした人間同士が自分の関わっていた運動について回顧する時、その関わりの深さによっても違うが、どの時期にその渦中に身を置いたかによって印象が全く異なるというのは、よくあることである。

その意味で、立松が『光匂い満ちてよ』において敢えて「退潮期」に頻発した「内ゲバ（殺人）」を作品の中心に置いたのは、特筆すべきことであった。この長編が凡百の「全共闘小説」の中にあって、異彩を放つ傑作であると言えるのも、全共闘運動の「退潮期」に生起した「悲劇＝絶望的な生」に照準を当てているからである。

二、闘いの「総括」――『今も時だ』から始まる

これまでに縷々述べてきたように、小説家を目指し就職が決まっていた出版社を蹴って留年を決めた立松和平は、山谷で日雇いの仕事をしたり築地の野菜市場などでアルバイトをしながら、処女作『とほうにくれて』が載った「早稲田文学」や「三田文学」などに原稿を持ち込み、それらが雑誌に掲載されるのを期待するような生活を送っていた。そんな一九七〇年の夏のある日、そこに作品が載ることを夢見てきた文芸誌の一つ「新潮」から、執筆依頼を受ける。そして一挙に書き上げたのが、自分のよく知る（体験した）学生運動（全共闘運動）の一齣を体験主義的ではなく、全くのフィクションとして書いた『今も時だ』（「新潮」七一年三月号）である。

この最初に大手商業文芸誌に載った作品を書くに至る経緯について、立松は後にエッセイ「DANCING古事記」（七九年一月）の中で次のように書いている。

> ぼくが知っている山下洋輔トリオは、テナー中村誠一、ドラマー森山威男だ。それ以前もそれ以後も知らない。一九七〇年前後のことだ。時は流れている。しかし、トリオのうつりかわりは、たまに活字で見るだけだ。それでいい。ジャズは一回性のものじゃないかと思う。（中略）
>
> 山下洋輔トリオが早稲田のバリケードでコンサートをやったと聞いた。大隈講堂から秘蔵のピアノを運び出し、反戦連合の黒ヘルにまもられて、当時民青が占拠していた法経四号館地下に突っこんだ。しかし、民青はでてこなかった。ゲバルトは起きず、トリオの演奏に圧倒されただけだったと、コンサートに参加した友人は言った。ぼくはそのコンサートにいっていない。たぶんバイトか何かをしていて知らなかったのだ。後で聞いてほぞを噛んだ。

一九六九年夏、物情騒然としていた。山下洋輔トリオの演奏ばかりが際だっていたのではない。やるべきことは多かった。それでもぼくは悔しかったのだ。

一年後に小説を書いた。『今も時だ』とタイトルをつけた。発表は一九七一年「新潮」三月号だが、書いたのは一九七〇年夏だ。セクトの占拠している校舎に突っこんでコンサートをひらいたという一点の事実以外は、すべてフィクションだ。

ここで注意しなければならないのは、バリケード封鎖された校舎内で行われた山下洋輔トリオのコンサートと奇妙な関係を持つに至った学生運動（全共闘運動）を描いた作品のタイトルが、「今が時だ」でも「今は時だ」でもなく、「今も時だ」ということである。つまり、『今も時だ』の「も」は、留年して小説家を目指していたとは言え、立松の心情において学生運動（全共闘運動）は、未だ自分が学生だったからというような単純な意味だけではなく、ずっと持続しているものであるということを含意し、同時に全共闘運動がそれまでの学生運動（＝反体制政治運動）とは異なる「文化運動」的な面を持つ多様な表現活動だったということを意味していたのである。なおついでに言っておけば、当時全国のバリケード封鎖された大学内＝解放空間において、『今も時だ』が描くようなジャズコンサートのようなものだけでなく、「反大学講座」とか「自主講座」とかと名付けられた自主的文化活動が盛んで、そこでは多様な「学習会」や「講演会」、「映画会」などが開かれ、大学校内は異様な活況を呈していたということがあった。その意味で、『今も時だ』はそのようなあの時代の大学の雰囲気をリアルに伝える作品であった。

そのことは、何よりも『今も時だ』の主人公（語り手）が、結核で片肺を無くした未だ入院中の（一時間の外出許可を得た）独学で演奏法を学んだピアニストに設定されているところによく現れている。また、学生運動の当事者を主人公にせず、学生運動は時代を反映する後景とし、主人公の父親が戦争（満州）で片足をなくした帰還兵という設定にしているのも、七〇年前後の学生運動（全共闘運動）を担った部分が「戦場からの帰還兵」、あるいは「軍隊帰り」の父親を持つ団塊の世代であったことと符合していた。また、この『今も時だ』において、『溜息まじりの死者』や『闘いの周辺』のような「体験」を重視した私小説的方法ではなく、完全な「フィクション」によって学生運動を捉えようとしていることは、学生運動を「持続」的に考え続けようとする立松の決意の表れであった、とも考えられる。「精神＝気持」において「闘い」は持続しているという立松の学生運動観は、学生運動体験もなく、またその意味することも考えたことなく、また大学のキャンパスなどこれまで一度も足を踏み入れたこともないと思われる主人公が、演奏中に次のような思いに捕らわれる場面によく現れている。

サクスを吹いたままで、島田がぼくのそばによってきた。喉と肩が大きく波うってはいるが、僕の指は休みなく動いている。島田が口からサクスをはなし、ぼくの肩に手をかけた。ぬれそぼったシャツのひんやりした感触が、肩先に残った。冬の来る前にソ連の対日宣戦布告は予想されていた。昭和二十年八月九日午前〇時を期して、ソビエト労農赤軍は三方面からソ満国境黒龍江奇襲渡河を敢行した。圧倒的物量を誇る赤軍機甲兵団戦車隊に対して無敵精強関東軍の肉弾作戦。相次いで玉砕する部隊。潰走する兵、兵。武装解除。満州に消えた関東軍。何だかよく分からないが、負けたくないと思った。黒ヘルにも黄ヘルにもドラムにもサクスにも、石にも火焔壜にも、世界中のあらゆるものにも、勝ちたいと思った。勝つとはどういうことなのかわからない。敵が何かもわからない。でも、とにかく、負けられない。勝ちたい、勝って勝って勝らまくりたいと思った。実がスティックを持ったままかけよってきた。ピアノだけよわよわしく鳴っている。胸がしめつけられるようにやたら苦しかったが、ぼくはこのままピアノをたたきつづけていなければならないような気がしていた。

この「何だかよく分からないが、負けたくないと思った。黒ヘルにも黄ヘルにもドラムにもサクスにも、石にも火焔壜にも、世界中のあらゆるものにも、勝ちたいと思った」という主人公の熱い思いは、「夢」に向かって「鉛筆一本」で「全世界」を相手に必死の闘いを繰り広げていた当時の立松のそれに重なる、と言っていいだろう。『今も時だ』に盛り込まれた立松のそのような「熱い」思いは、先に論じた『光匂い満ちてよ』とは、書かれた時期も内容も異なるから当たり前と言えば当たり前なのだが、立松が全共闘運動（学生運動）にどのような思いを抱いていたか、その微妙な立ち位置に「違い」が生じていたことを証すものになっている。つまり、この二つの作品は、一方（『今も時だ』）が未だ運動の可能性が信じられていたような時代を背景とし――ということは、立松自身も全共闘運動（学生運動）がもしかしたらこの社会の在り方を劇的に「変革」するかも知れないと思っていた、ということになるだろう――、運動が多様性を発揮した華やかな時代を描いているのに対して、他方（『光匂い満ちてよ』）は内ゲバで死傷者を多数出すような運動の退潮期に材を取ったもので、「敗北感」に苛まれながら書いたのではないかと推測される作品になっていた、ということである。また別な言い方をすれば、立松は『光匂い満ちてよ』を書き終わった後のエッセイ「鬱屈と激情」の中で、「ぼくの精神形成の多くは、七〇年前後の学園闘争におうところが大きい」と書いていたが、その「精神」の在り様が『今も時だ』を書いた時と『光匂い満ちてよ』の時とでは異なっていた、ということでもある。「敗北感」、「絶望感」の度合いが、『今も時だ』と『光匂い満ちてよ』では明らかに違っていた、ということでもある。

そもそも、立松たち「団塊の世代」は、前にも少し触れたように、戦争＝戦場から「帰還した者」たちが「平和」な戦後日本に産み落とした「希望の子供たち」であった。彼らの存在は、「平和と民主主義」の象徴であった、と言い換えてもいい。これは、かれら「団塊の世代」に属する人たちの名前に日本国憲法の「憲」の字や平和の「和」の字が多く使われていることからもわかる。「帰還兵」であった父親やその伴侶である母親は、「日本国憲法」や「平和」

に万感の思いを込めて「憲」や「和」の一字を我が子の名前に入れたのである。そう言えば、立松の本名も「横松和夫」であった。『今も時だ』では、「満州」やそこに咲く「迎春花（いんちょうほわ）」が繰り返し出てくるが、満州で現地召集を受け、敗戦と共にソ連軍によってシベリア送りになるところを、脱走して日本に帰還した立松の父親の姿がそこには影を落としていたと考えられる。もちろんそれとは別に、『今も時だ』に「満州」や「父親」が登場するのは、立松個人の問題だけでなく、当時の学生運動を担っていた世代がみな「親の戦争」を背負っていた世代であり、同時にその親の世代から次代への「希望」を託された子供たちであったことを暗示する仕掛けでもあった。

三、『光の雨』事件・その意味とその後

立松は、『光匂い満ちてよ』の刊行から一四年後の一九九三年八月、満を持したかのように「すばる」誌に「連合赤軍事件」に材を取った『光の雨』の連載を始める。たぶん立松は、『今も時だ』（それ以前の『溜息まじりの死者』や『闘いの周辺』）から『光匂い満ちてよ』及び『冬の真昼の静か』へ至った過程がよく物語っているように、その後も自分たちが深く関わった六〇年代末から七〇年代初めにかけて全国の大学・高校に吹き荒れた全共闘運動（学生運動）について考え続けていたものと思われる。そして、その運動の結末を告げると同時に運動の全てが集約されていたとも言える「連合赤軍事件」――七二年の初めに発覚した「同志殺人」と警察に追われて逃げ込んだ軽井沢の「あさま山荘」で活動家たちが繰り広げた警官隊との銃撃戦――に対して、かつて全共闘運動に関わっていた仲間や全国に散らばっていた運動への参加者に向けて、更には「運動」から離れて小説家になった自分に対して、きちんと自分なりの「決着」をつけようとした（総括しようとした）のが、『光の雨』の連載を始めた理由だったと考えられる。この時、立松は四十六歳の誕生日を数ヵ月後に控えた最も脂の乗りきった年齢にあった。

以上のような事情を考えると、『光の雨』の連載開始は、「連合赤軍事件」から二〇年以上経って、立松もいよいよ世代の「責任」として「総括」する必要を感じていた結果であった、と言い換えることができる——なお、憶測を逞しくすれば、当時「すばる」誌の担当編集者は、立松とほぼ同世代で、学生時代に立松と同じような経験をしていたことが知られている。『光の雨』の連載は、立松の「全共闘」運動＝学生運動へのこだわりをよく知る彼との会話や打ち合わせによって決定した、と推測できる——。あるいは、中年になったことで、もう一度「ぼくの精神形成の多くは、七〇年前後の学園闘争におうところが大きい」ということの真の意味を考えようとしたということであったかも知れない。

ところが、連載の三回目を載せた「すばる」誌の九三年一〇月号が発刊されてすぐ、「連合赤軍事件」で死刑が確定していた連合赤軍幹部の坂口弘から自分の手記『あさま山荘1972』（上下巻　九三年四月　彩流社刊）からの「盗用」ではないかとの抗議を受け、この作品の連載は中断する。当時の経緯や反応について、一番早く記事として取り上げた雑誌メディアである「アサヒ芸能」（一〇月二一日号　徳間書店刊）から抜粋して引用する。少し長くなるが、この立松が被った「盗用・盗作事件」がどのような性質のものであったのか、要領よく纏めてあるので以下に記す。

＊坂口死刑囚サイドの怒りを、彼の上告弁護人伊藤良徳氏が、こう語っている。

「坂口本人は先月一六日、東京拘置所に面会に来た母親の菊枝さんから小説のコピーを　差し入れられて、はじめてこの事実を知ったということです。本人は相当怒っているようです。あからさまな盗作であり、死刑囚の作品なら盗用がバレてもたいしたことないとタカをくっているのではないかと……。フレーズや表現の言い回しを、そのまま引用したと思われる個所が相当数ありました。坂口本人がチェックしたところ、五四ヶ所もあったそうです」

＊一〇月六日、立松氏は坂口死刑囚サイドとの話し合いのあと、記者会見に応じ、例の口調でこう語った。

「連合赤軍のことを書こうとするとき、わたしとしては〝事実〟が欲しいわけです。例えば指導者のアジテーション演説にしても……。そういうときに、どうしても資料が必要になってしまう。盗用しようなどというつもりは、わたしにはありませんでした。しかし引用したことは事実で、それは率直に認めます」

＊文芸評論家・藤田昌司氏（元東京新聞文化部記者―引用者注）はこんな意見だ。

「この作品全体を盗作ときめつけていいかどうかは微妙だが、立松氏の文章が不用意に坂口氏の文章に寄りかかって書かれていることは事実だと思う。少なくとも、引用部分を明確にして書くべきだった」

＊全国紙の文芸担当記者はこういう。

「モラルの問題は残ると思うけど、法的には『盗作である』といいきるのは難しい。過去には、他人の文章をそのまま使ってしまった、もっと悪質なケースもありますよ。ただ、作品の質という点では、立松さんの小説より坂口死刑囚のノンフィクションのほうがよっぽどおもしろいよ」

＊別の評論家はもっとシビアだ。

「この『光の雨』は、登場人物も設定も、ストーリーもすべて坂口氏の作品そのものじゃないですか。坂口氏の作品には当然、実在の人物が登場しているけれど、それを仮名にしただけですね。書かれている組織も活動も、羽田空港突入闘争も、すべて事実。なのに人名だけが変えられているから、その人名が浮いちゃってますよ。単に作品が〝似ている〟という次元の問題ではありません」

＊はたして許される範囲の〝引用〟か、それとも〝盗作〟に当たるのか。㈳日本著作権協議会の谷井精之助常任理事に判断を仰ぐと、ズバリ、こんな答えだ。

「明らかに著作権侵害といえます。表現がまったく同じ個所、さらに内容が同じであって似た表現の個所が多数見受けられますね。釈明の余地がないのではないでしょうか」

＊立松氏にとっては、かなり分が悪そうである。

記事は、時の話題を興味本位に取り上げる週刊誌らしく、立松の「盗用」「盗作」を暗黙の前提としている。確かに坂口弘本人が指摘するように、「すばる」連載の『光の雨』を読む限り、『あさま山荘1972』とそっくりな表現個所が多数ある。それ故、そのことだけを問題とすれば、『光の雨』は『あさま山荘1972年』からの「盗用」によって支えられた連載途中の作品だった、ということになる。しかし、「アサヒ芸能」の記事に登場する諸氏の言説を冷静に検討してみると、それらの論調に共通していたのは、これは当時のマスコミの論調ともシンクロしているのであるが、作家（立松）が相当な決意を持って「連合赤軍事件」を小説化しようとしていたことについて、全く無視しているということであった。具体的には、「一」「二」で細かく見てきたように、立松がデビュー当時から全共闘運動（学生運動）に対して深い関心を寄せ、全共闘運動が世に投げかけた諸々の問題とその「反・叛」の精神（思想）とは何であったかを小説の形で問い続けてきたこと、そしてそのような立松の文学的履歴及び「全共闘小説」の歴史を考慮すれば、立松自身には「盗作・盗用」の意思は全くなかったと分かるはずなのに、このことについて識者と称する人たちはほとんど顧慮していなかったのではないか、ということである。

言い方を換えれば、連合赤軍事件を小説化した過去の作品と『光の雨』に現れた立松のモチーフを比較しながら「盗作・盗用」問題を考えると、例えば立松は三田誠広の『漂流記1972』（八四年）のように連合赤軍事件を戯画化してあの時代を総括することも、また桐山襲の『スターバト・マーテル』（同）のように幻想的な手法によって事件を起こした人たちの心の闇を描き出すことも、あるいは大江健三郎の『洪水はわが魂に及び』（七三年）や『河馬に噛まれる』（八五年）のように、寓話的手法でもって時代に刻印したものの正体を明らかにすることも、ことごとく否定し、あくまでも「事実」に則ってあの時代とそこに生きた人間の在り様を明らかにし、そのことで自分たちの世代が提起した問題を次の世代に継承しようとした、ということである。つまり、立松は意識的にしろ無意識的にしろ誰もが抱く自分が生きている時代や社会に対する違和感や齟齬の因＝大本が何であったのかを、『光の雨』一編のなかで明らかにしようとしたということである。具体的には、「平和と民主主義」に彩られた戦後的価値が高度経済成長政策の成功によって歪んだり、ズレが生じたりしたことを明らかにした七〇年前後の「政治の季節」の意味を、「連合赤軍事件」という実際に起こった出来事を小説化することで、次世代に伝えようとしたということである。この立松のモチーフに関して、「アサヒ芸能」の記事に登場した識者諸氏は、「盗作・盗用」問題に目を奪われ、誰一人気付いていなかったと言っていい。

『光の雨』が書かれようとしたのは、一九九三年。事件が発覚してから既に二〇年が過ぎていた。あれほど世間の耳目をそばだてた連合赤軍事件＝あさま山荘銃撃戦・一六名の同志殺人も、「風化」という時間が演出する苛酷な試練にさらされていた。「風化」に抗するには、「事実」を提示し、「事実」に即してその意味を問うのが最も有効な方法である。その意味で、立松が「連合赤軍のことを書こうとするとき、わたしとしては〝事実〟が欲しいわけです」と語ったのは、率直な言であり、かつ正しい判断であった。

しかし、突然降って湧いたようなこの「盗用・盗作」疑惑について、立松の「説明」は「釈明」として受け取られ、その「事実を尊重したい」という真意は伝わらなかった。マスコミは挙って立松を非難・糾弾した。「文壇」は黙して語らず、沈黙することで立松を排除しようとした。文壇が「黙殺」したのは、立松を告発したのが連合赤軍事件の当事者であり、かつ死刑判決が確定した坂口弘であったということ、さらには立松がテレビ出演などで人気を博していた作家であったことが理由だった、と思われる。傍目からは、マスコミ・ジャーナリズムは鬼の首を取ったような勢いで立松の「抹殺」を企てているかのように見えた。特に「文壇」の沈黙と無視は、「冷たい」と言うか何とも言い難いものであった。作家の「盗用・盗作」問題は、もちろんそれはその作家の責任において対応（処理）されるべきことだが、事はそれで済むことではなく、ものを書く人間の全てに関わる事柄でもあるはずなのだが。

と言うのも、先の「アサヒ芸能」に登場した全国紙の文芸担当記者が語っているように、「盗作・盗用」問題は現代文学の世界で頻繁に起こっていることだったからである。例えば、原爆の被害（被爆者差別）について描き高い評価を受けてきた井伏鱒二の『黒い雨』（六四年）には、長い間種本として重松静馬という広島の被爆者や医師の「日記」が使われていると言われてきて、井伏自身もその事実を一部認めていたが、地元の文学者などによって「『黒い雨』は盗作だ」と非難されることがあった――結果的に、この「『黒い雨』盗作説」は、それを言いだした広島の老歌人の「誹謗中傷」を目的とした「捏造」だったのだが――。他にも、他に、堀田善衞の『橋上幻像』（七〇年）、山崎豊子の『大地の子』（九一年）などに対する「盗作・盗用」疑惑など、あげていけば枚挙にいとまがない。しかし、これまでに今回立松がマスコミ・ジャーナリズムから受けたような「糾弾」があったかと言えば、私見の範囲だが、それはなかった。

この彼我の差は何故起こったか。立松が『光の雨』の「盗作・盗用」疑惑において「大騒ぎ」された最大の原因は、立松がテレビなどのメディアからもてはやされた流行作家だったからではなかったか。情報化社会における「寵児」であったからこそ、「盗作・盗用」問題は「文壇」内の出来事を超えて、バブル経済崩壊後の一般社会における「モラル」の問題と絡んで、大きく取り上げられることになってしまったのである。つまり、「事実」を重視する作家によって書かれた『光の雨』だったにもかかわらず、バブル崩壊後のモラル無き社会において、「話題性」だけが独り歩きし、結果的に「盗作・盗用」事件として大きく取り上げられることになってしまったのではないか、ということである。

そこで思い出されるのが、『光の雨』事件が起こった九三年当時、一番話題になっていたのが、「空中浮遊」とか「血のイニシエーション」などといった神秘体験（インチキ行為）によって多くの信者（若者）を集めていたオウム真理教の様々な言動だったということである。この新興宗教教団（カルト教団）が松本サリン事件を起こすのは、『光の雨』事件の翌年であり、一三人が死亡、約六三〇〇人が負傷した地下鉄サリン事件を起こしたのは、翌九五年の三月二〇日である。オウム真理教は、その前（八九年）に「坂本弁護士一家殺害事件」も起こしていたが、「宗教」の名において「殺人」を正当化するカルト教団の出現は、まさにこの社会において「事実・現実＝リアリティー」が蔑ろにされていることの証左であり、「事実」と「虚構＝フィクション」との関係が不明確になっていたことを意味していた。現代文学の世界（文壇）でも、在日朝鮮人作家・脚本家柳美里の処女小説『石に泳ぐ魚』（「新潮」九四年九月号）が、モデルとされた女性から「プライバシーの侵害」ということで訴えられ、長い裁判を強いられるということがあった。見方を換えれば、この『石に泳ぐ魚』裁判で問われたのは、事実（モデル）と虚構（登場人物）との関係はどうあるべきか、ということであった。

ところで、作家立松和平にとってというだけでなく、一般的に連合赤軍事件（全共闘運動）というような社会的大事件を小説化する、別言すれば実際に起こった出来事を「虚構」によって表現することの意味とは何であるのか。このことについて、まずは「連合赤軍事件」によって結末を迎えた六〇年代後半から始まった全共闘運動＝学生叛乱とはどういうものであったのか、概括しておきたい。そもそもこの運動は「全共闘」という冠辞が象徴していることだが、戦後の「平和と民主主義」社会の中から生まれた学生組織（学生運動）である大学自治会――ポツダム宣言の受諾で始まった日本の「戦後」に生まれた学生の「自治」を基本とする学生組織だったので「ポツダム自治会」とも言われていた――の全国組織「全学連」（全日本学生自治会総連合）とは違った組織・闘争形態をとっていたところに、最大の特徴があった。言い方を換えれば、全共闘（全学共闘会議）は戦後民主主義思想の下で生まれた全学連が「代議制」に基づいて運営されていたのに対して、また当時の全学連が日本共産党系と新左翼各派系に分裂していた状況下にあったということもあり、党派に属していたか否かは問わず「個人」の資格で組織や運動に参加することができ、またその運営は「代議制」ではなく「直接民主主義」によって行われるという画期的な組織であった。要するに、「連合赤軍事件」に集約され終焉した（と、私は思っている）六〇年代末から激しさを増した学生運動（全共闘運動）は、それまでの学生運動（反体制運動）と決定的に異なった側面を持っていた、ということがある。

その特徴の一つは、今では「世界同時性」という言葉で歴史的位置付けがなされているが、アメリカの黒人解放運動と連動して激化することになった全世界的規模のベトナム反戦運動を軸に、具体的にはフランスにおける労働者・市民と学生の連帯によって引き起こされた「五月革命」、ドイツにおけるルディ・ドゥチェク率いる社会主義ドイツ学生連盟による反体制運動、現在でも触れることがタブーになっている中国の文化大革命、日本における全共闘運動（学生叛乱）、中南米における民族独立・社会主義革命運動、等々、東西冷戦構造を軸とする戦後（近代）秩序への根源的疑義を共通項として、世界的な規模で展開していったことである。あるいは、この時期の反体制運動（学生運動・革命運動）は、世界的な規模で展開された「近代」（あるいは第二次世界大戦後）に対する根源的疑義――それを八〇年代の流行り言葉で言えば、「ポスト・モダン」論議ということになる――が、若者たちを中心とする「叛乱」として現前したということであったかも知れない。

それだけに、この世界的規模で展開した反体制運動（革命運動）は、「政治革命」を目指しただけでなく、必然的に中国の文化大革命が象徴するように世界や社会の枠組みを改変（変革）することを意図した「文化革命＝近代思想の点検」を内在させるという側面があった。自立した個を前提とした民主主義による「近代」社会が、膨張する資本主義によって「ひずみ」を拡大させられ、その結果として人々が「幸福」（の感覚）から遠ざけられるというパラドクスに対する「異議申し立て」、それが全共闘運動には底流として存在していた、と言い換えることもできる。「知の叛乱＝象牙の塔の解体」、「自己否定」、「直接民主主義」、「自主講座」といったそれまでの学生運動に見られなかった言葉がこの運動の一つの性格を示していたのも、この運動＝全共闘運動が「文化革命」の要素を多分に持っていたからに他ならなかった。キャンパスに実現したバリケード空間において、直接的に権力＝政治と対決するのではなく、それまでにこの近代社会で培われてきた全ての価値、とりわけそれは「大学の知＝象牙の塔の知」によって保証された学問や思想への根源的な疑義、つまり「想像力の闘い」としての側面を全共闘運動は持っていたのである。

そのことは、運動が終息（敗北）した後において、多くの活動家が党派の構成員として残ったほか、「文学」や「哲学」、「法律」、「経済」などの世界へと「転進」を図ったことからも知れる。「文学」の世界へ転進した者としては、先に挙げた作家のほか、歌人の道浦母都子や批評家の加藤典洋などがいる。彼らによって「全共闘小説」及び全共闘運動体験を原点とする批評が書かれてきた。自分たちの経験した「時代への異議申し立て」がどんな意味を持っていたのか、「全共闘小説」やその時代を経験した批評家による評論は、自分たちの経験したことの意味を「言葉」によって確認しようとしたところに成立した作品群であった。

なおついでに言っておけば、六〇年安保世代は学生運動体験を「挫折＝敗北」の相において捉え、そこから表現＝文学世界へとおのれを導いていったが、全共闘世代の小説家や批評家は運動体験から得たものを「持続するもの（闘い）」として総括し、そして運動の敗北を「挫折」として捉えるのではなく、表現世界への「転進」として考える作法を身に付けることになった、と言うこともできる。その意味で、立松が『今も時だ』（七一年）に始まって『光の雨』（改作　九八年）まで、立松が全共闘体験（連合赤軍事件を含むあの時代）と真正面から向き合ってきたのも、「人間の生き方のモデルを提出する」（大江健三郎）ことを使命とする小説家として当然だったのである。

なお、全共闘体験を基にした小説や批評は、作家や批評家個人の歩みから言えば「政治」から「文学」への転位という外皮をまとっており、そのため近代文学の黎明期に自由民権運動から文学へと転移した北村透谷以来の「転向」の論理で説明されがちである。しかし、「転向」を「主義・主張（思想）の放棄」（思想の科学編『転向』上中下巻　五九〜六二年刊）と捉えるならば、全共闘世代の「転移・転進」は弾圧に抗して闘ったプロレタリア文学の世界で最も良質な作品を残した中野重治の、転向後に表明した「消えぬ痣（転向したという事実）を頬に浮かべたまま第一義の道＝革命を目指して生きていく」（大意『文学者に就いて』について」一九三五年）という決意に似ていた、と言うことができる。言い方を換えれば、「挫折感無き延命」、が生き残った全共闘世代の特徴だったのである。――ただし、これは文学と直接関係ないが、そのことが後に「団塊の世代」と呼ばれるようになった全共闘世代の体制派へのなし崩し的移行＝転向を容易にした原因となった、とも考えられる。

そんなことを前提に『光の雨』事件をもう一度検討し直すならば、まず私たちは警官隊との銃撃戦を行い、その前に同志を次々と殺していった「連合赤軍事件」を描くことがどれほど大変なことであったか、そのことについて考えなければならない。というのも、一六名の同志殺人にしろ、あるいは「あさま山荘銃撃戦」にしろ、革命運動の過程で人が人の生命を奪ったという事実は消すことの出来ないものとして存在し、そのような「大義＝革命」のために人間の生命を奪ったという「事件」を小説化したり、批評の原点にすることがいかに困難をもたらすものであったか、という問題が永遠のアポリアとして存在するからである。先に「連合赤軍事件」を主題として取り上げた三田誠広の『漂流記１９７２』が失敗の烙印を押され、桐山襲の『スターバト・マーテル』が高い評価を受けなかったのも、それだけ対象（事件）が難しい問題を胚胎していたからに他ならなかった。「連合赤軍事件」を描いて成功した唯一の例外は、自然や人間をスポイルしているこの日本社会を否定する若者たちが、「自由」を求めて警官隊と銃撃戦を繰り広げる世界を描いた大江健三郎の『洪水はわが魂の及び』（七三年）だけであった、と言っていい。

さて、「盗作作家」とマスコミ・ジャーリズムから糾弾されることになった立松であるが、坂口弘の「手記」から多くの部分を借りたことを率直に認め、そして誠意を持って事後処理に当たることとなった。その立松の「謝罪」を含めた事件処理の過程は、「すばる」九四年一月号掲載の「『光の雨』について」に詳しい。それは、すばる編集部による「読者の皆さまへ」と立松の「坂口弘さんへの手紙」（謝罪文）、坂口弘による「『光の雨』・『あさま山荘１９７２』

ってている。

対照表」と「立松和平さんへの手紙」によって構成された報告書である。それによれば、坂口は立松と「すばる」に次の三点を要求し、それを立松及び「すばる」(集英社)が全面的に受け入れることで「和解」は成立したことになっている。

一、立松氏の謝罪文を、掲載前に坂口氏に見せた上で掲載すること。
二、坂口氏の立松氏宛て書簡を、「すばる」に掲載すること。
三、坂口氏作成の対照表を掲載すること。

ここで、立松、坂口、「すばる」編集部のそれぞれは、各自の立場にしたがって誠心誠意「事件」に対応している。しかし、時間を経た今日から坂口作成の「対照表」を検討すると、果たして『光の雨』は本当に当時のマスコミ・ジャーナリズムが騒いだような「盗用・盗作」だったのか、という疑問がわいてくる。立松の「坂口弘さんへの手紙」で明らかなように、これは「事実」と「虚構=表現」の問題であって、そのことを認めれば「盗作・盗用」疑惑そのものが別な要素(ためにする批判)によって成り立ったのではないか、とも思えてくるからである。

連合赤軍という歴史的事実を前に、どんな作品の書き方が可能なのか。もちろんこれは小説の方法なのですが、奔放な想像力を駆使して自由自在に書くというよりも、私は圧倒的な事実を丹念に拾っていくリアリズムの方法を選びました。私も同時代を生きたものとして、事実をないがしろにしないでおこうとしたのです。できるだけ忠実な歴史的事実から出発し、その上に小説的世界を構想したいと考えたのです。

事実というのも一人一人違うのかもしれませんが、私の前には当事者の坂口さんの書かれた「あさま山荘197

２」の御著書がありました。ここには当事者によって記述された実に魅力的な事実があったのです。どんなに大きな歴史的出来事でも、細部の集積によってなっています。私はその細部が欲しかったのです。

（立松和平「坂口弘さんへの手紙」）

そして立松は、この手紙の末尾に「なかなかと手紙を書いてしまいました。どうか私の謝罪の意を受けてくださいますよう、伏してお願い申し上げます」と書き、自分の「非」を認める形でこの「盗作・盗用」事件を終わりにしようとした。しかし、本来は「文学」上の問題である「盗用・盗作」問題が、マスコミ・ジャーナリズムが大きく取り上げたことで本筋から外れ「社会」問題化したことに、立松は思いがけず打ちのめされることになった。獄中の坂口弘と直接話し合うことができず、代理人の弁護士を通じての交渉に疲れて、ということがあったかも知れない。なお、最終的には、「損害賠償」を要求する坂口側弁護士に対して、立松の方も大学時代の知り合いで弁護士になった人物を代理人に立て交渉に当たってもらい、「示談」を成立させ、問題の早期解決を実現させた。

ただ、この「盗作・盗用」疑惑で立松が受けた打撃は相当強いもので、彼自身にしてみれば今後作家として存在し続けることができるのか、といった瀬戸際に追いつめられることになった。客観的には、『光の雨』を連載するに際して、文末に「参考資料」として坂口の手記やその他連合赤軍事件関係者の手記や記録、あるいは論評などを明記しておけば、これほどの事件にならなかったはずなのに、そのことを怠ったばかりに、立松は手酷い仕打ちを世間から受ける羽目になったのである。もちろん、これは立松の「手落ち」なのだが、この「手落ち」を含めて一連の「盗作・盗用」事件について、立松は後に『ぼくの仏教入門』（九九年）の中で次のように記している。少し長くなるが、立松がこの事件に対してどのような心境に陥っていたかがよく分かるので、引く。

ぼくが謝って、彼が許してくれて、それで一件落着とならなかったのはどうしてなのか。それはこういうことでした。

実は、彼の著作とぼくが書いたものを比較した対照表というものがあった。つまり、ここところはこんなに似ているじゃないかといった内容や文章を列挙した、厳密な一覧表がつくられて、これを雑誌に載せるか載せないかでさらにもめてしまったのです。謝罪した以上、そこから逃れることはできないと、ぼくも思っていました。だから最終的には雑誌に掲載されることになったのだけど、それはまたぼくにとって、辛く苦しいことでした。崖っぷちに立ったぼくの背中を押す手のように思えたのです。

とりわけ、マスコミに叩かれることは、マスコミを舞台に作品を書いて発してきた人間には生きながら火あぶりの刑を受けているみたいで、苦しいことでした。

あの坂口氏との手紙のやりとりから判断しても、連合赤軍のことを書こうとしたぼくと、その事件の当事者との関係は決して悪くなかったと思うのです。ところが、マスコミをはじめとする第三者、その周辺の部分から放たれた非難への対応が、ぼくには辛かった。多勢に無勢という意識もありました。攻撃してくる相手の個人の顔はまったく見えないのも、理不尽なことでした。(中略)

それにしても、こういう苦しい事件、もつれたトラブルを経験すると、ふだんは隠されている人間のいろんな部分が見えてくるものです。ぼくの側から一方的に言わせてもらえれば、騒ぎの後方からヒュッヒュッと石や礫が飛んでくる。振り向くと、それまですごく親しいと思って心許していた人物が投げている。そういうシーンもたくさんありました。

その一方で、この世には菩薩が隠れて存在しているんだなあとも実感した。本当に親身になって助けてくれる人がたくさんいたということです。えっまさか、と思えるような人が手を差し伸べてくれたり、名も知らぬ人からずいぶん手を差し伸べてもらいました。対人関係でも、ただ漫然と付き合っていたのでは見えない部分がたくさんあることにも気づきました。

（「地湧の菩薩に助けられて」）

ここには「事件」についての立松の気持がほとんど言い尽くされている、と言っていいだろう。「地獄」を見るということは、同時にそこで「仏」にも会うことである。「敵千人・味方千人」という言葉があるが、「敵」も「味方」もそれは表層的な現象であって、「敵」が「味方」になり、「味方」が「敵」になるという錯綜した人間関係こそ、「地獄」と形容するのに相応しいおのれを取り巻く情況のことであり、そのような状況下で立松は「仏」と思える人々にも出会った（発見した）ということなのだろう。この時の「仏」の中に、「家族」及び少なくない数の友人・知人がいたことは、言うまでもない。

ともあれ、一九七〇年の『とほうにくれて』以降一貫して真摯に「文学」や「時代・歴史」、「人々の暮らし」と向き合ってきた立松を突然襲った「盗作・盗用」疑惑、立松はこの降って湧いたような事件に対して、当事者の坂口弘はもちろん、多くの関係者と誠実に対応することで「危機」を乗り越え、そして更なる飛躍を獲得していった。立松は、「盗作・盗用」事件という人生最大の難関から五年後、「盗作・盗用」を指摘され中断した作品とは全く異なった方法と内容を持つ『光の雨』を完成させ、九八年三月、四月、五月の三回にわたって「新潮」誌上に分載したのである。これは、可視・不可視の「地湧の菩薩」（読者・心ある編集者・友人・知人たち）に後押しされてのことであり、また世の中（読者）が連合赤軍事件（全共闘運動の一つの結末）の小説化を期待した結果でもあった、と考えられる。

改作『光の雨』（新しく書き直された方を、「すばる」誌に連載を始めたものと区別するために、以後「改作『光の雨』」とする）は、次のような場面から始まる。

未明、カーテンのない曇りガラスに明けるか明けないかの光が僅かにかかる頃、玉井潔は決まって苦しい夢を見た。あまりにも苦しいのでその時間目覚めていようかとつとめたこともあったが、考える状態でいると思いはつらいほうへ苦しいほうへと傾いていってしまい、覚醒している生身の自分が意識されてむしろいたたまれなくなってしまう。もし死ぬのなら自分は未明の頃だろうと、玉井はなんとはなしに得心していた。今年、八十歳になった。ここまで生きてくる毎日毎日、いつも死期を探る気分になっていたのだった。そのうち目は朦朧として霞み、耳鳴りがたえずあって必要な音声は聞こえたり聞こえなかったりし、香りもよくわからなくなった。感覚器官は確実に衰え、感情も一定の平穏さに保つことができず、その分確実に死に近づいている。だが死への歩みは、玉井にとってはもどかしいほどに緩慢であった。

眠っていたほうがましなのかもしれなかった。その眠りもぼろぼろの破片になり、眠ったと思えばたちまち覚める。眠っているのか覚めているのかわからなくなる時もある。

「法務大臣の命令によってただ今より死刑を執行します」

この引用の最後「法務大臣の命令によってただ今より死刑を執行します」は、主人公「玉井潔」（坂口弘がモデル）を絶えず脅かしてきた「夢の中」の言葉である。改作『光の雨』と「すばる」で中断したものとの決定的な違いは、あさま山荘銃撃戦や同志殺人といった一連の連合赤軍事件の「事実＝リアル」にこだわることなく、あの「政治の季節」と言われた時代とそこに参加した人たちの「精神」（考え方・感情、等）をいかに次代に引き継いでいくかに主眼が置かれている点にある。具体的には、改作『光の雨』の物語構造が、一連の事件の責任を問われ「死刑判決」を受け、刑が執行されないまま八〇歳の老人になった元過激派のリーダー（玉井潔）が保釈でこの世の中に出てきた、となっている設定にそれはよく現れている。この物語は、法の改正によって「死刑廃止」となり特赦で出獄した主人公

（玉井潔）が、出所後に移り住んだアパートの隣室で大学受験の勉強をしている若者たちに、自分たち学生運動家たちが生命と賭して行ったことは何であったのか、その始めから終わりまでを語り伝えようとするという物語構造になっていたのである。このような改作『光の雨』の構造は、まさに七〇年前後の「政治の季節」において大学教師として学生たちの思想と行動にシンパシーを感じ、志半ばに倒れた作家高橋和巳の意を汲んだ埴谷雄高が言うところの「精神のリレー」を試みたもの、ということになる。

もちろん、果たして「高度資本主義社会」に突入した現代にあって、埴谷雄高が言い、立松が改作『光の雨』で試みた「精神のリレー」は実現したか（可能であったかどうか）、そのことの判断はあの時代を生きた人たちと改作『光の雨』の読者に任せるしかない。

釈放された老死刑囚の玉井潔は、アパートの隣室に住む若者（阿南満也とその恋人）に、自分たちの「過去」を次のように語る。

革命がしたかった。ぼく個人ばかりでなく、全体が幸福になる世の中をつくりたかった。各人の持っている能力は百パーセント発揮でき、富の分配はあくまで公平で、職業の違いはあっても上下関係はない。人と人との争いはないから、戦争など存在しえない。国家もなくなっている。勤勉な人たちの労働によって蓄積された富により、人間性あふれる芸術をいつも楽しむことができる。（中略）そんな社会をつくるための歴史的な第一歩として、人々を抑制する社会体制を打ち破る革命をしなければならない。そのためにぼくは生きていた。ぼくらは運動体だった。運動は進展していき、いつしかぼくらは誰も足を踏みいれたことのない場所に立っていた。過去にこのようなことはなく、だから先人に学ぶこともできずに、一歩進むのも手探りでいかねばならなかった。

「全体が幸福になる世の中を作りたかった」の言葉からは、宮澤賢治の「世界がぜんたい幸福にならないうちは個人の幸福はあり得ない」（「農民芸術概論綱要」一九二六年）を想起するが、立松が改作『光の雨』でとった方法は、語ることによってその事柄の本質を希薄化するということとは反対の、語ることによってしか伝えられない自分たちの若き日の「夢」を、次代に繋ぐことを考えたということである。「政治の季節」の経験を一つの原点としながら小説家になった自分ができることは、ただ一つ、語る（書く）ことによって「精神のリレー」を実現すること、このことへの強い思いがあって始めて成立したのが、改作『光の雨』だったのである。その意味では、物語の最後で「革命をしたかった」自分たちの過去＝運動の詳細とその精神の全てについて次代を担う若者たちに語り終わった主人公が、「光の雨」に包まれて大往生を遂げるという設定は、あの時代に対する立松なりの「責任」の取り方の「宣言」でもあったと言える。つまり、こういう方法でしか「精神のリレー」はできないのではないか、という立松の「強い想い」の現れに他ならなかったのである。言い方を換えれば、立松は主人公の最期を「光の雨」（＝仏の慈雨と読み替えていいだろう）で包むことによって、あの時代に意に反して死ななければならなかった死者や傷付いた者、あるいは必死に生きた人々の全て（自分も含む）を「救済」し、「鎮魂」しようとしたのではないだろうか。まるでそれが、あの「政治の季節」を必死に駆け抜けた者の「責任」であるかのように、である。

さらに言えば、立松は改作『光の雨』で見事に「再生」した。立松の「再生」は、改作『光の雨』以後、次々と発表されていった作品のテーマが「救済」や「求道」、あるいは「自省」と現在の自分を「肯定」的に捉えるものに変わっていったことからも、了解することできる。自分には「書くこと」しかできない（残されていない）、と改作『光の雨』を書くことに執心した結果、手に入れた立松の「再生」であった。

第八章　「母」・「庶民」・「性」へ

一、「母」への憧憬――もう一つの「戦後の物語」

立松和平という作家は、その作品の多彩さから一般的には決まったテーマを持たずにその都度求められるままに作品を発表してきたように思われがちであるが、その軌跡を細部にわたって見てみると、これまで見てきたように、裡では明確にその時々のテーマを意識していた、と言える。例えば、第四章で詳述した「足尾」に関して、立松は宇都宮市役所勤めを辞してなお生まれ故郷の宇都宮で作品を発表し続けていた一九八三年、「わが『百年の孤独』」というエッセイの中で、「足尾」は「そこが私の祖父の地である」と書いた後、次のような「足尾」への思いを綴り、「足尾」が確かなテーマの一つであることを明言するということがあった。

> この大切なものをいつか小説にしたいと考え、私は足尾の山や、渡良瀬川の川原や、鉱毒にひたされた旧谷中村跡の遊水地《ママ》を数えきれないほど歩きまわり、人を訪ねて話を聞いた。文献もあさった。足尾銅山とほとんど同時に閉山になった生野銀山を訪ね、菩提寺の一族の墓を一度とならずおまいりした。

意識的にそんなことをはじめてから十五年もたってしまっている。私が思い描いている小説は、まだまだ朦朧としているのだが、どんな方法でそれは実現が可能なのか。現実をなぞる気はすでになく、想像力の領域がしだいにふくらんできている。妄想が混沌たる様相を見せてくれるのを、今はまっていればよいのだと思っている。

第四章で詳述したように、この時の「妄想」は『恩寵の谷』（九七年）や『毒―風聞田中正造』（同）、その続編『白い河―風聞・田中正造』（二〇一〇年）などに結実していったわけだが、この「足尾の物語」と同じように、立松は第三章で取り上げた『歓喜の市』（上下　八一年）や『天地の夢』（八七年）とは別に、自分の個人史と重なるもう一つの「戦後の物語」とも言うべき『卵洗い』（九二年）から『鳥の道』（九五年）を経て『母の乳房』（九七年）へと至る一連の作品を書き継ぐということがあった。

このうち、『卵洗い』と『母の乳房』は立松が幼児期（三歳の頃と推定できる）に体験したことを基に書かれた短編連作集である。『卵洗い』の方は、『卵買い』以下『金魚買い』、『蛍の熱』、『白日夢』、『蟻の鼓動』、『鳩が来た日』、『卵洗い』の六編が収められ、『母の乳房』には『乳房』、『坂道の自転車』、『魂《たま》呼び』、『電球売り』、『水中の卵』の五編が収められている。いずれも若い母親と父親、それと立松自身と言っていい幼い子と（後に）生まれたばかりの弟を含めた市井の一家族が織りなす「戦後の風景」が描かれている。舞台は、六畳一間の座敷とパンや卵、それに缶詰などの食料雑貨を商う砂利道に面したやや広めの土間（店）しかない新興住宅地の小さな家。主に住宅や工場の配線を行う地方都市の電気会社に勤めながら、会社の帰りに店で売る卵を実家の近くの養鶏農家から仕入れてくる父、その卵をきれいに洗い、子育てをしながら卵やパン、缶詰などを売って「一円、二円の儲け」のために休む間もなく体を動かす続ける母、そして近所に同じ年頃の子供がいないためにいつも一人遊びしている「私」、作品に描かれているのは、そんな「貧しく」とも健気《けなげ》に生きている「若い」家族の日常である。

新興住宅地の一軒家（一戸建て）と言えば、すぐに車庫付きの三ＬＤＫや四ＬＤＫ，あるいは五ＬＤＫ、六ＬＤＫを想起させる今日と違って、『卵洗い』や『母の乳房』に出てくる「私」の家は、一間に親子三人が川の字になって寝なければならなかった狭い家で、持ち家であるということだけでも「幸せな家族」を連想させる、そのようなものであった。しかしそれとは別に、この『卵洗い』や『母の乳房』に描かれた「私」の世界が、戦争が終わって人々がようやく廃墟から、さらには精神的な疲弊から立ち上がり、復興へ邁進し始めた昭和二〇年代の半ばを時代背景としていることを考えなければならない。つまり、連作集で描かれた「私」の世界は、復興に向かって一丸となっていた日本の「戦後風景」そのものだったということである。戦前に二村定一が「庶民の夢」を歌った「私の青空」（一九二八・昭和三年）の歌詞を借用すれば、「狭いながらも、楽しい我が家」こそ戦後の風景を象徴するものだったのである。立松は、そのような風景の中で遊ぶ自分を『卵洗い』や『母の乳房』所収の短編の中に点描することで、時代＝歴史の中を生きる「私」を浮き彫りにしたのである。

砂利道、つるべ井戸、オート三輪車、卵の量り売り、食パンにジャムを塗って売る店、地面にめり込んだサイダー瓶の王冠、蚊帳《かや》、手ぬぐいを縫い合わせて作った寝間着、特攻隊帰りの若者、戦争未亡人、等々、この短編集に点在するこれらの「物」や「人」は、まさにこの国が一番貧しかった時代、つまり今から七〇年ほど前の戦後いくらも経たない時代の、団塊の世代以上の人間には「懐かしい」としか言いようのない風景を彩るものに他ならなかった。言い方を換えれば、経済企画庁（現内閣府）は一九五六年にその経済白書（『日本経済の成長と近代化』）のその末尾に「もはや戦後ではない」と書いたが、『卵洗い』や『母の乳房』はそれより少し前の、「戦後」の荒廃が色濃く残っている時代を背景とした短編集だったのである。

立松は、この戦後の風景の中に父母と「私」と生まれたばかりの弟を置き、自分自身の経験を下敷きにした「物語」を次々と紡ぎ出した。もっとも「物語」と言ってもそこに特別な事件が起こるわけではない。淡々と「平凡」としか言いようがない、戦後の日本のどこでも見られたごく普通の人＝庶民の日常生活がそこにはあるだけである。おそらく、立松がそのような平々凡々たる、小田実流に言うならば「タダの人」の生活を記憶の隅々を点検しながら描き出したのには、二つの理由があった。一つは、多くの自伝的作品がそうであるように、個人史における出発点（原点）にさかのぼって自分を捉え直したいという欲求を満たすため、である。誰しも、ある年齢に達するとおのれの原点（ルーツ）を知りたいという欲求を持つようになるのかも知れない。「おのれは何者か」といったアイデンティティ・クライシスを感じるようになる、と言ったら言い過ぎか。経済人（企業の経営者）であると同時に詩人としても認知されていた（処女詩集『不確かな朝』の刊行は一九五五年）辻井喬が、突然自伝小説の『彷徨の季節の中で』（六九年）を書いたのも、また画家としても装幀家としても優れた業績を残していた司修が、自分の少年時代を描いた『汽車喰われ』（八三年）を書いて現代文学の世界に関わるようになったのも、みな「今在る自分の原点は何か」という疑問に対する答えを見付けようとした結果だった、と思われる。

二つめの理由は、自分という存在をこの世に生み出してくれた父及び母が必死に生き、輝いていた時代を明らかにしたいという思いを禁じ得なかったからである、と思われる。立松が生涯にわたって父親を尊敬していたことは、父親が亡くなる前後のことを書いたエッセイ「昭和の老人」（九五年『一人旅は人生みたいだ』二〇〇一年刊に所収）や「男泣き」（九三年　同）、あるいは没後すぐに刊行されたエッセイ集『遊行日記』（二〇一〇年）所収の「父の戦い」や「父、難民となる」、「種を蒔く人」などに明らかだが、そのような父親（母親）が戦後の混乱期＝復興期にどのような生を送っていたのか、そのことへの興味はまさに「団塊の世代」と名付けられた自分たち世代の個人史＝戦後史を明らかにしなければならないとする使命と表裏の関係にあった。すでに立松は、第三章で詳述したように「若き父親の生き様」を描く戦後史をテーマとした作品である『歓喜の市』と『天地の夢』という二つの長編を発表していた。ここでは、戦後の混乱期＝復興期をそれこそ死にもの狂いでたくましく生き抜いた復員者（戦場・戦地からの帰還者）の姿が描かれていた。その書きぶりは、立松がまだ若かったということもあり、自分たち「団塊の世代」のルーツはここにある、と宣言するような勢いに満ちたものであった。

それに反して、『卵洗い』や『母の乳房』に収められた短編連作には、貧しい生活に彩りをもたらそうと、必死に金魚を育てたり鳩を飼ったりする父親と、そのような夫を信頼して子育てしつつ日々の生活を守ろうとする母親の、精一杯の生き様が描かれている。そして、ここが立松を時代と人間との関係を凝視続けた戦後派作家に連なる作家として位置付けられるところなのだが、戦後を必死に生きている若い父親と母親も、何年か前まで「死」を必然として受け入れることを強いられた時代、つまり戦争の時代に生きていたという事実を、さりげなくこの二つの短編集に書き込んでいるということである。例えば、『白日夢』（『卵洗い』所収）には、次のような文章がある。

「人が死ぬのをずいぶん見てきたかんなあ。嫌なもんさ。どんなに元気にしていても、命がなくなれば、人間はただの骨と肉だよ。物だ。いつかお前とだって死んで別れなくちゃならないよ」

父は一言一言を区切ってはっきりといった。瞳は濡れているようでもあった。（中略）

「自転車のペダルを一回踏むごとに、背中の後にあることは忘れるようにしてるんだよ。家から会社にいく時も、キイキイとペダルをこいで同じことをしているよ。そうしないと、まったく違う二つの世界をいったりきたりはできなかんべ。一生かかって億万回も車輪を回すんだよ。あっちとこっちと、何度往来するんだろうな」（中略）

「家の中には悪いことははいってこないさ。真面目に一生懸命やってればな」

両手で母が持っている猪口《ちょこ》にむかって徳利を傾けながら、父がいった。

これは、「私」の家の近所に引っ越してきて、「私」の家の井戸水を毎日もらいに来ていた娘が自殺するという事件があった後の父母の会話である。ここには、他界（あの世）と現世（この世）とが一続きであり、人間（全生物も）の生はまさに「輪廻転生」でしかないというような仏教思想がさりげなく紛れ込ませてあると同時に、後知恵的な考え方と言われればそれまでであるが、それ以上にここには「戦争」をくぐり抜けてきた世代特有の「ニヒリズム」と背中合わせの現実的思考が書き込まれている、と言える。そういう「死」への父と母の思いを知ると、何故すぐに死ぬと分かっている金魚を父が飼おうとしたのか、あるいは何故逃げられると知りつつ鳩を飼ったのか、が透けて見えてくる。おそらく、父にとって今妻と子に囲まれて生きる「小さな幸せ」を実感するものの象徴として、金魚や鳩は存在していたと考えられる。

この父親像には、「混乱」と「飢餓」といった絶望的な戦後状況に抗して必死に生きてきた戦後日本の父親たちの在り様が重ねられているのは明らかである。そして、確かに言えることは、そのような父親たちの必死の努力によって今日の例え見せかけであっても「豊かさ」がもたらされた、ということである。立松は、そのことを十分に分かっていて『卵洗い』などを書いたのである。そのような父親像の造型とは別に、あくまでも幼児の目線を通して戦後のごく普通の家族の姿を抑制的に描き出そうとしている点にこそ、この連作集の特徴があった。そのことを前提にこの『卵洗い』と『母の乳房』を読むと、結果的にこの連作集が親子の断絶や離婚の増加など様々な問題を抱えた現代の家族の在り方に対して、秘かに「異議あり」の意思表明を行おうとしているのではないかとも思える。もちろん、そのような現代における家族の在り様に対する「異議申し立て」は、予め立松が意図したということではなく、二人の子の父親として日々を送っていた立松の内部に湧出する現代家族への違和感が、自分と自分の父母をモデルにした短編連作を書き継ぐ内に作品に反映されるようになった、ということだったのだと思われる。

そのことは、この短編集の書き方にも現れている。具体的に言えば、この連作集の「語り手」である三歳の幼児は、作品の中であくまでも「観察者＝記録者」の役割を課せられていて、父母との会話もなく、ただひたすら父母の会話や父の自分への語りかけ、母と近所のお客とのおしゃべり、などを観察し記録するだけなのである。それ故、この観察者＝記録者（立松自身）はひどく「孤独」に見える。例えば、次のような「蟻」を見ているときの姿に主人公の孤独を感じるのだが、これもまた結果論的な言い方しかできないが、そのような「孤独」が作家立松和平を生み出したとも考えられる。

庭にしゃがみ、私は地面を見ているのが好きだった。じっとしているだけでいろんなものが通っていった。一番数が多いのは蟻で、あたりを忙しそうに見回し顔の両側にある触角を動かしながら四方八方からやってきた。赤い小さな蟻と、黒い大きな蟻と、二種類あった。赤い蟻と黒い蟻とはお互いにぶつかり合わないよう注意深く歩を運んで行くように見えた。決まった距離になると、ほとんど同時に方向を変えた。地面には触角と脚との細い影が落ちていた。他の昆虫の脚やらを運んでいく蟻の姿も、しょっ中見ることができた。

（『蟻の鼓動』）

誰もが身に覚えのあるこの光景が意味するものは何であったのか。つまり、「幼児の孤独」の意味するものは何であったのか。特に根拠があって言うのではないが、経験に照らし合わせて言えば、現代を生きる人間の誰しもが感受せざるを得ない「孤独」の原点は、まさにこの『蟻の鼓動』のような幼児期における体験にある、ということになる。つまり、しゃがみ込んで蟻の動きを見詰める幼児の「孤独」は、そのまま成人した作家の立松の「内面」を反映するものだったのではないか、ということである。

このような語り手である幼児の「内面」を描くことで、現在において作者がどのような内面（心理・思想）と格闘していたかを象徴する例として、もう一つ「自然」を意味するような「水」の登場がある。例えば、『満ち潮』の「私」に弟か妹ができると分かった後の母子が、次のような会話を交わす場面における「水」である。

「もうすぐここにやってくる人がいるわねぇ。四人になるんだよ」

部屋の中の闇に母の声が染みる。母は自分自身に向かって話しているのだった。

「六畳一間しかないんだから、狭くなっちゃうよねぇ。建て増ししないとねぇ。そのためにまた働かなくちゃならないよ」（中略）

私は水の流れる音を聴いていた。水は土の上にあるようでもあり、天井にあるようでもあり、またいたるところに流れているようでもあった。私の身体の中にも流れている。私は水に浮かび、水に運ばれていく。新しい人も水の流れに乗ってやってくるのだろうか。清冽な水なのだが、体温のようにぬるい。

母の呼吸の音が染みていた。母は遠くの月を見るふりをしながら、四人になろうとしている私たち家族の未来を見透そうとしていたのかもしれない。ガラス窓からはいってきた光は水のように六畳間に満ち、私は溺れそうな感覚を味わっていた。母は黙っていたのだが、あふれるばかりの感情をもてあましていたに違いない。


もちろん、何故この場面で「水」がという唐突感は拭えないが、『水の流浪』（八四年）という長編や『一滴の水から』（九七年）など水に関わるエッセイ集を多数持つ立松が、「水」＝自然を象徴するものと考えていたであろうことは推測可能である。だから、このような形で弟（あるいは妹）の妊娠を語る母親の姿と、それを「自然」であると捉える立松の独特としか言えない「内面」にこそ『卵洗い』などが表徴する世界があったのである。

母（と父）に関わる短編連作集の二冊目『母の乳房』は、「私」＝語り手に弟が誕生してからの「自伝」的作品群ということになるが、前著の『卵洗い』と違うのは、父と母、弟と私の四人の他に祖母や叔父などが登場する「大家族」の物語になっていることである。『卵洗い』のような家族が表徴する「戦後」から『母の乳房』のような「大家族」

の戦後への移行、それはまさに立松が自分の経験した「戦後」が広く深いものであると気付いたことの表れであった、と言っていいだろう。そのことは、例えば祖母と私が特攻隊上がりの叔父が水商売の女と暮らす家を訪ねた際の叔父の言葉によく現れている。

「一度飛んでいったら、二度とは帰ってこなかったなあ。そんなに遠くまでいっちゃったんかなあ。いったものはいったものとして、残されたほうもつらいべさ。戦友の顔を思い出さない日はないんだから」

歩き出した叔父は、私に聞こえるようにいうのだ。私に向かっていっているのかどうかはわからない。トタン屋根の上を歩いている鳩が見えた。叔父は語りつづけていた。

「お前の父ちゃんや母ちゃんを庶民というんだろうな。あんなに苦しいことがあったのに、忘れたとはいわないが、忘れたふりをできるんだからな。あのタフさはどこからくるんだんべ。一生懸命働いて、また国づくりをしている。虚しさにそれなりに耐えているんかなあ。僕は神経が細くて駄目だ。破滅衝動ばかりが疼いて」

「平和」と「民主主義」に彩られた戦後が、この「私」の叔父が言うように、私（立松自身）の両親のように「勤勉」に、また前向きに生きていた人間ばかりではなかった、という冷厳なまでの歴史を見る眼の厳しさ、ここにこそ立松の確かな現実把握力があると言ってもいい。しかし、それは同時に立松の「戦後」観が「死」を目前にして帰還した者の心を覆っていた「虚無＝絶望」の深さまで及んでいたことを意味するものであった。考えられるのは、侵略戦争の結果「敗北」を迎えることになった者の「絶望」は、また権力との闘いという点では戦争に匹敵するような過酷な体験を強いられた一九六八〜一九七二年の「政治の季節」＝全共闘時代に青春を過ごした者と相似だったということである。言葉を換えれば、闘い（戦争）という苛烈な修羅場をくぐった者だけが、敗北がもたらす虚無＝絶望の淵の深さを知ることができるということである。

二、「タダの人＝庶民」に寄り添う

立松和平の膨大な作品群について、包括的にその特徴を言えば、一つに作品に登場する人物（主に主人公たち）の「生業（職業）」が、二葉亭四迷の『浮雲』（明治一九〜二一年）や森鷗外の『舞姫』（明治二二年）以来今日まで続く近代小説における「知識人」を中心とした主人公像とは異なる、ということがある。具体的に言えば、特に明治から昭和戦前におけるそれがプロレタリア文学（「前期プロレタリア文学」と言われる「労働文学」は除く）も含めて、多くの場合、夏目漱石の文学的特徴に即して言うならば「高踏遊民」、一般的な言い方をすれば「インテリゲンチャ（知識人）」であったのに比して、立松作品における登場人物（主人公）の場合、青春時代に材を採った作品や晩年の「仏教者」を描いたものを除いて、そのほとんどが前記したように小田実に倣えば「タダの人＝庶民」ということである。

立松自身が、作家を志して折角入社した大手出版社の集英社を一日で退社し、約二年間「作家修業」の時を経て、長男の誕生を機にアルバイト生活を切り上げ、「都落ち」するようにして故郷の宇都宮に帰り宇都宮市役所に就職し、五年半ほど公務員生活を送るが、このような履歴にこそ「タダの人＝庶民」を小説の主人公に設定し続けてきた理由があった、ということである。あるいは、幼児期の体験を基にして両親の生き方を真摯に追求した『卵洗い』や『母の乳房』などから感受できることだが、自らの「出自」が「タダの人＝庶民」そのものであると徹底して自覚していたが故に、主人公を「お偉いさん」やインテリに設定することなく「庶民」にしたのだ、と言える。

もっとも、先にも引用したものだが、次のような宇都宮市役所を退職した直後の文章を読むと、立松の「労働」観が「タダの人＝庶民」を主人公に設定した真の理由だとも考えられる。

この役所勤めの六年間で、当たり前のことではあるが、労働が人間の生のかたちにいかに大きな影を与えるかを知った。大多数の人間にとって、時代との接点は、事故の労働のかたちの中にあらわれる。いいかえるなら、人間が生のかたちをとってこの世においてもらうためには、労働は最低の営為なのだ。そういいきってしまえるかどうかわからない。ただぼくはそういう場所にいた。最近の文学が、小説だけにかぎってもいいが、生のかたちとしての労働にいかに無頓着であるか、いかに感受性のアンテナが鈍っているか、を切実に感じるのだ。小説の主人公たちは、作家自身、ジャーナリスト、広告屋、主婦、学生、子供などで、しだいに労働の現場から遠ざかってきつつあるのではないか。つまりは、小説家がいかにいい気になっているかではないか。

同世代の多くの作家たちの作品の特徴もそこにある。生のかたちとしての労働がすっぽりとぬけ落ちたところに、爽やかさやセックスやドラッグや嗜虐や自虐がある。幼児的な自己を中心にすえるあまり、他人がどういうふうに生きているか、または生きざるをえないかが見えてこない。幼児なりに独自の視点はあるだろう。だがそこで充足しきっていいのか。何もない自己が「ほらこんなにぼくって弱いんです」としなをつくってみたところで、そんなものはどうでもいいではないか。

（「生のかたちとしての労働」七九年一月）

いかにも「挑戦的＝ポレミック」な文章であるが、それは宇都宮市役所を退職し、これからは「作家」として一本立ちするのだという高揚感もあっての言とも考えられる。たぶん、このエッセイは三田誠広や高橋三千綱といった同世代で先行した作家たちが創り出した主人公が、あまりに自分の周囲にいる「タダの人＝庶民」の「生のかたち」と違うことに苛立っていた結果の断言だったのだろう。引用した「生のかたちとしての労働」が収められているエッセイ集『魂の走り屋』（八四年）には、「労働」をテーマとするエッセイが「祝祭の果て」（七八年一二月）、「批評と悪酔い」

（七九年一二月）、「労働と旅心」（八一年二月）、「土着といわれて」（同年六月）、「切実な主題」（八二年一二月）、「労働を舞踏へ」（八三年六月）、と六編ある。例えば、「祝祭の果て」には、短いが「労働はつらい。労働とはこの世においてもらう最低の営為だと思うようになった」という言葉がある。あるいは、「生のかたちとしての労働」とほぼ同時期に書かれた「批評と悪酔い」では、批評家の宮内豊が「群像」の大橋健三郎、高橋英夫との「創作合評」で、立松の『産屋』という作品について、「（人間が）意味もなく生きているということ、そのことの意味を、かりに肩に力が入ったような形でここのところずっと書いているんじゃないか」と批判したことに対して、「生きるとは、意味などではけっしてなく、肉体感覚だと思う」と反論した後、次のように書いたことにも、それはよく現れている。

たとえばぼくは市役所に六年間勤めましたけどね、早稲田出たのに、やったことといえば、ソロバンはじきとか、トラックの運転とか荷物の積みおろしとか、コピー百枚焼いてこいなんて係長に命令されたりとか、そんなことばかりでした。インテリの仕事しているのは、エリートと呼ばれるほんの一握りです。作家はインテリだと見られるでしょうね。それは大学出たからじゃなくて、物事を真面目に考えるからです。この頃の作家の仕事は肉体労働みたいですよ。全身労働ですね。たのみとするのは最後は体力です。つまらないこと話してるなあ。つまりね、いいたいのは、人間の営為の中で最大の部分をしめるはずの労働が、労働の光景が、この頃の小説の場面からすっぽりとぬけているのではありませんか。これはもう絶対おかしいです。無宿渡世でふらふらしているぼくは、毎朝新聞で最初にめくるのは求人欄です。身についた習性です。

ここには、自分の目指す文学世界が「労働」を必須の要素としているとの自負がある。立松がここで、作家もまたその「労働」に従事している人間であるはずなのに、その作家の書く世界から「労働の光景」が消えており、これは明らかに「おかしい」、と言っているのである。インテリ（知識人）と大衆（庶民）の対立という構図は、立松が学生であった時代に絶大な人気を博していた詩人・評論家の吉本隆明がその「転向論」（五八年）などで展開した論理であり、この引用にはその吉本の影響も見られるが、何よりも学生時代からずっと「肉体労働」によって生活費を稼いできた立松の身体が、小説の世界から「労働の光景」が消えたことについて、「おかしい」と言わせたのではないかと考えられる。そこには、足尾銅山の閉山に伴って慣れ親しんだ「坑夫（鉱山労働者）」の生活を諦め、慣れない工場勤めをしなければならない労働者（庶民）の姿を描いた『閉じる家』や、押し寄せる都市化の波に翻弄される農家の跡取りの姿を活写した『遠雷』の成功によって得られた自信が背景として存在していたのではないだろうか。

なお、立松が「庶民」や「労働」にこだわったもう一つの理由に、「姥捨て伝説」を現代に蘇らせた『楢山節考』（五六年 中央公論新人賞受賞）で颯爽と登場した深沢七郎との出会いがあったことも忘れるわけにはいかない。周知のように、深沢七郎はこの『楢山節考』で示した「民話的創作方法」と作品に底流する「アンチ・ヒューマニズム」――実は深い「自己愛」を含む「ヒューマニズム＝人間愛」だ、とも言える――が綯い交ぜになった『風流夢譚』（六〇年）によって、戦後文学史に燦然と輝く特異な作家として記憶される。また、「六〇年安保闘争」のデモに参加した民衆が皇居に乱入し、天皇はじめ皇族たちを皆殺しにするというブラック・ユーモアを基調としたこの『風流夢譚』は、深沢が徹頭徹尾「庶民」の立場に立つ作家であることを証すものであった。なお、この『風流夢譚』は、後にこの作品を掲載した「中央公論」の版元である中央公論社の社長宅が右翼に襲われ、社長夫人が重傷を負い、お手伝いさんが殺されるという、一般的には「嶋中事件（「風流夢譚」事件）」と呼ばれる右翼による言論弾圧事件の発端となった作品でもあった。この『風流夢譚』は未だにどのような形でも公刊されていないが、「庶民」の立場に立つことで、結果的に「貴族社会＝君主制」と同義の天皇制国家日本を撃つ作品になっており、そのために絶対主義天皇制の復活を目指す「右翼」から狙われることになった、と言える。

名も無き民衆への「残酷」としか形容できない深沢七郎の「アンチ・ヒューマニズム」という名の人間愛は、後に『庶民列伝』（七〇年）、『みちのくの人形たち』（七五年）へと結実していくのが、一九一四（大正三）年生まれの深沢と一九四七（昭和二二）年生まれの立松は、どのようにして知り合ったのだろうか。立松は、深沢七郎との出会いについて、次のように書いている。

埼玉県菖蒲町（現久喜市―引用者注）にある深沢七郎さんのラブミー農場に連れていってくれたのは、当時「すばる」の編集長をしていた石和鷹（作家、本名水城顕。立松は別なエッセイ「小説書き競争――石和鷹と水城顕」で、石和が深沢七郎に「私淑」していたと書いている―同）さんだった。若くて元気のいい小説家がいるからということで、二人は軽い気持であったろうが、駆け出しの私には恐ろしいところにいくようであった。
深沢さんは作業ズボンに丸首シャツを着て、草履などをはき、いくらでもそのへんにいる親父という感じだった。深沢さんに「ゲコの酌」という作品があるが、まさにあのとおりで下戸の深沢さんに甲州ブドウ酒をつがれ、ちょっと飲むとまたつがれ、尊敬する大先輩の酌だから断るわけにもいかず、私はふらふらになってしまった。
（「ラブミー牧場での日々」九七年三月）

中学生の時に「六〇年安保闘争」を経験した世代、それはまた一九七〇年前後の「政治の季節」を体験した団塊の世代＝全共闘世代ということになるが、彼らにとって天皇及びそれに連なる人々（皇族）を皆殺しにする『風流夢譚』を書いた作家は、畏怖の対象ではあっても、同席して酒を飲むというような関係を持てるとは思えない雲上人のような存在であった。立松が「すばる」の編集長と一緒であっても、「恐ろしいところにいくようであった」というのは、本音だったろうと思う。この最初の出会いからしばらくして、これも石和鷹（水城顕）の発案によって「小説書き競争」

――深沢七郎に小説を書かせるのが目的で、立松は深沢七郎のラブミー牧場で当時「すばる」に連載中の『歓喜の市』を書き継ぎ、深沢七郎を刺激する役割を担った。いくら寡作の深沢七郎を刺激するためとは言え、石和鷹は奇抜なことを考えたものである――をするのだが、立松に影響を与えた深沢七郎の「庶民」意識とはどのようなものであったのか、七年間に七作という、およそ職業作家の仕事とは思えない連作集『庶民列伝』（七〇年）の「あとがき」である「変な人のところには変な人がたずねて来る記」に、次のような「庶民」に対する説明がある。

この7年ばかりのあいだに書いた私の短編が1冊の単行本になることにきまった。『庶民列伝』という題でまとまった。どれもが庶民のすさまじいばかりな生き方を書いたつもりである。というより、私の書くもののなかの人物は美男美女とか、金持ちとか、立身出世した人物などは出て来ない。たいがいが貧乏人のきたないほどな《ママ》生き方になってしまうらしい。というより、私の回りの人物たち、私が交際する人たちはステキなダイヤの指輪などをしたり、真珠の首かざりをしたり、軽井沢に別荘などを持っている人たちではないということ、それは、そういう人たちとは交際することが私は苦しいのではないだろうか。つまり、私自身が庶民だからだと思う。私が東京のアパートから埼玉の田んぼのなかに移ってきて農業をやりはじめたのも、私が庶民だからということになりそうである。

深沢七郎のラブミー牧場での「小説書き競争」の光景を思い出して、立松は「真夏でラブミー牧場には冷房装置などないので、しまいには二人ともパンツ一枚になってしまう。時々私は小説執筆に没頭して深沢さんと向かい合っていることも忘れてしまう。深沢さも同様の瞬間があったはずである」（「ラブミー牧場での日々」）と書いた。「パンツ一枚」で汗を流しながら小説を書く、これは明らかに一般的な作家のイメージとも、あるいは酔って着流しでクダを巻く「文士」と言われたかつての作家の姿とも違う。立松の若い頃の写真に革ジャンを着たのがたくさんあるが、革ジャンや「パンツ一枚の姿」こそ「庶民」に寄り添いつつ小説を書き続けた立松に相応しい姿であった、と言っていいかも知れない。

立松が「庶民」に寄り添うことで自分の文学を特徴付けていた深沢七郎を強く意識していたであろうことは、深沢の『庶民列伝』からそのタイトルを借りた『ラブミー・テンダー——新 庶民列伝』（二〇〇一年）や『下の公園で寝ています』（二〇〇二年）、『不憫惚れ——法昌寺百話』（二〇〇六年）に収められた短編類を読めば、一目瞭然である。

この三冊の短編集に収められた作品の主人公を列挙すれば、『ラブミー・テンダー——新 庶民列伝』の場合、深沢七郎（「ラブミー・テンダー」）、与那国島の農民や那覇のビアホールのママ（「波の上のビアホール」）、元四谷の芸者で「早稲田文学」の編集長であった有馬頼義の妻（「伯爵夫人」）、元高校の教師で今は予備校の有名講師になっている男の仲間たち（「蕩児帰らず」）、北海道稚内の漁師親子（「空の白い鳥」）、日本人に嫁いだ台湾人花嫁（「天使の痣」）、「無頼」な生き方しかできない一流出版社の文芸誌編集長（水城顕のことだろう「およびがたき身なれば」）、となる。『下の公園で寝ています』は、俳優で元ボクサーのたこ八郎（「下の公園で寝ています」）、舞踏家の麿赤児や学生運動崩れ（「目玉」）、インドの仏跡を歩く僧侶（「沙羅双樹」）、自宅の隣の大工（「白蟻」）、自分の母親（「孟蘭盆」）、世界を駆けめぐる編集者（「悲願」）、ペットを可愛がる家族（「最期の声」）、癌死した尊敬する学生運動の先輩（「道場」）、四国遍路を願いながら亡くなった自分の父親（「遍路道」）、同じく作家の父親（「彼岸」）、となる。

『不憫惚れ』に至っては、サブタイトルの「法昌寺百話」が如実に物語るように、東京下谷の法昌寺で毎月三日に行われている「毘沙門講」に集まってくる人々に材を採ったもので、登場人物は紛れもなく「タダの人＝庶民」である。立松は、「東京都台東区下谷にある日照山法昌寺では、毎月三の日に毘沙門講が行われる」で始まる『不憫惚れ』の「あとがき——毘沙門講の面々に供養する」の中で、この連作集について次のように書いている。

法昌寺の住職は福島泰樹《やすき》和尚だ。下谷の本門法華宗のお寺で生を受けた福島和尚と知り合ったのは、学生の時代に『早稲田文学』の編集の手伝いをしていた私が、短歌の原稿を依頼しにいったからである。（中略）和尚は相当昔から法昌寺毘沙門講をつづけていて、私は直会の楽しさにひかれてまず参加するようになった。そこにはいろんな人がやってくる。小説に出てくるのは老人ばかりだが、本当は若い人もいないわけではない。寒行や寒念仏は俳句歳時記にもとられている江戸時代からつづいた季節の行事だが、東京の下町でも山の手でも本気でやっているお寺を私はほかに知らない。体験してみると、法昌寺毘沙門講は江戸下町の香りがする。

私は私自身の法昌寺への供養として、短編連作小説を捧げることを誓願した。そこに集まる人たちの人生を垣間見る瞬間がしばしばあり、それが小説家を刺激する。ここに書かれていることは、この人たちを通してその向こう側に見える世界の姿である。したがって、事実とはいいがたい。（ルビ原文）

立松は、この引用の後に、「結果として、この連作は老人小説とでも言うような悲話哀話ばかりになってしまった」と書いたが、この『不憫惚れ』に収録された一三の短編に描かれているのは、失業、別れ（離婚）、死、家庭不和、犯罪、等々、「タダの人＝庶民」が普通の生活を送ろうとしながら、長い人生の中で経験せざるを得ない「喜・怒・哀・楽」である。それはまさに作家（立松和平）の目線が、あくまでも作品に登場する人物たちの目線と同じ高さにあったということの証拠であった。とは言え、立松の「タダの人＝庶民」を主人公とした作品は、労働者や農民を主人公とした戦前のプロレタリア文学の伝統とも、またその流れを汲む戦後の労働者文学（勤労者文学）とも異なっていたことも、そこに「社会変革＝革命」への意識が皆無であることによってまた明らかである。

つまり、立松の「タダの人＝庶民」は、先に挙げた個々の作品における主人公像を見れば分かるように、「政治」や「組織」と全く関わっておらず、その意味で日本共産党（戦前の）とその下部組織（ナップなど）の指導の下で展開したプロレタリア文学とも、また国鉄（現在のＪＲ）や郵政、自治体、教員などの「組合＝労働者組織」を母胎にした労働者文学とも異なっていた、ということである。つまり、立松の「庶民」を主人公にした一群の作品は、明治二〇年代の初めに始まった日本の近代文学が、未だ経験したことのない「民主主義」社会の成立に伴う混乱と混迷の中で、移入された欧米の近代小説の思想と方法を知った一部の知識人による「個（自我）の発見」を基底に成立したものとは異質なものであったということである。その意味で、立松の「庶民」を主人公とする小説は、そのような社会から生み出される近代小説の主人公が「プロレタリア文学」も含めて、必然的に「知識人（インテリ）」にならざるを得なかった日本近現代文学史の中でも、特異なものであったことを意味したということである。

立松が『遠雷』で野間文芸賞の新人賞を受賞して脚光を浴び始めた頃のエッセイの中に、次のような言葉がある。


過日或る文学学校に呼ばれ、受講生たちと話し合った時、こんな風にいわれた。

「立松さんは土着でしょう。まだ作品は読んだことないですけど」

私はむかっ腹が立ったが、自制した。席を立つことこそしなかったものの、それ以上話しつづける気力は失せた。何故こんな場所にきてしまったのだろうと情けなくなったのだった。

「土着ではないです」

私はそれだけいって黙った。本の広告か解説でも読んだにちがいない年若い男は、私の無愛想な態度に、用意した言葉を継げなくなり、会場はしらけた。

（「土着といわれて」八一年六月）


温厚でほとんど人と争ったことのない立松がこれほどのことを書くのには、余程のことがあったのだと思うが、それとは別に立松が「腹を立てた」のは、これまでのどの作家も着目することのなかった都市と農村の「境界」で起こっている農民＝タダの人・庶民たちの悲喜劇を、「もう一つの世界」として作品化したという自負が、心ない都会育ちの青年の「無知」によって打ち砕かれたからだった、と思われる。「土着」とか「反近代」とかという言葉は、六〇年代後半に明治以来の「近代」に行き詰まりを感じていた思想家や文学者たち（例えば、吉本隆明、桶谷秀昭、北川透ら）が、己の批評行為に独自色を出すために好んで使ったものであるが、立松が「土着でしょう」と言われた時代は、日本の高度経済成長（近代社会）がそのような「便宜」的な言葉より数段早く進み、すでに「ポスト・モダン」が論議されるようになっていた時代のものであった。立松の心境としては、「俺の文学を、そんな古くさい手あかにまみれたタームで決めつけるなよ。『遠雷』や『閉じる家』などの新しさが分からないのか」というものだったのではないだろうか。

立松にとって、『遠雷』で描いた若い農民は、まさに「時代との接点は、自己の労働のかたちの中にあらわれている」と無意識的ではあるが実感している人間であり、「人間が生のかたちをとってこの世においてもらうためには、労働は最低の営為なのだ」ということを体現している人物に他ならなかった。『遠雷』が立松の文学の初期における代表作と言われるのも、「作家自身、ジャーナリスト、広告屋、主婦、学生、子供など」ではなく、まさに「タダの人＝庶民」としか言いようがない「現代の農民」を主人公に設定したからであった。『遠雷』は、「土着」などとは全く関係ない「時代との接点」そのものを若き農民の姿を通して描いた作品だったのである。

その意味で、『ラブミー・テンダー――新　庶民列伝』の主人公たちも、『下の公園で寝ています』の主人公たちも、また『不憫惚れ――法昌寺百話』に登場する人たちも、みな『遠雷』の主人公和田満夫の系譜に連なる「タダの人＝庶民」だったのである。

三、「性＝生」の追求

戦中から戦後にかけてフランス実存主義哲学・文学を牽引してきたＪ・Ｐ・サルトルの影響下に作家的出発をなした大江健三郎は、当初は主題を「壁の中における自由の可能性」を追求するところに設定していたが、その「壁の中の自由」をめぐる論議の一環として、戦後の青年たちが「政治的人間と性的人間」という二元対立図式の下で、青年の在り方としては「停滞」としか言えない「政治」から逃亡して、「性的人間」に傾きがちであることを批判する小説が必要なのではないか、と次のように書いた。

> 政治的人間は他者と硬く冷たく対立し抗争し、他者を撃ちたおすか、あるいは他者を自己の組織のなかに解消して、その他者に他者であることをみずから放棄させる。ある他者との闘いに克った政治的人間は、次の瞬間には別の他者との抗争の場に立ってみがまえている。政治的人間が他者との対立・抗争関係の場から逃れるとき、かれはすでに政治的人間ではない。
>
> 逆に**性的人間**はいかなる他者とも対立せず抗争しない。かれは他者と硬く冷たい関係をもたぬばかりか、かれにとって本来、他者は存在しない。かれ自身、他のいかなる存在にとっても他者でありえない。
>
> 現代の人間を一つの偏光グラスが、政治的人間のベクトルと性的人間のベクトルにてらしだす。この二つのベクトルが同じ内容をあわせもつことはありえないが、それは政治的人間と性的人間とが相対立する二要素として、現代の人間の精神と肉体の宇宙を構成しているからにほかならず、ここで精神対肉体の宇宙を構成しているからにほかならず、ここで精神対肉体の図式が政治的と性的との二者の関係にいかなる暗示をあたえないことはまずあきら

かにしておかれねばならない。

（傍点・ゴシックともに原文「われらの性の世界」五九年）

大江は、このような「性」に対する考え方を基に『われらの時代』（五九年）を書き、『性的人間』（六三年）等の長・短編を書く。ここに示されている「性」に関わる大江の思想は、「性の奇怪さと異常と危険」や「二十世紀小説の性」（共に『厳粛な綱渡り』六五年刊所収）などのエッセイからも明らかなように、アメリカの戦後文学を代表するノーマン・メイラーが新聞記者のインタビューに答えた「二〇世紀後半の文学的冒険家にのこされた未開地はセックスの領域だけだ」という言葉に示唆されて導き出されたものに他ならなかった。

ノーマン・メイラーのこの言葉は、二〇世紀というロシア革命（一九一七年）と第一次世界大戦・第二次世界大戦（終結一九四五年）によって象徴される「戦争と革命の世紀」において、文学者に何ができるか、表現にどのような可能性があるかを根源的に問うことを底意に持つものであったが、時代の趨勢もあって、大袈裟に言えば、第二次世界大戦の「悪夢」から醒め「平和」な戦後社会を享受している全世界において、一挙に「性の解放」を推し進める原動力になった、とも言える。また見方を換えれば、「性の解放」を基底とするフェミニズムやジェンダー思想などの「女性解放」思想もまた、このノーマン・メイラーの言葉に代表される戦後の「性」思想によって、「遅れてきた」（大江健三郎）「怒れる若者」（大島渚）である若い戦後世代の文学者や表現者たちの手に委ねられるようになった。例えば、石原慎太郎の『太陽の季節』（五五年）、『処刑の部屋』（五六年）や大江の前記したような作品は、まさにその先端を担うものであった。

石原慎太郎や大江健三郎から一〇年以上経って作家デビューした立松和平や中上健次、三田誠広、増田みず子、津島佑子といった「団塊の世代＝全共闘世代」の作家たちにとって、林静一の『赤色エレジー』（七〇年）や上村一夫の『同棲時代』（一～六巻　七二～七三年）などの漫画やフォークグループ「かぐや姫」が歌う『神田川』（七三年）などは、自分たち世代の「性の解放」感覚をよく捉えたものとして受けとられた。立松たちにとって、「性の解放」は既に半ば当たり前の風景＝風俗としてあったと言っても過言ではなかった。立松の場合、デビュー作の『途方にくれて』（七〇年）と同年に発表した『部屋の中の部屋』で、放浪先の沖縄を舞台に、同棲相手とのセックスに鬱屈した日常からの脱出を試みる主人公像を造型することから始まって、映画化されることによってより鮮明なイメージを喚起した『遠雷』（八〇年）のビニールハウス内での主人公と婚約者との明け透けなセックス描写が如実に示すように、「性（セックス）」描写は作品における重要な要素として位置付けられていた。中上健次の場合も、初期の『十九歳の地図』（七三年）は元より、「路地」の物語の始まりを告げた芥川賞受賞作『岬』（七六年）やその続編の『枯木灘』（七七年）などにおいて、人間の本性に関わる「性」はその構成上からも欠かせない要素になっていた。

そのようなことを考えると、中上健次や立松和平たち若い現代作家にとって、「性」はおのれの文学において内からの要求に応える必須の要素であった。このことは、現代人の生の在り様を問う現代文学において、「性」は欠かせない要素として存在しており、作品の構成からも欠かせないものになっていた、ということでもある。例えば、立松の出世作『遠雷』には、次のような性＝生と考える立松の思想がよく出ている個所がいくつかある。

あや子の肩を抱いてハウスに戻った。トマトの葉陰で唇が触れたとたん、あや子の熱い舌は鋭敏に反応した。首筋と背中を抱きしめたまま少しずつ横に歩いていき、藁の寝床に押し倒した。藁に身体が沈み、歯と歯がぶつかった。あや子は短い悲鳴をあげた。目蓋を重ね全身の力をぬいて横たわる女をしばらく見ていた。満夫はブラウスのボタンを一個ずつていねいにはずし、ブラジャーを腹のほうにずらした。白い胸があらわれると、顔の化粧がいかにも粉を塗った感じになった。横になっていても乳の盛上がりは豊かだ。先端にきれいな紅色の突起があった。それを口に含み舌に転がした。ズボンが突っぱり、性器がふくらんだのがわかった。あや子の指が動いてきて満夫のベルトを引きぬいた。胸に頬をこすりつけている満夫の肩を邪魔だというように下から持上げ、シャツをはぎとった。裸の胸をあわせると気持よかった。陽射しが背中で跳ねていた。緑の壁にまもられていた。

引用部分は、お見合い相手（あや子）とそのお見合いの日にモーテルに行き関係を持ち、その数日後ハウスに手伝いに来たあや子がいかに奔放な性意識の持ち主であったか、そして主人公の満夫もそれを自然なこととして受け入れていたかを描いた場面である。トマトのハウス栽培が自然の摂理（季節・自然の気温）に逆らうことで「付加価値」を生み出すものであることを考えると、ハウス内でセックスを行う満夫とあや子はいかにも「自然＝本能」のままに振る舞っているように思われ、この『遠雷』は時代を映す鏡の一つになっていることの証になっていた。いずれにしろ、満夫とあや子の「性＝セックス」がいかに本能的（自然的）なものであったか、言い換えればどれ程「性の解放」を実現したものであったか、先の引用に続く部分がそのことを証している。

ジーンズのジッパーをさげるのに手間取っていると、あや子は腰を浮かせた。一摑みの陰毛がそこだけ別の光があたっているように輝いた。片側に押しつけられた陰毛を唇で挟み舌でなめした。あや子は脚を閉じたまま腰をよじらせた。満夫は膝で立って自分のズボンをおろした。足首に絡まった下着とジーンズをあや子は手を使わずとろうとしていた。濡れて光る薄桃色の切込みが見えた。見おろしている満夫の視線に気がついたのか、あや子は膝を立てた。満夫はゆっくりと屈んで脚の間に顔をいれ、舌を動かした。草いきれのにおいがした。明るいビニールハウスの中だった。誰かに見られている気がふとした。恥じることは何もない、見てほしい、とおもった。

あや子が上にいた。満夫の上に四つんばいになり、性器を口に含み陰嚢を掌に転がしていた。女陰がすぐ鼻先にあった。陽を浴びててらてらと光を吸っていた。その周囲に陰毛が襟足をそろえて等間隔に生えていた。まるでひきつれた傷口のようだ。すぐ上に黒っぽい肉を絞りこんだような肛門があった。顔の前のものを満夫は首を突上げて力強く嘗めた。肉づきのいい尻がひくつきだし、粘液が満夫の喉にたれた。

まるで、出来のいいポルノ小説を読んでいるようであるが、この引用のような表現が性描写として優れているかどうかは不明として、この『遠雷』の性描写が前世代の大江健三郎や石原慎太郎の「性」が観念的であったのと較べると、特に女性の側から見た「性の解放」がいかに進んでいたかの証にはなっていた、と言える。先に記した『赤色エレジー』や『同棲時代』が描き出した世界は、まさに女性もまた「性の解放」の当事者であるということに他ならなかったが、立松の『遠雷』はその証拠の一つであった。思い起こせば、日本で「女性解放＝性の解放」を叫ぶウーマン・リブ運動が登場したのは、全共闘運動が華やかりし一九六〇年代末であって——第一回ウーマン・リブ大会が東京渋谷で開かれたのは、一九七〇年一一月一四日であった——、立松たち団塊の世代＝全共闘世代は、学園紛争のど真ん中で「女性解放＝性の解放」と出会ったのである。

そんな立松が、九〇年代に改めて「性」をテーマとする小説を立て続けに書いた理由は何か。最初の単行本『快楽の一滴　ポルノグラフィア』（九〇年）の巻末に付された「無頼の情《こころ》——あとがきにかえて」に、次のような言葉がある。

「小説を書きはじめて、もう二十年もたったじゃないか。これからもまだ書いていくんだろう。一度でいいから小説家生命が危うくなるような作品を書いたらどうだ。こんなところで酒を飲んで安穏としてるばあいじゃないだろう」

東京の四谷の酒場の片隅で文藝編集部長田洋一が、芯は醒めていたのだがしたたかに酔ったふりをして、私に絡んできた。彼はまっとうだった。作家生命が危うくなるような作品とは、最高のいい方だ。彼が編集者らしい扇動を試みているのはわかっていたものの、私の無頼の情《こころ》はぐらりと傾いた。

「どうすれば危うくなる」

「とりあえずポルノだ。人を煽情させるポルノグラフィアを書くんだよ」

こんな会話をしてから、私は内部の深みに向かってなお傾いてくるものの存在を感じていた。あの会話からはずいぶん時間がたっていったのだが、私は無頼の編集者長田洋一との約束は必ずや果たさねばならないのだと考えていた。

ポルノグラフィアを書くことが何故「作家生命を危うくするのか」、今ひとつわかりにくい。というのも、例えば長崎の原爆で母と妹を亡くした体験を基にした『残存者』（五六年）などで出発し、五回も芥川賞の候補になった川上宗薫や、『鯨神』（六二年）で芥川賞を受賞した宇野鴻一郎、あるいは少女小説の「コバルト文庫」で出発した富島健夫らは作家生活の後半において、それぞれ独特な語法を駆使したポルノ作家になったが、そのことを考えると、ポルノグラフィアを書くことが「作家生命を危うくする」ことになるとは、とうてい思えないからである。つまり、川上宗薫らが「純文学」から大衆小説＝ポルノ小説へ転進したのは、「生活のため」とか「書く場所を確保する」といったようなそれぞれの事情があったのかも知れないが、彼らが現代文学の世界から「脱落」したとは簡単には言えないということである。

おそらく「文藝」の編集者（長田洋一は、『遠雷』の担当者であった）は、『遠雷』三部作（『遠雷』、『春雷』八三年、『性的黙示録』八五年）などによって現代文学の最前線に躍り出た立松を、「境界」にこだわることなく「恋愛（性愛）」物語を書いて世界を広げたほうがいいという意味で、「作家生命を危うくする」ポルノ小説を書いてみろ、と言ったのではないだろうか。また、担当編集者として立松の作品をたくさん読んできた長田洋一にしてみれば、先に引用したような『遠雷』における「性」描写をはじめとして多くの作品に「性」が描かれていることを知り、立松には一級のポルノ小説を書く能力があると判断し、「とりあえずポルノ（を書け）」と言ったのだとも思われる。

いずれにしろ、立松は「文藝」編集者長田洋一の誘いに乗って、ポルノグラフィア（ポルノ小説）を書いた。その第一弾が『快楽の一滴』（九〇年）である。この若い有閑セレブ夫人と新進デザイナーとの、片や軽井沢の別荘にいて、他方はその別荘に向かう高級外車の中において繰り広げられる「テレフォン・セックス」、このような作品がポルノグラフィア（ポルノ小説）として優れているものなのかどうか、ポルノ小説を数多く読んだことのない者には簡単には判断できない。しかし、立松がこの『快楽の一滴』において、「性」に関わる社会性や歴史性を捨象して、人間の本能＝自然として「性」を捉えることによって、その即物的な側面だけを描こうとしたものだということだけは理解できる。

この『快楽の一滴』は全編、セレブ夫人と新進デザイナーとの過去の「セックス」を回想する場面によって埋め尽くされている。例えば、次のように、である。

手におえない怪物を脚の間に棲まわせてしまったのは、英雄も同じだった。英雄はあいているほうの手で陰嚢ごと自分の怪物を握った。陰嚢は弾力性を持って固くふくらみ、怪物は猛り狂って反り返っていた。英雄自身も怪物そのものになってしまったのである。身体の隅々まで力にあふれていた。何でもできると、英雄は思う。山を動かせといわれれば、それは簡単なことのようにも感じられる。その前にまずしなければならないことは、目の前のテーブルの上で脚を開いて身も世もなくなっている女を破壊することだ。女は身体の芯から透明な粘る液を流して破壊されたがっている。英雄はヴァギナから指をぬき、椅子に膝で立った。首に絡んだ藤田夫人の脚が英雄の身体をヴァギナのほうに引き寄せる。その力に抗いながら英雄はペニスの根元に下から掌をあてがい、肉の輪郭を鮮明に見せて開いた穴に先端をあて、深々と体重を傾けていった。藤田夫人の脚も英雄に力を貸してくれる。英雄は藤田夫人の肩の上のテーブルに両掌をつけ、ずって逃げようとする藤田夫人の上体をしっかりと固定する。

引用のような「どぎつい」性描写で埋め尽くされた小説を書くことが、果たして「作家生命が危うくなるような作品」を書くことになっているかどうか。ただ言えることは、戦後の文学史に照らした場合、野間宏の『二つの肉体』(四六年)や『肉体は濡れて』(四七年)、『顔の中の赤い月』(同)以来、前記した大江健三郎・石原慎太郎らを経て「性の解放」が当たり前のようになった時代になって書かれた立松のポルノ作品は、「肉体＝身体」から「精神」や「社会」を剥奪し、「性＝行為」そのものだけを描くという特徴を持っていたことである。つまり、エンゲルスの『家族、私有財産および国家の起源』ではないが、ある時期から「生殖」のためだけでなく社会性——家族や社会の形成——を帯びるようになった「性＝行為」から、その社会性をぬぐい去って動物的＝本能的な行為として立松は「性」を捉え直そうとした、ということだったのである。

「作家生命が危うくなるような作品を書いたと恰好つけてみても、まったく生活は変わってないじゃないか。こんなところで安閑と酒なんか飲んでいる場合か。もっともっと命を賭けたらどうだい」

先に発表の「快楽の一滴——ポルノグラフィア」を出版した直後、東京ステーションホテルのバーでバーボンを嘗めていた私のところに、同僚の太田美穂をともなって現われた河出書房新社「文藝」編集部の長田洋一は、こういって扇動するのだった。確かに私の生活は平穏きわまりない。(中略)

ポルノグラフィアとは、結局のところ恋愛小説である。どんな細部からも逃げない過激な恋愛小説といったらよいだろうか。本質は単純だ。単純をつき詰めれば純度が高くなる。

これは、『日溜まりの水　ポルノグラフィア』（九二年）の巻末に付された「ペンを持つ無頼者として——あとがきにかえて」の一部であるが、果たして『日溜まりの水』が「ポルノグラフィアとは、結局のところ恋愛小説である」と断言するのに値する作品になっているかどうか。姉妹とその兄が営む古民家を改造したような鰻屋に紛れ込んだ三文小説家を主人公＝語り手として、姉妹と兄と「ぼく」の四人が繰り広げる目眩《めくるめ》くような「快楽の日々」、確かに語り手である「ぼく」は小春と夏子の姉妹と「愛し合い」、互いに嫉妬することなく昼となく夜となく「セックス」に明け暮れるが、兄と姉妹との「近親相姦」も含めて、ここに登場する人たちの関係は本当に「恋愛」と呼べるものなのか。子孫を残すためでもなく、また「家族」を形成するためでもなく、ただひたすら「愛しい」気持だけで「快楽」を求める「性＝行為」を綴ったこの『日溜まりの水』、この小説には「精神《こころ》＝愛」の問題が捨象されていることを考えると、「恋愛小説」とは言えないように私には思える。

「恋愛小説」は、明治二〇年代に北村透谷が「厭世詩家と女性」（一八九二・明治二五年）で、「恋愛は想世界の敗将が立籠もる牙城」と言って「自由恋愛」の大切さを説いた時から、「社会」や「時代」、あるいは「精神」との関係があって初めて成立するものだと言われてきた。しかし、立松の「ポルノグラフィアは、結局のところ恋愛小説である」という言に従えば、「平和」で「豊か」になった一九九〇年代において「恋愛小説」が成り立つためには、「恋愛」からその社会性や精神性、時代性を脱色しなければならないということになってしまうが、果たしてそのようなものとして立松の「ポルノグラフィア」は存在したか。

『日溜まりの水』文庫版に「解説」を書いた立松と同世代の三田誠広は、この作品に「神話構造」を見て次のように書くが、この作品に「神話構造」を読み取るには、余りにも物語＝語りが「即物的」に過ぎる。

さて、作品の結末に置いて、他の登場人物がすべて井戸の底に沈み、母胎に回帰してしまったあとも、主人公だけは生き残る。つまり主人公は鰻屋の代理、あるいは鰻そのものになりきれなかった人間なのだ。竜宮城を海の底の母胎幻想と考えると、主人公は現代の浦島太郎ということもできる。

その浦島太郎は玉手箱を開けるのではなく、冒頭に出てくる物語の記録者、すなわち子孫の作家に向かって過去を語るわけだが、神話の構造を念頭に置いて観念的に物語を組み立てる、知性を重んじる書き手なら、当然、同じ出来事が繰り返されるという神話の構造を駆使して、記録者の作家そのものを物語の世界に巻き込んでいくところだろうが、立松和平はあくまでも自然体で、さりげなく物語の幕を閉じてしまう。このあたりの素朴さもまた大いに称揚されるべきだろう。結果として読者は、人工的な手つきの感じられない、まさに自然そのものの民話風の物語として、この作品を楽しむことができるのである。

この三田誠広の「解説」について言えば、では小春が生んで「ぼく」に託された赤ん坊の存在は「神話」構造の中でどのように位置付けられるのか、といった疑問が残るということがある。そして、改めて確認しなければならないのは、一九九五年から九九年まで断続的に書かれた連作を一冊にした『快楽の樹』において、立松が男と女の関係、つまり恋愛関係を「性＝生」そのものと捉えようとしていたことである。一編は、渓流で、そして都会のど真ん中で、更には沖縄の海で「性交《セックス》」を繰り返す若い男と女の物語であるが、ここで立松が強調しているのは、現代において「生きること」の実感は「性」を通してしか得られないのではないか、ということに対する立松なりの疑念に対して解答を求めていることである。『快楽の樹』の最後は、即物的でしかない「性」を突き詰めていくと「精神」が仄見えてくるのではないか、という暗示になっている。立松が『快楽の樹』の後、ポルノグラフィアの世界から離れて従来のような作風に戻ったのも、「性」を追求する作品、つまりポルノグラフィアをいくら書いても「作家生命を危うくする」ような事態にならないことを知ったからではなかったか。

温かいのは、理恵子のヴァギナの中だけではない。この海全体もだと思えるようになった。流れに乗って身体が安定した龍太は、このままどこまでもどこまでもいけるような気がした。（中略）確かなのは、龍太は理恵子と二人で性器を結合させてここにいるということだけだった。ただ、ただ、二人でいる。こんな世界にきたかったのだと、実際にきてから龍太は思うのであった。ここにはなんにもなかった。恐怖はなく、快楽さえもない。快楽を超えた究極の快楽とは、なんにもない世界にきて楽しいと感じることかもしれない。そんなことを考えながら理恵子と流されていき、龍太は心の底から楽しかった。自分たちがどんな姿をしてここにいるのかさえも忘れていた。このまま流れに流れていき、背中にかついだエアがなくなったところですべてが終る。それもいいなと龍太は思わないわけではなかったが、この身と心とが朽《く》ちるその時まで、理恵子と生きていたかった。

いつ死んでもいいという想いを抱きながら、それでも今最も愛する女性と「身と心が朽ちるまで」生きていたいと願うその男の在り様は、まさに「恋愛小説」の極北であり、そこにこそ立松自身の「本音」があったと考えられる。『快楽の樹』に収められた短編とは別に、同時期に立松は自伝的な『鳥の道』（九五年）や「境界」シリーズの『黙示の華』（同）、「足尾」の物語である『毒―風聞・田中正造』（九七年）、『恩寵の谷』（同）、そして「知床」を舞台にした『月光のさざ波』（九八年）など、立松文学の骨格を形成する諸作品を刊行していた。このことからも、立松が意図して『快楽の樹』の後、「ポルノ小説」の執筆を止めたことが分かる。

第九章　「もう一つ」の生き方を求めて

一、「老い」の自覚――「晩年」のとば口で「死」を想う

立松が、いつ頃から意識的に自らの「歩み」を振り返り確認しようとするようになったのか、その時期については定かでない。しかし、四五歳で「父の死」（一九九二年一二月）を経験し、そして「百霊峰巡礼」（二〇〇三年～）を始めるに当たって、その第一回目の男体山登山で「体調を崩し」、おのれの「老い」を感じるようになった約一〇年間のどこかで、立松は小説家になってから自分がどのような軌跡を描いてきたのか、その「全体」を総括する必要を感じたと言えるかも知れない。

たぶん、直接のきっかけになったのは、これまでにも何度か触れてきたことだが、「破竹の勢い」という言葉が最も作家を形容するに適切であったかのように、現代文学の最前線で活躍してきた立松を突然（必然の如く？）襲った「魔の出来事」＝『光の雨』盗作・盗用事件によって、立松は精神的な（作家としての）「死」を経験し、その直後に本当の意味で「仏教＝ブッダのことば」と出会い、「再生」を果たすという経験をしたことである。立松の「死と再生」については、『光の雨』事件について論じた第七章で詳説したのでここでは触れないが、立松が「いつか訪れるであ

ろう自分の死」について書いた「老後の入口」(九七年七月)で次のように書いていることは、記憶されていいだろう。

ごく最近、大学以来の親しい友に死なれ、痛恨の思いを抱いている。友は私より三歳ばかり年上で、五十歳になってそれほど時間がたってはいない。

父をなくした時にも哀切な気持ちになったが、自分とさほど年齢の違わない年来の友の死では、父の時とはまた別な悲しみに襲われた。日常生活のなんでもないことをしている時、ふわあっと悲しみがやってくる。普段そんなにしょっ中会っているわけでもないのに、考えるたびに悲しくて悲しくてたまらなくなってくる。

それから一ヵ月もたたないうちに、同じ仲間が奥さんをなくした。通夜の席で悄然としている友の姿を見ていると、闘病する妻を抱えて長いこと彼は耐えていたのだなと胸を打たれた。彼からは愚痴ひとつ聞かなかった。死とは永遠の別離なのだと思い知る。

ここで言う「三歳ばかり年上」の友人というのは、立松が一九八六年五月テレビ朝日の「ニュースステーション こころと感動の旅」のレポーターとして登場するきっかけを作ってくれた早稲田大学の先輩で、オフィスボウの責任者彦由常宏のことである。彦由は、早稲田大学時代「反戦連合」(アナーキズム系の無党派新左翼)のリーダーとして、早稲田大学の全共闘運動(「早稲田を揺るがした一五〇日」)を牽引した人物の一人で、立松が『光の雨』事件を起こした時に、上記引用の「奥さんを亡くした仲間」(早稲田大学時代の友人であり同志であった高橋公)と共に死刑囚坂口弘側の弁護士や政治組織と「裏」での交渉を行い、精神的に支えてくれた人物の一人でもあった。彼は、一九九七年二月二八日に亡くなったのだが、立松は彼の葬儀の際、次のような言葉(弔辞)を送っている。

本当に彦さんと親しくなったのは、一九七〇年を過ぎ、なんとなく行き場がなくなってからでした。私は小説を書いていたのですが、発表する機会もない時代で、彦さんも時代の浪人を決め込んでいました。彦さんや他の仲間たちとしたことは、住んでいる南阿佐ヶ谷の須賀神社で、夜になると剣道の激しい稽古をすることでした。もちろん彦さんが師範です。みんな時代の浪人でしたが、きたるべき時のために力をつけておきたいと、真剣に考えていたのです。（中略）

彦さんのことを考えると、思いは尽きません．彦さんと酒を飲んでいると、快い緊張感と心からの慰藉があり、本当に楽しかった。彦さんは私には、私のまわりのたくさんのものには、師であり、兄であり、至上の友でありました。

立松が「師であり、兄であり、至上の友」であった言う彦由常宏、彼はまさに作家立松和平を襲った生涯最大の出来事と言っていい『光の雨』事件から、立松が「再生」するきっかけになった「インド行」——それは、『ブッダその人へ』（九四年一月号~九五年一二月号まで「佼成」に連載　単行本九六年一一月）に結実している——を経て確信することになる「地湧の菩薩」を象徴する人物の一人であった。「親しい」と思っていた文学関係者の多くが、『光の雨』事件をきっかけに立松から「逃げた（遠ざかった）」時、ごく少数の文学者や編集者と共に立松を支えたのは、彦由と「弔辞」に出てくる七〇年前後の「政治の季節」＝全共闘運動時代を共に過ごした同志（剣道仲間）であった。

先に、立松は「父をなくした時にも哀切な気持ちになったが、自分とさほど年齢の違わない年来の友の死では、父の時とはまた別な悲しみに襲われた」と書いたが、同じ文章の中で、次のようにも言っていた。

もし長寿ならば、若い頃から交わってきた親しい友とともにいたい。家族といつまでもすこやかでいたい。だがそれはかなわぬ願いだ。まわりが一人去り、二人去りする別離の悲しみを味わっている私は、すでに老いの入り口に立っているということなのだ。

「老い」というのは、実感として言うならば、若い頃の感覚では到底理解し難い「遙か遠いもの」として存在し、そのような年齢なってみないとわからないのではないかと思わせるものである。立松が「老いの入り口」で言うように、「老い」の年齢に達した身近な人や友人・知人などの「死」に直面して初めて実感するものでもある。言い方を換えれば、自分ではいくら若い頃と変わっていないと思っても、同級生の死などに直面して自分も死者と同じ年齢であること、つまり「老いの年齢」になっていることを知って愕然とする、ということである。

立松は、亡くなる(二〇一〇年二月八日)直前まで「はじめての老い」という連載を㈱社会保健研究所の「年金時代」(二〇〇九年四月～二〇一〇年二月)で行っていた。その内容は、他の「老い」に関する文章を加えて没後に刊行された『はじめての老い　さいごの老い』(二〇一〇年六月　主婦の友社刊)の「第一章　老いへの入り口」と「第二章　私に起こった体の変化」の小見出しを見れば、歴然とする。「人生のスタートとゴール」「〝老い〟はさりげなくやって来る」「棺を蓋いて」「母の苦悶」「永遠の母」(以上第一章)、「孫が重くて腰が痛い」「腰の痛みを堪えて」「腰痛登山で見えてきたもの」「『地獄で仏』とはこのことか」「怪我と人生の実感」「松葉杖で歩く」(以上第二章)。

これらの文章で、立松は自らに迫ってきていた「老い」についての体験を、連載を始めて程なくしてやってきた「死」など全く意識せず語っているのだが、あれほど精力的に行動し原稿を書いていた自分にやってきた「老い」について、例えば次のように書いていていた。

およそ十年前のことである。私は五十歳を出るか出ないかの頃であった。自分自身に老いなどまったく感じない時代のことだ。もちろん青年からも遠く隔たっている。
大学の同級会の案内が届いた。（中略）
大学内のある施設に集まったのだが、私は少し遅れていった。遠くの席に二十人ほどの団体がいて、それは私の同級生ではないと思った。全体の印象でいえば、白髪かハゲで、腹が出ている人が多かったからだ。十歳ぐらいは年上に見えた。（中略）
私は自分の姿をしみじみと見たことがない。老人と見えるその団体にまじって、なんの違和感もなかった。老いに対する私の自意識と、実態との差を、しみじみと知ったのであった。老いに関する自意識とはそんなものであろう。そして、そのことは今もまったく変わらない。
（「人生のスタートとゴール」）

そんな立松も、六〇歳を超え「体力」の衰えを実感するようになる。その正直な告白が、第二章の「私に起こった体の変化」である。多忙な立松が、僥倖のように訪れた休日を利用して家族（妻と娘と孫の四人）と湯河原温泉に一泊二日の小旅行を行った際に、体重一三キロの孫を何度か抱いて歩くことがあって、帰宅後「腰痛」を覚え、その後「ギックリ腰」になり難儀したというのである。


「孫を抱いて、腰を痛めました。大丈夫です。口には影響ありませんから」

こういいながら、私は妻が口うるさいほど普段繰り返す言葉を思い出す。

「もう若くないんだから、あんまり先の予定をいれるのやめなさいよ。病気になっているか、死んじゃっているかもしれないでしょう。迷惑かけるだけよ」

あんまりいわれるものだから、最近は一年先の予定などはいれないようにしている。イベントを組む側とすれば、予算をとる必要もあるだろうし、一年後の予定は普通のことだとわかってはいる。だが病気や怪我やアクシデントは突然やってくる。老いればその確率は若い頃にくらべれば高くなるだろうが、今回の場合、昨日のアクシデントが今日影響しているのだった。

（「孫が重くて腰が痛い」）

この「孫が重くて腰が痛い」の文章からわかるのは、この当時、立松がすでに「老い」の自覚の下で生きることを覚悟するようになっていたということである。このことについては、若いときから止まるところを知らず、絶えず「動き」続けてきた作家も、ついに自らの身体を自在にコントロールできなくなり、「止まる＝落ち着く」ことを余儀なくされたという自覚を持つようになった、と言い換えることもできる——立松について、一般的に「行動派の作家」なる呼称が与えられているが、「行動派の作家」というのは、例えば小田実や開高健、大江健三郎などのように、反戦運動や反核運動、人権弾圧への抗議行動などの「政治」にもコミットする作家について言うのが正確な言い方であって、立松の場合「旅する作家」とか「動くことが創作の原点になっている作家」という言い方の方が相応しいのではないか、と思われる——。

ただ、立松の場合、「老い」を生きるようになり、「止まる」ことの重要性について自覚するようになっても、その生活スタイルは変わらず、何本かの小説を含む連載の合間に、取材や講演で全国を飛び回るという生活を続けていた。結果的には、その多忙さが立松の生命を縮めることになったと思われるが、「動き続ける」その生活スタイルの極めつきは、立松が二〇〇三年の秋から亡くなる直前まで続けてきた「百霊峰巡礼」（二〇〇九年一二月）、と言っていいだろう。そんなに高くない山も、三〇〇〇メートル級の山もある「百霊峰巡礼」、立松は最初の男体山から七三番目の清澄山まで、途中怪我で登れないときもあったが、毎月一回の割合で霊峰登山を多くの人に助けられて行ってきた。「若くない」という自覚を持ちながら、傾斜の度を深めていた「仏教」との関係もあってのことだと思うが、「老い」

を感じ始めた歳になっても、霊峰登山をやめることはなかった。

たぶん、その頃すでに「求道」を生き甲斐の一つとするようになっていた立松にしてみれば、道（仏道）を極めたいという精神の方が、「老い」の領域に入った体力（身体）の現実を遙かに凌駕していた、と思われる。「精神」によって「身体」はどのようにもコントロールできるのではないかと過信していた、と言っていいかも知れない。しかし、「老いる」＝年齢を重ねるということは、体力が衰えるだけでなく、「精神」の方にも影響を与えることに、立松はもっと自覚的であるべきだったのではないか、と今では思う。

言い方を換えれば、立松は作家として自分の歩いてきた道について、もっともっと自覚的であるべきだったのではないか、ということである。特に、『光の雨』事件以降、具体的に言えば『ブッダその人へ』（九六年）によって確信を持つことになった「仏教」思想を基底に、そこから「物語＝小説」を構想する方向、つまり『遠雷』四部作」の四作目『地霊』（九九年）や短編集『ラブ・ミー・テンダー』（〇一年）、「生命三部作」の『日高』（〇二年）、『浅間』（〇三年）、『日光』（〇九年　原作『二荒』〇七年）、あるいは『下の公園で寝ています』（〇二年）、『奇跡　風聞・天草四郎』（〇五年）、『軍曹かく戦わず』（同）、『不憫惚れ　法昌寺百話』（〇六年）、『南極にいった男』（〇八年）などの作品に具現されている世界をもっと深化させるべきだったのではないか、ということである。「老い」との関係で言えば、『猫月夜』（上下　〇二年）、『晩年』（〇七年）、『寒紅の色』（〇八年）、『人生のいちばん美しい場所で』（〇九年）などの作品に結実していった世界について、それまで以上に自覚的であるべきだったということである。

例えば、『猫月夜』が自身の歩み＝過去を点検するという「内部（意識）」の要請によって書かれたというようなことについて、もっと意識的になるべきであったということでもある。つまり、習作時代から一貫して愚直に「人間はいかに生きるべきか」を追求してきた作家であった立松が、この長編においてそのような「表現」を追求してきた人間が「家族・家庭」の中でどのような存在であったのか、その自己点検の意味についてさらに深く考えるべきであったということである。もっとも、この長編が山陽新聞や福井新聞、山形新聞、宮崎日々新聞、神奈川新聞、等々の地方新聞一八紙の九九年二月一三日～二〇〇〇年四月五日まで（新聞によって、九九年九月、一〇月からの開始もあった）四〇四回にわたって連載されたものに加筆・訂正を加えて成った長編であることを考えた時、そこに立松自身の「歩み＝過去」への強い関心を感じることができる、という見方も成り立つ。立松はこの長編において、おのれの過ぎ来し方、および「家族・家庭」におけるおのれの位置を、二〇世紀が終わろうとするこの時期（立松五二歳）に新聞連載という形で問うことに、並々ならぬ強い意思を持って臨んだのではないかということである。

因みに、立松の新聞連載作品は、これまでに『白い空』（「読売新聞」夕刊九〇年八月一七日～九一年五月一五日連載）、『沈黙都市』（「高知新聞」、「秋田魁新聞」、「信濃毎日新聞」などに『悪の華』と題して九一年一二月二〇日より二五六回連載）、『黙示の華』（九五年一月二三日～七月四日まで『寒雷』のタイトルで「下野新聞」に連載）、『毒―風聞・田中正造』（「日本農業新聞」九六年四月一日～九七年一月三一日まで連載）の四作あるが、一年以上四〇四回という長きにわたって連載されたのは、この『猫月夜』だけである。

一般的に新聞小説の連載期間は一年以内というのが大方であるが、一〇〇〇枚を超えるこの長編新聞小説は、これまで書かれてきた立松の作品とその趣が大きく違っていた。主人公＝一人称の語り手の一人を「女性」に設定しているのである。すでに何度か指摘したことであるが、立松の小説は等身大の青年を主人公にした「青春小説」以外の作品も、例えば戊辰戦争に材をとった『天狗が来る』（八四年）や『ふたつの太陽』（八六年）などの歴史小説においても、登場人物の誰かが作者の分身ではないかと思わせるような書き方をするものが多かった。「女性」が主人公になって作品は、喧噪と孤絶を強いられる都会を逃れて「生」の原点を見直そうとするテレビディレクターの複雑な心境を描いた『海のかなたの永遠』（八九年）以外には、『不憫惚れ』に収録されている『火の川』や『梅見』などの老女が過去を語るという形の短編の他に、これまでほとんどなかった。

それが、『猫月夜』になると、例えば次のような冒頭が如実に示すように、長編の最初から最後まで世界を飛び回るカメラマンと結婚した「日出子」が物語をコントロールする構造になっているのである。もちろん、物語の全編が「日出子」の語りで進行するわけではない。時には、南米のナスカやアンデス、あるいはニュージーランドの写真を撮りに行くカメラマンの「栄一」の語りで物語が展開する章もないわけではない。しかし、物語の大半（中心）は、あくまでも「日出子」の語りによって支えられている。

風はなく、ものういほどに暖かな光が満ちていた。洗濯機から出してきたシーツを、ひろげるため空中で振りまわした。空気をシーツで打つと、霧の中に虹ができ、ゆっくりと拡散して光の中に消えた。日出子《ひでこ》は水のにおいと洗剤のにおいがまじるその淡い虹が美しいと思い、何度もシーツで空気を打つ。

夫の栄一はいない。海外にいっているのだ。でかける前夜、少年のように瞳を輝かせて今度の仕事の内容を語っていた。日出子は話の内容は忘れてしまったが、夫の生き生きした表情ばかりが印象に残っていた。カメラマンの夫の仕事も、少しずつ軌道にのってきた様子である。夫がどこにいようと、日出子には目の前に夫がいないという現実があるばかりだった。

日出子はこの後、幼い子供と共に一戸建ての分譲住宅が並ぶ団地で「留守番」し続けることに堪えられず、栄一と離婚し、娘の若菜を連れて母が一人住む東京の実家で暮らすようになる。若菜の世話は母親に任せ、日出子は写真家の事務所で経理などを担当する仕事に就いたのだが、「自立した女」として八年、中学生になって反抗期を迎えた若菜にどう対処したらいいかに悩み、また事務所の共同経営者の一人から求愛されるなどということもあり、必ずしも「順風満帆」とは言い難い生活を送っている。母も年を取って、どうやら痴呆症になりつつあるのではないかとも思われ、若菜はますます「親＝母離れ」の度を強めていく。一方、カメラマンとして大きな仕事を引き受けるようになった栄一は、若い女性と再婚し、子どもも産まれ、相変わらず国内外を飛び回る仕事に追われ、表現者として世に認められ順調に歩みを進めている。こんな日出子と栄一の「日常＝生活」は、現在ではどこにでも存在する家族・家庭の話であって、特別珍しいものではない。その意味では、『猫月夜』は現代では当たり前な「家族・家庭」の在り様を、表層的になぞって見せただけ、という見方もできる。

しかし、立松の個人史（作品の履歴）とこの長編の内容を重ねる時、「老い」の入り口に立った立松がこの長編で自分及び自分たち世代のこれまでの過ぎ来し方を「自己省察＝自己総括」し、その結果を描いていると考えるならば、この長編はまた別な側面を見せる。もちろん、立松は私生活において離婚を経験しているわけではないし、子供も一人ではない。だが、取材旅行で家を留守のしがちであるとか、最初の家が地方都市の郊外にある住宅団地にあったとか、日出子の実家が東京にあり、母が一人暮らしをしているとか、野良犬や野良猫を日出子が飼うというようなことは、立松が折に触れてエッセイなどで書いてきたことと重なり、立松ファンならずともこの長編が作家自身の歴史や出来事から材を取ったことに、すぐ気づくような設定になっている。

おそらく、主人公＝語り手の一人として日出子（女性）に設定したこととも深い関係があるのだろうが、立松は自分の過ぎ来し方を「妻」という最も主人公の身近にいる人間の口から語らせることによって、「老い」にさしかかった人間の「過去」を客観的・普遍的な問題として提出しようとしたのだと思われる。また、別な角度から言えば、「老い」の入り口に立った人間にとって、将来どのような生き方が可能なのかを問おうとしたとも考えられる。立松は、単行本『猫月夜』の「あとがき」で次のように書いていた。

まだはじまらない時間が膨大に前方にひろがっている青年期なら、さほど意識しないですむことも多い。年齢を重ねるにつれ、喜びの体験も連ねてくるにせよ、人生の苦しさも厳然として意識しないわけにはいかない。人生は矛盾に満ちている。

「会うが別れのはじめなら」という。会うと別れはまったく反対のことであるにもかかわらず、一人の時間の流れの中に同居している。もっというなら、生と死とは両極のことであるのに、生きるとは死に向かっての一歩一歩であり、一方がなければ一方も存在せず、両者は深い関係にある。矛盾したことが一人の人間の中に流れているからこそ、人生は苦しいのだといえる。

この矛盾を背負った人生を自分自身も生きるように書くというのが、私の小説家としての一つの流儀である。誰でも不幸になろうとして生きているのではない。いつも幸福になろうとして、無数の選択を幸福に向かってしているのでる。ところがなかなかうまくいかないのが、人生というものなのだ。

例えどんなに「幸福」な日々を送っていたとしても、人は時に「最悪の事態」を想定するものである。立松も、若いときと違って充実した日々を送るようになった「老い」の入り口で、もしかしたら自分たちの家庭・家族を襲ったかも知れない「崩壊」の危機をふと想ったことがあったのではないか。だからこそ、主人公を小説家に似たカメラマンとして、「妻」の側からそのような表現者がどのような生き方・生活をしてきたのかを語らせようとしたのだろう。これが、『猫月夜』一編が立松の個人史＝表現史にとって重要な意味を持っているのではないかと考える所以である。

二、「反戦」の旗は降ろさない

立松和平という作家の在り様を考えるとき、彼が一九四七（昭和二二）年生まれの「団塊の世代」、あるいは全共闘世代であるということは、欠かすことのできない要件のように思える。外地から、あるいは内地（本土）の駐屯地や部隊から故郷・我が家に帰還した若き兵士たちが、「平和と民主主義」に彩られた社会の下で、「明日」に希望を託しつつ、疲弊した国土状況ではあったが、死から免れ「安心」して子作りに励んだ結果が、立松たち団塊の世代を生み出したという現実＝歴史が深く刻印されていたからである。

しかし、この世代は別名「ベビーブーム世代」と言われるように、余りにもその数が多かったために、幼稚園の時代から小学校・中学校・高校、そして大学と、つねに激しい「競争」を余儀なくされてきた。それは、例えば少子化に悩む現在では全く考えられない義務教育（小学校・中学校）段階において、一学年一五学級、一学級五五人〜六〇人という、文字通り「すし詰め学級」での学習を強いられ、更には高度経済成長の始まりにあって激化した高校への進学競争に勝ち抜き、進学率が一〇パーセントにも満たなかった大学への進学においても、常に「狭き門」の通過者であったことが、如実に物語っていた。

反面、戦場（軍隊）から帰還した兵士であり、銃後（家庭）を守っていた女性であった彼らの親たちは、混乱と飢餓の戦後にあって子供を作りながら、占領期（一九四五〜五二年）を必死に生き、そして朝鮮戦争特需によってもたらされた戦後（経済）復興の主要な担い手として、その後の高度経済成長期の「豊かさ」をそれこそ全身で享受しつつ、「平和」な暮らしを築いていったのである。

彼ら彼女らの生き方の根底には、意識的か無意識的かを問わず、「戦争は二度とごめんだ」「殺すな」といった「反戦」の思想と感覚があったこと、これは団塊の世代を論じる際に等閑視《なおざり》にできないことであった。それに加えて成人女性に選挙権が与えられ、「平等」を基調として民衆の「抵抗権」も保証された戦後民主主義社会が実現したこと、そして立松たち団塊の世代がそのような「平和と民主主義」をその身体性で受けとめ必死になって生きてきた親たちの申し子だったこと、このことも世代論を超えた事実として確認しておく必要がある。当然、親たちがその生き方で示した「反戦」「不戦」の思いは、立松たちは十分に受け継いでいた。

団塊の世代を代表する作家立松が、『今も時だ』（七一年）、『光匂い満ちてよ』（七九年）、『光の雨』（九八年）などの作品で、「反戦」をその根っこに持つ学生運動＝全共闘運動にこだわり、また『歓喜の市』（上下巻　八一年）、『天地の夢』（八七年）、『卵洗い』（九二年）や『母の乳房』（九七年）などで、「戦争」から帰還した「戦後」の父母の姿を描こうとしたのは、その意味で「団塊の世代」の作家として最も「正当（統）」な道を歩もうとしてきたことの証であった。さらに言えば、立松が先のアジア太平洋戦争を真正面から捉えた「父の物語」を書こうと思い続けてきたのも、また至極まっとうな父親への対応であったと言える。立松は、次のような言い方で「父の物語」を書こうとしてきたことを公にしてきた。

父母は戦中派で、青春期が戦争と重なり、戦争を生きなければならなかった。そんな世代の人生を、小説家の私は書きたいと思うようになってきた。そろそろいいかなと思うのだ。戦後の平和な時代を健げともいえるひたむきさで生きた父のことを、私は何編かの小説にした。しかし、人生を本当に決定づけた父の戦争体験については、ほとんど　周辺しか触れていない。

最晩年、脳梗塞からはじまって、入院し、さまざまな合併症に苦しんだ父は、時にいささか錯乱状態におちいった。自分がいるところが宇都宮か東京か、はたまた私の長男が当時いた北海道かわからなくなり、同時に幾つもの場所にいたことがある。それから、軍隊時代を過ごした旧満州にもいた。時に宇都宮の衛生的な病室に帰ってくることもあり、たまたま見舞いに行った私に、父はこんな風にいう。

「俺はな、軍隊にいたから、こんなきれいな病院のベッドの中とか、家の畳の上とか、そんなところで死んではいけないんだ。兵隊だったからな」

兵隊だったから、戦友が泥の中で死んでいったように、自分も泥の中でのたうちまわって死ななければならない

というこ となのだろうか。父の言葉はわかるのだが、わからない。わからないのだが、わかる。

（「父の原点」二〇〇五年三月）

ここで立松が言う「戦後の平和な時代を健げともいえるひたむきさで生きた父のことを、私は何編かの小説にした」というのは、先に論じた『歓喜の市』をはじめとする一連の小説で戦地から引き揚げてきて混乱の戦後を生きた「父親」を描いた小説のことであり、「人生を本当に決定づけた父の戦争体験については、ほとんど周辺しか触れていない」という「周辺」の小説は、先に挙げた『今も時だ』――ここには、バリケード封鎖中の大学で行われたジャズ演奏でドラムを担当した者が、満州帰りの父を思う気持が描かれていた――などを指してのことだったのだろう。立松は、繰り返し中国（父親が商社員として赴任した山東省済南市や兵士として過ごした旧満州・吉林省、遼寧省などの各地）を訪れ、「父の物語」を構想してきた。しかし、遂にそれは実現することなく、立松はこの世から去っていった。さぞや無念であったろうと思うが、その早過ぎる死とは別に、立松がいかに長い間戦争を背景とした「父の物語」を書こうとしてきたかの一端は、『軍曹かく戦わず』（二〇〇五年）の「後記にかえて」にも書かれている。

立松は、「私は実は『満州』の小説を、これも長い長い時間をかけて準備している。私の父が関東軍の一兵卒で、命からがら日本の故郷に引き揚げてきて、そこから私の家族も私自身の生もはじまったからである」、と書き、『軍曹かく戦わず』を書くに至る経緯について、次のように記している。

アートン（『軍曹かく戦わず』を刊行した出版社――引用者注）の郭充良と明石肇が私の家にやってきたのは、盛夏のそれは暑い日であった。小説執筆の依頼のためである。彼らに熱意を感じて私はその仕事を引きうけ、しばしば連絡をもらったのだが、いろんな事情があって手をつけられないでいた。私は不義理をしたということになる。

何年もたった冬の日、私はまた二人の訪問を受けた。私とすればその時その場でやらなければならないことに追われて仕事が遅延しているだけだったのだが、彼らに厳しく叱責されるのだろうなと覚悟した。その時は劇団新宿梁山泊の金守珍もいっしょだった。金守珍は劇団員に元日本軍兵士がいて、おもしろい手記を書いたから読んでみてくれと、ワープロ打ちの手製の分厚い冊子を置いていった。それが『湘桂作戦　戦いなき兵士たち　ある軍通無線・先任下士官の足跡』であった。読みはじめると、戦場にあっていかにして戦わないかということと、生き抜くためにいかにして食料を得るかということばかりが書いてある。なんとも痛快な手記であった。私は前作になるべき作品に手もつけていないのに、彼らは新たな素材を持ってきてこれが小説にならないかというのである。（傍点引用者）

『軍曹かく戦わず』の内容は、この傍点部に集約される作品のタイトルに全て集約されていると言っていい。先のアジア太平洋戦争にあって、「敵」を殺さない日本軍部隊が存在したということは、恐らく誰も信じることができないだろう。平岡正明の『日本人は中国で何をしたか』（七二年　潮出版社）や井上清・廣島正共同編述『日本軍は中国で何をしたのか』（九四年　熊本出版文化会館）、中島みちの『日中戦争いまだ終わらず――マレー「虐殺」の謎』（九一年　文藝春秋）などを読めばわかるように、日本軍は中国大陸やアジア諸国で「残虐行為（三光作戦）」――「三光」というのは、「殺し尽くし、焼き尽くし、奪い尽くす」という意味の中国語の言葉で、日本軍は同じ行為に対して「燼滅《じんめつ》作戦」とか「討滅作戦」などと言っていた――を繰り返してきた。

例えば、『日本軍は中国で何をしたのか』の「河北省・山西省での三光作戦――李恩涵『抗日戦争期間日軍対晋東北、冀西、冀中的〝三光作戦〟考実』による」によれば、日本軍による中国民衆の「虐殺」は、以下のように行われた。

一九三七年から八年間、抗日戦争中に日本軍は共産党支配区の民衆に対して大規模な虐殺を行った。不完全な資料によってもその数は三一八万人にものぼり、中国東北部や日本へ連行され徴用された華北の民衆は二七六万人にもなる。その内、晋綏辺区では三五万人が殺され、九万人余りが連行された。晋察冀辺区では四八万人が殺され、三〇万人近い人が連れ去られた。冀熱遼区では三五万人が殺され、三九万人が連れ去られた。晋冀魯豫区では九八万人が殺され、四九万人が連行された。山東省の共産党支配区では九〇万人が殺され、一二六万人が連れ去られた。蘇皖辺区では二四万人が殺され、また中原の共産党支配区では七万人が殺されたのである。（中略）

その他、財産・物資の損失は更に膨大であり、ここで検討の対象となっている山西省東北部、河北省西部・中部の一帯が含まれる晋察冀辺区だけでも、一八八万室の家屋が破壊され、一〇一億斤（斤＝約六〇〇グラム）の食料、五七万頭の耕作用の家畜、一六九万頭の豚・羊、二四四一万件の農具・家具。二一一三万着の衣服が損失したのである。

ここに掲げた数字が「真」であるかどうかは問題ではない。また、日本軍の「三光作戦」が「共産党支配区」だけで行われたのかも、今は問題ではない。たぶん、「白髪三千丈」というような形容が普通に罷り通る国であることを考えれば、その数が正しいか否かを問うても余り意味はなく、それよりは引用のような「三光作戦」が日本軍によって中国各地で実際に行われたということ＝「事実」を、どう受けとめるかが重要である。井伏鱒二に徴用中（太平洋戦争開始の直前一九四一年一一月から約一年間、井伏は占領中のシンガポールに報道班員として滞在していた）に書いた『花の町』（四二年）という作品があるが、その中でも華僑とおぼしきマレー人、シンガポール人が数千人規模で「虐殺」されたことが書き込まれている。有名な「マニラの火刑」――太平洋戦争末期に、反攻してきたマッカーサー率いるアメリカ軍に呼応するゲリラを恐れる余り、老若男女を問わずマニラ市民を様々な方法で虐殺した事件――を持ち出すまでもなく、日本軍の「燼滅作戦＝三光作戦」はアジア各地で常態化していた。

立松の『軍曹かく戦わず』が、数ある「戦争文学」の中で異彩を放っているのも、「三光作戦」が当たり前の中国戦線において、「戦場にあっていかにして戦わないか」、「生き抜くためにいかにして食料を得るか」に腐心した軍人（下士官）が存在したことを、小説という方法を用いて明らかにしているからに他ならない。『軍曹かく戦わず』は、先に引用した「後記にかえて」にも書いてあるように、小松啓二の手記『湘桂作戦　戦いなき兵士たち　ある軍通無線・先任下士官の足跡』を基にし、立松がそこに作家としての想像力（構想力）と思想（反戦・非戦思想）を加えてできあがったフィクション（小説）である。どこまでが「事実」で、どこからが虚構（フィクション）であるかは、関係ない。この『軍曹かく戦わず』が私たちに開示しているのは、アジア太平洋戦争下にあって、団塊の世代やその親たちの「戦後」を生きる人々が共通認識としてきた「殺すな！」を先取りした日本軍兵士が存在していた「事実」である。立松は、この長編の「後記にかえて」の最後に次のように書いている。

それにしても戦争などというなんと愚かなことをしたのかとの思いを、私は禁じ得ない。中国に攻め込み、そこを戦場としたのである。どのように強弁したところで、それは許されることではない。またそれは日本の平凡で愚直に生きていた庶民を、生死の淵に追いやって苦しめることでもあったのだ。理不尽な運命に弄ばれながら、暴力の支配する軍隊で庶民感覚からの非戦を結局のところつらぬいた小松啓二軍曹の思想と行動は、力むところもないながら、いま顧みるに値すると思うのだ。誰でも賞讃するような立派なことを主張し、強固な信念に基づいて行動するというのではないが、日常の些事を一つ一つていねいにまた懸命に乗り越えていくのが、庶民なのである。このような愚直な人たちが、戦後の日本を築いていったのだとの確信が私にはある。それは小松啓二軍曹であり、ここに登場する兵士たちであって、私の父でありあなたの母なのだ。底辺において、庶民は健全であったのである。

そのことを私は信じたい。

戦争と「庶民」の関係は、基本的には立松の言うとおりだと思う。しかし、立松の言う「健全」な庶民がまた戦場において、先に指摘した「三光作戦」の担い手を強いられる、そこにこそ戦争の「残酷さ」や「理不尽さ」も存在するのである。『軍曹かく戦わず』は、作者の「健全な庶民の存在」を疑わない考え方（思想）とは関係なく、戦争が庶民をして「平常＝日常」の精神と感覚を失わせる現実を、戦場場面の描写を通じてよく伝えていることも付け加えておきたい。

第一〇章 「生命」を凝視めて

一、「自然」の前で「生命」は…… ——『日高』・『浅間』の世界

現代文学の最前線を走り続けてきた立松が、いつ頃から「生死（生命）」の在り様を正面から凝視《みつ》めるような作品を書くようになったのか、それは定かではない。もちろん、戦後派作家の衣鉢を継いで「人間は、いかに生きるべきか」を問うことから出発した立松である、人の生命が蔑ろにされる都市化（近代化）の陥穽が集約された「境界」の物語である『遠雷』四部作を書き、また町そのものが「荒廃（廃墟）」へと向かう近代の酷薄さと鉱害によって幾多の生命や地域が失われたことを、『恩寵の谷』や『毒—風聞・田中正造』などの「足尾」の物語によって明らかにしてきたことを振り返れば、立松の「生命の尊さ」への関心は作家の本質であった、と考えることができる。しかし、『光の雨』事件を起こし、一度は「作家の死」を経験したことを考えると、この致命的な事件から「再生」した立松の生命の捉え方は、それ以前とはまた違ったものになっていた。

立松は、『光の雨』事件によって、作家として、また人間としてこれまで経験したことのないダメージを受けながら、「失意」を抱いたまま約束していた編集者のたっての願いでインド仏跡巡りの旅に出掛け、そこで「再生」の契機を

得る。その意味で、このインド行は立松の作家生活において特別な意味を持っていたのである。この時のインドへの旅について書いた『ブッダその人へ』(一九九六年一一月刊)によれば、立松は幻覚か現実か定かではないが、旅の半ばで突然「黄金のブッダを見る」という「奇蹟」としか言いようがない体験をする。そのことをきっかけに、立松は「仏教=ブッダの生き方」への興味・関心を深め、それと同時に人間の生命へそれまで以上に鋭い視線を注ぐようになった。その結果が、「生命」三部作である。

立松が「黄金のブッダを見た」と書いた『ブッダその人へ』は、立正佼成会の雑誌「佼成」の一九九四年一月号から翌九五年一二月号まで連載されたものであるが、そこには「死」と「生」に関する立松の考えが随所に書き込まれていた。例えば、次のような文章は、立松が「作家としての死」を経験した『光の雨』事件から、いかに「生」に向から意思を持つようになったかの一端を伝えている。立松は、この時のインドへの旅にも若かりし頃のインド放浪時と同じように、岩波文庫の『ブッダのことば——スッタニパータ』(中村元訳)を携えていったのだが、その『ブッダのことば』の「ブッダの弟子・チュンダ」とブッダとの問答を記述した「八六・八七・八八」を記した後、立松は次のように書いた。

明解である。ニルヴァーナを楽しむことは、ブッダの心境である。絶対的な安らぎとは、悟りの境地である涅槃を得ることで、死と深い関係を持っている。死をもって輪廻の軛から離れること、本来は苦しみでしかない死を絶対的な安らぎに変えること、これこそが悟りの境地ではないだろうか。こう書きながらも、私は自分自身が執着と煩悩とにまみれていて、道はまだ遠いことを知るばかりだ。私はうまいものを食べたいし、女性を見れば性的興奮を覚えるし、快楽に満ちた旅行もしたいし、美しい芸術に囲まれていたい。必要以上に貪ろうとは思わないにせよ、執着と煩悩とをきれいさっぱり棄てられるとも思えない。それでいて、自分の死についても深い興味を持っている。

死に向かってどんな態度をとればいいか、思考し思いを定めておきたいのである。ニルヴァーナの楽しみとは、自分の死を楽しむという心境なのかもしれない。人生で最終的にたどり着くのはその境地だということを、我が人生の理想と定めよう。（傍点引用者）

立松は、「インド」によって、別言すれば「ブッダ＝仏教の教え」によって救われたのである。引用のような境地（理想）を手に入れた立松は、その後「自分は何処から来て、何処へ行くのか」という疑問に応えるべく、先にも記したように、「父祖の地・足尾」を舞台に、足尾の坑夫であった曾祖父をモデルにした『恩寵の谷』（「北海道新聞」・「東京新聞」他、九五年九月一日〜九六年一二月二八日）、及び足尾銅山がもたらした渡良瀬川下流域における「公害＝鉱毒」と戦った田中正造を主人公とする『毒―風聞・田中正造』（「日本農業新聞」九六年四月一日〜九七年一月三一日）を書き、幼き時代の想い出を書いた『母の乳房』（九七年一〇月）に集約される諸短編などを書く。

もちろん、これらの作品の全てが人の生死＝生命への深い関心、あるいは『ブッダその人』に象徴される「仏教」への傾斜の結果というわけではない。「自分は何処から来て、何処へ行くのか」という疑問に応えるということは、『光の雨』事件で失いかけていた作家としての「アイデンティティ」を取り戻すという強い意思があったからこそ可能なことであった。立松の「著書年譜」を見ればわかるのだが、立松は『光の雨』事件の後の、例えば一九九四年には事件前と変わらず文庫や童話、共著も含めて年間一三冊の著書を刊行していて、「盗作・盗用」事件などまるでなかったかのような活躍ぶりである。たぶん、そのようなことが可能だったのは、本気で次のような「心境」を手に入れることができたと確信していたからである。

長いのか短いのかわからない人生である。一人の人間には一度の人生しかないのだし、それはいろいろなことがあるだろう。そのいろいろなことに、人はさらされ、破滅の危機さえ迎え、また磨かれる。人が生きるということにとって、すべての時が、すべての場所が、道場なのである。この道場があるからこそ、人は生きていけるのだ。

(「身をゆだねる〈あとがきにかえて〉」『ドロップアウト』九五年五月所収)

立松が、『日高』(二〇〇二年一月　初出「新潮」二〇〇一年一〇月号)を書く際に参考にした『鎮魂歌　ああ、十の沢(一九六五年札内川大なだれ遭難記録)』(吉田勇治　九九年　札内川上流地域開発研究センター刊)や北大山岳部誌「北の山脈」(七五年三月)などの、山岳遭難史上特筆に値すると言われる北海道大学山岳部の遭難事件資料を、いつ手に入れたのか、その詳細についてはよくわからない。しかし、『百霊峰巡礼』に日高山脈の最高峰幌尻岳を選んでいたこと、及び「日高山脈」(二〇〇三年)や「銀の花咲く楽古岳」(同)などのエッセイに書いてあることから推測すれば、立松は早い時期からその麓の二風谷に住むアイヌ(萱野茂)との親交もあってか、「日高(の山々)」に興味を持ち、夏山登山はもちろん五一歳の時には冬山登山さえ行っている。恐らく、そのような関心・興味がまずあって、それで先に記した『鎮魂歌　ああ、十の沢(一九六五年札内川大なだれ遭難記録)』などの資料を手に入れたものと思われる。

北大山岳部が一九六五(昭和四〇)年三月一四日に遭遇した「日高(カムイエクウチカウシ山)」での遭難事故について、それが特筆すべきものであったという理由の一つに、六人パーティーのリーダー澤田義一が、日本国内の雪崩としては最大級に属すると言われる「走行約三km、デブリの長さ一km、幅三〇~一〇〇m、量約四〇万トン」の雪崩に遭遇しながら、デブリ(崩れ落ちた雪塊と土砂、岩石、樹木の混合物)の下で四日間生き続け、約一五〇〇字の「遺書」を地図の裏に書き残したということがある。澤田の「遺書」は、デブリの下にいるという過酷な状況を冷静に受けとめながら、二四歳でこの世と別れなければならない状況に陥ったことを、両親や仲間の親に詫び、それでも儚く消えていく「生命」の行方を凝視したもので、究極な場における人間の精神活動を綴っているという点で読む者の感動と驚きを呼ぶものであった。

おそらく、立松は文字通り「生と死」の狭間を凝視したこの「遺書」に触発されて、『日高』を執筆しようとしたものと思われる。もちろん、だからといって、立松が「遺書」を残した澤田義一をモデルにした「遭難記」を書こうとしたと考えるのは、早計である。何故なら、『日高』は澤田をモデルにした主人公（小田桐昇）と六人パーティーの紅一点長谷川裕子との「恋愛物語」として構築されているからである。すでに第一章で立松自身の体験を基にした『蜜月』（八二年）を論じた個所などでも言及したように、立松は「恋愛」を「生・性」の昇華する行為として位置付けており、この『日高』でもその考えが存分に生かされている。立松が『日高』という小説の中心に、「夢物語」としてではあるが小田桐昇と長谷川裕子の「恋愛」を置き、そこに「人間らしさ」、あるいは「至上の美・価値」というべきものを設定しているのも、繰り返すが立松が生命の燃焼としての「恋愛」を「生・性」の昇華したものと捉えていることの証であった。

これはまた、『日高』の構造が先に挙げた「遭難記」などを参考にしたドキュメンタリーな部分と、デブリの下という「死地」にある小田桐昇の「幻想」「夢」「願望」部分とが綯い交ぜになった形で成立していることと深く関係している、ということでもある。つまり、物語の最後が昇の「遺書」を明らかにしたあとで、「遭難」から無事生還した昇と裕子が結婚して子供を作り、再び二人で日高山脈の幌尻岳に登るという「夢（の話）」で終わっていることに、そのことは象徴されている。このことからも、この物語が「生命の輝き」をテーマとしたもので、立松は「死」の中にも「生」の輝きが存在している、と主張したかったものと思われる。

生命を凝視する「三部作」の第二作目『浅間』（二〇〇三年九月）も、その意味では『日高』とその創作方法（思想）は変わっていない。周知のように、今も噴煙を上げる長野県と群馬県との県境にそびえる標高二五六八メートルの浅間山は、昔から何度も大噴火をくり返してきた活火山だが、とりわけ江戸期の天明三（一七八三）年八月五日（旧暦七月八日）に起こった大噴火とそれに伴う火砕泥流は、群馬県側の鎌原《かんばら》村（現・吾妻郡嬬恋村鎌原地区）をはじめ吾妻《あがつま》川下流の村々に大きな損害を与え、中でも火砕泥流の直撃を受けた鎌原村は村民五七〇人中四七七人が犠牲になるという壊滅的な打撃を受けた。立松は、かねてよりこの「天明の大噴火（鎌原村壊滅）」について強い関心を持っていたようで、「草津温泉まで」（九七年）というエッセイの中で次のように書いていた。

浅間山は青空の中に清々しい姿でそびえていた。溶岩でできた裾野を走っていく。道路端の看板に鎌原《かんばら》観音の文字が見えた。いつか私はいってみたいと思っていたところだ。偶然にその場所にきて、私はなにものかに拾い上げられているような気がした。長い時間をかけて小説にしたいと考えているからである。茅ぶきの鎌原観音堂には人がたくさん集まってお茶を飲んでいた。（中略）

「九十段の石段があるんですが、上の十五段が火砕流から逃げられたんです。観音堂に一生懸命逃げてきたんですな。もうちょっとだった。二体は折り重なっていたんです。二人とも女で、一人は若く、一人は中年です。顔立ちが似ているから、親子ではないかといわれています」

地下足袋をはいたおじいさんが、にわかに説明してくれた。天明三（一七八三）年七月八日、数ヵ月間噴火をつづけていた浅間山が、突然大量の火砕泥流を噴出した。流れる速度は時速一〇〇キロ余りで、火口から鎌原村まで五分間ほどであったという。

『浅間』は、上州（群馬県）の貧しい村を襲った自然災害（火山の火砕泥流）と「生死」を分かつ「運命」の在り様とを巡って展開するのだが、先にも記したように、立松の目は「生の儚さ」と「死の酷薄さ」を凝視して揺るぎがない点で、『日高』と変っていない。ここでも立松は、『浅間山天明噴火史料集成』（全五巻　萩原進編　八五年　群馬県文化事業振興会刊）や『埋没村落　鎌原村発掘調査概報』（九四年　群馬県吾妻郡嬬恋村教育委員会刊）などの資料（史料）を読み込み、それを下地に、突然火砕泥流に襲われた貧しい若い農村女性の生き様（生死）を軸に、人の「生」はどうあるべきかを根源的に問う物語に仕立て上げた。そして、ここでは「自然」の猛威に対して人間の「生」がいかに儚いものであるかが問われている。換言すれば、貧しい生活を受け入れ健気に生きてきた「生」もまた、「自然」の前ではひとたまりもなく潰されてしまい、そこにこそ人生の「無常」があるとしている点に、この『浅間』という生命の在り方を凝視した長編の特長がある、ということになる。

なお、先の引用からもわかるように、浅間山の「天明の大噴火（鎌原村壊滅）」が立松にとっていかに強い関心事であったか、それは立松が『日高』以前に『浅間大変』（九九年）という短編を書き、また二〇〇八年二月に東京で開かれた世界ペン大会のフォーラム「災害と文化――叫ぶ、生きる、生きなおす」に、『浅間』の内容を踏襲した子供向けの『絵物語　浅間』（挿絵・横松桃子）と題する本を書き、出品していることからもわかる。

二、「死」と再生――『日光』（『二荒』）論

立松が『日高』・『浅間』に引き続き、立松の故郷である栃木県が誇る景勝地であり「霊場」でもある「日光」（男体山・中禅寺湖・湯元、等）を舞台とした長編を書こうとした意図（動機）は、何であったのか。一つは、立松は二〇〇三年の秋から「岳人」（東京新聞出版局発行）に「百霊峰巡礼」の連載を始めるが、その第一回に故郷の名峰「男体山」を選び、子供の頃の初登頂から数えて何回目かの男体山登山を行った時の「臨死」体験とでも言うべき何とも形容のできない「死」に関わる体験をしたことが上げられる。この時の登山で立松は「死」を間近に感じるようになり、それが『日光』執筆に繋がっていたということである。

具体的には、早稲田大学時代からの友人で、早稲田大学を卒業したあと医学部に入り直し、医者になった後は立松の主治医的な関係を続けてきた鈴木基司氏によれば、元々「高血圧症」であり降圧剤を服用していた立松は、自分にむち打つような作家活動を続けてきた結果なのか、九〇年代の終わり頃から心臓に「大動脈弁閉鎖不全」という「爆弾」を抱えるようになっていて、その爆弾が先の男体山登山で小さな爆発を起こし、立松はこの男体山登山の後これまでに経験したことのない一ヵ月近くの入院を余儀なくされたということである――ただし、立松自身はこの「大動脈弁閉鎖不全」が重大な病気であるとの自覚を持ちながら、退院後も病気が発覚する前と変わらないような生活を続けていた。入院中も、どうしても会わなければならない用事のあった人間とは病院の外で会ったりしていた。そんな体でありながら、「百霊峰巡礼」のための登山を亡くなる直前まで続けていた（登った山は全部で七十三になる）のは、もしかしたら自分の体力に対する過信があったのかも知れない――。自分が体験した「死ぬような思い」こそ、『日光』執筆の主要な動機だったのである。

「大動脈弁閉鎖不全」を発症した時の男体山登山について、立松は三年後の「人の救いについて」（二〇〇六年一一月）という文章で、次のように書いていた。

その日、私の身体は自分が思ったようには動かなかった。理由はわからないのだが、体調不良であった。しかし、登りはじめた以上、つらいなどとはいっていられない。その時の登山の仲間は、雑誌の編集者と、カメラマンと、私の妻であった。私以外はみな元気だ。私自身にとっては、考えられないことだった。（中略）

私たちは下山をはじめた。登ってきた道をそのまま降りるのである。金縛りにあったかのように、私の身体はますます動けない。足の下の遙か先に、中禅寺湖が見えた。先程まで青く輝いていた中禅寺湖も、しだいに暮れなずんできて墨の色になってくる。まわりが不安の色に染められてくるのだ。なお不安なことに、私たちは誰も懐中電

燈を持っていなかった。慣れた山だとあなどっていたのである。（中略）

しかし、足元は闇だ。私のせいでみんなをこのようなめに遇わせてしまい、私は申しわけなく思うのだが、身体が動かないのは相変わらずどうしようもない。それでも少しずつでも前へ前へと進んでいたのだった。

この立松の身体に起こった男体山登山における「体調不良＝大動脈弁閉鎖不全」は、立松の内部でいかに大きな出来事であったか、「生命」を凝視するところから生まれた三部作の第三作目『日光』（二〇〇九年一月　ただし、この作品は二〇〇七年九月に刊行された『二荒』の改題・改訂版である）――もし、立松が亡くならなかったならば、生命凝視の物語はこの後も続いて立松文学の中で重要な位置を占めるシリーズになったのではないか、と思われる――には、この時の経験が生かされている。主人公の「勝」が、何度目かの男体山登山における下山途中で「少し体調が変わったことを意識し」、「身体の中のいたるところにあぶくが浮かび、手足や無念や首を伝わっていって頭の中で弾け」る状態になり、真っ暗闇の下山道をふらふらしながら降りるうちに懐中電燈を持った老女と出会い、二人で助け合いながら下山したとあるのは、立松自身の体験がそっくり写されたものと考えていいだろう。

もっとも、このような『百霊峰巡礼』の巻頭を飾る男体山登山における「体調不良」について、立松は「一過性」のものと思っていた節があり、先のエッセイのタイトル「人の救いについて」が如実に示すように、立松はこの「体調不良」も宗教的（仏教的）な意味での「救い」に収斂させようとしていたように見受けられる。「勝は救われたことを実感した」「救ってくれたのは今はこのお婆さんだ。お婆さんの姿をしてここにきて、どっちに向かって歩いていったらよいか教えてくれる人だ」というような言葉を作品中に残している。

『日光』は、「日光」という「聖地」（世界遺産に登録されている二荒神社や東照宮がある）や中禅寺湖や湯元温泉といった今では日本を代表するリゾート地を背景にして、勝と佐代という若者の恋愛を横軸に、「聖なる山」男体山と中禅寺湖開発の歴史を縦軸に展開する物語である。そして、そこに通奏底音のように鳴り続けているのが、『日高』や『浅間』と同じように、人の「生死」が人間にとっていかに重い課題として存在するかという問題である。具体的には、常に「死」を包摂する「自然」相手に生きている人間の息子に生まれた若者の恋愛を通して、「生」への執着と「生」の脆さが裏表の関係にある現実、つまり人間は峻厳なる「死」を迎えるまでいかにおのれの「生」を生き切るかが最も大切なことなのだ、とこの『日光』を通じて主張しているということである。

なお、『日高』及び『浅間』と『日光』を較べて、『日光』に際立っているのは、男体山登山で「体調不良＝死を意識する」を経験したからか、登場人物（主人公たち）の「生」へのあがきが淡泊になっていて、彼らが「生」と「死」をあるがままに受け入れようとしているように見えることである。例えば、戦後の昭和五二（一九七七）年一月に実際に起こった事件を下敷きにした「フランス人女性の遭難死」（立松は、懇意にしていた日光湯元温泉・湯の湖荘の主人伊藤乙次郎の語りを記録した『森と湖とケモノたち』〈白日社　八六年一〇月刊〉の「フランス婦人の遭難」をヒントに、このエピソードを物語に取り入れている）を描いた部分で、次のように書いていた。

問題は山の中にあるのだ。そこで女は静かに眠っている。この世に戻ってくることはもうないだろう。この世に戻ることに絶対的な価値があると思っているのは、この世に生きている人間だけだ。死者には死の国が大切なはずである。そんなことをなんとなく考えながら、勝は人でごった返す大学村のホールにはいっていった。

ここからは仏教的「諦観」が窺えるが、たぶんそのような思いをこの時期になって立松が抱くようになったのは、繰り返すようだが、自らの「死」を予感するようになったからと思われる。先の早稲田大学時代からの友人でもある鈴木医師によれば、男体山登山で発覚した「大動脈弁閉鎖不全」は、その後の「弁置換術」によってほぼ全快したが

──ということは、先にも記したように男体山登山の後に、『百霊峰巡礼』のために七三もの山に登っていることからもわかる。しかし、手術によって元の身体に戻ったと思った立松は、「百霊峰」登山をはじめ『救世聖徳太子御口伝』『道元禅師』や『乖離性大動脈瘤破裂』の連載など多忙を極める生活に戻り、そして無理がたたったのか、立松は後に死の直接的原因となった「乖離性大動脈瘤破裂」という重篤な状態に陥ることになった──、立松は二〇〇五年秋にNHKの仕事でスリランカの仏教遺跡を訪ねる旅で「腸炎」に罹り、帰国しても「下血」が止まらなくなり、「臨死」的な体験をするというような経験もしている。

ことほど左様に、二一世紀に入ってからの立松は自らの「死」を実感するような体験を積み重ねていた。先の『日光』における「フランス婦人の遭難」場面に次のような記述がある。作者立松の「実感」だったのではないか、と思われる。

踏むと新雪はぎゅっぎゅっときしむ音を立てた。勝が歩いたところが道になる。前方は何枚も何枚も白い幕を重ねたようで、進めば進んだ分だけその幕ははずれていく。だが相変わらず一定より先は見えない。勝は歩みをやめないまま時折後方を見て、救助隊がついてくるのを確かめる。大樹の幹は行く先々にならんでいたのだが、梢のほうは雪の中に溶けて見えない。樹木は仮死状態になって生を繋いでいる。草は実や根で眠り、虫は卵で眠り、獣たちは土の中に眠っている。自由な鳥たちは暮らしやすいところに飛び去った。地上に生きているのは、難儀なばかりである。知らず識らずのうちに勝は背中を屈めて歩いていた。生きるとはなんとつらくて苦しいのだろうと思う。足元を踏み固めつつラッセルしていくのだが、一歩一歩をないがしろにすることはできず、たちまち防寒着の下の全身に汗がたまってきた。（傍点引用者）

「生命」がいかに脆く危ういものであるか、立松は自らが罹った重篤な「病」によって実感的に理解していたものと思われる。

なお、『日光』は、当初『二荒』と題して二〇〇七年九月二五日に新潮社より書き下ろし作品として出版されたが、刊行直後から立松が参考文献として記していた『日光鱒釣紳士物語』(九九年　山と渓谷社刊)の著者福田和美氏から、『二荒』の中で使われている会話は自分の創作であり、故に『二荒』は「盗作」であると主張され、立松は『二荒』の指摘された当該個所を削除し、また全体の構成も大幅に変えて刊行することになったものである。しかし、立松を再び「盗作・盗用」騒動に巻き込んだ『二荒』という作品は、以下の「補」で詳論したように、福田氏が主張するような「盗作」作品ではない、と私は思っている。『日光』(『二荒』)は、間違いなく立松の晩年における傑作の一つである。次の拙文(〈補論〉)は、それを証明する文章である。『二荒』改作問題(盗作騒動)について、新聞やネット上では「立松氏、再び盗作・盗用か」などと騒がれたが、文学雑誌などでは、管見の限り、当時もその後も触れた文章に接していない。立松の「名誉」のためにも、また後世のためにも私の見解(季刊文芸誌「月光」第二号　二〇〇九年)を、要約して以下に掲載しておく。

〈補〉「生命と自然への讃歌」(要約　主旨を変えずに改稿した部分もある)

最初に、この『日光』が刊行されるに至った経緯を簡単に説明しておきたい。

この長編の原型となった『二荒　ふたら』は、泉鏡花賞を受賞した『道元禅師』(上下巻　二〇〇七年七月二五日　東京書籍刊)と同じ年の九月二五日に新潮社から「書下し」作品として刊行されたが、翌年の二月、『日光鱒釣紳士物語』(一九九九年一二月一日　山と渓谷社)の著者福田和美氏から「自分の著書からの盗用がある」と抗議を受け、福田氏、立松和平、新潮社による数ヵ月にわたる話し合いの末に、新潮社が「福田氏の著作の創作部分の一部を、立松氏が歴史的事実と誤認して使用した箇所がある。参考文献として明示してはいるが、参考の域を超えた使用の仕方だ」という理由で、絶版にした作品である。新潮社は四月末に絶版を決めていたようであるが、発表は六月二七日であった。そして、この新潮社の「絶版宣言」に対して、同日立松は「福田さんの前書きなどからすべて歴史的事実と思いました。紛争を回避するため、絶版としました。該当部分を書き直したものを再出版する予定です」と文書でコメントした。この立松の言にしたがって「該当部分を書き直したものを再出版」したのが、『日光』である。

ところで、立松が福田氏の著書に書かれていることについて「すべて歴史的事実」、と勘違いする要因となった福田氏の著書の「はじめに」（立松は「前書き」とコメントに書いているが、正確には「はじめに」である）には、次のような文章がある。

〈釣りは「文化」といわれながら、昨今の釣りについての書物の多くは、ハウツーものか自慢話に近いエッセイばかりである。これから書こうとするこの本の内容は「歴史」である。三〇年後、五〇年後、あるいは一〇〇年後のだれかが、その意味を引き継ぐ「歴史」である。瞑想する釣り人はいつも、遙かな歴史の大河のほとりで釣りをしているのだ。〉（傍点引用者）

最後の一文の意味はよくわからないが、引用部分の前半を読むと、福田氏の言う「歴史」は「事実」という意味に限りなく近いように思われる。だからこそ、福田氏の著書が刊行された直後の書評（「中国新聞」九九年十二月十二日号）で、立松は次のように双手を挙げて「絶賛」したのだろう。

〈活字を追い、貴重で豊富な古い写真を見ながら、よい本にめぐり会ったと感動している。こんな歴史を知らずに私はこれまで日光を語ってきたのかと、恥ずかしい気持にもなった。（中略）

福田和美氏の文体は、年号一行ですませられるところを土地勘や総合的情報の豊富さにより、生き生きとふくらませていることに特徴がある。日光に暮らしながら膨大な時間をかけて調べ上げた執念と、自分が生活する土地への愛情が、本書には心地よくみなぎっている。(中略)今後、日光を語る場合には、本書をぬきにはできないだろう。福田氏の労作に称賛をささげたい。〉

『二荒』の絶版を決めた新潮社が「参考の域を超えて使用していると判断せざるを得ない」と判断した問題の個所、つまり「第二章」の冒頭部分と福田氏の著作(第3章　東京アングリング・エンド・カンツリー倶楽部の誕生)とを比較すると、主要な部分については以下のようになる(福田氏の文章を始めに記し、『二荒』の表現は括弧内ゴシックにする)。

(一)「(前略)そしてこれが大事なことだが、皆さんとお近づきになっても、節度を守って、けして馴れ馴れしい態度をとらぬこと。釣り場ではこれみよがしに身分などひけらかすような野暮な皆さんではない。ただし、それなりに地位のある礼儀正しい紳士だということを忘れないように」(「節度を守るんだぞ。くれぐれも馴れ馴れしそうな態度をとったり、親しそうな口をきいちゃなんねぇぞ」)

(二)「(前略)旦那さんたちはガツガツしていないから、やたらめたら釣ろうなんて考えはない。のんびり休み休みパイプなんかふかしながら、ゆっくり時間をかけて、型のいい鱒がふたつ三つ釣れたら満足して戻ってきなさる。そのあとは釣り小屋にご案内すれば、旦那さんたちだけでウイスキーでも飲みながらいろんな話を楽しんで、西六番へお帰りになるのをお見送りするだけでいい。お楽しみのじゃまをしないよう、でしゃばらず、正直にしてりゃ勤まるさ」(「旦那さんたちは皆紳士で、そのへんの男と同じだと思っちゃなんねぇ。がつがつしてねえから、一匹でも多く釣ろうなんてまず思っちゃいなさらねえ。川を見るだけで楽しんでいなさる。好きなだけ時間をかけて、型のいいやつが二、三匹釣れたら、竿を畳んで楽しそうにパイプを吸っていなさる」(六行おいて)「釣りが終ったら、倶楽部ハウスに御案内すればいい。ウイスキーを飲みながら、いろんな話をお楽しみなさる。そうしているうちに、西六番別荘から迎えの船がくる。それをお見送りすればいいんだぞ。お楽しみの邪魔をしちゃなんねえ。くれぐれもでしゃばっちゃなんねえぞ。」)

㈢「ただし、魚のことはもちろん、草木や花、虫や鳥そして獣のこともしっかり覚えることだ。ハンターさんはじつに博識な人だ。ハンターさんがそんなふうだから、倶楽部の皆さんもあれこれいろいろおたずねになる。答えられなきゃ釣り場の案内どころか、一緒にお供することさえできない。／まあ、ハンターさんを先生だと思って一生懸命に勉強することだ。そうすりゃ乙次郎だって五年も過ぎれば一人前だな」(「倶楽部の皆さんは、魚のこと、獣や鳥のこと、草木のこと、なんでもお前に聞くかんなあ。お前はそれのすべてに答えられなくちゃ、案内人になれねえ。(中略) わかんねえことがあったら、節度をもってお聞きすることだ。何度もいうが、馴れ慣れしい態度は絶対にいけねえぞ。ハンターさんについて勉強すれば、お前も一人前になれる」)

煩瑣を厭わず「盗用」とされた部分をそのまま記したのは、福田氏の著作と『二荒』の「似ている個所」はこれで全てだからである。福田氏の著作全二五五ページ中一六行、立松の『二荒』全二四六ページ中一六行、しかも比較対照したものを見れば歴然とするように、立松は福田氏の文章を「そっくりそのまま」使っているわけではない。また、これらの「会話」部分以外は、中禅寺湖における「鱒釣り」に関する「事実＝歴史」が参考文献として許容される範囲で使用されてはいるが、『二荒』全体は「歴史的事実」を豊富な資料を基に綴った福田氏の著作とは全く異なった内容になっている。にもかかわらず、これらの部分が「盗用」ということで、立松の『二荒』は絶版となった。

しかし、この程度の「似た箇所」(文章) があるからと言って「盗作」呼ばわりされたのでは、連綿と続いてきた過去の成果の上に成り立っている現代文学はたまったものではないのではないか。ましてや『二荒』の場合、巻末に掲げている参考資料の著者のことば「この本の内容は『歴史』である」を最大限尊重して、あえて「似た文章」を使ったものと思われる。これも立松が「有名作家」であったが故の、あるいは『光の雨』事件を起こした作家故の「科《とが》」

であるとするならば、立松にとっては「災難」だったとしか言えないのではないか、と思う。

なお、福田氏の抗議を受けたのが二月、新潮社が絶版を決めたのが四月末、このことをマスコミが知ったのが六月下旬、このタイムラグにこそ「盗用」判断の微妙さが現れているわけだが、それはさておき、立松は「書き直したものを再出版する」との宣言を守って、この度『日光』と改題して刊行した。「書き直した」部分はたくさんあるが、福田氏の著作との関係で言えば、先に引用した部分は全て「削除」し、従って「会話」の発語者である「川上宗五」（福田氏の著作では「大島久治」）を物語から「消去」する、という大胆な「書き直し」を行った。ここに立松の工夫があったのだと思うが、「川上宗五」が消えても物語の骨格は全く代わらなかった。

それよりも、結果的にこの「書き直し」――詳細に見ていくと、個々の文章にもかなり手が入ったことが判明しているが、一番の変化はその構成であった――は、まず『二荒』の各章に存在した物語の内容とはとりあえず無関係な「歴史記述」、例えば「昭和四十九年（一九七四）年七月。／この年、フィリピンのルバング島山中で日本人の青年が日本軍兵士の生き残りと接触したという情報が、フィリピン空軍から在マニラ日本大使館にもたらされた（後略）」というような部分が全て外されたことである。次に、一章から三章までの後半に付けられていた「日光」「二荒山」を開いたと伝えられる勝道上人の物語を、一つにまとめて「第一章　補陀落」とし、また先に「盗用」とされた会話部分を削除した戦前における中禅寺湖の鱒釣り物語（「神山朝次郎」物語）を「第二章　二荒」に、そして最後に朝次郎の養子（甥っ子）である「勝」の恋愛を描いた「第三章　日光」を配する、という大幅な変更を立松は行ったのである。

正直に言って、『二荒』は作者の「方法」意識が過剰に働き、物語の時間が過去と現在を行ったり来たりして読みづらい面がないわけではなかった。しかし、「改作」されて『日光』となった作品では、勝道上人の時代（八世紀後半）――時次郎の時代（昭和初年代）――勝の時代（一九七〇年代半ば）と時間の流れは自然になり、そのことによって「自然・生命への讃歌」、あるいは「人間を超えた存在への畏敬の心（宗教心）」を伝えたいという作者からのメッセージがより鮮明になった。

『日光』（『二荒』）は、第一章では勝道上人による「補陀落山」（二荒山）登頂に象徴される修行を、第二章では「聖地」である「中禅寺湖」（日光）が外国人によって稀代の鱒釣り場（鱒の養殖場）なった経緯を、そして第三章では若い勝と佐代の「純愛」を軸に大雪の日の仏人外交官妻の遭難死を描くという構成になっているが、そのような構成（構想）による、「改作」は見事に成功したと言わねばならない。

私事、あるいは「内部」のことしか書かないような小説が隆盛を極めている昨今にあって、この現実社会との関わりを十分に意識した作者の言いたいこと（主題・メッセージ）が明確な小説は、読んでいて気持ちがいい。小説という「もう一つの世界」と切り結ぶ＝読む行為によって、この過酷な現実社会を生き抜いてきたことで傷付いた心が一時であれ「浄化」されるからに他ならない。立松の『二荒』が刊行されたとき、真っ先に感じたのは、そのことであった。

三、「恋」の行方

立松は、第八章で触れた『ラブミー・テンダー』（二〇〇一年）、『下の公園で寝ています』（二〇〇二年）、『不憫惚れ――法昌寺百話』（二〇〇六年）が象徴するように、「盗作・盗用」事件を引き起こした『光の雨』（九三年一〇月連載開始）とは全く異なる発想と方法によって新たな『光の雨』（九八年）を完成させるが、その頃から中年あるいは老年の入り口に立った「庶民＝タダの人」の美しいと形容するしかないような生き様、あるいは「庶民のために」権力と戦った人物を主人公とする作品を意図的に書くようになる。つまり、凄惨な同志殺人と権力との武装対決で幕を閉じた連合赤軍事件（あさま山荘事件に至る革命運動）によって息の根を止められた全共闘運動（学生運動）の総括を『光の雨』（改作）で行った立松は、「仏教」への傾斜を加速させると同時に、「生活の垢」を身に付けた「中年」になった自身の「生き様」を点検するような作品を書くようになる。

　言葉を換えれば、立松はあの「政治の季節」から三〇年以上が経ち、「平和」でそこそこ「豊か」な現代が、実は「モノ・カネ」のみに関心を持ち「精神（こころ）」をどこかに置き忘れたような「玩物喪志」社会でしかないことを覚知し、自分も含めて現代人の内部が思いの外「貧寒」としたものでしかなく、このような社会に対してこそ「異議申し立て」する意味があるとばかりに作品を書き続けた、ということである。「平和」で「豊か」にみえる現代社会も、それはあくまでも見せかけ＝表層のことであって、その内実は多くの「庶民」を苦しませるものでしかなく、多くの庶民は「救済」を待っているのではないか、と思ったからであったろう。

　その意味で、立松の小説世界は二〇〇〇年代に入ってから緩やかな歩みではあるが、確実に変化したと言える。自身と等身大の主人公（中年の男や女）を登場させ、自己内部を点検するように、その生き様を描くところにその特徴が現れていた。成熟した男女の「恋」の在り方を追求した『寒紅の色』（二〇〇八年）は、まさにそのような新世紀に入ってからの立松の文学的「転換」を象徴する作品であった。

　周知のように、団塊の世代の作家である立松にとって「性の解放」は当たり前のことであって、前世代の大江健三郎らのように「性の解放」に関して殊更苦しむ必要はなかったと言っていい。作家として出発した当時から、例えば『部屋の中の部屋』（七〇年）や『今も時だ』（七一年）等や、至るところ濃密な「性愛」描写で埋められた「ポルノグラフィア」と称された『快楽の一滴』（九〇年）、『快楽の樹』（九九年）などの作品を見れば分かるように、立松にとっての「恋愛」は即「性」の関係を伴うものであり、その描写は「精神（こころ）」を全く感じさせないほどに「即物的」であった。立松は、「恋」や「性」を取り扱った作品において「若さ」を剝き出しに、つまり「本能」の命じるままに男と女は「肉体的」な関係を持ち、そのことによってのみ二人の結びつきが成り立つかのような書き方をしていたのである。例えば、第五章でも論じたが、出世作となった第二回野間文芸新人賞受賞作『遠雷』（八〇年）の、話題となった都市化の波に翻弄され続けてきた主人公と婚約者が、「トマト＝生命」の育つビニールハウスの中で素裸になって愛しあう場面、ここでは明らかに「生＝性＝肉体」に関わる本能だけが強調されているように見え、主人公や婚約者の「内面＝精神」などほとんど考慮されていないような印象を受けた。

『寒紅の色』は、そんな立松文学における従来の「恋愛（性愛）」についての考え方を根底から転換させたように見える長編である。作品の舞台は、加賀友禅で有名な金沢。主な登場人物は、建設会社専務の夫人秋山香織、独身でテレビ局のプロデューサーを勤める藤田百合、高校の国語教師をしていた頃の同僚と結婚した佐々木彩子の三人と、友禅作者で香織の恋人となる俵屋与一。物語は、彩子から夫が食道癌に罹っていると告げられた香織が、帰宅の途中、気分転換を兼ねて桜が満開な金沢城を訪れたところから始まる。香織はそこで、加賀友禅染の作者だと名乗る中年の男から声をかけられ、それから二人は「恋仲」になる。このような「恋」の展開ですぐに思い出すのは、渡辺淳一の『失楽園』（九七年）に代表されるの「性愛・不倫小説」であるが、渡辺淳一と立松が違うのは、『寒紅の色』の「恋」の場合、渡辺作品に特徴的な「心中」などの破滅的結末という方法を採っていないということである。立松は、香織と友禅作者との「恋」を中年になった香織の「気の迷い」として、そして大学生のころから一途に香織を追い求めて結婚までこぎ着けた夫は、香織のそのような「気の迷い」をそのまま受け止め、また「平穏」な日常に「安心」しきっていた自分の在り方を反省し、香織に向かって「もう一度、恋愛をやり直す」と宣言させる、という物語構成にしている。つまり、立松の描く中年女性の「恋愛＝気の迷い」は、「破滅」へ向かうのではなく、中年の夫婦が「再出発」するための道具として機能しているのである。

このような物語の展開には、作者立松の「日常＝生活」の見直しが反映されているのではないか、と考えるのは自然である。もちろん、立松が実際に「不倫」から「再恋愛」へという過程を経験したか否かを言うのではない。立松自身の実生活とは関係なく、立松が中年になったおのれの「精神・心理」の在り様として、「不倫」から「再恋愛」へと至る物語を構想しながら自己点検を行った、ということである。立松は、何のためにそのような自己点検を行う必要を感じたのか。当然、「老い」を直前に控えたおのれの今後の在り様を考えるためである。そのことは、一時「家庭」を棄て友禅作家との生活——それは、最終的に「死」へと向かう仮構された生活に過ぎない——を夢見た香織の生き方を「批判」する装置として、おのれの仕事に賭けるテレビプロデューサー百合の「白山登山」を設定し、挿話的に香織のもう一人の友人彩子の夫の入院から癌死までの過程を描いたことで、容易に理解できるだろう。つまり、百合と彩子の「生命」を何よりも大切に思う在り方、それはまさに立松の思想の反映であり、そのような三人の関係が香織を「死」の誘惑から現実＝日常に引き戻したのである。

立松が「生命」の尊重を特に強調するようになったのは、「死」と深い関係にあると思われている「仏教」への傾斜を強めるようになってからと言っていいが、立松の場合、その「仏教」は特定の宗派にではなく、宗教者（仏教者）の「求道」やそれを実現するための「遊行」に現れた「生命」尊重思想に惹かれたと言った方が正しいかも知れない。宮澤賢治の「デクノボウ」（詩「雨ニモマケズ」）に早くから関心を寄せ、良寛や芭蕉の生き方に特別な思い入れを持ってその足跡を辿ったのは、その具体的な現れに他ならなかった。二〇一二年に刊行された『木喰』もその文脈で読まれるべきであり、それは「殺すな！」を実践した兵士の物語である『軍曹かく戦わず』にも、また「不倫」から「再恋愛＝再出発」の道を歩んだ一人の中年男女の物語である『寒紅の色』にも通底する思想であった。

立松は、『木喰』の最後に、空海の次のような言葉を書き記している。

三界《さんがい》の狂人は狂せることを知らず。

四生《ししょう》の盲者《もうじゃ》は盲なることを識らず。
生まれ生まれ生まれ生まれて生の始めに暗く、
死に死に死に死んで死の終わりに冥《くら》し。（ルビ原文）

遊行を続けた木喰上人がそうであったように、私たちはついに「解脱」からは遠く、しかし大切な「生」を生き抜くしかない、と立松は思っていたのではないだろうか。

四、「人生のいちばん美しい場所」とは？

人生の後半期、それは「老い」を実感する時期でもあるが、この時期は生理的な「衰え」を見せる年齢ということとは別に、逆に人生の「充実期」でもあると言えるかも知れない。大江健三郎的に言うならば、この時期は「後期の仕事」を完成させるために一歩一歩進んでいく時でもある。さらに、五木寛之の『林住期』（二〇〇七年）に倣えば、古代インドでは人間の一生を「学生《がくしょう》期」（〇〜二四歳）、「家住期」（二五〜四九歳）、「林住期」（五〇〜七四歳）、「遊行期」（七五〜九〇歳）の四つに分けて考え、そのうちの「林住期」とは次のようなことを考え、行う時期ということである。

自分が本当にやりたかったことは何なのか問いかける時期が、だいたいこの林住期（りんじゅうき）にさしかかる人だと言われている。（中略）

林住期は、時間を取りもどす季節だ。

林住期は、人生におけるジャンプであり、離陸の季節でもある。

これまで、たくわえてきた体力、気力、経験、キャリア、能力、センスなど自分が磨いてきたものを土台にしてジャンプすることをお勧めする。
林住期に生きる人間は、まず独りになることが必要だ。
人脈、地脈を徐々に簡素化していこう。
人生に必要なものは、じつは驚くほど少ない。（中略）
自分を見つめるだけではいけない。
林住期は相手をみつめ、全人間的にそれを理解し、受け入れる時期でもある。（中略）
林住期は、恋人でも、夫でもない、一個の人間として相手と向き合うことも考えなければならない。ばらばらに暮らしても、二人の結びつきをさらに深めていくことも可能だ。

立松の『人生のいちばん美しい場所で』（二〇〇九年）が、この五木寛之の『林住期』に影響されて書かれたとは思われないが、六〇歳を越え、ますます「老い」を意識するようになった立松がおのれの生き様を振り返り、これからの人生について想いを巡らした時に浮上したのがこの長編であった、と考えて間違いないだろう。立松は、五木寛之の『林住期』から二年、五木と同じようなことを考えるようになったのかも知れない。もちろん、立松が意識するようになった「老い」の問題は、これまでに何度か触れてきている『光の雨』事件（盗作・盗用事件）直後のインドの旅で「黄金のブッダ」を幻視し、それをきっかけにますます仏教への傾斜を強めていったこととも関係している、と考えられる。立松は、仏教への関心を深めていく過程で、仏教（ブッダの教え・生き様）にはこの世の「苦」を代表する「生・老・病・死」を超えた「全肯定の思想」が存在することを知り、その「全肯定の思想」の獲得こそ自分の目指すべきものではないか、と思うようになっていたからである。

「全肯定の思想」は、「生がなければ滅もなく、汚れがなければ清浄もない。生だけがあるだけではないのである。死があるからこそ生であり、生きるということは死に向かって一歩一歩と近づくことである。生きるとは、死を前にした態度であるということもできる。死ぬことは生きることと同じだと考えなければならない」という言葉を含む「死を見据えて歩む」（『ブッダその人へ』の「Ⅲ」）の中で、次のように書かれている。

ゴータマ・シッダッタが出家して求道《ぐどう》にはいったのは、この世は憂いに満ちているという苦の認識からであった。生老病死から人は逃れることはできない。一切皆苦《いっさいかいく》なのである。死が実際に見えるところまできて、この世は楽しいとブッダはいう。これは深い眼差しである。否定からはじまった求道の旅が、いつしか全肯定に変わっている。ここに救いがあるのだ。すべてを積極的に肯定していこうというブッダの世界観がある。

この世を全肯定しても、生きるかぎりは諸行無常《しょぎょうむじょう》に身をさらしていかねばならない。それが私たちの宿命である。そこに私たちの生の問題がある。（ルビ原文）

もちろん、立松がこの当時このような「全肯定の思想」をブッダと同じように獲得していたとは到底思えないし、立松自身もそのような「不遜」な思いを抱いていたわけではない。『ブッダその人へ』と同時期に書かれた「足尾」に材を取った『毒─風聞・田中正造』（九七年）や『恩寵の谷』（同）、あるいは『月光のさざ波』（九八年）、『卵洗い』（二〇〇〇年）、『日高』（二〇〇二年）、『軍曹かく戦わず』（二〇〇五年）等々の作品を見ればわかるように、『ブッダその人へ』以後の立松は、まさに「求道の人」であった。ただ、引用にある「死が実際に見えるところまできて、この世は楽しい」と思えるような生き方、つまり「全肯定の思想」を獲得したと確信できるような境地にまで「求道」を続けていく決意を失わない、そのことこそ立松が目指した『光の雨』事件以降の生き方だったのである。

だから、自分のこれまでの足跡を辿るような長編『猫月夜』（二〇〇二年）を書き、『寒紅の色』（二〇〇八年）を、また『人生のいちばん美しい場所で』（二〇〇九年）を書くことができたのである。とりわけ『人生のいちばん美しい場所で』は、高い評判を得た大長編『道元禅師』（二〇〇七年）と同じ出版社から余り時間をおかずに「書き下ろし」として刊行されたということもあって、『道元禅師』の陰に隠れてしまった感もあるが、「老い」を迎えた立松が、自分たちの世代（団塊の世代・全共闘世代）や後に続く世代に向けて、いかにしたら「晩年」を迎えた自分たちが「美しく、充実した」生活を送ることができるか、を提案した作品として、確かな達成を見せるものになっていた。

物語は、会社から将来の重役として嘱望されていたあるミッションの責任者＝語り手（主人公）が、妻のアルツハイマー症発症を期に会社を辞め、夫婦二人きりの「汚物まみれの生活」を決意するところから始まる。彼は、この「汚物まみれの生活」もまた「夫婦の在り方＝愛の形」であると思い定め、何年も過ごすうち、ある日退職直後に妻を亡くしたかつての部下から思いがけずワゴン車をプレゼントされる。退職後に妻との気楽な車旅を考えていたかつての部下は、毎日毎日家の中で痴呆の妻と暮らす元上司に、車を提供するから気分転換に「旅」に出たらどうか、と言ってくれたのである。主人公は、痴呆症の妻と九十九里浜から銚子、水戸を経て塩原温泉への「二人だけの旅」を行う。何故、塩原温泉か。そこは自分の妻が学生時代に同棲していた相手と最後に旅行したところで、賭け麻雀で多額の借金を抱えていた妻の同棲相手は、そこで自殺したのである。帰路、主人公と妻は筑波山登山を行う。

一九七〇年前後の「政治の季節」を経験した団塊の世代＝全共闘世代が、「政治」に敗れた後、日常生活に戻り、企業や役所、マスコミなどに就職してこの国の「高度経済成長」や「バブル経済」を支えてきたことは、夙に知られている。しかし、「老い」を迎えた彼ら彼女らがどのような「老い」を生きるのか、繰り返すことになるが、『人生のいちばん美しい場所で』はその答えの一つを提出したものである。

痴呆症（アルツハイマー型）を患っている妻と塩原温泉への旅に出た主人公は、例えば車を運転しながら、次のような心境を吐露する。

「俺は君とこうしていることができて、結局一番幸せなんだよなあ」

私は隣で眠る妻の項をちらちら見ながら声に出していった。雨の膜に包まれた車の中では、もちろん聞いているものは誰もいない。車の隅のほうで蟋蟀の微かな鳴き声を聞いたような気もするが、もちろん錯覚だろう。俺は幸せだ、俺は幸せだ、俺は幸せだと、今度は声に出さずにいってみる。私のその声に、エンジン音までが同調する。

立松の「年譜」や残されたエッセイを見ると、「百霊峰巡礼」の第一回のための男体山登山において心臓に欠陥があることを知った立松は、それまでほとんど「単独」(もちろん、スタッフと共に)で行っていた国内外の「取材」や「旅」に、以後妻を同行させることが多くなったという。そのような「個人的事情」を考えつつこの書き下ろし長編を読むと、引用のような主人公の感慨は、一九七〇年の『途方にくれて』以降、特に生活のために就職した宇都宮市役所を辞めた後、それこそ高度経済成長期のサラリーマンと同じく追い立てられる(締め切りに追われる)ように小説を、エッセイを、紀行文を書き続けてきた立松だからこそ、書き得たのではないか、と思われる――作品の後半部を費やして書かれている主人公と妻の「恋愛」物語には、「駆け落ち」同然に結婚した経緯を描いた自伝的な『蜜月』(八二年)の世界が反映しているとも考えられる。しかし、それとは別にこの『人生でいちばん美しい場所で』の「恋愛」には、立松が経験した「政治の季節」の中で「恋か革命か」の選択を強いられた友人たち=団塊の世代(全共闘世代)特有の恋愛も秘かに持ち込まれている、と見ることができる――。

その意味で、塩原温泉に夜遅く着いた主人公夫婦が川岸にある露天風呂に行く次のような場面は、まさに立松のこれまでの結婚生活を「総括」したものと読むこともできる。

妻は確かな動きで足を前に出していった。危険を感じるほどではないにしろ吊り橋は気味悪く不安定に揺れ、妻は私の指を握る手に力を込め身体を押しつけてくる。妻の息遣いと体温が感じられ、私は幸福な気分になっていた。此岸から彼岸へと渡っているような気がした。こちら側にすべてを捨て、ここまで生きてきた記憶さえも捨てて、二人して身体ひとつで向こう側にいく。もちろんそこには尾形（妻の元恋人——引用者注）もいず、誰一人いない。私も記憶を全部捨てられたら、あれこれと思い悩むこともなく、憂いも不安もなく、妻と二人生きられるのではないか。苦悩の果てに妻は生まれ変わろうとしているのだ。私は懸命に妻に寄り添い、ともに苦しみを捨てて生まれ変わろうとしている。私は妻とともに自分のしてきたこの四十年の意味がやっとわかったような気がしていた。（中略）この女といて、もちろん私は幸福だった。もしかすると今幸福の絶頂にいるのかもしれないと、私は改めて思ったのだった。（傍点引用者）

見栄や外聞を捨てた「在るがままの現在《いま》」こそ「人生のいちばん美しい場所」、と立松と言いたかったのだろう。

五、「晩年」を意識して

立松は、五〇代半ばに達した一九九九年（夏季号）から亡くなる直前の二〇一〇年（冬季号）まで、「三田文学」に『晩年まで』というタイトルの下で四二編の短編連作を書き続けてきた。単行本『晩年』（二〇〇七年）には、そのうちの第一作から第二九作までが収められている。

周知のことだが、小説集のタイトルに「晩年」と付けた最初の作家は、太宰治である。太宰が二七歳の時に刊行した第一創作集（一九三六年刊）のタイトルを「晩年」としたのも、彼が何度も心中未遂事件を起こしたことからもわかるように、「死」を身近なものと感じ、「今＝現在」が「晩年」であるという意識に囚われていたからに他ならなかった。だから、太宰は「遺書のつもり」で『晩年』を刊行する数年前から『思い出』や『魚服記』、『ロマネスク』などの短編を書きため、「最後」になるかも知れないという不安を覚えながら第一創作集『晩年』を刊行したのである。なお、このいかにも「人を食った＝斜に構えた」タイトルは、大地主の四男として何不自由なく（父母の愛情は薄かったようであるが）育てられてきた幼児期から内部に醸成してきた虚無と絶望、その裏返しとしての矜持が産み出したものであって、その意味では太宰特有の「諧謔」精神の現れでもあった。

そのことを考えると、何故立松は太宰と同じ「晩年」というタイトルを短編集のタイトルに使ったのか、という素朴な疑問が生じる。もちろん、単行本のタイトルは「晩年」だが、「三田文学」に連載しているときのタイトルは「晩年まで」で、この「まで」という言い方に注目すれば、この短編連作では太宰を意識しつつ、人の「死」に至る過程を描こうとしたのではないか、つまり人はどのように生き、そして「死」に至るのか、そのことに立松の関心はあったということになるかも知れない。

立松は、『晩年』の「後記」で次のように書いている。

思いをこらしてみれば、消えていった時の中で同様に消えていった数々の人がいる。私の中に生きている人々は、私がその人のことを忘れてしまうと、少なくとも私が支えていた分だけの存在が消滅する。そのことを痛みのような感覚として感じたのである。

私のまわりには、彼岸に旅立っていった人がなんと多いことだろう。その人々の列は、今もつづいている。時の流れとともに、人々は列をなして冥界へと向かう。もちろんその列に私もいつかは加わるのであるが、この世に在る間は、一人一人を惜別の念とともにていねいに見送りたいと願う。短編連作を先の展望もないまま書きはじめ、とりあえずの今のこの号をどうしようかと立ち止まっているうち、ふとそんな気持ちになった。

この「後記」にある「もちろんその（冥界へ向かう）列に私もいつか加わるのであるが」という言葉が示唆するように、単行本『晩年』が刊行されたこの時点で、立松は自分の「死」を身近なものとして明確には意識していない。その意味では、太宰が『晩年』を書いたときに意識していたとされる、ある種の気取りを含んだ「遺書のつもり」という要素は、立松の『晩年』にはない。しかし、立松自身が同じ「後記」の中で「身のまわりの死者について書くことは、私自身の人生について綴るのといっしょのことだ」と記していることからもわかるように、この連作集の中で立松は「遺書」を書くのとは全く別な、これまでの生の現場において自分と交叉してきた人＝死者との関係を具体に即して書くことで、自身の人生を振り返ろうとしているのではないか、とも考えられる。つまり、この『晩年』という連作集は、どこまでが事実で、どの部分が虚構なのか、その境界をぼかす意図的な方法によって人の「死の尊厳」を描こうとしているということである。

連作集に登場する死者は、立松の父親をふくめてほとんど「無名」と言っていい人たちである。もちろん、中には「道場」に描かれた立松の早稲田大学の先輩で、学生運動時代から亡くなるまで世話になり影響も受けた「彦さん（彦由常宏）」や、立松が友人で歌人の福島泰樹から「死相が出ている」と言われたことをきっかけに通うことになったボクシング・ジムの会長「バトル・ホーク風間」など、知る人ぞ知るという人もいないわけではない。しかし、他はみな一般的にはほとんど世間に知られていない人たちばかりである。立松が『ラブミー・テンダー――新庶民列伝』（二〇〇一年）や『不憫惚れ――法昌寺百話』（二〇〇六年）で描いたような、おのれの人生や家族、あるいは友人知人に対して真摯に向き合ってきた「無名」な人々の死が、この『晩年』には描かれているのである。

寿司屋でありながら自分は「毒」が入っているからと言って、一切それらの寿司を食べなかった寿司職人の一生を描いた「菜食」、名だたる文学者がよく集まって酒を酌み交わしていた飲み屋のママの死を幻想交じりに描いた「その酒場」、故郷に近い石切場の持ち主の突然死を綴った「昼月」、あるいは法隆寺の金堂修《こんどうしゅう》正会《しょうえ》で出会った美術全集の編集者「Oさん」の思い出とその静かな死を描いた「悲願」等々、全四二編の全てにおいて私たちの誰もがその日常で経験する「死」との遭遇を、立松は死者に対する深い愛情を作中に潜ませながら、淡々とまさにこのような方法しかないという決意を持って、「私小説」風にこの連作集を書き進めた、と思われる。

中でも最も印象深いのは、父親の死を巡る立松自身の思いを描いた「盂蘭盆」、「父の沈黙」、「散髪」、「彼岸」である。父親の死について、立松は『禅語を生きる』（二〇〇九年）や死の直後に刊行された『遊行日記』（二〇一〇年三月）、『はじめての老い　さいごの老い』（同年六月　主婦の友社刊）、『いい人生』（二〇一一年四月）などに収められたエッセイで繰り返し書いているが、『晩年』に収録されている「盂蘭盆」他の短編は、虚構化＝表現されている分だけ立松の父親への思いが全面に押し出されていて、読み応えのある短編になっている。特に、認知症の症状が出て病院に入院した父親を見舞った立松に、その時ばかりは「正気」に戻った父親が、「俺はな、軍隊にいった人間だから、こんな畳の上とかベッドの上とかで死んじゃいけない人間なんだ。そんなところで死ぬのは許されていないんだよ」と話したり、作家である立松に自分の中国での軍隊経験を記した冊子を残して最期の時を迎えたことを書いた「父の沈黙」は、団塊の世代＝全共闘世代共通の父子関係を描いて、秀逸である。戦争で生き残った者の息子（娘）の責務がどこにあるか、「父の沈黙」はそのようなことを考えさせる仕掛けを感じさせる一編である。

「一番上の引出しに封筒がはいっているから、とってくれ」

私はいわれたとおりにする。すると事務用の大封筒があり、宛名に私の名前が書かれていた。私はその封筒をつかみ、父のほうに持って行く。父はそれを受け取ろうとせずにいう。

「雨の日の晴天のように、はっきりする時がたまにあってな。そんな時にワープロたたいてみたんだ。遠い昔の記憶だよ。お前の仕事に役立つことがあるかもしれんと思ってな」

ここまでいうと、父は疲れたというふうに目蓋を重ねた。たちまち眠りに引き込まれた様子で、軽く寝息を立てていた。私は封筒の中から書類を引っぱりだす。そこには週刊誌大の紙にワープロの文字がならび、「生涯の記車仁」とタイトルとペンネームまで書いてあった。数えると全部で十八枚である。売文を生業とする私に、父が自分自身を素材として残してくれたのである。私はベッドの横に置いてある座蒲団にあぐらをかき、さっそく読みはじめた。


立松父子がどのような関係（愛情）で結ばれていたかが如実に表現されている部分でもあるが、それとともにここからは作家である立松が父からどのように見られていたかも、よくわかる。

また、立松が若かりし頃援農隊として三ヵ月過ごした与那国島の「おじー」「おばー」の死について書いた「砂糖キビ畑」、「魂《まぶい》」も、死者について書くことは自分の人生について綴ることだ、と言った立松の言葉そのままに、作家として自立し始めた頃の作家自身を彷彿とさせる作品になっている。立松の紀行文を集めた『日本を歩く』（全七巻二〇〇六年）を読むと、立松の「旅」が各地の人々との交友を中心に成り立っていると理解できるが、この『晩年』に収められた諸作品は、まさにそのような「旅」によって培われた立松の人間関係を如実に反映している。知り合った人の死に対する立松なりの「弔い」の仕方が、ここには書き込まれていると言っていいのかも知れない。「鹿の園」に、「私にはこれから葬儀に参加する方法がある。この文章の中でのことだが……」というさりげない一文があるが、立松はこの連作集の全ての作品で、もう一度関係する人の「死」を一人で「弔い」直しているとも考えられる。

その結果、私たちと同じようにこの世の中に何らかのルサンチマン（怨念）を抱いて生きてきた死者が、立松の筆によってある種の「爽やかさ」を感じさせる人間として「向こう側＝あの世」へ旅立っていくことになる。この自分流の「弔い」のやり方にこそ、立松和平の本質的な「優しさ」と「人間愛」が現れていると言える。立松は、『晩年』の「後記」において、次のようにも言っていた。

棺の蓋を覆ってからでなければ、その人のことはわからない。そんな意味の諺があったが、生きている間は人には自我や見栄などがどうしてもあり、その人の本性はくらまされている。人は死ぬ時、その人を繕っていた属性が剝がれる。一瞬、ありありとその人自身として存在することがある。そのことこそまさに短編小説の生起する瞬間である。

向こう側（あの世）へ行ってしまった立松は、今頃どんな「本性」のままに在り、「その人自身として存在」し、そんな自分を主人公としたどんな短編小説を書いているのだろうか、という思いに誘われないこともない。だが、『晩年』が明らかにしたことは、「等身大の自分」を軸に物語を構築するという立松の創作方法が、この時期において更に磨きがかかってきたということでもあった。

第一一章 「救世」と「求道」――「聖徳太子」から『道元禅師』へ

一、「法隆寺」（金堂修正会）・「知床」から始まる

立松が意識して「仏教」と関わりを持つようになったのは、北海道を旅＝放浪しているうちにその魅力の虜になった知床半島の付け根に、地元民からの要請があって「毘沙門堂」を建立した年（一九九五年七月三日）の正月に、法隆寺の「金堂修正会（吉祥悔過《きちじょうけが》）」に参加してからと言っていいだろう。立松は、「金堂修正会」に参加することになった経緯について、「知床の毘沙門堂」（一九九五年八月）の中で次のように書いていた。

法隆寺の高田良信住職とも私は縁が深い。正月に法隆寺で金堂修正会《しゅうしょうえ》という一週間の行があり、これに参加すれば法隆寺のことや奈良仏教のことがわかるからいらっしゃいというお誘いを受けたのだ。仏教のこ、と、を勉強したい私には願ってもないことであった。その前にも法隆寺のお坊さん方と会う機会がたびたびあり、頭を剃《そ》ったらいろいろなものがみえますよといわれていた。いけば私は髪を剃らねばならないのだが私には娑婆《しゃば》の煩悩《ぼんのう》がたくさん

あり、また知恵をつけてくれる人があって、自分で床屋さんにいって五分刈りにすればいいといわれた。（ルビ原文傍点引用者）

この法隆寺で毎年正月に行われる「金堂修正会」に参加するようになったことについては、立松は機会ある毎に繰り返し書いているが、なぜ傍点部の「仏教のことを勉強したい」という気持ちを持つようになったのかについては、どのエッセイでも詳述していない。しかし、立松の軌跡を簡単な形で時系列的に辿ってみれば、親友中上健次の死（九二年八月）があり、同じ年の一二月に父親の死に向き合い、そして翌九三年一〇月に起きた『光の雨』（盗作・盗用）事件を経験するということがあり、その経緯の中で最初のインド行（七二年）に携えていった『ブッダのことば――スッタニパータ』（中村元訳 岩波文庫）や「法華経」などの教典を持参しての二度目インド行（九三年一二月）を行ったが、この一連の「辛い」経験が立松をして「仏教」へ傾斜させていったのではないか、と推測するのが自然のように思われる。『光の雨』事件によって、「臨死体験」（『ブッダその人へ』）のような経験をした立松は、そこからの「再生」を願って「仏教のことを勉強したい」と切に願ったのではないか。その過程で、法隆寺のお坊さん方（高田良信管長ら）と会う機会があったのだろう。

そのような経緯があっての「知床毘沙門堂」の建立である。「知床毘沙門堂」を建立するに至る経緯について、立松は「知床毘沙門堂由来」（『歓びの知床』九九年刊 所収）の中で次のように書いている。

「自分たちの神社が欲しいなあ」
およそ三年近く前のことであった。聞けば、私たちの山小屋（立松は、斜里町の知床半島の根っこに中古の丸太小屋《ログハウス》を購入し所持していた―引用者注）がある山のあたりには小学校があり、その近くに開拓者の建てた神社があったそうだ。小学校がなくなるのは時代の流れとして、神社のほうも人が少なくなると維持が困難になって、何処かの神社に合祀されてしまったのだという。要するに私は神社をつくれないかと相談されたのである。私はいろんな相談をもちかけられるが、さて神社はどうやって造ったらいいのだろう。先の目算もなく、私はこういってしまったのだ。

「神社かあ。考えてみましょう」

神社をつくるにはどうしたらよいかわからず、私は友人の東京下谷の法昌寺の福島泰樹住職に相談した。坊さんの彼は当然のことながらこういう。

「寺をつくればいいじゃないか」

『光の雨』事件から「再生」し、以前と変わらずに活躍していた立松であったが、やはりどこかに「心の拠り所」を求めていたのかも知れない。北海道（知床）の大自然に囲まれた「知床毘沙門堂」建立は、「救い＝癒し」を求める立松の心が顕現した結果であったと言っていいだろう。立松は、自らの「過ち」によって『光の雨』事件を起こしたわけだが、そのとき数は決して多くはなかったが、家族（妻）や学生時代の友人、少数の編集者や作家や批評家が「地湧の菩薩」＝救いの神として自分の前に立ち現れてくれたことを、いくつかのエッセイで書いていた。そんな経験があって、北方の守護神である「毘沙門天」を祀る御堂を知床に建立したのだろうが、それは知床の山小屋へ行きさえすればそこで目に見える形の「地湧の菩薩」に会える、と思ったからではなかったか。

知床毘沙門堂は、その後「知床太子堂」「知床観音堂」が次々と建てられたことからもわかるように、立松や知床の友人たちが造った一大「聖地」となって今日に至っている。一九九五年七月三日に最初の開堂式が行われて以来、立松が亡くなった今でも変わらず福島泰樹を導師として法隆寺の管長や僧侶、京都仏教界の僧侶、比叡山の僧侶などを加えて、毎年六月の第四日曜日に盛大に法要が行われている。立松が蒔いた「仏教」の種が芽を吹き今では大きく育った、ということかも知れない。

立松は、「仏」がどのような存在であるか、知床に毘沙門堂を建立した直後の「知床の毘沙門堂」（九五年八月）というエッセイの中で、次のように書いていた。

森羅万象の中に身を置いていると、そこにははっきりした摂理があることがわかる。それは人間の思想や行為を遙かに凌駕《りょうが》したものである。たとえば漁師は、そのようなものに敬虔《けいけん》な態度をとる。森羅万象とは生物の生であり死であるから、死を前にすると人は自分の行く手にある絶対的なものを感じ、この今も同じ法則によって生きとし生けるものすべてが動かされていることを知るだろう。

神仏の祈りとは、自然に向かってのその人の態度のことである。祈りを忘れたら、傲慢になるばかりだ。祈るかぎり、森羅万象は慈悲にあふれている。森羅万象を動かすものを、私は仏と呼ぶ。

知床毘沙門堂は仏への祈りの場所である。（ルビ原文）

このように、立松は『光の雨』事件の後の法隆寺における「金堂修正会」に参加し、そのような「仏教」体験を積み重ね、そして「知床毘沙門堂」の建立へと至るが、繰り返すが、そのような経験を積み重ねて徐々に「仏教」への傾斜を強めていったのである。ただそれ以前に、「追いつめられて」インドへと旅立ったときに持参した『ブッダのことば』が如実に物語るように、若い頃から立松の内部には「仏教」への関心があったことも見逃すわけにはいかない。度重なるアジアへの旅において、立松は次のような思いを持つことがあったからである。

アジアの歩行の中で、私はたくさんのことを学んできた。汚物を地下にやって表面的な清潔さを追求してきた近代化過程で日本が捨て去り、私たちの眼から消えていったもの、清澄は汚濁の中にこそあるといった当たり前のことを、私は追い求めてきたのかもしれない。ある土地には、裸電球のフィラメントの輝きの中にさえ、仏がいる。人々の瞳の中にも仏がいる。まして汚物の中に仏が宿っている。

（「裸電球に宿る仏」八三年七月）

一九七〇年前後の「政治の季節」において語られた「土着」とか「前近代」の可能性といった思想的フレームを色濃く残した文章であるが、この「裸電球に宿る仏」が示しているのは、明らかに立松の資質の中に「仏教」への傾斜を強める要素があったということでもある。

二、「救世」——何故、聖徳太子なのか

そんな立松が、日本で最初に「仏教」を普及した人間とされる聖徳太子の「物語＝評伝」を、どうして書くようになったのか。聖徳太子の生涯を「物語」化した『救世《ぐぜ》　聖徳太子御口伝』（二〇〇六年一二月刊）は、仏教総合誌「大法輪」の二〇〇一年一二月号〜二〇〇六年七月号まで連載されたものである。なお、この『救世　聖徳太子御口伝』の連載は、立松の「仏教」への関わりを集大成することになったと言っていい『小説　道元禅師』を曹洞宗の機関誌「傘松」への連載と同時であった。このことは、先に述べた法隆寺の「金堂修正会」への参加に始まり亡くなるまで続いていた法隆寺との関係が、より強くなっていたことを意味していた。立松は、法隆寺との関係を強めれば強めるほど、また法隆寺を建立した聖徳太子の「偉業」への関心も強めていった、と考えられる。

その意味で、立松の「聖徳太子」への関心は、立松自身の作家としての歩みから必然的に導かれたものであった、

と言うことができるかも知れない。すでに繰り返し述べてきたように、一九七〇年二月、『とほうにくれて』（後『途方にくれて』）が「早稲田文学」に掲載されたのを期に、本格的に作家を目指して、一度は決まった出版社への就職を断り、創作とアルバイトと恋愛（結婚）という文字通り青春のど真ん中を生きていた立松は、先行きの「不安」を抱きながら妊娠中の妻を妻の実家に残し、七二年九月、中村元訳の岩波文庫版『ブッダのことば——スッタニパータ』一冊を携えてインドへ旅立っていった。これも先にも触れたように、当時は六〇年代後半に世界的な規模で始まった反体制運動に疲れたヨーロッパやアメリカの若者たちが、「オリエンタリズム」（東洋・仏教〈禅〉・前近代社会、など）に憧れ、インドやネパールを旅するのが流行っていた。日本の多くの若者も、七〇年前後の「政治の季節」における敗北感・無力感、つまり「政治」によって世界の変革を志しながら敗北し、その絶望感からの脱却・立ち直りを期して、それはまた同時に日本にはもう可能性がないと見切りを付けることでもあったのだが、「懐かしい」思いを呼び覚ます「前近代＝土着」の思想や生活を色濃く残すインドやネパールへと旅立っていった。例えば、立松と同世代の作家宮内勝典や青野聰らは彼らの先駆者であった。高度経済成長の成功によって先進工業国の仲間入りを果たし、「近代」の最先端を走る日本での生活に疲弊した若者たちは、「前近代」が色濃く残る日本とは異なるインドやネパールを旅することで「魂の救済＝癒し」を経験し、その経験を基に再出発を図ろうとしたのである。

そのような時代状況と立松が何故インドへ旅立っていったのかを併せ考えると、最初のインド行に『ブッダのことば』を携えていったということは、近代文明の最先端を行くような日本への「絶望」の裏側に、日本の前近代社会における「道徳（倫理）」や「生活習慣＝暮らし方」など生の全般をその底部で支えていた「仏教（的宗教心）」への関心を潜ませていた、ということだったのではないか、と思われる。もっとも立松自身は、『ぼくの仏教入門』（九九年刊）の中で、「ぼくのインドの旅は、『ブッダのことば』とますます強大になる煩悩を友として続けられることになりました」と書く一方で、『ブッダのことば』をインドの旅に持っていったのは、「繰り返し繰り返し読めること、軽いこと」

が条件だったから、とも書いていた。この一見「矛盾」するような『ブッダのことば』に関する言葉は、まさに立松の揺れ動く気持を象徴するもので、最初のインド行の頃はそんなに深く「仏教」に関心を持っていなかったのではないか、とも考えられる。

というのも、インド放浪の体験を基にして書かれた初期の短編『虎』（七三年）や、宇都宮市役所を退職する年に書かれた『熱帯病』（七八年）、『タイガー・ヒル』（七八年）、あるいは退職後に二年間かけて完成させた長編『水の流浪』（八四年）には、「ブッダ」や「仏教」といった言葉はもとより「宗教」に関わる事柄はまったく出てきていないからである。当時の立松は、「仏教（宗教）」よりも敗北感からの立ち直り、及び自己確立＝アイデンティティーの獲得の方に関心を集中させていた、と思われる節があるからである。

そして、旅＝放浪を重ね自己確立も実現した立松は、野間文芸新人賞を受賞した『遠雷』（八〇年）によって、現代文学の最前線を走る作家として多忙な日々を送ることになる。そんな日々を襲った『光の雨』事件、前にも触れたが、この「事件」について立松は『ぼくの仏教入門』の中で次のように書いていた。

ぼくが連合赤軍事件を扱った小説を書き、資料として使った坂口弘さんの著作の扱いで不手際があり、問題になっていた時期のことです。

ぼくはある雑誌に「ブッダその人へ」という文章を連載することになっていました。

しかし、盗用だのなんだのとマスコミをはじめ、いろんな立場の人から叩かれ非難される苦悩の渦中にあって、ぼくはもうすっかり心が挫けていた。編集担当の村瀬和正君に対しても「もうだめだ。物書きとしてもうこれ以上やっていけない」とこぼすばかりで、精神的にとてもまいりました。

事件が起こり、火の粉が降りそそぎはじめる前から決まっていたその連載があり、ぼくは取材のためにインドにまた行くことを決めていました。すごく楽しみにしていたのに、心朽ちてしまってそれどころの精神状態ではなくなっていました。（中略）

二十三年前、初めてインド放浪の旅に送り出してくれたときと同じように、女房に背中を押されるようにして、ぼくは結局出かけることにしました。ぼくは、依然「心朽ちたり」のまま、一種の自律神経失調症になっていて、呼吸をするのも息苦しいといった、実に情けないような状態に陥っていました。

（「第一章　インドで黄金の仏を見た」傍点引用者）

その「黄金の仏」について、立松は『ブッダその人へ』（「佼成」九四年一月号〜九五年一二月号　単行本九六年刊）の中では、次のように書いていた。

その時、私の目の前の暗がりに小さな黄金色のものが浮かんでいたのだ。ブッダであった。私は沈黙のなかでブッダと向き合っていた。ブッダも沈黙していたが、姿を見せることによってこれほど雄弁に語ってくれることもなかった。私は静かにブッダを見ていた。

ブッダは空中に浮かんでいた。車中にいる私の前には運転席があり、運転手がハンドルを握っていた。黄金の仏は座席や運転手の身体を突き抜けた闇の中に浮かんでいたのだ。

歓喜のあまり涙がでるといった感情には、私はならなかった。（中略）深々とした静寂の中で、私は黄金の仏と向き合っていた。たぶん一時間以上もそうしていた。黄金の仏を見ながら、私はこれからの生き方や、やがて書かれるべき小説のことを考えた。

（「II　ゴータマからブッダへ」）

立松が経験したこのような「見仏」と、そのような奇蹟を呼び込んだ『光の雨』事件以後の「心朽ちたり」状態からの回復とが相俟って、立松の「仏教」への傾斜はまず強まっていったのである。しかし、立松の「仏教」への傾斜はそれだけが原因ではなかった。このインドでの「見仏」と、先にも書いた法隆寺の「吉祥悔過（金堂修正会）」体験と、「知床毘沙門堂」を建立、これらが融合して立松の「仏教」への傾斜を促したと言える。特に、毎年一月七日～一四日に行われる法隆寺の「吉祥悔過」への参加は、立松に特別な思いをもたらしたのではないか。普通では有り得ないような立松の法隆寺での「坊さん」体験、当然のことのように立松はここで「仏教」の布教に熱心だった聖徳太子について自学し、また法隆寺でも学んだものと思われる。

三、聖徳太子へ、法華経へ

物語の大方を『日本書紀』（巻第二〇～二二、特に聖徳太子が摂政を務めた推古天皇の時代を扱った巻第二二）の記述に依拠しつつ、立松が「聖徳太子伝」あるいは「仏教国教化」の歴史を書こうとした意図は、例えば『法隆寺の智慧永平寺の心』（二〇〇三年　新潮新書）の中の「第五章　聖徳太子の願い」の中の「在家とは」という文章の、次のような言葉からその一端を窺うことができる。


序論でまだ維摩が登場する前に、リッチャヴィー族の青年である宝蔵という菩薩が、釈迦に「世界を浄化するとはどういうことであるのか」と問うところがある。

「衆生こそが仏国土なのだ」

これが釈迦の答えである。浄化された国土、すなわち仏国土は、実在としてどこかに存在するのではない。人々が何を願うかによって、仏国土はつくられなければならない。聖徳太子が維摩経をこの国の国づくりの基本としようとしたのは、ひたすらこのことによる。この国を仏国土、すなわち菩薩たちで満たそうとしたのである。一人一人が自分の心を治め浄めると、この国に暮らす人々は菩薩ばかりになる。

聖徳太子がこの国にもたらした三経は、序論が勝鬘経《しょうまんきょう》、本論が法華経、後期が維摩経といってよいであろう。このうち勝鬘経と維摩経は在家の人が釈迦に代わって深遠なる教えを説くという構造になっている。聖徳太子も在家の人であったということだ。（ルビ原文）

立松が『救世　聖徳太子御口伝』を書こうとしたその底意は、まさに「聖徳太子も在家のものであった」という言葉に如実に現れている、と考えていいだろう。立松は、この長編を書くことによって、「在家」である自分もまた望むなら例え自分勝手な思い込みであろうが、聖徳太子のような生き方が可能なのではないかという、見方によっては余りに「不遜」とも言えるような思いを抱いた、ということかも知れない。

というのも、『救世　聖徳太子御口伝』には、聖徳太子＝立松和平と錯覚するような切実な記述（描写）や立松の思想（社会観・世界観）を直接的に反映したと思われる記述が随所に存在するからである。例えば、厩戸皇子《うまやど》（上宮皇子・聖徳太子）が弟の皇子たちに勝鬘経をわかりやすく講義している場面での、次のような「語り（解説）」の挿入である。

ここまでお話しになった時、厩戸皇子は言葉を切り、ふうっと誰にも聞こえるように溜息をつくのでした。その場にいるすべての人が皇子と同じ気持ちになり、同じように溜息をつきました。勝鬘夫人の仏国土にくらべて、現実のこの世は、なんと悪人ばかりが跳梁跋扈していることでしょう。己れの欲望と怒りと無智に目のくらんだ悪人ばかりが、目立って元気ではありませんか。このような世がいつまでつづくのでしょう。勝鬘夫人の仏国土を必ずこの世に実現しなければならないと考え、皇子はもう一度深々と溜息をつきました。その時、その場にいる全員の気持ちは一つになっていました。皇子はその仏国土をこの世に実現させねばならないという気持ちをよく保ち、自らを鼓舞して、元気よく話を先に進めるのでした。

ここには、聖徳太子の言動（思想）を通して、立松が「文学＝表現」者としてこれまでずっと言葉によって「もう一つの世界」、つまり「理想郷《ユートピア》＝仏国土」と言っていいような世界を求め続けてきたかの一端が、さりげない形で書かれている。立松は、作家を目指したそもそもの始めから「自己救済」と共に「社会変革」の可能性を求め続けてきたということがあり、言い方を換えれば文学と社会とのより良い関係を求めて創作を続けるという「理想＝夢」が、この引用部における厩戸皇子（聖徳太子）の説教姿を借りて書き込まれている、と考えられるということである。そのことは、立松が三〇年以上経っても変わらず、人間の全的「解放」を求めて自らの身体を賭けた七〇年前後の「政治の季節」を自らの文学的原点としてきたことを意味しており、またその「政治の季節」における世代の責任を追及しようとして書き始めた長編のタイトルが「光の雨」だったことに繋がっていく。「光」は、法華経の「勧持品第十三」に書かれている「忍辱」に耐え、「刀杖を加える＝暴力」を忍んだ先に現れてくるものだからである。

立松は、『光の雨』という小説にこだわった理由について、『ぼくの仏教入門』の中で次のように書いている。立松の文学を支える「宗教心（仏教思想からの影響）」がよくわかる個所なので、少し長くなるが引用する。

「増長すること」と「迫害されること」は、本質的にはあまり変わらない、自分を見失うということでは同じだということでした。いつも肚がすわっていて、自分の存在を、自分は「ここに在る」という形を保っていかねばならないのです。どんな状態になっても、自分を失ってはいけない。これが中庸の思想なのです。（中略）今のぼくは、あらゆる菩薩に助けられて生きている。そのことだけは確かです。

今、思います。あの苦しみの種は、あの作品（『光の雨』のこと――引用者注）を一から書き直し、それをやりとげるために必要だった。絶対に必要だったと。

あのままぼくがすいすい書いて、書き上げていたら、それはそれなりの作品になっただろうと思いたい。だけど、そうならなかったろうという気がする。少なくとも命懸けの作品にはならなかった。

連合赤軍事件を扱ったあの小説の対象は、書き手のぼくにとっても命懸けの対象だったのです。当初はそこまで考えてなかった。あのときのすべての出来事は、『光の雨』という小説を書く上げるために必要な出来事、必要な展開だった。すべては因縁だったと思う。

小さな因縁、大きな因縁、いろいろな因縁があったけれど、作品を書き上げるという意味ではすごくいい因縁だったのです。

（「第三章　国破れて、山河は残った」）


これは、明らかに「全肯定の思想」を説く法華経を深く理解することによって導かれた考えと言える。しかし、このような法華経理解に基づいて「老い」を生きつつあった立松が、権勢を誇る蘇我馬子の「政治的圧力」を何とか凌ぎながら、推古天皇の摂政として新たな政策（「冠位十二階」や「十七条の憲法」の制定、新田開発など）を次々と成し遂げ、そして法華経の説く「仏国土」建設に邁進する厩戸太子（上宮太子・聖徳太子）に自分を重ねようとしたのは、必然であったと言っていいだろう。立松は、『救世　聖徳太子御口伝』の中で聖徳太子の言葉として、次のような思想を記している。

ここまで説けば、よくお分かりでしょう。この世は苦しみに満ちています。人はどうしてこんなに苦しい争いをしなければならないのでしょう。争えば、とどのつまりは殺し合いです。殺せば、いつかは殺されるのですよ。争っても、勝ちつづけることは不可能です。いつかは自分よりも強い敵が前に現われて、自分は敗れるのです。

若さと強さを誇っても、若さはたちまち過ぎ去り、力も弱くなってしまいます。永遠の力を持つことは、仏でも無理です。仏は力を誇っているのではなくて、真理を説いたのです。生きることは苦しい。老いることは苦しい。病にかかることは苦しい。死ぬことは苦しい。この四つの苦しみから逃れることはできません。誰でも死ぬのです。つづまるところ、この真理が最も強いということになり、それ以上はありません。現世で生きる私たちは、この真理の流れに沿って生きることが、苦しみもなく、長寿であるということです。

しかし、どのように認識したところで、この世は苦しい。苦しいと認識することが真理の流れに沿って生きることなのですから、正しい認識をすればするほど、生きるのは苦しいことだと知るのです。知れば知るほど苦しさから逃れることはできなくなり、それなら知らないほうがいいということにもなってしまいます。そうではないのですよ。生きる道というのは、必ずあります。

（「四章　菩薩の仏国土」）

その「生きる道」とは、蓮の花のように「泥＝苦」の中から美しい花を咲かせることである、と立松（聖徳太子）は言う。これはまさに立松の「覚悟」と言うべきもので、同時に立松がこれからは「在家」にあって本格的な「仏教」を信じる人間として生を全うしていくという宣言でもあった。立松は、『はじめて読む法華経』（二〇〇二年）の「おわりに」の中で、次のように書いていた。先の『救世　聖徳太子御口伝』（四章　菩薩の仏国土）における聖徳太子の言葉に呼応する立松の思想である。

法華経の森を歩く私の旅は、ひととおりの地図の上からはもう終りに近づいた。最後に、語っておくべきことが一言ある。人間への無限の信頼を物語っている常不軽菩薩《じょうふぎょう》が、私は好きである。ここには現実の中で実際に生きるべき人間の理想が語られている。人に軽んじられても軽蔑されても、人間への信頼を失わず善意で生きる常不軽菩薩のように、私は生きていきたい。（ルビ原文）

なお、ここで立松が「好き」という常不軽菩薩については、「人に軽んじられても軽蔑されても、人間への信頼を失わず善意で生きる常不軽菩薩のように、私は生きていきたい」という言葉からもわかるように、法華経の信者であった宮澤賢治が「雨ニモマケズ」の詩において「デクノボー」を造型するときに大きなヒントと得た菩薩である。このことは、立松も「宮澤賢治と常不軽菩薩」（九六年）というエッセイに書いており、宮澤賢治研究者や愛好家の間ではよく知られていることでもある。

改めて確認しておきたいのは、『救世　聖徳太子御口伝』が『月――小説道元禅師』と同時に書かれていたということである。立松は、この時期「救世」の方法と「求道」の可能性を追い求めていたのである。

四、求道（求法）

立松は、『道元禅師』（上下　二〇〇七年七月　東京書籍刊　連載時の原題『月――小説道元禅師』）を、九八年九月号から大本山永平寺の機関誌「傘松」に連載を始める。連載から二ヵ月ほど経った九八年一〇月二八日の「中日新聞」に、次のような文章を寄稿している。

私は伝記ではなく、物語を書くのだと決めた。人々の記憶の中に生き生きと伝わってきた道元という物語を、息と血とを通わせてこの時代に甦《よみがえ》らせたい。心の底から道を求め、全存在を賭して宋の国に渡り、本当の師を求めて寺から寺へと修行の遍歴をした若き求法者の、激しくも純粋な心を描きたい。その純真な精神こそ、今の日本で最も失われているのではないかと思うからだ。

（「道元という物語を書く」）

これを見れば、立松はあくまでも「現在」を生きる作家として、日本の仏教史において類い希な「求道者（求法者）」であり、曹洞宗の開祖となった道元といかに向き合おうとしたかがわかる。しかも、その道元に向き合う理由として、「その純真な（求道）精神こそ、今の日本で最も失われている」からだというのである。このエッセイを書いた九八年一〇月という時期がどういう時代であったか。六〇年代半ばから本格化した高度経済成長政策が成功し、世界から「エコノミック・アニマル」と言われた時代を経て、GDP（国民総生産）がアメリカに次ぐ世界第二位を獲得し、「世界の富」をかき集めたかのような「バブル経済」が弾けて残ったのは、「玩物喪志」という何とも情けないモラル・ハザード（頽廃の極に達した倫理観）におおわれた時代であった。立松が道元の「純真な精神」に託してこのような時代の風潮に抗する「物語」を書こうとしたことは、十分に理解できる。

また、このような『道元禅師』執筆の動機から透けて見えてくるのは、立松の内部において「道を求める」精神への欲求がいよいよ高まってきていた、ということである。『道元という物語を書く』が収められた『道元という生き方』（二〇〇三年十一月　春秋社刊）の冒頭を飾る「道元の歩いた道」（二〇〇一年六月）という文章の中に、「花や鳥のように、人生をそのまま受け入れること。道元の道をたどるということは、自分自身のいくべき道を明らかにすることである」という言葉がある。「人生をそのまま受け入れること」とは、これまでに何回も取り上げてきた立松が『光の雨』事件（盗作・盗用疑惑）から一旦離れて、前からの約束であった「インドへの旅」、つまりブッダの足跡を辿る旅の敢行したことによって手に入れた「全肯定の思想」のことと言っていいだろう。
立松は、『道元禅師』を書くことによって手に入れた「全肯定の思想」をどのように深化（進化）させていったのだろうか。まずは、『ブッダその人へ』に示されている立松の「全肯定の思想」とはどのようなものであったか、を確認しておく。

　ゴータマ・シッダッタが出家して求道にはいったのは、この世は憂いに満ちているという苦の認識からであった。生老病死から人は逃れることはできない。一切皆苦《いっさいかいく》なのである。死が実際に見えるところまで来て、この世は楽しいとブッダはいう。これは深い眼差しである。否定からはじまった求道の旅が、いつしか肯定に変わっている。ここに救いがあるのだ。すべてを積極的に肯定していこうというブッダの世界観がある。
　この世を全肯定しても、生きるかぎりは諸行無常《しょぎょうむじょう》に身をさらしておかねばならない。それが私たちの宿命である。そこに私たちの生の問題がある。

（ルビ原文　Ⅲ　死を見据えて歩む）

ここに「全肯定の思想」の何たるかが端的に示されているが、このような思いに立松が思い至った経緯については、これは第八章や第九章などに書いたことだが、立松は「『光の雨』事件」を起こす前年（九二年）の八月に、ライバルであると同時に最も親しかった作家の中上健次を亡くし、また同じ年の十二月に尊敬する父親・横松仁平を亡くす、ということがあった。この二つの「別れ」は、立松の内奥に深く刻まれ、その後の作家としての生き方に濃い影を落とすことになった。もっとも、立松がその「別れ」を真の意味で実感するのは、『光の雨』事件を経験した後のインド行において、例えば『ブッダのことば』における「犀の角のようにただ独《ひと》り歩め」の真の意味を理解した時であった、とも言える。立松は、二人の「大切な人」の死によって、「寂寥感」というか「無常観」というか、人生には限りがあり、「別れ」があることを心の底から理解させられ、「犀の角のようにただ独《ひと》り歩め」という言葉の意味を自覚するようになっていたのである。

そのような『ブッダその人へ』以前の経緯があって、立松は「仏教」への傾斜を強めていくのだが、『ブッダその人へ』以降『道元禅師』に至る立松の「仏教」関係の著作を、煩瑣になるが列記すると、以下のようになる。

①『仏に会う』（九八年六月　NTT出版）
『光の雨』（九八年七月　新潮社）
②『ぼくの仏教入門』（九九年一〇月　文春ネスコ）
③対談集『澄んだ川の水が私の心』（対談者：山尾三省　二〇〇〇年一二月　文芸社）
④同『瑠璃の森に棲む鳥について』（対談者：同　二〇〇一年一月　同）
⑤『仏弟子ものがたり』（二〇〇一年三月　岩波書店）
⑥『日蓮上人』（二〇〇一年一一月　小学館）
⑦『空海』（二〇〇一年一二月　小学館）
⑧『紺地金泥般若心経』（二〇〇二年一月　小学館）
⑨『木喰』（二〇〇二年三月　小学館）
⑩『道元の月』（二〇〇二年三月　祥伝社）
⑪『聖徳太子　この国の原郷』（二〇〇二年四月　NTT出版）
⑫『道元』（二〇〇二年八月　小学館）＊「傘松」連載の「月――小説道元禅師」一九九八年九月号〜二〇〇二年四月号までを推敲しまとめたものである。

⑬『はじめて読む法華経』（二〇〇二年一〇月　水書房）
⑭『小さいことはいいことだ』（二〇〇二年一二月　ウェイツ）
⑮『生命継ぎの海』（二〇〇三年一月　佼成出版社）
⑯『ポケットの中のお釈迦さま』（二〇〇三年一〇月　白竜社）
⑰『法隆寺の智慧　永平寺の心』（二〇〇三年一〇月　新潮社）
⑱『道元という生き方』（二〇〇三年一一月　春秋社）
⑲『遊行―ちまたで仏と出会う日々』（二〇〇四年一月　佼成出版社）
⑳『ブッダ―この世で一番美しいものがたり』（二〇〇四年八月　ＰＨＰ研究所）
㉑『やさしい「禅」入門』（二〇〇四年一一月　新潮社）
㉒『ブッダの道の歩き方』（二〇〇六年一一月　サンガ）
㉓『芭蕉の旅、円空の旅』（二〇〇六年一一月　日本放送協会）
㉔『救世　聖徳太子口伝』（二〇〇六年一二月　大法輪閣）
㉕『芭蕉「奥の細蜜」内なる旅』（二〇〇七年一月　佼成出版社）

この他、エッセイ集の『旅する人――魂の休み場所をさがして』（二〇〇二年二月　同）、『古事の森―樹齢四百年の巨木を育てる』（二〇〇二年一一月　かんき出版）などにも「仏教（宗教）」に関するエッセイが収録されている。このことを考えると、『ブッダその人へ』から『道元禅師』までの約一〇年間に立松が著した著作の数々は、立松がこの問いかに「仏教（宗教）」への傾斜を強めていったかを証するものであった。この「仏教」への傾斜については、立松自身が『道元禅師』の連載中に行われた曹洞宗総持寺貫首などを務めた板橋興宗師との対談「曹洞禅と日本人のこころ」（「北國文華」二〇〇〇年一二月号）において、板橋師の「いま、禅寺ははやっているんですよ」との発言を受けて発した、次のような言葉に如実に表れている。

僕の場合、仏教をとにかく学びたいのです。良寛さんの本も読めば、日蓮上人や弘法大師空海の本も読むし、法然上人も親鸞聖人にも惹かれます。僕も大衆の一人ですから、おそらくみんなもそういう気持ちになっているのでしょうね。小説を書くという僕の仕事も大きく宗教に傾いていいます。僕の場合は仏教ですが、これも一つの社会の要請なのでしょう。もちろん僕自身の要請であって、それが一番強いのですが。（傍点引用者）

また、この「仏教（宗教）」関係の著作歴は、『道元禅師』が『月――小説道元禅師』と題して「傘松」に連載されていた時期と重なるもので、立松は『道元禅師』を書きながら、当然と言えば当然なのだが、「仏教」全般について多くのことを学び、そして理解をさらに深めていったということになる。立松がどれほど深く「仏教」を理解していたか、その程度については立松が書いたものからしか理解できないが、『ブッダその人へ』以降の著作を読む限り、立松はあくまでも「作家」としての立場を堅持しながら、人間存在の根幹に関わる思想を極めようとしていたのではないか、と思われる。例えば、それは「法華経」が体現している「平等」思想に象徴されるものと言ってもいいのだが、そのような思想によって形成された「仏教」を、自らの創作＝表現のバックボーンにしようとしていたのではないか、ということである。

そののめり込み方が尋常ではなかったのは、先のおびただしい数の「仏教」関係書籍の刊行が如実に物語っているが、ここでもう一度確認しておきたいのは、立松の「仏教」への関わりが、将来的にはどうなるか分からなかったとは言え、この時点ではあくまでも「作家」としての立場を堅持してのことであった、ということである。もちろん、『法

隆寺の智慧　永平寺の心』などというタイトルを見れば、いかにも法隆寺や永平寺のスポークスマンの役割を担っているように見えなくもない。しかし、同書所収の次のような文章を読むと、立松はやはり「作家」として、また一個の人間として真摯に「仏教」に向き合っていたという思いを強くせざるを得ない。

仏道を修行するということは、自己を修行するということだ。自己を修行するということは、自己を忘れることである。自己を忘れるということは、自己が万法（諸法）であると証明されることである。直訳すると、意味はこのようになる。自分の中には森羅万象があり、すべての真理が流れているのだが、そのことに執着してはならない。自己を忘れなければ、自己の中にある森羅万象も、すべての真理も、見ることができない。

座禅とはそのような自己と向き合い、対象化し、忘れる修行である。座禅はさとりを得るためにするのではなく、座禅自体がさとりなのである。釈迦がこの世の真理を知ってさとりを開いた時のその姿をして、自己の中の方法と向き合うのである。

（「第二部　永平寺の心、第二章　越前でのわが参禅」）

引用冒頭の「仏道を修行するということは、自己を修行するということだ」をはじめ、引用全体が仏教（大乗仏教）でいう「唯識（論）」に基づいて書かれていると思われる。この引用のような言い回しは、正直言って非常に分かりづらい。特に、「座禅自体がさとりなのである。釈迦がこの世の真理を知ってさとりを開いたときのその姿をして、自己の中の方法と向き合うのである」の、「自己の中の方法と向き合う」とはどういう意味・行為なのか、またこの一文中の「自己の中の方法」とは何を指して言っていることなのか、皆目わからない。たぶん、立松なりに必死に「仏道修行」について説いているつもりなのだろうが、文字通り「禅問答」的になっている。立松自身も「不明」な部分に自分なりに言葉を与えようとしているのだとは思うが、実際はどうだったのだろうか。『法隆寺の智慧　永平寺の心』

の「第二部　永平寺の心、第一章　門前にて」の中で、立松は道元の次のような言葉を紹介しており、それを読むと「仏教者」と「作家＝文学者」とは本質的な違いがある、ということを十分に分かっていたと思われる。

無常迅速なり（時は駆け足で去っていく）。生死事大なり（生死の真理を明らかにすることが重要です）。しばらく命のある間、わざを修め学問を好もうと思うなら、ただひたすらに仏道に修行し仏法を学ぶべきです。

文章を書いたり、詩歌をつくったりは、役に立たないので捨てるべきが道理でしょう。仏法を学び、仏道を修行するにも、なお手びろくあっちもこっちもと学んではなりません。ましてや、教典ばかりによる学問仏教が顕教や密教などとわける教えは、まったくほうっておいたらよろしい。仏祖の言葉であっても、あっちもこっちもと学んではいけません。

ただ一つのことだけを専らに行うことさえ、鈍くて劣った生まれつきのものには、やりとげることができないものです。ましてや多くのことを同時にして、心とそのはたらきを整えないのは、しょうがないことです。

（『正法眼蔵随聞記』第一」より）

この道元の弟子懐弉《えじょう》が折に触れて道元の言葉を書き残した『正法眼蔵随聞記』に書かれている『道元の言葉』を、「作家」立松和平はどのように受け止めたか。立松は引用の後に、「道元は、ただ一つのことだけを専らに行っても達成することができないのに、文章を書いたり詩歌をつくったりしていい気になっていたのでは、とてもとてもさとりを得ることはできないといっている。なんにでも興味をもち、あっちに顔を出しこっちで耳をそばだてる私などは、耳が痛い言葉である」と付け加えている。しかし、亡くなる直前の私との対談で「書くことは生きること」（「週刊読書人」二〇一〇年二月一九日号）と言い切っていた立松の心理を忖度すれば、道元の言う文学者であることと仏道修行との「二また」が、求道者道元の目からは「間違った」道を行く者として映じていたはずとの思いがあり、また立松自身も自分はあくまでも「作家＝表現者・文学者」でしかないとの自覚を十分に持っていた、と言えるのではないか思われる。その意味で、立松が「私の中の仏」と題した講演（「第四十七回正眼寺夏期講座」二〇〇一年七月二一日『遊行』所収）の結論として次のように言っていることは、「作家」立松和平の本音、つまり「宗教心＝仏道修行」に関する精一杯の表明だったのではないか、と言える。

お釈迦さまは死の直前まで人に説法し、ものを認識し、考え、そして最後の言葉は「勉強をつづけなさい。修行を完成させなさい」とおっしゃっている。けれども、修行完成はそう簡単ではない。少なくとも私に修行完成はないわけですから、一生勉強しようというふうに思います。そして怠ることなく、その人なりの立場で、その人なりの機会をとらえ、こつこつと一生勉強していくことが必要であるとお釈迦さまは説かれているし、私もそう思います。共に勉強していきましょう。（傍点引用者）

五、「救い」

ただそうは言っても、先の仏教関係書籍一覧を見れば分かるように、『ブッダその人へ』以降の「仏教」関係著作の数の多さは、求められるままに書いてきたものの集積（結果）に過ぎないとしても、決して尋常なものとは言えない。何が立松をしてそのようにして「仏教」にのめり込ませたのか。

繰り返すことになるが、立松が「宗教的なもの」、つまり「仏教」に接近していく直接的な契機は、盟友中上健次や尊父の死であり、さらには作家生命を危うくするような『光の雨』事件を経験したことであった。また、第一〇章でやや詳しく述べたが、自分の身体が悲鳴をあげ始めている、つまり健康体でなくなってきていたことの自覚、ということも「仏教」への傾斜を強める契機になったと考えられる。その意味で、立松が必死になってそれらの出来事や事件の衝撃から精神的に立ち直るべくもがき苦しんだその結果、立松の内部に「仏教」が居座るようになった、と考えるのが一番素直な見方かも知れない。何しろ、身近な人間の具体的な「死」や「盗作・盗用」事件によって自らの「精神的な（仮想的な）死」をも経験した立松ではあったが、そのような経験を経て立松の欲求（意識）は「生きる」ことの方に傾いていたのである。「死」よりも「生」を、というのが、この頃の立松を支配していた意識だったと言えるだろう。テレビ番組のレポーターで四国を「お遍路」したときのことを基にしたと思われる「四国遍路紀行〜第二番極楽寺にて」（九九年『生命《いのち》継ぎの海』二〇〇三年刊所収）というエッセイの中で、立松は次のように書いていた。

死にくるというわけではないにせよ、死ぬ準備はいつでもあるということなのである。お遍路とは死に装束で旅をするのであるから、生きながら死の世界にはいっていくということである。はしゃぎながらお遍路をする人はいない。お遍路はつねに死を考えているからこそ、快楽をむさぼるということからは遠く、みんな禁欲的だ。（中略）

執着を離れよというのが釈尊の究極の教えだが、生きたいというのも執着だとしたら、私は永遠に迷いから逃げることはできない。生きるという執着から、貪（むさぼり）・瞋（いかり）・痴（ぐち）・慢（おごり）の煩悩が生じる。私から生きたいという執着を消すのは、ほとんど不可能ではないか。

お遍路の旅は、遠く解脱を求めているにせよ、そこまで求められているわけではないのである。私はなおも尋ねる。

「執着かもしれないけど、生きることが自然だと思います。生きるために、ただ心を清浄にするとか、いらないものをどんどん捨てていくとか、自分を鍛え直すという意味があるのではないでしょうか」

「ありますね。この四国を参る人で同じ人が毎年きますけどね、なにも目的を持たずにくるというお遍路さんはいませんわ」

「生きるために」死に装束で身を固め、ただひたすら四国路を歩き続けるお遍路さん、国内外を歩き続け、そして小説やエッセイを書き続けてきた立松が、そのお遍路さんの姿に「生き続けよう」と悪戦苦闘する自分を重ねても何の不思議はない。『ブッダその人へ』以降『道元禅師』までの過程で、というより作家を志した早稲田大学の学生だった頃からと言ってもいいのだが、立松はずっとおのれの「生」の在り様を凝視し続け、そしてどうしたら「自己解放＝自己救済」が可能なのか、を模索し続けてきたと言える。大学生時代に始まり、亡くなるまで続いていた国内・海外への立松の「旅＝放浪」は、最終的には「仏教」へと辿り着くものだったのかも知れない。そして、そのような「自己解放＝救い」を求めて行ってきた「旅＝放浪」の到着点が「仏教」であるということについて、立松は六〇年代に入ってすぐ高度経済成長に浮かれる日本社会からドロップアウトした詩人・エッセイストの山尾三省との、「宗教性の恢復」という副題を持つ対談『瑠璃の森に棲む鳥について』（対談集Ⅰ　二〇〇一年一月　文芸社、対談集Ⅱは『水晶の森に立つ樹について』同年六月刊　同）の「瑠璃の森で――まえがきに代えて」で、次のように書いていた。

屋久島の山中といってもよい開拓地に家族とともに暮らす山尾三省さんのことを考えるたび、わたしは独覚《どっかく》という言葉を思い浮かべる。独覚とは、師を持たずに十二因縁《じゅうにいんねん》の法を観じ、もしくはほかの縁によって真理をさとった求道者のことだ。山荘などを建て、山野で遊ぶことをアウトドアライフなどといっている今風の人は掃いて捨てるほどいるのだが、真理と自覚的に向き合っている人はめったにいない。たいていは自然の心地よさを感じたり語ったりするにとどまっている。

仙人のような暮らしに見えるが、奥さんがいて、子どもたちを育て、畑も耕し、本を書き、詩の朗読会などのために時々上京する。俗世と無縁に生きるのは不可能であるが、緑に囲まれた山尾さんの暮らしを見ていると、いにしえの修行者のように観じてしまう。心の底にあこがれの感情はあるのだが、とても私にはできないなあと思ってしまう。私は街のちりの中で遊行するのに似合っていると、山尾さんとくらべて思う。

「緑に囲まれた」山尾三省の暮らしと「街のちりの中で遊行する」立松の日常とは、一見すると対極にあるようにも見えるが、「仏教＝ブッダの教え」に魅せられ、今もなお「求道＝遊行」の途次にあるという点において、また「俗世と無縁に生きる」のではない、つまり「在家」であることにおいて、立松と山尾三省は多くの共通点を持っていた。それだけ二人は自分を「業《カルマ》の深い」人間だと思っていたのだろうが、それはまた二人が自分の生き方、考え方に真摯に向き合っていたということでもあった。二人の対談は、出版社から立松に対談集をという依頼があったときに、立松が望んで実現したものであったという。

このエピソードは、当時の立松がいかに自分を理解してくれる人を求めていたか、ということを自ずと物語るものになっている。と同時に、それは立松の内部が「救い」を求めて悪戦苦闘していたことの証でもあったのではないか、と思われる。

六、道元へ

立松が自らの「仏教」体験と思想のすべてを注ぎ込んだ『道元禅師』を大本山永平寺の機関誌「傘松」に連載し始めたのは、先にも記したように一九九八年の九月号からである。この年の七月、立松は自らが引き起こした「盗作・

盗用」事件（『光の雨』事件）から一度は断念した『光の雨』を完成させ（「是非うちで連載を」と言ってくれた「新潮」編集長の求めに応じて、この年の三月、四月、五月号に分載）、そして新潮社から刊行している。この「盗作・盗用」事件は、作家立松の歴史において最大の「汚点」であり、立松の生涯における「トラウマ」になったものである。

しかし、先にも記したが、この事件で深く傷ついた立松が「再生」（表面上のことであったが）のきっかけを摑んだのは、事件以前に約束していたインド行（その結果としての『ブッダその人へ』）であった。それから四年、立松は事件を起こした「すばる」連載時の内容とはがらりと変わった『光の雨』を完成させ、ようやく自分たち団塊の世代が経験した戦後史に画期をなした「政治の季節」（学生叛乱・全共闘運動）の総括をやり遂げたのである。

その意味で、『月――小説道元禅師』（『道元禅師』）の連載開始は、『光の雨』事件によってもたらされたトラウマが、「生涯のトラウマ」として消えることはなかったとしても、内部に沈潜化し、初期の作品群に濃厚であった「人間は、いかに生きるべきなのか」をもう一度問い直すきっかけになっていた、ということだったのかも知れない。また同時にそれは、これも繰り返すことになるが、立松が「仏教」への傾斜を強めていった時間と重なることによって、『日高』（二〇〇二年）や『浅間』（二〇〇三年）が象徴するような「生命《いのち》」を凝視する物語へと昇華し、『不憫惚れ――法昌寺百話』（二〇〇六年）や『晩年』（二〇〇七年）の連載が物語るような「人間は、いかに生きるべきか」を基底とする「庶民の生活と死」を深く抉り出す作品へと、立松の作風が少しずつ「変化」することを意味していたとも考えられる。言葉を換えれば、『道元禅師』完成以前の『猫月夜』（上下　二〇〇二年）、あるいは完成後の『寒紅の色』（二〇〇八年）や『人生のいちばん美しい場所で』（二〇〇九年）に結晶化していたが、立松は「老い」を迎えた自分たち団塊の世代の現在における生き方を根源から問うような作品を書くようになったということである。作家の内なる悪戦苦闘や呻吟を素のまま表に出すのではなく、ブッダの説く「全肯定の思想」を前面に押し出すことが自己及び他者の「救い」になる、そんな境地に至る作品を立松は書くようになったということである。

そんな立松の五〇代半ば以降に顕著となった方法と思想の「変化」、その集大成はもちろん『道元禅師』に他ならないのだが、何故『道元禅師』が四〇年にわたって書き続けられてきた立松文学の集大成なのか。それは、「人間は、いかに生きるべきか」、つまり「人間はどのような生き方をすべきなのか」という近現代文学の根本命題＝表現行為の底流に存在する問いを、仏教徒がその生き方の根源に置く「求道」と重ね、その可能性について愚直に追求しているからであった。立松は、文化人類学者岩田慶治との対談「道元が語ること――文化人類学的に――」（「禅の風」第二三号　二〇〇一年七月）の中で、岩田が「僕はなんとかして自分を、なるべく未開社会の人に近づけたいと常に思ってます」と発言したのを受けて、次のように言っていた。

それはもう自然そのものになりたいということですよね。道元の思想で一番刺激的に迫ってくるのは、世界のありさまが何一つ隠されてないという認識を繰り返し、いろんな言葉で語ることですよね。僕は「光万象を呑む」という言葉がほんとに好きなんです。光はすべてを呑んでいる。それは月の光であり、仏法のことですけども。万象すなわちすべての現象が、光の中に遍在して揺れているという形ですよね。僕は文学で人間の在り方とか社会の在り方とか、自分の生き方をどうするか、ということをいつも考えているわけです。（傍点引用者）

「仏教」への傾斜を強めながら、そして最終的には「得度」して本格的に「仏教徒」として生きるという誘惑（心の要請）と格闘する日々を過ごしてきた立松であるが、しかし引用における「僕は文学で人間の在り方とか社会の在り方とか、自分の生き方をどうするか、ということをいつも考えている」というのは、おのれの内部に湧出する「出家」への誘惑に対して、あくまでも自分は「文学者＝作家」であるという自覚を持って当面は生きていこうとする決意を述べたものだと言っていいだろう。

この立松の「仏教」（宗教心）と「文学」との内的連関、つまり「作家」である立松が「仏教」（宗教心）へと傾斜していく精神の在り様は、二〇〇〇枚を超える大作『道元禅師』が終始一貫して道元の従者「右門」の「語り」によって展開しているところによく現れている、と言っていいだろう。この「右門」の設定は、道元の弟子懐弉《えじょう》が道元の折に触れての言葉を書き残した『正法眼蔵随聞記《ずいもんき》』（全六巻　一二三五〜三八年成立）の存在にヒントを得てのものと思われるが、「語り手」であると同時に「記録者」でもある「右門」が存在することによって、『道元禅師』は文学（長編小説）として成功したと言っても過言ではない。

立松は、「右門」という存在について、釈尊が入滅する際に二本の沙羅双樹の間に横たわる釈尊を団扇で扇いでいた優波摩那《ウパバアーナ》を、諸々の天・龍神八部衆《はちぶしゅう》が自分に会うために虚空から次々と降りてくるのを妨げるという理由で退けた故事を冒頭で紹介した後、「右門」自らに次のように語らせることで道元の同行者（修行者）として読者に認知させた。

名のるほどの者ではありませんが、名のらねば何もはじまりますまい。私は右門《うもん》と申します。松殿藤原《まつどのふじはらの》基房《もとふさ》さまの従臣として、御内室の忠子《ちゅうし》さまに長年仕えてきた者でございます。

基房さまと忠子さまは、道元《どうげん》さまには御祖父母にあたられます。道元さまがこの世にお生まれになりましてから、いえそれ以前の松殿のことも、私はよく存じ上げているつもりでございます。道元さまの御幼少期から知る者は私をおいてほかにはおりますまいと思った次の瞬間には、高慢な思いは消さねばならないと存じます。私は多くの人から道元さまを隠す優波摩那の役割しか、所詮《しょせん》できないのかもしれません。

ものの道理もわきまえず、無学で、思慮分別もない者の昔語りでございます。昔のことははっきりしませんが、切れ切れの話はさぞやお聞き苦しいことでございましょう。間違いも多かろうと存じます。どうぞ御遠慮なさらず、お直しください。

私の記憶は、年ふるせいでございましょうか、とても鏡のごとくとは申せません。それでもこの右門、今様の釈尊と仰ぎまする道元禅師《どうげんぜんじ》さまの御伝記を、精一杯語らせていただきとう存じます。（ルビ原文）

このように、主人公の身近にいる存在の「語り」によって物語を進めていく方法は、すでに日本最初の「公害」事件とされる足尾鉱毒事件を背景に、政府（国家権力）に対して「民衆」の側に立って真っ向から反旗を翻した田中正造を主人公とする『毒―風聞・田中正造』（九七年）で、田中正造の髪や着物に巣くう「シラミ」や「ノミ」、あるいは渡良瀬川に生息する魚たちを「語り手」として設定し成功して以来、長編を書く際に立松が得意とする方法であった。この『道元禅師』で「右門」なる語り手を設定したのは、この長編が「伝記」の体裁をとりながら、実は作家の「仏教」や「求道」、あるいは「人間の生き方」への思いを自在に語らせるためのものであって、大いに有効な方法であった。つまり、「ものの道理もわきまえず、無学で、思慮分別もない者の昔語りでございます」、と冒頭から読者に断って、多少は「事実」と異なることがあっても、これは物語（小説・フィクション）なのだから許して欲しい、と先手を打って「言い訳」めいた言い方をし、その上で「道元の物語」を立松は自在に書こうとしたということである。

そして、この方法は、『道元禅師』が泉鏡花賞と親鸞賞を受賞したことが如実に示すように、成功した。高貴な家に生まれながら、そのような環境（高い身分）を投げ捨てて、仏道を極めるために中国に渡り、そして帰国した後に越前の地に庇護してくれる人に勧められるまま永平寺を建て、そこを曹洞禅の修行場とした道元の一生は、まさに「道＝真理」を求めて止むことのなかった一生と言ってよく、立松もまた道元と同じような生き方を追い求める作家であった、というところにこの大長編が多くの読者に歓迎された理由があった、と言える。

『道元禅師』は、その連載の過程で歌舞伎台本『道元の月』（二〇〇二年三月）と『道元』（同年八月　第一章～第十四章途中まで〈連載の四十四回まで〉）という二つの作品を生み出した。そのうちの『道元の月』は、道元の七百五十回大遠忌を記念する歌舞伎の台本として書き下ろされたものである。権力者の家系に生まれながら「権力」を忌避して「仏道」に入った道元の、唯一「政治」＝鎌倉幕府（北条氏）と関わった出来事を中心に、「歌舞伎」という伝統芸能の力を得て人間の生き方を深く追求した作品で、物語は永平寺で修行の日々を過ごしていた道元が執権北条時頼と会う場面を中心に展開する。このことについて、立松は「道元のまなざし」（原題「道元の自然観」二〇〇一年一一月）という講演の中で、「権力」に近づくことを師匠（如浄《にょじょう》禅師）の教えに従って禁じていた道元が、何故鎌倉まで下向したのか、その理由をめぐって自ら考えたことを次のように話した。

時頼は若干二十一歳であります。そして道元禅師は四十六歳、いわば晩年です。人生五十年の時代ですから、あと五年ぐらいしか生きられないのですね。そういう晩年の成熟した道元禅師がいて、若々しい時頼という人物がいる。歌舞伎では二人の宗教論争みたいなものが大きなヤマになっています。そこで舞台では北条時頼が家来の波多野義重に命じて、道元禅師に鎌倉に来てくれ、と救いを求めるところから物語が始まるわけです。弟子たちは当然、反対します。そんなに危険で陰謀が渦巻くようなところへ行ってはいけない。お師匠さまが帰ってこられなくなるかもしれない、という思いがあるからです。しかし道元禅師には、やはり自分に救いを求める人間に手を差し伸べなければならない、あんなに一生懸命に地獄の火に焼かれながら救いを求める人間に手を差し伸べるのが仏の道ではないか、菩薩の行ないではないかという思いがあるわけです。救われたい人間が地獄にいるならば、自分も地獄へ行って救うべきだという、これは大乗仏教の菩薩の思想ですね。そして周囲の反対を振り切り、道元禅師は鎌倉に向かうわけです。

このような言葉の中に、デビュー以来一貫して戦後派作家の衣鉢を継ぐように、人間はどのようにして時代や社会と切り結ぶべきなのか、大江健三郎の言葉に従えば「(歴史や社会に対して)能動的な姿勢」、つまり「作家がひとりの個としての人間をとらえて、そこに社会、政治状況から、コスモロジーの反映までを統合して、ひとつのモデルとして提出する」(「戦後文学から今日の窮境まで」八六年)ことを貫くのか、を追求してきた立松の真骨頂が現れていると言える。

しかしそのこととは別に、立松は何故道元に惹かれ『道元禅師』を書こうとしたのか、またそれは立松の人生観・文学観とどう関わるのか、それらの一端は次の文章から窺うことができる。

> 現象世界はすべて活《い》きた仏道であり、絶対の真実はそのへんにいくらでも転がっている。だが、私たちは「我」というものから離れることができず、自己を先に立ててこの世に流れる真理を明らかにしようとしがちなのだ。それは迷いである。万法の側から自己を照らそうとするのが、悟りなのだ。この世はもともと悟りそのものであるはずなのに、その上で迷っているのが私たちなのである。
>
> 道元のこの根本認識の底には、人間を肯定しようとする楽観主義がある。時には迷妄の中に陥りやすい私たちの生を、万法の立場から積極的に肯定し、道元は私たちに生きる励ましを与えようとする。難解とも思われる思想に少しずつ分け入っていくと、清々《すがすが》しい現実主義に彩られているために、道元その人の肉声が聞こえてくるような気がする瞬間がある。
>
> (「現代に生きる道元」二〇〇二年九月　傍点引用者)

立松は、「一」でも触れているが、『ブッダその人へ』の中で「否定からはじまった求道の旅が、いつしか全肯定に変わっている。ここに救いがあるのだ。すべてを積極的に肯定していこうというブッダの世界観がある」、「この世を全肯定しても生きるかぎりは諸行無常に身をさらしていかねばならない。それが私たちの宿命である」と書いていた。

そのことを考えると、おのれの「仏教」への傾斜を集大成したとも言える『道元禅師』において、まさに立松の生き方を象徴することになった「全肯定の思想」を確認していたとも言えるのである。立松は、『道元禅師』を書ききることで、その時点でおのれの人生を「生ききった」と思ったのではないだろうか。

『道元禅師』は、連載（一〇〇回）時の文章二〇〇〇枚に、書き下ろし一〇〇枚を加えて単行本化された上下二巻本の大作であるが、この種の大作の常識を越えて、上下巻とも一万二〇〇〇部を超える売り上げを記録し、また上中下の文庫本（二〇一〇年　新潮文庫）になっても売り上げを伸ばしている。道元を開祖とする曹洞宗の寺院が積極的に購入した結果とも思えるが、それよりは『道元禅師』が多くの読者に歓迎されている真の理由として考えられるのは、混迷・混乱する現代にあってひたすら「求道」に専心した道元の生き方――それはとりもなおさず立松の思想と生き方に重なるわけだが――から何かを学ぼうとする人が多く存在するからなのではないか、ということである。

終章　遺されたもの

一、「書くことは生きること」

立松は、自分の小説の全てを収録するという意図の下で編集された『立松和平全小説』（全三〇巻　別巻一）の刊行がいよいよ始まるという二〇一〇年一月八日、それは死の床に就く直前のことになるが、「週刊読書人」で『全小説』の編集人である私との対談「書くことは生きること」（二〇一〇年二月一九日号）を行った。立松は、その対談の二日後、大阪で講演に出掛け、そこで病（大動脈瘤破裂）に罹っていることを知り、帰京後主治医のいる病院に入院し、それからおよそ一ヵ月後の二月八日に多臓器不全で亡くなったのだが、その対談の最後で次のように言っていた――。

立松　僕はあんまり戦闘的じゃないですよ。だからみんなに助けられてきたというのはあります。いまでも書かせてもらえているので書けるまで書く。世の中からお前はいらないと言われたらその時はしょうがないですけど。

黒古　誰もいらないとは言わないですよ。

立松　分からないですよ、それは。昔に戻ってトランクの中に原稿を書きためていれば、また第二の黒古一夫が現れてくるかも知れないし（笑）。書きたい思いがある以上は書き続けていこうと思っています。

ここで、「第二の黒古一夫云々」とは、私が一九八三年一月に宇都宮の立松和平宅で「仕事場訪問」というインタビューを行った際に、学生時代からの「習作」が詰まったトランクを見せられ、「読みたいので貸して欲しい」と言って借り受け、後にそれらの原稿は『人魚の骨　初期作品集1』（九〇年一月　六興出版刊）と『つつしみ深く未来へ　初期作品集2』（同年二月　同）へと結実したということがあり、それを踏まえての発言であった。しかし、そのこととは別に、立松が死の病に斃れる直前まで強い「書く意思」を持ち続けていたことは、没後に「遺された」長短編やエッセイを読み直し、改めて強烈に思い知らされたことであった。まさに立松の作家生活は、「書くことは生きること」の一言に尽きるものであった。とは言え、「書きたい思いがある以上は書き続けていこうと思っています」、と改めて作家としての「決意」を固め直した矢先に斃れた立松のことを思うと、いかに立松が無念の思いを抱いてあの世へと旅立っていったか、と思わざるを得ない。

立松の「無念」の思いがどれほどのものであったか、それは彼の死後連載を中断されたものも含めて数多くの著書が刊行されたことからも、推測することができる。それは、『立松和平全小説』の別巻に収録されることになった『白い河―風聞・田中正造』（二〇一〇年六月　東京書籍刊）と『良寛』（同　大法輪閣刊）という二つの長編小説の他、エッセイ集や対談など、立松の死後に刊行された著書をみれば、歴然とする。

①『遊行日記』（二〇一〇年三月　勉誠出版刊）

②『立松和平が読む　良寛の短歌・俳句』（二〇一〇年四月　二玄社刊）

③『立松和平が読む　良寛の漢詩』（二〇一〇年五月　同）

④『百姓探訪』（二〇一〇年六月　家の光協会刊）
⑤『良寛　行に生き行に死す』（同　春秋社刊）
⑥『はじめての老い　さいごの老い』（同　主婦の友社刊）
⑦『百霊峰巡礼　第三集』（二〇一〇年八月　東京新聞刊）
⑧対談『親鸞と道元』（対談者・五木寛之　二〇一〇年一一月　祥伝社刊）
⑨『立松和平　仏教対談集』（二〇一〇年一二月　アーツアンドクラフツ刊）
⑩『仏と自然』（二〇一一年四月　野草社刊）
⑪『旅暮らし』（同　同）
⑫『いい人生』（同　同）

前記した二つの長編小説の刊行を含めて一四冊という数が多いのか少ないのか、この一四冊に加えて二つの大作が文庫化されたこと（『道元禅師』上中下　新潮文庫　二〇一〇年七月刊、『良寛』上下　学研M文庫　二〇一三年一月刊）を考えると、立松和平という作家は紛れもなく現代文学の最前線を走り続けた作家であったということが分かる。また、①から⑫までの著作、とりわけ①の『遊行日記』や、立松が生前に早稲田大学以来の友人の出版社に刊行を託していたという⑩⑪⑫のエッセイ集から感受できるのは、いささか書きすぎという感じがしないわけではないが、いかに立松が広く多様な世界に関わって小説やエッセイを書いてきたか、ということであった。

そしてさらに言うならば、⑥の『はじめての老い　さいごの老い』や⑫の『いい人生』によくその思いが現れているのだが、還暦を過ぎた立松は自らの「老い」や「死」について自覚的であった、ということである。『はじめての老い　さいごの老い』の中の『道元禅師』を刊行した直後の「切実な願い」（「産経新聞」二〇〇七年一二月九日号）は、次のような文章から始まっていた。

書くことが生きること

身のまわりのこまごましたことは別にして、小説家の私が結局やりたいのは小説を書くことだ。今書きたいこと、今しか書けないことを書いているので、それが死に向かっている人間としては、生きているうちにしたいことということである。

私はこのほど四百字詰め原稿用紙二千百枚をついやした長編小説『道元禅師』を完成させたのだが、九年にわたる執筆期間中、これを書き上げるまで死にたくないと切実に願っていた。

死ぬきざしがあったわけではないにせよ、命がなければ書けないのであるから、執筆途中では突発事故でも死にたくなかった。

死ねば、もちろん書くことはできない。書くことが、生きることだったのだ。死と競争するような境遇で書かなければならないとしたら、もっと切迫したことであろう。それでも命のある間に必ずやり遂げねばならないことと思っていた。

この時点で立松が本気で自分の「死」を意識していたとは思われないが、先にも登場して貰った早稲田大学時代の同級生で後に医師になった鈴木基司氏によると、立松はこの文章を書く数年前に軽い心筋梗塞を患い入院生活を経験している。この時の病が「死の病」となった心臓大動脈瘤破裂から多臓器不全へと至る病の原因であったかどうかは不明だが、処女作の『途方にくれて』やアジア各地、インドなどへの旅をモチーフとした作品が物語るように、タフだった立松も「六〇歳」の誕生日を目前にして、漠然とではあるが、おのれの「老い」や「死」を感じざるを得なくなっていた、と考えられる。この「切実な願い」以前、五五歳の立松は「私の遺言」を特集した「大法輪」（二〇〇二年一二月号）において、「いい人生だった」という「（模擬）遺言状」の中で、次のように書いたことがある。

> 私は生涯かけて著作を続けたが、その行方は著作物自身が決めるであろう。世の中に必要とあれば何冊かは残るかもしれないし、そうでなかったら跡《ママ》（形）もなく消滅するであろう。
>
> 私に関する記憶も、死後も私が必要とされれば、必要とする人の中に残るだろう。必要とされず消えてしまっても、いっこうにかまわない。私が生きている間にしてきたことが、すべて決めるであろう。
>
> 死後にどうして欲しいという意思は、私にはない。どうなっていくかは、私が生きている間にすべて決定されているのである。
>
> 私などに煩わされず、諸君が諸君なりの幸福な人生を送ることを切望する。
>
> 私は幸福であった。いい人生だったなあと、心から思っている。思い残すことはない。もう一度いう。私は幸福だった。
>
> ありがとう。さようなら。

早稲田大学時代の「習作」に始まって、遺作となった『白い河—風聞・田中正造』までの全ての小説、及びそのエッセイや紀行文、対談のほとんどを読み直し、その「言葉」の意味や文学史的位置について考え続けて『全小説』の全巻解説を書いてきた者の目からは、たぶんここで「いい人生だった」「私は幸福だった」と書いていることは、立松の本音であったと推測できる。立松にしてみれば、様々な紆余曲折があったとは言え、家族にも恵まれ、『途方にくれて』以来現在（当時）まで、自分としては現代文学の最前線を走り続けてきたという「実感」と「自負」があったと思われるからである。つまり、「いい人生だった」「私は幸福だった」という言葉は、その「自負」と「実感」に裏打ちされたものだったのである。

しかし、立松の文学にずっと同伴してきた一人の批評家として言わせてもらえば、立松にはこのような「本音」は胸の奥に仕舞っておいてもらい、第一〇章で触れた『寒紅の色』（二〇〇八年十一月）や『人生のいちばん美しい場所で』（二〇〇九年六月）のような、「中年」を過ぎた者や「老い」を迎えた者が抱える「生」に関わる根源的問題と真正面から取り組んだ作品をさらに書いて欲しかった、と立松が永遠の不在者となった今、切に思う。

二、遺されたもの㈠

立松が逝って遺された小説の一つ『白い河―風聞・田中正造』は、立松の生涯にわたるテーマのひとつ「足尾」に関わる作品であるが、その終わりは鉱毒事件を起こした足尾銅山（古河市兵衛）の後援者であった明治政府に、田中正造と共に「大押出し」（抗議デモ）という形で敢然と立ち向かった谷中村村民の一人が、「日露戦争」に動員される次のような場面になっている。

満州方面の戦報は連隊にしきりに伝えられてきたので、大六たち兵卒もよく知るところであった。（中略）
そしてついに動員下命があった。
連隊は練兵場に整列し、大元帥閣下万歳を三唱して進軍を開始した。予備隊の大六も野戦隊に従って出発したのである。連勝といっていたはずなのに戦地では激戦が伝えられ、兵力の消耗が激しく、予備隊といっても何時最前線に投入されるかわからなかった。連隊から高崎駅まで日の丸の小旗を打ち振る人の列が幾列にもなって跡切れなくつづき、幼稚園児や小学校児童が軍歌を合唱していた。

「兵隊さん、頼むぞーっ」

「手柄を立てて帰ってこいーっ」

歓呼の声の中にひときわの大声が響き渡った。高崎駅のまわりは大群衆が取り囲み、軍歌を声を合わせて歌っていた。歌いながら泣いている人もたくさん目についた。まわりの兵と手足の動きも表情もあわせながら、大六は鉱毒反対運動ではこれらの人と戦っていたのだと気づいた。これは恐ろしいことである。まわりの熱気とは裏腹に、大六の血は凍りついていくように感じられた。戦争に狂奔する大衆の耳には、田中先生や自分たちが鉱毒被害をいくら訴えたところで、その声は届きそうもない。それどころか逆に自分たちに襲いかかってきそうである。

この引用がよく示すように、遅れて成立した近代国家である日本は、欧米帝国主義列強に互したいという「民衆（国民）」の感情を巻き込みながら、朝鮮半島はじめ中国大陸やアジアへの「侵略」政策を強行に進めていた。満州方面（中国東北部）へと向かう軍隊（高崎一五連隊）を歓呼の声を持って送り出す民衆が、「鉱毒反対運動」を行って自分たちと敵対する存在であったという言い方は、「大衆」というものがいかに「反体制少数派」に対して「敵」として現前してくるかをよく知った者の言と言わねばならない。六〇歳を超えた立松であったが、このような反体制運動の原理を学生時代（全共闘運動体験）に学び、この『白い河』において生かしたのだと思われる。否、立松の内部であの一九七〇年前後の「政治の季節」の体験は「四〇年間」生き続けていた、というわけである。そのように考えるのも、近代社会の成立以降、日清戦争に始まる日本の「侵略戦争」に関して、武器（弾丸や兵器）の原料である銅の生産によって深い関わりを持ってきた「足尾」にこだわり続けてきた立松の内部を忖度してのことであった。

六〇歳を超えた立松は、一方で『人生のいちばん美しい場所で』のような「老い」や「死」を意識した作品を書きながら、他方でこの『白い河―風聞・田中正造』のラスト部分が示すように、団塊の世代（全共闘世代）の作家としてあくまでも「反戦」を底意に潜めた作品を書き継いでいた。この「仏教」小説と「老い」や「世代の責任」に関する小説というに方向の作品を書くという姿勢は、立松が生き続けていたとしても変わらなかったのではないか。なお、『白い河―風聞・田中正造』のラスト・シーンに関して言えば、この部分は夏目漱石が聞き書きとして世に送り出した『坑夫』（一九〇八・明治四一年）とは違った形で、鉱山労働者（坑夫）たちの待遇改善・権利拡大要求に端を発した「足尾暴動事件」（一九一七年二月）をいつか書きたい、と願っていた立松の思いに繋がるものだったのではないか、と思われる。というのも、立松は「足尾暴動」に参加した鉱山労働者を主人公とした労働文学作家宮嶋資夫の『坑夫』（一九一六・大正五年）に深い関心を寄せていたことからも分かるように、「足尾暴動」に関する資料をたくさん収集していた。そのことから推測すれば、おそらく立松の「足尾」に関わる一連の物語は、「足尾暴動」を描くことで完結するものではなかったか、と思われる。

さらに言うならば、『白い河―風聞・田中正造』の終わりが、先の引用のように「日露戦争」へ出征する谷中村村民の反戦意識・反公害闘争に対する「総括」になっていることとの関連から、立松は日清・日露戦争に始まる「中国侵略」の歴史に連なる「父横松仁平」の中国生活（商社員として山東省済南市にあった商社に勤務。そこで故郷の宇都宮で結婚した妻との生活を始める）を中心とした物語を書きたかったのではないか。つまり、立松の父親は中国山東省の済南で現地召集を受け、妻を宇都宮に帰して中国東北部（旧満州）で兵役に就いたところで敗戦を迎え、そのあとソ連軍の捕虜となるも辛うじて脱走し、宇都宮へ帰還し立松及び弟を設け、典型的な戦中派として生きた。立松は、そんな父親の軌跡をモデルとした「父の物語」を書きたいという願望をずっと持ち続けていた。『遊行日記』や『いい人生』所収の「父の戦い」、「父、難民となる」、「父のこと、母のこと」、等々のエッセイが私たちに示唆するのは、立松がいかに「父・横松仁平」をモデルにした「戦争の物語」を切望していたか、ということである。

三、遺されたもの(二)

詳しくは、『道元禅師』と立松の「宗教（仏教）との関係について詳述した第一一章を見てもらうとして、立松は『道元禅師』を完成させることによって、おのれの「仏教（宗教）」への傾斜がどのような内実を持つものであったのかを明らかにし、また同時に現代文学作家の自分が「得度（出家）」しないまま仏教文学を書き続けることの意味はどこにあるのか、を真摯に考え続けていた。このことは、別な角度から言えば、『道元禅師』を書くことによって、日本人（立松本人）の精神の在り様が「仏教」に大きな影響を受けていることを確認したということであり、また自分はこれから先もずっと「仏教（宗教）」と関係を持ち続け、「仏教」と衆生との関係をモチーフとした小説（仏教文学）を書き続ける、との宣言でもあったということである。このことは、『道元禅師』の連載が修了すると同時に、二〇〇七年一月から『良寛』（原題『小説　良寛』）を「大法輪」に連載し始め、亡くなった二〇一〇年三月号まで書き続けてきたことからもわかる。

『良寛』（二〇一〇年六月刊）は、立松の急逝によって中断せざるを得なかったものを、良寛が最愛の女弟子「貞心尼」に出会う直前まで書き終わっていた、ということもあって単行本化された。自らを「大愚」と称し、「求道」に明け暮れた良寛の生き方に立松自身を重ねているように見えるこの遺作は、立松の「仏教（宗教）」への思いが並々ならぬものであったことを窺わせて、余りある。立松は、亡くなる半年ほど前の「門を開けて外に出よう」（二〇〇九年一〇月『仏と自然』所収）というエッセイの中で、次のように言っていた。

> 私は自分を仏教徒と自認しているが、出家ではなく、世俗の中に生きることを旨とする在家のままでこの俗世の

> 中に文学者としていることに意味があるのだと考えていたが、いろんな縁をもらい、来年あたり在家得度をしようかと思っている。だがそれで私の生活が変わることはないだろう。（中略）
>
> 今日、この社会に仏教が必要なことはいうまでもない。競争社会のストレスはいよいよ人の心を締めつけ、人を病気のほうに追いやっていく。老いによる病ではなく、ストレスによる病は社会から生まれてくる。病苦・生活苦・人間関係の苦に満ち、死んだらむしろ楽になるのではないかと自殺者が年間三万人もいる。死の苦のほうがまだ楽だというのである。一人一人は孤独で、まるで人間一人分の蛸壺を掘ってその中に身体を丸めてしゃがんでいるような感じである。（中略）
>
> 仏教は必要とされている。葬式や先祖供養ばかりでなく、苦に満ちた時代の苦を取り除いて生きる力が求められているからだ。伝統仏教の歴史を振り返ると、救っても救っても救いきれない衆生を救いつづけてきた歴史で、今もその過程にあることは間違いない。（傍点引用者）

ここに、「老い（晩年）」を強く意識するようになった立松の「本音」が集中的に表現されている、と言っても過言ではない。唐突に思われるかも知れないが、学生時代に参加した全共闘運動における「救い」の思い、それは主に経験的に言えば「自己救済」色の強いものであったが、還暦を過ぎた立松が考えていたのは、もちろん「自己救済」の側面もないわけではなかったが、「衆生」の「救済」こそ自分の目指すべき思想（仏教徒としての）である、ということであった。紛れもなく、『良寛』に貫流する「求道」「救済の思い」はその延長線上に導かれたものに他ならなかった。

さらに言うならば、立松は「法隆寺金堂修正会」（二〇〇五年一月）というエッセイの中で、人口に膾炙した宮澤賢治の「雨ニモマケズ」の詩句（一部）を引用して、次のように書いていた。

みんなにデクノボーと呼ばれ、誉められもせず、苦にもされず、そういう者になりたいという理想を、宮澤賢治は実践して死んでいったのであった。これは法華経にでてくる常不軽菩薩の姿である。常不軽とは、つねに軽蔑されたという意味だ。常不軽は会う人ごと誰にでも同じ言葉をかけて、礼拝行をした。

「私はあなたたちを軽蔑しません。あなたたちは軽蔑されてはいない。その理由は何か。あなたたちはみな例外なく菩薩の修行をされているからです」

常不軽は誰に対しても尊さを見ていたのに、かえってまわりの人々から軽蔑されていた。（中略）

どんなところにも、この常不軽のように無欲な存在の人がいる。本人はことに光を当てられようなど思ってもいず、自分のなすべきことを黙々とつづける。

周知のように、宮澤賢治の「雨ニモマケズ」の立松が引用した部分の前には、次のような詩句がある。

東ニ病気ノコドモアレバ
行ツテ看病シテヤリ
西ニツカレタ母アレバ
行ツテソノ稲ノ束ヲ負ヒ
南ニ死ニサウナ人アレバ
行ツテコハガラナクテモイイトイヒ
北ニケンクワヤソシヨウガアレバ

ツマラナイカラヤメロトイヒ
ヒデリノトキハナミダヲナガシ

立松の目指したものが、この引用のような「デクノボー」であったとするならば、それはまた、立松の心底に「衆生救済」の願いが強く存在していたということであり、そのことを考えると立松の「早過ぎる死」はいかにも無念なことであったと言わねばならない。

あとがき

同世代の作家として秘かにその作品を読んでいた立松和平と親しくなったのは、私の最初の本『北村透谷論―天空への渇望』（一九七九年四月　冬樹社刊）の担当編集者伊藤秋夫さんが、立松の三冊目の単行本『ブリキの北回帰線』（七八年八月刊）の担当でもあったことによる。五年半務めた小学校の教員を辞めて入学した法政大学大学院（人文科学研究科日本文学専攻）の修士論文が本になるということで、伊藤さんとは何度もお会いし、改稿や手直しを要請されたが、それらの合間に伊藤さんからは立松のそれまでの著作一覧とか、私が読んでいなかった作品のコピーを頂くということがあった。私より一歳年下で立松より一歳年上の伊藤さんとの会話などによって、私はあらためて立松と同じ時代を生きているという実感を持つようになった。その過程を経て、拙著も刊行され、私は伊藤さんとの会話に何度か登場した立松の学生運動（全共闘運動）体験を基にした『光匂い満ちてよ』（七九年）を読み、あの一九七〇年前後の「政治の季節」を共有する同世代作家の三田誠広の『僕って何』（七七年）や星野光徳の『おれたちの熱い季節』（同）、兵藤正俊の『死閉山』（七七年）や『霙の降る光景』（七九年）などの「全共闘記」（一～八）、高城修三の『闇を抱いて戦士たちよ』（七九年）らの作品を集中して読み、私は「全共闘小説の可能性と現実」という四〇枚余りの文章を師の小田切秀雄らが出し始めた第三次「文学的立場」創刊号（一九八〇年夏号）に載せた。そして、翌年には「日常の〈修羅〉を生きて―立松和平論」（「流動」一九八一年六月号）という初めての「立松和平論」を書き、駆け出しの批評家として少しずつ批評の仕事をするようになった——この拙文は「流動」誌掲載と同時に立松の知るところとなり、「仕事場訪問」という企画で立松に会うことになったとき、立松から開口一番「『流動』の文章、ありがとう」との言葉を貰った——。

爾来、立松に関わる仕事は、「『青春の輪郭』をえがき続ける」と題して『太陽の王』と『野のはずれの神様』を併せて書評（「週刊読書人」八二年一〇月二五日号）したのを皮切りに、書評を二三本、「序」にも書いたように単行本を『立松和平―疾走する「境界」』（九一年九月　六興出版刊。〈増補版〉副題を「疾走する文学精神」に代え、九七年一二月　随想舎刊）と、『立松和平伝説』（二〇〇二年六月　河出書房新社刊）の二冊を書き下ろし、その他『人魚の骨―初期作品集1』（九〇年一月。「作品集2」『つつしみ深く未来へ』は二月　六興出版刊を編集し、その1に「二十年前の立松和平を語る」という対談を、その2に「疾走する文学精神」と題して解説を書く）や合冊『遠雷』四部作（二〇〇〇年一二月　河出書房新社刊）に「時代の目撃者」と題する解説を書いたりした。さらには文庫の解説も『楽しい貧乏―無頼は作家の青春期』（廣済堂文庫）をはじめ『卵洗い』（講談社文芸文庫）、『光の雨』（新潮文庫）と書き、紀行文集『立松和平　日本を歩く』（全七巻　二〇〇六年四月　勉誠出版刊　各巻に「解説」を執筆）や『立松和平　仏教対談集』（二〇一〇年一二月　アーツアンドクラフツ刊）を編集するなど多岐にわたって行ってきた。

その意味では、『北村透谷論』から始まり今日に至る四〇年近い私の批評家、近現代文学研究者としての仕事は、まさに作家・立松和平とともにあった、と言っても過言ではない。それ故、立松が逝って五年余り、今でも「文学的盟友」を亡くしたという思いが消えない。というのも、振り返ってみると、私は立松の仕事を「鏡」として自分の文学に関わる諸々（思想や方法）を鍛えてきたと思っているからである。その意味で、今は立松の新作が読めなくなった現実に「寂しさ」を感じているが、その「寂しさ」の裏側には、私自身の文学観（批評眼）を鍛えてくれる立松の新しい作品が読めないという現実があるからではないか、と時々思うことがある。

思い起こせば、立松も私もあの一九七〇年前後の「政治の季節」を文学的原点（発語の根拠）としてきた作家であり批評家であった。本文にも引いたが、立松は最期まで「僕の精神形成の多くは、七〇年前後の学園闘争におうところが大きい」（「鬱屈と激情」七九年）という気持を手放さない「文学の徒」であった。そうであったが故に、『光の雨』事件（盗作・盗用事件）を起こしながら、青山葬儀所で行われた立松の「お別れ会」には一〇〇〇人を超える友人・知人・関係者が集まったのだろう。これは、立松という作家及びその作品がいかに人々に愛されていたかの証明でもある。そんな立松と出会ってから亡くなるまで、私が一人の批評家として変わらず「作家と批評家」の関係を続けてこられたことを、今では誇りに思っている。

本書は、「序」にも書いたように、立松が亡くなる直前に第一巻が刊行され、昨年（二〇一五年）の一月に最後の「別巻」が刊行された『立松和平全小説』（全三〇巻+別巻一　勉誠出版刊）の全巻に付した「解説・改題」を書き直したものである。この『全小説』は、生前の立松と何度かその「構成案」を練った末に刊行が始まった小説全集で、立松が生きて小説を書き継ぐ限り「続刊」を出し続ける、全巻の「解説」は私が担当する、という版元との約束の下で刊行が決まったものである。残念ながら刊行が始まってすぐ立松が「死病」に斃れたため、「続刊」は遺作と単行本未収録作品を集めた「別巻」一冊で終わってしまったが、『全小説』の刊行に期待し、第一巻の刊行を喜んでいた立松の顔を思い出すと、六二歳という若さで亡くなった立松の無念を今更ながらに思わないわけにはいかない。

『全小説』の「解説・解題」は、結果的に約一二〇〇枚になったが、本書はその「解説」を約八〇〇枚余に短縮し書き直したものである。一二〇〇枚を八〇〇枚に短縮するというのは、正直大変な作業であった。『全小説』の刊行が終わった直後から、立松の小説やエッセイはもとより関係する作家の作品を読み直し、まとまった「作家論」として書き直す作業を始めたのだが、始めた当初はこれほど時間を要するとは思ってもいなかった。もちろん、この一年半という長い時間、本書の執筆に専念していたわけではなく、この間にここ一〇年ほどその在り様や作品内容に不満を持っていた村上春樹を批判した『村上春樹批判』(二〇一五年四月アーツアンドクラフツ刊)を上梓するということもあり、また二〇一二年九月から足かけ三年籍を置いた中国(武漢)の華中師範大学外国語学院日本語科大学院の教え子たちに、インターネットを利用して引き続き「論文指導」を行うということなどもあって、結構忙しい日々が送っていた。

しかし、今は私が書く「まとまった立松和平論」としては最後になると思われる本書が、前著や『1Q84』批判と現代作家論』(二〇一一年)、そして私の初めての紀行見聞集である『葦の髄より中国を覗く—「反日感情」見ると聞くとは大違い』(二〇一四年)を出してくれたアーツアンドクラフツの小島雄社長の尽力で刊行されることに、私としてはほっとし、また大変感謝している。出版不況と言うより、「純文学」とりわけ作家論などの「評論」が極端に売れなくなっている出版情況の下、拙著の刊行を喜んで引き受けてくれた小島社長の英断に、あらためて深甚の感謝の意を捧げたいと思う。

そして今は、何よりも多くの人が本書を手に取ってくれ、立松文学の「楽しさ」「すばらしさ」「偉大さ」について思いを新たにしてくれることを願うばかりである。

なお最後に、『北村透谷論』を刊行してから三七年間、幾度となく襲ってきた私の心身の「危機」をいつも温かく見守ってきてくれた妻に「ありがとう」の言葉を寄せ、この「あとがき」を終わりにしたいと思う。

猛暑の赤城山麓にて

著　者

黒古一夫（くろこ・かずお）
1945年12月、群馬県に生まれる。群馬大学教育学部卒業。法政大学大学院で、小田切秀雄に師事。1979年、修士論文を書き直した『北村透谷論』（冬樹社）を刊行、批評家の仕事を始める。文芸評論家、筑波大学名誉教授。主な著書に『立松和平伝説』『大江健三郎伝説』（河出書房新社）、『林京子論』（日本図書センター）、『村上春樹』（勉誠出版）、『増補 三浦綾子論』（柏艪社）、『『1Q84』批判と現代作家論』『葦の髄より中国を覗く』『村上春樹批判』（アーツアンドクラフツ）、『辻井喬論』（論創社）、『祝祭と修羅—全共闘文学論』『大江健三郎論』『原爆文学論』『文学者の「核・フクシマ論」』『井伏鱒二と戦争』（彩流社）他多数。

立松和平《たてまつわへい》の文学《ぶんがく》

2016年10月15日　第1版第1刷発行

著者◆黒古一夫《くろこかずお》
発行人◆小島　雄
発行所◆有限会社アーツアンドクラフツ
東京都千代田区神田神保町2-2-12
〒101-0051
TEL. 03-6272-5207　FAX. 03-6272-5208
http://www.webarts.co.jp/
印刷　シナノ書籍印刷株式会社

落丁・乱丁本はお取り替えいたします。
ISBN978-4-908028-16-8　C0095